# Un instant de pure magie

# *Aux Éditions J'ai lu*

Duel d'espions
*N° 4373*
Le banni
*N° 4944*
Passion secrète
*N° 6011*
Une nuit pour s'aimer
*N° 10159*
Le bel été de Lauren
*N° 10169*
La maîtresse cachée
*N° 10924*
Stratagème amoureux
*N° 11298*
Un bijou si précieux
*N° 11762*
La perle cachée
*N° 11788*
La magie de Noël
*N° 12807*

**CES DEMOISELLES DE BATH**

1 – Inoubliable Francesca
*N° 8599*
2 – Inoubliable amour
*N° 8755*
3 – Un instant de pure magie
*N° 9185*
4 – Au mépris des convenances
*N° 9276*

**LA FAMILLE HUXTABLE**

1 – Le temps du mariage
*N° 9311*
2 – Le temps de la séduction
*N° 9389*
3 – Le temps de l'amour
*N° 9423*
4 – Le temps du désir
*N° 9530*
5 – Le temps du secret
*N° 9632*

**LA SAGA DES BEDWYN**

1 – Un mariage en blanc
*N° 10428*
2 – Rêve éveillé
*N° 10603*
3 – Fausses fiançailles
*N° 10620*
4 – L'amour ou la guerre
*N° 10778*
5 – L'inconnu de la forêt
N° 10878
6 – Le mystérieux duc de Bewcastle
*N° 10875*

**LE CLUB DES SURVIVANTS**

1 – Une demande en mariage
*N° 11019*
2 – Un mariage surprise
*N° 11152*
3 – L'échappée belle
*N° 11196*
4 – Rien qu'un enchantement
*N° 11310*
5 – Rien qu'une promesse
*N° 11482*
6 – Rien qu'un baiser
*N° 11565*
7 – Rien que l'amour
*N° 11675*

**LA SAGA DES WESTCOTT**

1 – Celui qui m'aimera
*N° 12315*
2 – Celui qui m'embrassa
*N° 12430*
3 – Celui qui m'épousera
*N° 12717*
4 – Celui qui me désirera
*N° 13001*

MARY
BALOGH

# Un instant de pure magie

*Traduit de l'anglais (États-Unis)*
*par Béatrice Pierre*

J'AI LU

*Titre original*
SIMPLY MAGIC

*Éditeur original*
A Dell book published by Bantam Dell, a division of
Random House, Inc., New York.

# 1

— Hmm, fit Peter Edgeworth, vicomte Whitleaf, en repliant la lettre qu'il venait de lire.

— De mauvaises nouvelles ? s'enquit John Raycroft, qui, assis de l'autre côté de la table, abaissa son journal afin de regarder son ami.

Peter émit un soupir audible.

— Je pensais rentrer chez moi demain ou après-demain, malgré l'accueil charmant de votre famille et de vos voisins. Bref, je m'étais préparé à ce départ, mais j'ai fait l'erreur d'en avertir ma mère, qui a décidé d'organiser une grande réception pour fêter mon retour. La maison sera pleine d'invités, dont une Mlle Rose Larchwell, que je ne connais ni d'Ève ni d'Adam. Et vous, vous la connaissez ? Voyons, Raycroft, il n'y a pas là matière à rire.

Trop tard. John Raycroft lâcha son journal pour rire tout à son aise. Ils avaient la salle à manger pour eux seuls, le reste de la famille ayant pris le petit déjeuner alors qu'ils étaient allés faire une promenade à cheval.

— Il est évident que votre mère cherche à vous marier, commenta John quand il eut repris son souffle. Ce qui n'a rien de surprenant, Whitleaf, vu que vous êtes son fils unique et que vous voilà déjà du mauvais côté des vingt ans.

— Je n'ai que vingt-six ans, protesta Peter.

— Cinq ans de plus que lors de la dernière tentative de votre mère, rappela Raycroft que l'histoire semblait décidément amuser beaucoup. Elle estime sans doute qu'il est temps de réessayer. Mais vous pouvez toujours dire non – comme la fois précédente.

— Hmm, fit de nouveau Peter qui ne partageait pas l'hilarité de son ami.

Cet épisode de sa vie n'avait rien d'amusant. Il avait scandalisé la bonne société, aux yeux de laquelle, même si aucune annonce officielle n'avait été faite, il avait été si près de se fiancer avec Bertha Grantham qu'il n'était pas possible de se rétracter honorablement. Et il avait réjoui les plus jeunes des membres masculins de cette même bonne société qui l'avaient trouvé sacrément culotté d'avoir fait un pied de nez aux usages en se dégageant au tout dernier moment de la corde qu'on avait commencé à lui passer au cou.

Non, cela n'avait pas été drôle du tout. À l'âge tendre de vingt et un ans, il était aussi innocent que l'enfant qui vient de naître, et suivait docilement le chemin que sa famille et ses tuteurs lui avaient tracé. Bonté divine, il était même tombé amoureux de Bertha ainsi qu'on le lui avait prescrit. Il avait fallu un choc magistral pour qu'il se découvre l'existence d'une colonne vertébrale, laquelle, en se redressant, l'avait poussé à mettre fin à cette esquisse d'engagement d'une façon, hélas, odieusement maladroite. Puis, une heure tout juste après, à envoyer ses oncles – et tuteurs – faire leurs bagages en déclarant que, puisqu'il était majeur, il n'avait plus besoin d'eux, et merci beaucoup. Encore qu'il ne soit pas du tout certain de les avoir remerciés.

— Le problème, observa-t-il, c'est que les espoirs de la fille en question ont peut-être été éveillés, ou au moins ceux de sa mère – sans parler du père, des frères, des grands-parents et des cousins. Seigneur !

— Peut-être qu'elle vous plaira, hasarda Raycroft. Peut-être qu'elle mérite son prénom de Rose.

Peter fit la grimace.

— Ce n'est pas impossible. Les femmes me plaisent, en général. Mais là n'est pas la question. Je n'ai pas l'intention de l'épouser – ni aucune autre jeune personne que je n'aurai pas choisie –, même si elle est aussi jolie qu'un millier de roses. Et, du coup, je vais me trouver dans la situation impossible de devoir être courtois et aimable envers elle tout en m'efforçant d'éviter de lui donner l'impression que je lui fais la cour. Bien entendu, tous les autres invités sauront fort bien pourquoi elle est là – ma mère y veillera. Je vous le dis, Raycroft, vous pouvez effacer ce sourire.

Le conseil n'empêcha pas John Raycroft de s'esclaffer de nouveau.

— Vous avez toute ma compassion, assura-t-il en jetant sa serviette sur la table. C'est un vrai malheur que d'être à la fois riche, titré et célibataire – et de passer depuis l'âge tendre de vingt et un ans pour un bourreau des cœurs. Cet événement n'a fait que vous rendre plus intéressant, bien sûr, du moins aux yeux du sexe faible. Mais vous devrez vous marier tôt ou tard. C'est l'une des obligations de votre rang. Pourquoi pas bientôt ?

— Pourquoi pas plus tard ? répliqua Peter. Je ne suis pas comme vous, Raycroft. Je ne suis pas capable de repérer une femme au milieu d'une salle de bal bondée, de voir en elle le grand amour de ma vie, de la courtiser avec dévotion une année entière en ignorant toutes les autres jolies filles, puis, enfin fiancé à l'élue de mon cœur, d'attendre encore un an qu'elle ait fini de se balader à l'autre bout de l'Europe.

— À Vienne, précisa son ami. Avec ses parents, qui lui avaient promis ce cadeau depuis une éternité. Et pas une année entière, Whitleaf. Ils rentrent au printemps. Nous serons mariés avant la fin de l'été. Un jour, je l'espère pour vous, vous saurez pourquoi j'attendrais trois fois plus longtemps s'il le fallait. Votre problème, c'est que vous manquez de discernement. Il vous suffit de regarder une femme pour en tomber amoureux. Vous vous éprenez de toutes – et par conséquent d'aucune en particulier.

— Plus on est nombreux, moins il y a de danger, répliqua Peter avec un sourire contraint. En réalité, je ne tombe pas vraiment amoureux, vous savez. C'est simplement qu'elles me *plaisent*.

Lui aussi plaisait – tant mieux, peut-être. Ce n'était que devant l'amour qu'il s'était jusque-là dérobé. Mais le fait que les femmes lui plaisaient – et les gens en général – l'avait empêché de passer en l'espace d'une seule horrible journée de l'état d'enfant innocent à celui de cynique.

— Alors, que comptez-vous faire ? voulut savoir son ami. Rentrer et arriver au beau milieu des festivités organisées par votre mère, ou bien rester ici, à Hareford House ? Pourquoi ne pas y passer le mois entier, après tout ? Écrivez à votre chère maman que j'ai été terriblement déçu lorsque vous avez parlé d'écourter votre visite. Dites-lui que ma mère en a eu le cœur brisé. Dites-lui que vous vous sentez obligé de rester pour le bal du village qui aura lieu dans deux semaines. Ce ne sont pas des mensonges. Nos voisins seront désolés si vous ne faites pas une apparition à ce bal. Il est heureux que je sois fiancé et sûr de l'affection d'Alice. Votre présence plonge tous les autres célibataires dans une obscurité quasi absolue. Les dames n'ont d'yeux que pour vous.

Peter rit, par politesse plus que par amusement.

Après avoir mené pendant cinq ans l'existence frivole d'un jeune homme de la bonne société, il avait enfin pris quelques décisions fermes concernant son avenir.

Il était temps de rentrer à Sidley Park, où il n'avait fait que de brèves visites entre ses différents séjours à Londres, Brighton, ou tout autre endroit à la mode.

Il était temps d'assumer la direction de son domaine et les responsabilités de son rang.

Il était temps, en d'autres termes, de devenir l'homme que son éducation était censée faire de lui – l'homme qu'il avait toujours rêvé d'être, même si ce rêve avait été interrompu trop longtemps. Il aimait Sidley Park et appréciait que ce domaine soit le sien depuis la mort de son père, alors que lui-même n'avait que trois ans.

Les plaisirs vains n'étaient pas vraiment pour lui, avait-il décidé durant la dernière Saison. Ni les quatre cents coups, bien qu'il ne s'en soit pas privé. Il avait perdu cinq années de sa vie. Enfin, pas tout à fait perdu, car il avait appris à se tenir debout sur ses jambes, sans l'aide de béquilles ici ou là, même s'il n'était pas aussi solide qu'il l'eût souhaité. Il en avait aussi profité pour faire le tri entre ce qui lui paraissait important et ce qui devait être rejeté dans ce que lui avaient enseigné une mère, cinq sœurs aimantes et une armée de tuteurs sévères.

Cinq ans plus tôt, ces tuteurs l'avaient trahi gravement – sans parler de sa mère. Mais, au fond, ils lui avaient donné une bonne éducation. Il était temps de cesser de s'apitoyer sur son sort et de se punir en même temps qu'eux. Il était temps de devenir la personne qu'il voulait être. Et personne ne pouvait le faire à sa place, après tout.

Se promouvoir maître de sa destinée lui procurait une immense satisfaction.

Il avait promis à Raycroft de passer un mois à Hareford House après la Saison. Mais vivre au sein d'une famille unie, qui entretenait des relations chaleureuses avec le voisinage, l'avait conforté dans sa détermination à être enfin maître chez lui. Aussi avait-il décidé d'écourter son séjour et de regagner Sidley Park au bout de deux semaines seulement. On était déjà à la fin août et les travaux des champs ne seraient pas terminés. Il avait envie d'être là-bas pour y participer et s'installer durablement chez lui.

La lettre de sa mère avait entaillé son rêve. Il était sidéré qu'elle n'ait pas tiré la leçon de ce qui s'était passé cinq ans auparavant. À moins que ce ne soit là une tentative de sa part pour se racheter de la seule façon qu'elle connaisse. C'était son rêve à *elle* de le voir avec femme et enfants.

L'arrivée de Rosamond Raycroft, la jeune sœur de John, l'empêcha de répondre à la question de son ami. Les joues roses et les yeux brillants d'avoir passé une heure au jardin à cueillir des fleurs avec sa mère, elle était radieuse. John la regarda avec tendresse tandis qu'elle se penchait pour déposer un baiser sur sa joue. Avec une moue de dépit, elle se tourna vers Peter qui se leva pour lui tirer une chaise.

— Je vous en veux beaucoup, déclara-t-elle en s'asseyant. On m'a dit que vous partiez demain, alors que vous nous aviez promis de rester un mois.

— Vous me brisez le cœur, assura Peter en se rasseyant. Mais j'ai quand même une faveur à vous demander: puisque votre beauté m'éblouit et que vous m'auriez ôté l'appétit si je n'avais déjà déjeuné, je vous prie humblement, mademoiselle Raycroft, de me réserver la première danse au bal du village.

La moue fit place à une expression ravie.

— Vous restez, finalement? Pour le bal?

— Comment pourrais-je résister à vos prières ? s'écria-t-il en plaquant la main sur son cœur. Vous n'auriez pas dû sortir de si bon matin, car l'air frais n'a fait qu'embellir votre teint déjà superbe. Vous auriez dû arriver les traits tirés, le visage pâle, et vêtue d'oripeaux. Cela dit, même ainsi je vous aurais trouvée irrésistible !

Elle pouffa de rire.

— Oh, vous *restez* ! Et je suis bel et bien vêtue d'oripeaux, espèce d'idiot. Oh, je savais que vous nous taquiniez lorsque vous parliez de partir demain. Je danserai avec vous, bien sûr ! Si peu de messieurs condescendent à assister à ces modestes bals de campagne, lord Whitleaf ! Et, de surcroît, beaucoup de ceux qui viennent jouent aux cartes toute la soirée ou bien restent debout à regarder les danseurs comme si danser risquait de les tuer.

— C'est un risque réel, Rosamond, intervint son frère. Danser est un exercice épuisant.

— Les Calvert vont être folles d'envie lorsqu'elles sauront que ma première danse est déjà réservée, et par le vicomte Whitleaf en personne ! poursuivit la jeune fille en battant des mains. Je vais le leur dire dès ce matin. J'ai promis d'aller les chercher pour faire une promenade. John, tu devrais inviter Gertrude pour la première danse. Tu sais que maman et Mme Calvert comptent sur toi bien que tu sois fiancé à Alice Hickmore. Et Gertrude sera soulagée. Si elle t'accorde cette danse, elle pourra aisément décliner l'invitation de M. Finn, qui est né avec deux pieds gauches, tous les deux immenses, le pauvre homme.

— Je vais t'accompagner et l'inviter dès aujourd'hui, proposa John en riant. Finn est un fermier, et un bon, Rosamond. Et capable de toucher un roitelet entre les deux yeux à cent pas. On ne peut pas lui demander d'être *aussi* un bon danseur.

— Tirer sur un roitelet ?

La main à mi-chemin du panier à pain, Rosamond se pétrifia.

— Quelle horreur ! s'exclama-t-elle. J'espère bien qu'il ne m'invitera pas à danser.

— C'était une image, expliqua son frère. À quoi bon tirer sur un roitelet ? Cela ne se mange pas.

— Personne ne tirerait sur un roitelet, renchérit Peter en se levant. Ce sont de charmants oiseaux. Je vais aller me promener avec vous, si vous le permettez, mademoiselle Raycroft, enchaîna-t-il. Le beau temps et la campagne environnante suffiraient à me tenter, mais pleuvrait-il et venterait-il que je ne pourrais résister à la tentation d'une promenade en votre compagnie.

Rosamond accueillit le compliment excessif avec un grand sourire. Âgée de dix-sept ans, elle avait beau n'avoir pas encore effectué son entrée officielle dans le monde, elle avait assez d'expérience pour savoir que ses charmes n'avaient pas ensorcelé à ce point le jeune homme. Il n'aurait pas osé badiner ainsi avec elle s'il y avait eu le moindre doute sur la façon dont elle pouvait prendre ses propos. Son frère était son meilleur ami, et il séjournait dans la maison de ses parents, ce qui excluait toute ambiguïté.

— Je vais monter me changer, et faire un brin de toilette, décréta-t-elle en bondissant sur ses pieds, ses envies de pain oubliées. Je serai prête dans quinze minutes.

— Dix suffiront, assura son frère en soupirant. Tu m'as l'air très convenable telle que tu es.

Croisant le regard inquiet de la jeune fille, Peter lui décocha un clin d'œil.

— Allez améliorer la perfection si une telle chose est possible, dit-il. Nous vous attendrons même si vous prenez vingt minutes.

Eh bien, songea-t-il, les dés étaient jetés. Il ne rentrait pas à la maison, finalement. Pas tout de suite, en tout cas.

Une heure plus tard, le vicomte Whitleaf regrettait de ne posséder que deux bras alors que trois ou quatre n'eussent pas été de trop. Il avait Mlle Raycroft à sa droite et l'aînée des demoiselles Calvert à sa gauche, tandis que les sœurs de celle-ci, Jane et Mary, voletaient et pépiaient autour d'eux tels de délicats oiseaux colorés. John Raycroft marchait devant eux en s'extasiant sur la beauté du paysage que dorait le soleil de cette fin d'été.

Pensant de nouveau à Sidley Park, Peter regretta de ne pas y être. Il avait envie d'arpenter ses champs, de tomber la veste et de retrousser ses manches pour travailler avec ses métayers, de sentir la sueur ruisseler dans son dos. Toutes choses qui lui étaient interdites enfant et qu'il n'avait pu faire que durant l'année glorieuse de ses vingt ans lorsqu'il attendait avec impatience d'être majeur.

Bon sang, pourquoi avait-il prévenu sa mère de son retour ? Pourquoi n'était-il pas arrivé impromptu, tout simplement ?

Il soupira, puis, revenant au présent, recouvra aussitôt sa bonne humeur habituelle.

L'aînée des Calvert était une belle jeune fille, même si elle n'avait pas les fossettes séduisantes de sa cadette, Jane, ni les yeux bleus de la plus jeune, Mary. Les trois sœurs étaient célèbres dans le voisinage pour leur beauté. À Londres, elles feraient tourner toutes les têtes – et décrocheraient probablement de beaux partis, même sans dot.

— Vous devriez vraiment envisager de rester deux semaines de plus, lord Whitleaf, insista Mary Calvert qui, tournée vers lui, le précédait en reculant. Il va y avoir un bal à la salle des fêtes, vous le saviez ? Et nous tenons tellement à ce que vous soyez là !

Les rubans bleus qui maintenaient son chapeau et ceux qui resserraient sa robe sous sa poitrine – parfaitement assortis à ses yeux – voletaient au rythme de ses gestes, et ses boucles blondes dansaient sous son chapeau. Le bas de sa robe laissait entrevoir des chevilles fines. Une ravissante jeune fille, vraiment !

— Je le dois vraiment ? demanda-t-il avec un soupir ostentatoire.

Il sourit successivement à chacune des jeunes filles, se dit que c'était une bien belle matinée et qu'il avait bien de la chance de la passer en aussi agréable compagnie – même s'il aurait préféré être en train de se préparer à rentrer chez lui.

— La tentation devient presque irrésistible, je dois avouer.

— Le vicomte Whitleaf a décidé ce matin qu'il restera, intervint Rosamond Raycroft, qui refusait de se voir retirer le privilège d'annoncer la bonne nouvelle. Et il m'a réservé la première danse.

— Aucune coercition n'a été nécessaire, assura Peter tandis que Jane et Mary Calvert applaudissaient, et que leur aînée lui pressait brièvement le bras en remerciement. Comment pourrais-je refuser de rester alors qu'il y aura quatre jolies jeunes filles avec qui danser… Si du moins elles m'acceptent comme cavalier !

Il avait beau badiner – et elles le savaient parfaitement –, il ne mentait pas pour autant. Ces deux dernières semaines, il avait rencontré nombre des voisins des Raycroft et tous lui avaient paru fort sympathiques. Les dames, surtout.

Un concert d'éclats de rire accueillit sa déclaration.

— Peut-être que Mlle Gertrude me fera l'honneur de me réserver la deuxième danse, suggéra-t-il. Mlle Jane la troisième, et Mlle Mary la quatrième. Si je ne m'y prends pas trop tard et que toutes vos danses n'ont pas été déjà réservées par les messieurs des alentours, s'entend. Ce qui ne me surprendrait pas.

De nouveaux rires accueillirent ses paroles, suivis de la promesse que les deuxième, troisième et quatrième danses lui étaient d'ores et déjà réservées et qu'aucune des trois sœurs ne lui ferait défaut.

— Comme si c'était possible, ajouta Mary Calvert en toute innocence.

— Vous feriez mieux de m'accorder la première danse, Gertrude, intervint John Raycroft tout à trac. Je devine que l'alternative est Finn, et Rosamond m'affirme que ce destin est proche de la mort.

Les jeunes filles s'esclaffèrent.

— C'est très obligeant de votre part, répondit l'aînée des Calvert. Je vous remercie. M. Finn est gentil et digne d'intérêt, et je l'apprécie beaucoup. Mais j'admets que ce n'est pas un danseur.

Elle appréciait le dénommé Finn, Peter s'en était rendu compte, et, si celui-ci prenait son courage à deux mains, il serait marié avant la fin de l'année.

— Finn est un excellent fermier, dit-il à la jeune femme. J'ai eu plusieurs conversations avec lui au sujet des moissons, du bétail, du drainage des prairies, ce genre de choses, et il m'a paru compétent et instruit.

Elle le remercia d'un sourire ravi.

Ils marchaient entre des haies touffues entremêlées de fleurs sauvages dont le parfum les assaillait à chaque pas.

Arrivés à un croisement, John indiqua de sa canne la route qui partait à droite et expliqua à

Peter qu'elle les ramènerait au village par un autre chemin tandis que celle de gauche menait à Barclay Court, la propriété du comte et de la comtesse d'Edgecombe qui malheureusement étaient en voyage sur le continent. Il n'avait pas achevé sa phrase que Gertrude Calvert poussa un cri de surprise. Ses sœurs tournèrent la tête dans la même direction qu'elle, puis s'élancèrent à la rencontre de deux femmes qui venaient de leur gauche.

— C'est justement la comtesse, expliqua Gertrude. Ils sont rentrés, John. Quelle joie !

Peter reconnut la comtesse d'Edgecombe – son mari était l'une de ses relations de Londres – dont il admirait la beauté et la voix de soprano. Très connue dans le monde de la musique, elle donnait des concerts dans toute l'Europe.

— En effet, acquiesça John Raycroft. Merveilleux !

Les yeux de Peter s'attardèrent sur la compagne de la comtesse, une jeune femme de petite taille mais, pour ce qu'il pouvait en voir, parfaitement proportionnée. Sous le chapeau d'un vert plus sombre que la robe, il aperçut de magnifiques cheveux auburn, et des traits fins et réguliers qui ne déparaient pas le reste.

Une véritable beauté, dut-il admettre.

Et à cet instant, deux mots jaillirent dans son esprit.

*La voici.*

Ce que son cerveau lui signifiait par ces deux mots apparemment innocents, et pourtant quelque peu menaçants, il ne prit pas la peine de se le demander. Très sensible à la beauté féminine, il était toujours prêt à faire plus ample connaissance. Mais son cœur se gardait bien d'éprouver tout sentiment réel, et ce depuis cinq ans.

*La voici.*

Comme s'il retrouvait en elle un morceau égaré de son âme... Bonté divine!

Il aurait peut-être eu honte de sa réaction extravagante devant cette inconnue s'il avait eu le temps d'y réfléchir.

Ce qui ne fut pas le cas.

Des salutations joyeuses s'échangèrent au croisement des deux routes. Tout le monde se connaissait, sauf Peter et la jeune femme qui, apprit-il, s'appelait Mlle Osbourne. Il attendit que quelqu'un fasse les présentations. Des yeux verts, des cheveux auburn... Par le ciel, c'était une beauté. Pourquoi ne l'avait-il encore jamais rencontrée? Qui diable était-ce, en dehors d'être Mlle Osbourne?

— Lord Whitleaf, fit la comtesse, puis-je vous présenter mon amie, Mlle Osbourne? Elle enseigne à l'École de Jeunes Filles de Mlle Martin, à Bath, où j'enseignais avant d'épouser Lucius. Susanna, voici le vicomte Whitleaf.

*Susanna Osbourne.* Ce nom lui allait bien.

Elle fit une révérence. Rosamond Raycroft et Gertrude Calvert lui ayant lâché le bras pour saluer les dames de Barclay Court, il s'inclina avec élégance avant de lui adresser son sourire le plus charmant.

— Mademoiselle Osbourne, votre présence embellit et réchauffe cette journée déjà splendide.

Le compliment excessif fit pouffer de rire toutes les dames, sauf l'intéressée. Son sourire se refroidit, et le regard qu'elle lui adressa se chargea de... *de quoi, Seigneur*? De haine? De mépris? L'un ou l'autre, assurément.

— Monsieur, fit-elle du bout des lèvres avant de se détourner.

— Quelle chance de vous rencontrer! disait la comtesse. Lucius et moi sommes arrivés hier, avec Susanna qui va passer deux semaines chez nous avant la rentrée scolaire. Nous allions justement présenter nos respects à quelques-uns de nos voisins, et nous comptions commencer par Hareford House. Monsieur Raycroft, pourrions-nous vous convaincre de nous raccompagner afin de rendre visite à Lucius qui aura passé toute la matinée avec son régisseur ? Vous séjournez à Hareford House, lord Whitleaf ? Venez aussi, Lucius sera enchanté.

— Lord Whitleaf va rester jusqu'après le bal qui a lieu dans deux semaines, annonça triomphalement Mary Calvert. Il va danser avec chacune de nous, mais je n'adresserai plus la parole à Rosamond parce qu'elle a sur nous l'avantage de vivre à Hareford House et donc d'ouvrir le bal avec lui tandis que moi je dois attendre la quatrième danse puisque Gertrude et Jane sont plus âgées que moi. Pourtant Rosamond a deux semaines de moins que moi ! C'est vraiment injuste, lady Edgecombe.

Elle avait débité sa tirade en riant pour montrer qu'elle n'était pas vraiment offensée. Après quoi, elle se rua sur Peter et s'empara de son bras droit tandis que sa sœur Jane s'appropriait le gauche.

— Est-ce que lord Edgecombe et vous-même, ainsi que Mlle Osbourne, viendrez ? demanda Gertrude Calvert à la comtesse.

— Au bal ? C'est la première fois que j'en entends parler. Mais nous viendrons sûrement, assura-t-elle. Ce sera très amusant. Ah, merci, monsieur Raycroft ! ajouta-t-elle comme John lui proposait son bras.

Il offrit l'autre à Mlle Osbourne, qui l'accepta avec un sourire chaleureux.

Peter les suivit avec les quatre jeunes filles, plus animées et bavardes que jamais.

Ainsi Susanna Osbourne était institutrice ? À Bath. Rien d'étonnant, donc, qu'il ne l'ait jamais rencontrée.

Quelle tristesse que de gaspiller autant de jeunesse et de beauté !

Elle était probablement intelligente et cultivée.

Trop instruite pour être sensible aux compliments masculins – aux siens en tout cas. Il aurait dû tenir compte de ce que disait la comtesse et éviter toute espèce de flatterie. À la place, il aurait dû les éblouir toutes deux par son érudition en débitant les noms des fleurs champêtres qui poussaient dans les haies – les noms latins, de préférence.

Peut-être que cela l'aurait impressionnée.

Sauf qu'il ne connaissait aucun nom latin de fleurs.

*L'École de Jeunes Filles de Mlle Martin*. Il grimaça en son for intérieur tout en s'esclaffant d'un mot d'esprit de Jane Calvert. Rien que le nom de l'établissement semblait redoutable. Et elle enseignait là.

Comme toute maîtresse d'école qui se respecte, elle n'avait aucun sens de l'humour.

Mais non, c'était injuste. Que lui avait-il dit, Seigneur ? Quelque chose sur une journée d'été que sa présence réchauffait et embellissait ? Aïe ! Il n'avait rien trouvé de mieux ? Avait-il espéré qu'un compliment niais la ferait minauder de gratitude ?

Il arrivait vraiment qu'il se fasse honte, parfois.

Reportant son attention sur les deux jeunes filles accrochées à ses bras, et sur les deux autres qui tournoyaient autour d'eux, il entreprit de badiner joyeusement.

Raycroft et les dames de Barclay Court semblaient plongés dans une conversation sérieuse qu'interrompaient parfois des questions venant de leur petit groupe.

Peter les envia. Il était rare qu'il discute avec des femmes. Badiner était devenu une habitude. Cela n'avait pas toujours été le cas. Il se rappelait avoir discuté avec Bertha de tous les sujets qui le fascinaient à l'université, de politique, de religion, de philosophie... jusqu'à ce qu'il ait reconnu dans son regard absent l'expression d'un ennui indicible.

# 2

Susanna Osbourne avait cru qu'elle ne pourrait pas venir à Barclay Court, et elle avait eu beau se dire que cela n'avait pas d'importance, c'eût été une déception.

Elle était restée à Bath tout l'été pour aider Claudia Martin à s'occuper des pupilles accueillies par charité qui n'avaient nul endroit où aller en vacances. Anne Jewell, l'autre professeur à demeure, était partie passer un mois avec son fils David au pays de Galles, à l'invitation du marquis de Hallmere qu'elle connaissait de longue date.

Anne étant toujours au loin, Francesca Marshall, ancienne institutrice de l'école de Claudia Martin, et à présent comtesse d'Edgecombe, s'était arrêtée à Bath avec son époux, avant de regagner leur propriété du Somerset, Barclay Court. Ils revenaient d'un voyage de plusieurs mois sur le continent où Francesca avait donné des concerts et faisaient une halte juste le temps d'inviter Claudia, ou Anne, ou Susanna à passer deux semaines chez eux. En dépit de son mariage, trois ans plus tôt, Francesca était demeurée très proche de ses trois anciennes collègues.

Claudia avait pressé Susanna de partir. Elle se débrouillerait très bien toute seule avec les enfants, avait-elle assuré, et, en cas de besoin, elle pouvait toujours faire appel à l'une ou l'autre des institutrices qui résidaient en ville. En outre, Anne devait rentrer d'un jour à l'autre. Mais Susanna avait un cœur loyal. Claudia Martin l'avait embauchée cinq ans plus tôt, alors qu'elle n'était encore que l'une des pupilles accueillies par charité, et elle lui en était extrêmement reconnaissante. Il était hors de question qu'elle fasse passer son plaisir avant son devoir. N'était-ce pas l'une des règles qu'elle était chargée d'enseigner ?

Ce fut donc sans la moindre hésitation qu'elle avait répondu à Francesca que non, elle ne viendrait pas. Et, bien sûr, Francesca n'avait pas insisté. Mais, la veille du jour où son mari et elle devaient repartir, Anne était rentrée, et plus rien n'avait obligé Susanna à rester.

Voilà pourquoi elle se trouvait dans le Somerset en cette fin d'août particulièrement chaude et ensoleillée. Ce n'était pas son premier séjour chez le comte d'Edgecombe, mais l'émerveillement demeurait. Barclay Court était une belle propriété, Francesca lui était aussi chère que jamais, et son mari se montrait très accueillant. Les voisins, se rappelait-elle, étaient fort aimables. Francesca se donnerait le mal de la divertir, elle le savait, bien que ce ne soit pas nécessaire. Le rare plaisir d'être en vacances suffisait à son bonheur, surtout dans ce décor splendide.

Francesca et elle étaient en route pour rendre visite aux Raycroft que Susanna avait particulièrement appréciés lors de son précédent séjour. Le temps étant beau, elles avaient décidé de marcher plutôt que de prendre la voiture, d'autant qu'après le long voyage de la veille, elles éprouvaient le besoin de se dégourdir les jambes. Elles avaient parcouru à peine un kilomètre lorsqu'elles avaient entendu des voix joyeuses et des rires, et avaient aperçu les Raycroft et les demoiselles Calvert qui se promenaient aussi.

Le cœur de Susanna s'était empli de joie. La vie était belle, vraiment.

Jusqu'à ce qu'elle ne le soit plus du tout.

Francesca et M. Raycroft parlaient de Vienne. Francesca en revenait et Mlle Hickmore, la fiancée de M. Raycroft, était allée passer l'automne et l'hiver là-bas.

M. Raycroft, un grand garçon dégingandé aux cheveux blonds et au visage ouvert, avait toujours été très aimable avec Susanna. Francesca avait un jour suggéré, ne plaisantant qu'à moitié, que son amie pourrait jeter son dévolu sur lui. Mais il n'avait manifesté aucun penchant particulier pour elle, et la réciproque était vraie. Apprendre qu'il était à présent fiancé n'avait déclenché en elle nul regret, uniquement l'espoir que Mlle Hickmore était digne de lui.

Il eut la courtoisie de faire participer Susanna à la conversation et expliqua que, n'ayant jamais mis le pied hors des îles Britanniques, il ne connaissait pas plus qu'elle Vienne, Paris ou Rome.

— Vienne est certainement une très jolie ville, dit-il en lui souriant, mais je serais étonné qu'elle le soit plus que Londres. Vous connaissez Londres, mademoiselle Osbourne ?

Elle s'efforça de se concentrer sur la conversation au lieu de se laisser distraire par les pensées désordonnées qui tourbillonnaient dans sa tête.

— Très peu, avoua-t-elle. J'y ai passé une courte période lorsque j'étais enfant, mais je n'y suis pas retournée depuis. J'envie Francesca d'avoir vu Vienne, Paris, Rome…

— Lady Edgecombe ? appela l'une des jeunes femmes qui marchaient derrière eux. Pensez-vous qu'il y aura des valses au bal ? J'en *mourrai* s'il y en a une et que maman m'interdit de danser, comme elle le fera sûrement. Est-ce que c'est vraiment très *choquant* ?

— Je ne sais pas du tout si l'orchestre jouera des valses, répondit Francesca tandis que Susanna tournait la tête pour voir qui avait parlé. J'ignorais même qu'il y avait un bal, rappelez-vous, avant que vous m'en parliez. Mais j'espère qu'il y aura une valse. C'est une jolie danse, très romantique, et pas du tout choquante. À mon avis, du moins.

Il était là, remarqua Susanna, une dame à chaque bras, les deux autres papillonnant autour de lui comme s'il était le seul homme au monde de quelque importance – opinion qu'il partageait certainement et qu'il faisait tout pour conforter.

Mais à laquelle elle n'était pas encline à se rallier, même si elle devait admettre qu'on ne pouvait reprocher son nom à un homme.

*Vicomte Whitleaf.*

Elle sentit son sang se glacer soudain – comme quelques minutes plus tôt lorsque Francesca les avait présentés l'un à l'autre.

C'était sans aucun doute le jeune homme le plus beau qu'elle ait jamais vu – elle l'avait pensé avant même d'être assez près pour remarquer le violet intense de ses yeux. Quant à son allure ! On aurait dit que son valet l'avait glissé à l'intérieur de sa redingote bleu sombre et de sa culotte en daim tant ses vêtements étaient parfaitement ajustés. Ses bottes, quoique couvertes d'une fine couche de poussière, venaient visiblement d'un bon faiseur et avaient dû coûter une petite fortune. Sa chemise, d'un blanc immaculé, était taillée dans le lin le plus fin. Son chapeau était incliné sur ses cheveux bruns juste ce qu'il fallait pour lui donner un air un peu canaille sans paraître de travers. Grand et mince, doté de larges épaules et de longues jambes, il possédait le physique idéal pour mettre en valeur sa tenue.

En le voyant, Susanna avait été positivement émerveillée.

Puis Francesca avait prononcé son nom.

Il s'était incliné avec une courtoisie excessive – parfaitement déplacée sur cette petite route de campagne – avait affiché un sourire charmeur dû à une longue pratique, et il lui avait adressé ce compliment ridicule tout en plongeant le regard dans ses yeux si profondément qu'elle n'aurait pas été surprise de découvrir que ses cheveux sur la nuque avaient roussi. Pour couronner ses autres perfections, il avait des dents blanches et bien alignées.

Les autres dames avaient ri, mais même si Susanna n'avait pas été sidérée en entendant son nom, elle n'aurait su que dire ni que faire. Son cerveau était paralysé et c'était pur hasard que son corps ne l'ait pas été également.

Même s'il n'était pas responsable de son nom, se disait-elle à présent, elle le détestait déjà. Un gentleman ne devait pas s'amuser à jeter une dame en pleine confusion. Ellc ne savait pas grand-chose des hommes, mais elle était capable de reconnaître un individu creux et superficiel quand elle en rencontrait un – lequel individu était si imbu de lui-même qu'il s'attendait à voir toute femme croisée se prosterner à ses pieds.

Le vicomte Whitleaf était ce genre d'homme. C'était évident.

Elle avait accepté le bras de M. Raycroft avec gratitude. Mais depuis, elle ne cessait de sentir la présence du vicomte comme une main posée sur sa colonne vertébrale. Sensation odieuse qu'elle se reprochait d'éprouver.

Bien sûr le nom d'*Osbourne* ne signifiait probablement rien pour lui. Et cela non plus, on ne pouvait le lui reprocher. Il n'était qu'un enfant à l'époque… Mais il aurait *dû* s'en souvenir. Ce nom aurait dû lui brûler le cerveau comme le sien brûlait celui de Susanna.

Elle regrettait à présent qu'Anne soit revenue à temps, lui permettant ainsi d'aller chez Francesca. Elle aurait tellement aimé être à l'école, en sécurité – à l'abri pour toujours dans le morne quotidien de l'école.

Mais pourquoi se laisserait-elle gâcher ses vacances par un individu vain et présomptueux qui pensait qu'il lui suffisait de darder ses yeux violets sur une femme pour qu'elle tombe amoureuse de lui ?

Susanna redressa les épaules, pointa le menton et demanda à M. Raycroft dans quel pays du monde il se rendrait s'il avait le choix ? Aurait-il très envie d'aller en Grèce comme elle ?

— La Grèce mérite assurément d'être visitée, reconnut-il. Mais on m'a dit que voyager là-bas est extrêmement inconfortable. Et je suis un homme qui aime son confort, voyez-vous.

— Je ne vous le reproche pas, intervint Francesca. Et je peux vous certifier que je n'ai encore vu aucun pays qui rivalise en beauté avec l'Angleterre. C'est bien agréable d'être de retour à la maison.

Ils arrivèrent peu après au village et s'arrêtèrent pour échanger quelques mots avec Mme Calvert, qui était sortie pour les accueillir, mais ils refusèrent d'entrer. Les sœurs Calvert étant rentrées chez elles, ils poursuivirent leur promenade. Le vicomte Whitleaf marchait à présent en tête avec Mlle Raycroft au bras, et ils bavardèrent gaiement tous les deux jusqu'à Hareford, chacun visiblement enchanté par la compagnie de l'autre.

Les deux visiteuses prirent le thé avec les Raycroft et conversèrent aimablement durant une demi-heure avant que Francesca donne le signal du départ.

— Vous n'avez sans doute pas envie de sortir de nouveau, monsieur Raycroft. Mais peut-être pouvons-nous espérer vous voir demain à Barclay Court ?

— Je crois me rappeler que votre invitation m'incluait, madame, intervint le vicomte Whitleaf. Et j'ai envie de marcher encore un peu aujourd'hui. J'ai hâte de présenter mes respects à Edgecombe. Vous venez aussi, Raycroft ? Ou aurai-je le plaisir d'avoir deux dames pour moi tout seul jusqu'à Barclay Court ?

Au grand soulagement de Susanna, M. Raycroft exprima le désir d'être de la partie.

Soulagement de courte durée car, le destin ayant voulu que M. Raycroft soit en train de parler avec Francesca alors qu'ils descendaient l'allée du jardin, tout naturellement, il lui proposa son bras en franchissant la grille. Ce qui ne laissa à Susanna d'autre choix que de les suivre en compagnie du vicomte Whitleaf.

Elle n'aurait pu imaginer pire sort. Consternée, elle lui jeta un bref coup d'œil tout en nouant fermement les mains dans le dos avant qu'il se sente obligé de proposer son bras.

De quoi diable allaient-ils parler ?

Bien qu'il y eût au moins cinquante centimètres entre eux, elle sentait sa présence, chaude et envahissante comme un accès de mauvaise fièvre. Son estomac se noua, sa langue aussi.

Elle se méprisa de n'être pas aussi à l'aise avec lui que Mlle Raycroft et les sœurs Calvert. Ce n'était qu'un homme après tout – et superficiel qui plus est. Ce n'était pas quelqu'un qu'elle aurait aimé impressionner. Elle devait juste être polie.

Elle eut beau faire, aucun sujet poli ne lui vint à l'esprit.

Elle avait vingt-trois ans, mais elle était aussi gauche qu'une gamine qui quitte l'école pour la première fois.

Elle avait vingt-trois ans, mais n'avait jamais eu de soupirant. Et personne ne l'avait jamais embrassée.

Hélas, des pensées si pathétiques ne calmaient en rien son agitation.

À en juger par son ignorance en ce qui concernait le monde des hommes et la meilleure façon de se sentir à l'aise avec eux, elle aurait pu passer les onze dernières années dans un couvent, songea-t-elle tristement.

Ils avaient déjà parcouru la moitié du chemin que, selon l'estimation de Peter, il n'avait prononcé que sept mots et Mlle Osbourne un seul.

— Quelle belle journée, n'est-ce pas? avait-il dit en guise d'ouverture en souriant à la jeune femme – ou plutôt à son chapeau qui lui arrivait à l'épaule.

— Oui.

Elle marchait, la nuque raide et les mains dans le dos, signe évident qu'elle ne voulait pas de son bras. Était-ce parce qu'elle n'avait pas de conversation ou bien parce qu'elle lui en voulait toujours d'avoir été comparée à une journée d'été – encore qu'il ne fût pas le premier. Shakespeare n'avait-il pas fait la même chose? Il penchait pour la seconde explication, car elle avait prononcé plus que des monosyllabes avec Mme Raycroft moins d'une demi-heure auparavant – tout en évitant de le regarder, il le savait car lui ne l'avait quasiment pas quittée des yeux.

L'étrange pensée qui lui était venue à l'esprit dès qu'il l'avait vue continuait à l'intriguer.

*La voici.*

Mais *qui*, pour l'amour de Dieu ?

C'était une expérience nouvelle pour lui que de se trouver en compagnie d'une dame qui, visiblement, aurait préféré qu'il ne soit pas là. Bien sûr, il ne se trouvait pas habituellement en compagnie d'institutrice de Bath, ni d'ailleurs, du reste. Elles appartenaient peut-être à une espèce différente des femmes qu'il côtoyait d'ordinaire. Elles étaient peut-être faites d'un matériau plus rigide.

— Vous aviez raison, dit-il un peu plus tard, histoire de voir sa réaction. Cette journée d'été n'a pas été *réellement* réchauffée et embellie par votre présence. C'était un trait d'esprit stupide.

Elle lui glissa un regard de biais et, juste avant que le bord de son chapeau ne cache son visage, il fut de nouveau frappé par l'heureuse combinaison de la chevelure auburn et des yeux vert océan – et par la légère rougeur dont l'air frais avait coloré son teint crémeux.

— Oui, acquiesça-t-elle, doublant ce faisant sa contribution à leur conversation depuis le départ de Hareford House.

Ainsi donc, elle n'allait pas le contredire ? Il ne put s'empêcher de poursuivre :

— C'est mon cœur qui s'échauffait et se mettait à rayonner.

Cette fois, elle ne tourna pas la tête, mais il eut l'impression que son chapeau s'était raidi.

— Le cœur n'est qu'un organe situé dans la poitrine, dit-elle.

Ah, une prosaïque. Il sourit.

— Qui a le rôle d'une pompe, approuva-t-il. Mais quel point de vue peu romantique ! Vous mettriez des générations de poètes au chômage avec ce genre de déclaration, mademoiselle Osbourne. Sans parler des amants.

— Je ne suis pas romantique.

— Vraiment? Quelle tristesse! La sensibilité n'existe pas, selon vous? La vue de la beauté ne peut émouvoir aucun de nos organes?

Il crut qu'elle n'allait pas répondre. Arrivés au croisement où ils s'étaient rencontrés deux heures plus tôt, ils suivirent Raycroft et lady Edgecombe sur la route qui menait à Barclay Court.

— Vous tournez en dérision la sensibilité, dit-elle, si bas qu'il se pencha au cas où elle en dirait plus.

Ce qu'elle ne fit pas.

— Ah... vous me pensez incapable d'éprouver des émotions. C'est ce que vous dites?

— C'est une présomption que je ne me permettrai pas.

— Mais si, vous l'avez fait. Vous l'avez déjà présumé, remarqua-t-il.

Il passait un bon moment, découvrit-il, avec cette étrange créature, si sérieuse et un peu guindée, qui ressemblait à un ange.

— Vous m'avez accusé de tourner la sensibilité en dérision, insista-t-il.

— Je vous demande pardon. Je n'aurais pas dû dire cela.

— Non, en effet, vous n'auriez pas dû, acquiesça-t-il. Vous m'avez blessé au cœur – cet organe situé dans la poitrine, cette vulgaire pompe. Comme nous avons un point de vue différent sur le monde, mademoiselle Osbourne! Vous m'entendez vous faire un compliment excessif et parfaitement idiot, et vous en déduisez que je ne connais rien aux plus belles émotions humaines. Moi, de mon côté, je vous regarde, sérieuse et désapprobatrice, et j'ai l'impression de... de vivre un instant de pure magie.

— À présent, c'est *moi* que vous tournez en dérision, commenta-t-elle.

Elle avait une voix basse et douce à la fois, même lorsqu'elle s'indignait. Elle était petite de taille et fort mince, tout en ayant les rondeurs nécessaires aux bons endroits, par Jupiter ! Comment parvenait-elle à contrôler une classe de fillettes dont la plupart désiraient sûrement être ailleurs ? Lui faisaient-elles passer de sales moments ? Ou y avait-il dans son caractère autant de fer que dans sa colonne vertébrale ?

Il parierait qu'il y avait du fer – et pas beaucoup de tendresse. Pauvres enfants !

— Je crains de m'être, en quelques mots stupides, à jamais condamné à vos yeux, mademoiselle Osbourne. Changeons de sujet, voulez-vous ? À quoi avez-vous occupé vos vacances jusqu'à présent ?

— Ce n'était pas vraiment des vacances. Presque la moitié de nos élèves sont des pupilles accueillies par charité. Elles vivent là à l'année et quelques-unes d'entre nous doivent rester pour veiller sur elles et les occuper.

— Nous ?

— Les institutrices à demeure, expliqua-t-elle. Il y en avait quatre jusqu'à ce que Francesca épouse le comte il y a deux ans. Maintenant, il y a Mlle Martin, Mlle Jewell et moi-même.

— Et vous renoncez toutes les trois à vos vacances pour ces pupilles ?

Elle tourna la tête pour le fixer – d'un regard calme, sérieux, peut-être même légèrement accusateur.

— J'ai été l'une d'elles de douze à dix-huit ans avant que Mlle Martin ne fasse de moi une institutrice stagiaire.

Ah.

Bon.

Extraordinaire.

Il se promenait et discutait avec une ancienne pupille de charité promue institutrice. Pas étonnant que la communication soit si difficile. Deux mondes étrangers avaient dérivé jusqu'à se heurter sur la même petite route de campagne, sans grand plaisir pour eux. Non, ce n'était pas tout à fait vrai – lui passait encore un bon moment.

— Il ne s'agit pas de *renoncer* à nos vacances, reprit-elle. L'école est notre maison et les filles, notre famille. Une pause de temps à autre est la bienvenue, bien sûr. Anne – Mlle Jewell – vient juste de rentrer d'un séjour d'un mois avec son fils au pays de Galles, et me voilà ici pour deux semaines. Il arrive que Claudia Martin s'absente aussi quelques jours. Mais, dans l'ensemble, je suis heureuse – nous sommes toutes heureuses – d'être occupée. Une existence oisive ne me conviendrait pas.

C'était la vraie maîtresse d'école, un peu collet monté, qui ne devenait loquace que lorsque la conversation abordait l'école, ses collègues et ses élèves.

« Que Dieu me vienne ! » songea Peter qui, lui, était prêt à s'étendre sur le cœur, les émotions, la sensibilité.

Mais elle était plus jolie que presque toutes les femmes qu'il avait rencontrées jusqu'à présent – et le mot « presque » pouvait être supprimé sans tomber dans l'exagération. Il avait souvent pensé que le destin était malicieux, mais le contraste apparemment immense entre le physique de cette femme, son caractère et sa situation le fascinait comme jamais il ne se rappelait l'avoir été.

— Ce qui implique que l'oisiveté me sied ? commenta-t-il en riant. Mademoiselle Osbourne, vous avez une voix douce, mais une langue acérée. Vos élèves doivent la craindre.

Elle n'avait pas complètement tort, d'ailleurs. Il menait bel et bien une vie oisive – depuis cinq ans, en tout cas –, et, s'il avait l'intention de tourner la page de l'oisiveté très prochainement, ce n'était pas encore fait, n'est-ce pas ? Penser et envisager était une chose ; faire, en était une autre.

Oui, tel qu'il était, aujourd'hui, mademoiselle Osbourne avait raison sur son compte. Il n'avait pas d'argument à lui opposer pour sa défense.

Il se demanda ce que cela devait être que d'avoir à travailler pour vivre.

— Je parlais de moi, monsieur, en réponse à votre question. Je n'émettais aucune opinion à votre sujet.

Elle avait de petits pieds élégants, remarqua-t-il, ce qui convenait à sa stature. Et durant le thé, il avait pu admirer ses mains fines.

Mlle Susanna Osbourne le désapprouvait – sans doute même le détestait-elle. Dans son milieu, les gens travaillaient. Comment cela avait-il été d'être une pupille, accueillie par charité, dans l'école où elle enseignait à présent ?

— Vous aimez enseigner ? demanda-t-il.

— Beaucoup. C'est ce que je choisirais de faire de ma vie même si j'avais quantité d'autres choix.

— Vraiment ?

Disait-elle la vérité ou s'était-elle convaincue que c'était là la vérité ?

— Vous préféreriez l'enseignement au mariage et à la maternité ?

Il y eut un long silence qui lui fit regretter sa question discourtoise et peut-être blessante.

— Je suppose que, même si je pouvais imaginer quantité d'autres choix, ils devraient rester dans le domaine du possible.

Dieu du ciel !

— Et le mariage n'y figurerait pas ? s'enquit-il, surpris.

Elle baissa tellement la tête qu'elle ne devait plus voir que ses pieds. Il l'avait embarrassée, flûte ! D'ordinaire, il n'était pas aussi indélicat.

— Non. Il n'y figurerait pas.

Il aurait dû le deviner. Combien de fois entendait-on parler d'une préceptrice qui se mariait ? Et une institutrice devait avoir encore moins d'occasions de rencontrer un parti sérieux. Comment la comtesse avait-elle rencontré Edgecombe ? se demanda-t-il soudain. Il ignorait jusqu'à ce jour qu'elle avait été maîtresse d'école. Il devait y avoir une histoire intéressante derrière cette rencontre et leurs fiançailles.

Dans son milieu, les femmes n'avaient rien à espérer ni à envisager *en dehors* du mariage. Ses sœurs n'avaient considéré leurs vies complètes qu'après avoir été conduites à l'autel par un beau parti, et ce dans l'ordre en partant de l'aînée, et à un âge flatteur – flatteur pour elles et pour leur mère.

— Eh bien, on ne sait jamais ce que l'avenir nous réserve, n'est-ce pas ? dit-il. Mais il faudra me dire ce qui vous plaît tant dans l'enseignement. Pas aujourd'hui – je vois que nous approchons de Barclay Court. Nous aurons l'occasion de discuter plus longuement, car nous nous reverrons sûrement au cours des deux prochaines semaines.

Elle lui jeta de nouveau un bref coup d'œil. Il s'esclaffa.

— Je vois les rouages de votre cerveau se mettre en branle pour trouver un moyen d'éviter un tel sort, reprit-il. Eh bien, c'est impossible, je vous le certifie. À la campagne, on est toujours les uns chez les autres. Sinon, comment ne pas mourir d'ennui ? Je reste deux semaines à Hareford House tout comme vous à Barclay Court. Je suis content d'avoir renoncé à rentrer chez moi demain comme j'en avais eu l'intention.

C'était la vérité, et il en était surpris. Pourquoi diable avait-il envie de connaître mieux une femme issue d'un monde étranger, qui ne l'aimait pas et le méprisait probablement ? Juste parce qu'elle était incroyablement belle ? Ou parce qu'il ne pouvait résister au défi de lui arracher un sourire ou un mot aimable ? Ou parce qu'elle lui offrait l'occasion d'avoir des discussions sérieuses – sur sa vie de maîtresse d'école ? Il avait eu des conversations – et une vie – par trop futiles pendant beaucoup trop longtemps.

— Vous serez très occupé avec Mlle Raycroft et les demoiselles Calvert, risqua-t-elle.

— Bien sûr, dit-il en riant. Ce sont de délicieuses jeunes filles et qui peut résister à cultiver les délices ?

— Vous ne vous attendez sûrement pas que je réponde à cela.

— Non, en effet. C'était une question purement rhétorique. Mais je ne m'occuperai pas d'elles toute la journée, mademoiselle Osbourne. Cela pourrait donner lieu à des supputations erronées. En outre, elles ne m'ont fait éprouver aucun instant de magie.

Il sourit au chapeau de la jeune femme. Les gravillons de la terrasse crissaient sous leurs pieds.

— Je vous prierai, monsieur, de ne plus me parler avec une telle légèreté, dit-elle d'une voix glaciale. Je ne sais comment y répondre. Et surtout je ne *souhaite* pas y répondre. À l'avenir, je ne souhaite pas que vous vous occupiez de moi en particulier. Je vous le demande.

Mince ! L'avait-il vraiment offensée ?

— Dois-je, quand je regarderai dans votre direction, faire comme si je ne voyais que du vide ? Je crains qu'Edgecombe et son épouse ne me trouvent affreusement mal élevé. Si vous voulez, je m'inclinerai et émettrai des remarques sur la beauté ou l'inclémence du temps – sans faire de comparaison avec votre personne. Cela vous ira-t-il ?

Elle hésita.

— Oui, dit-elle, achevant leur conversation comme elle l'avait commencée.

Edgecombe, qui avait dû les voir approcher, descendait les marches du perron un sourire de bienvenue aux lèvres.

— Vous avez donc réussi à le persuader de venir, Francesca ? Bravo ! s'écria-t-il en enlaçant brièvement sa femme. Raycroft, content de vous revoir. Et Whitleaf séjourne chez vous ? Quel plaisir ! Entrez. La promenade vous a plu, Susanna ? Vous avez trouvé M. et Mme Raycroft chez eux ?

Il proposa son bras à la maîtresse d'école qui le prit sans hésiter et se mit à pépier gaiement :

— Nous avons rencontré Mlle Raycroft au croisement. Elle se promenait avec son frère et les sœurs Calvert. Nous sommes retournés au village ensemble et, de là, nous sommes allés à Hareford House où nous avons pris le thé avec Mme Raycroft. C'était une promenade vraiment très agréable. Il n'y a rien de plus joli que la campagne du Somerset.

Son ton était léger, sa voix heureuse, nota Peter, un peu dépité, tout en gravissant les marches à leur suite.

Le temps qu'il franchisse le seuil, Mlle Osbourne se dirigeait déjà vers l'escalier sans un regard en arrière.

— Je vous laisse la bibliothèque pour discuter avec M. Raycroft et lord Whitleaf, Lucius, dit la comtesse. Nous ne vous dérangerons pas.

— Merci, dit-il. Le pasteur est passé tout à l'heure, mais j'imagine que vous savez maintenant qu'un bal aura lieu au village dans deux semaines ?

— Bien sûr.

— J'ai dit que nous irions à condition qu'il y ait au moins une valse. Le pasteur a promis qu'il ne s'y opposerait pas.

Ils échangèrent un sourire de connivence avant qu'elle ne monte l'escalier à la suite de Mlle Osbourne.

— Bien, fit Edgecombe en se frottant les mains. Allons dans la bibliothèque. Nous y prendrons des rafraîchissements pendant que vous me raconterez tout ce que j'ai manqué de la Saison. J'ai entendu dire que vous vous étiez finalement fiancé à Mlle Hickmore, Raycroft. Toutes mes félicitations. Un choix excellent, si vous voulez mon avis.

# 3

— Il me déplaît souverainement, répliqua Susanna lorsque Francesca lui demanda ce qu'elle pensait du vicomte Whitleaf.

— Ah bon ? fit Francesca, visiblement surprise. Mais il est plutôt beau garçon, non ? Et charmant, il me semble.

Susanna ne commenta pas le physique du vicomte bien que les termes « plutôt beau garçon » lui parussent très en dessous de la vérité.

— Charmant avec affectation, dit-elle en ôtant son chapeau.

Elle fit bouffer ses boucles en s'approchant du miroir de sa chambre. Francesca était restée sur le seuil et balançait son propre chapeau par les rubans.

— Pas un mot de ce qu'il raconte n'est sincère, enchaîna Susanna. Et je doute qu'il ait une seule pensée sincère.

— Ô Seigneur ! s'exclama Francesca en riant. Il vous a fait pauvre impression. J'imagine qu'il a essayé de flirter avec vous ?

— Vous avez entendu ce qu'il a dit quand vous nous avez présentés, repartit Susanna en désignant la chaise de la coiffeuse.

Francesca entra sans pourtant s'asseoir.

— J'ai trouvé cela amusant. En tout cas, il n'avait pas l'intention de vous offenser. La plupart des dames apprécient ses compliments, vous savez.

— C'est un homme creux et superficiel, déclara Susanna.

Inclinant la tête de côté, Francesca étudia son amie attentivement.

— C'est parfois une erreur d'émettre un jugement hâtif. Je n'ai jamais entendu parler de lui en mal. Personne ne l'a jamais traité de débauché, de joueur, de vaurien, ni d'aucune de ces épithètes que l'on entend souvent, hélas, à propos d'un jeune homme du monde sans attache ni responsabilité. Lucius l'aime bien. Et moi aussi, je l'avoue, bien que je n'aie jamais été la cible de ses compliments, il est vrai.

— Je ne comprends pas comment ces jeunes filles peuvent être aussi folles de lui.

— Mlle Raycroft et les Calvert ? demanda Francesca. Oh, mais elles ne le sont pas vraiment, vous savez. Il est le *vicomte Whitleaf*, de haute naissance, extrêmement riche, et évoluant hors de leur sphère. Elles le comprennent très bien. Mais elles prennent plaisir à ses attentions – et qui le leur reprocherait ? La vie à la campagne peut être très ennuyeuse, surtout si l'on n'a pas les moyens de s'aventurer au-delà de dix ou vingt kilomètres de sa maison. Et il est très doué pour badiner sans favoriser l'une ou l'autre et lui donner des espoirs qui ne mèneraient qu'à des déceptions. Les demoiselles le savent parfaitement, et cherchent ailleurs un mari. C'est ainsi que fonctionne la société.

— Je suis très contente, dans ce cas, de ne pas en faire partie. Tout cela me paraît très artificiel.

Mais, croisant le regard de son amie, elle sourit, puis éclata d'un rire inattendu.

— Écoutez-moi donc ! s'écria-t-elle lorsqu'elle eut repris son souffle. On dirait une vieille maîtresse d'école confite en pruderie.

— Et ressemblant à tout sauf à cela, renchérit Francesca en riant. Je suppose qu'il a flirté tout le long du trajet de retour, le coquin, et que vous avez répondu avec un visage sérieux et une langue sévère ? Le pauvre homme ! Il a dû être complètement décontenancé. J'aurais aimé vous entendre.

Elles rirent de plus belle. Peut-être avait-elle réagi avec excès, se dit Susanna. Peut-être ne l'aurait-elle pas jugé aussi sévèrement si on le lui avait présenté sous le nom de vicomte Jones ou de baron Smith, n'importe quoi sauf *vicomte Whitleaf*.

— De toute façon, décréta-t-elle, j'ai toujours dit que ce serait un duc ou rien. Un simple vicomte, c'est la même chose que rien.

L'absurdité de ces propos les fit de nouveau pouffer de rire. Un *simple* vicomte, vraiment !

— Allons dans mon salon, nous demanderons du thé et bavarderons tranquillement jusqu'au départ de nos visiteurs. C'était une longue promenade pour une journée aussi chaude, non ? J'ai de nouveau très soif. Mais c'était tellement agréable de se dégourdir les jambes. Ces derniers mois, j'ai passé tant de temps assise dans une voiture que j'en ai eu assez pour une année entière.

Susanna la suivit dans son petit salon privé et se laissa tomber au fond d'un fauteuil confortable tandis que son amie tirait sur le cordon de la sonnette et s'asseyait en face d'elle.

— Bien sûr, reprit celle-ci, vous avez parfaitement raison de vous méfier du vicomte Whitleaf qui est connu pour savoir repérer les jolies femmes au premier coup d'œil, mais n'a manifestement pas deviné que vous étiez trop intelligente pour apprécier des compliments creux et un badinage frivole. Vous avez assurément raison de ne pas vous laisser éblouir par lui. Mais, Susanna, il doit y avoir quelqu'un dans les environs qui serait parfait pour vous.

J'en suis persuadée. Et j'ai tellement envie de vous voir heureusement installée dans la vie. M. Birney, notre pasteur, venait d'arriver lorsque nous sommes partis pour l'Europe, je le connais donc peu. Mais il est agréable à regarder, il a des manières raffinées, et il est célibataire. Du moins, il l'était il y a quelques mois. Et il n'a sûrement pas plus de trente ans. Il y a aussi M. Finn, un gentleman farmer, métayer de Lucius. C'est un homme sérieux, travailleur et bien de sa personne. Mais je crois que vous l'avez rencontré lors de votre dernier séjour ici.

— Oui, et je pense qu'il s'intéresse à l'aînée des Calvert.

— Vous avez raison, mais je ne suis pas encore convaincue qu'elle s'intéresse à lui. Eh bien, ne pensons plus à lui au cas où il ne serait plus libre. Il y a aussi M. Dannen. C'est un propriétaire terrien qui a l'air tout à fait à l'aise. Vous ne l'avez pas rencontré, car il était en voyage – en Écosse, je crois. Il est plutôt petit, mais vous n'êtes pas très grande. Sinon, il est bien de sa personne. Naturellement, il est…

— Francesca ! l'interrompit Susanna en riant. Vous n'avez pas à essayer de me marier.

La gouvernante fit son entrée, et Francesca demanda du thé.

— Claudia, Anne et vous êtes mes amies les plus chères, reprit-elle, et je souhaite vivement que vous soyez toutes aussi heureuses que je le suis. Il y a sûrement assez de messieurs célibataires dans cette région pour vous trois.

Susanna éclata de rire.

— Eh bien, au moins pour l'une de vous, corrigea Francesca en riant à son tour. J'ai du mal à imaginer Claudia se mariant un jour. Et vous ? Quant à Anne, elle aime tellement David qu'elle ne voudra pas prendre le risque de le soumettre à l'autorité d'un beau-père qui pourrait le maltraiter.

David Jewell était un enfant illégitime, Anne n'ayant jamais été mariée.

— Donc, je suis « l'une de vous » ? s'enquit Susanna.

— En effet, dit Francesca qui se pencha pour prendre les mains de son amie et les serrer doucement. Vous êtes si jolie, Susanna, et vous avez une personnalité si attachante. Cela me paraît terriblement injuste que le destin vous ait jetée dans une école de filles à l'âge de douze ans et vous y ait laissée depuis, loin du monde des hommes et de leurs éventuelles attentions.

— Ce n'est pas injuste, répliqua Susanna en dégageant ses mains. L'injustice, elle est pour les milliers de filles qui n'ont pas cette chance. Et vous savez comme j'aime cette école et tous les enfants, et Claudia et Anne, et même M. Keeble et les autres professeurs.

M. Keeble était le vieux portier de l'établissement.

— Je le sais, soupira Francesca. J'aimais enseigner jusqu'à ce que Lucius m'oblige à admettre que j'aimais encore plus chanter – et que je le voulais, lui, plus que tout au monde. Bon, je ne dirai rien de plus sur ce sujet. Voilà notre thé.

Francesca servit le thé et tendit une tasse à Susanna.

— Ainsi donc, il va y avoir un bal dans deux semaines, reprit Francesca. Nous sommes rentrés juste à temps.

— C'est terriblement excitant. Un peu effrayant, même. Je ne suis jamais allée au bal.

— Oh, fit Francesca en regardant son amie avec surprise. Oui, bien sûr. Mais vous avez dansé des quantités de fois à l'école pour guider les élèves. Ce sera une excellente occasion de tester vos connaissances. Et vous n'aurez pas à craindre de vous rendre ridicule. C'est un bal campagnard avec des gens des environs qui viennent pour s'amuser et pas pour observer les autres d'un œil critique. Et si cet air subitement méfiant est dû au fait que le vicomte Whitleaf sera là aussi, je vais faire le vœu qu'il reparte pour Sidley Park avant la nuit fatidique. Vous ne devez pas vous laisser impressionner par lui.

*Sidley Park*. À l'énoncé de ce nom, le cœur de Susanna sombra de nouveau. Pourquoi avait-il fallu que le vicomte Whitleaf soit un ami de M. Raycroft ? Et pourquoi fallait-il qu'il séjourne en ce moment même à Hareford House ? Durant toutes ces années – onze, en fait – rien ne lui avait rappelé son enfance et sa fin sinistre et brutale. Elle avait réussi à se persuader qu'elle avait tout oublié.

— Et Lucius a harcelé le pasteur pour qu'il y ait au moins une valse. Est-ce que je vous ai déjà raconté notre première valse – dans une salle poussiéreuse située au-dessus d'une auberge désaffectée, avec personne d'autre que nous et aucun feu bien qu'on ait été en plein hiver, et pas de musique ?

— Pas de musique ?

— Je l'ai fredonnée, dit Francesca. Pour moi, ç'a été la plus belle valse que j'aie jamais dansée, croyez-moi.

S'ensuivit un silence agréable. À en juger par l'expression rêveuse de Francesca et ses joues roses, elle se remémorait ladite valse, et Susanna se demanda si quelqu'un l'inviterait à danser au bal. Elle l'espérait ! Elle n'osait envisager la valse. Juste une danse, *n'importe laquelle*.

Elle connaissait les pas de la valse. M. Huckerby l'enseignait aux plus âgées des élèves. Il n'avait cependant l'autorisation de la pratiquer qu'avec celle des institutrices qui se portait candidate pour la démonstration. C'était alors Francesca. À présent, c'était Susanna ou Anne.

Susanna aimait la valse plus que n'importe quelle autre danse. Virevolter avec M. Huckerby sous les yeux de fillettes qui gloussaient n'était absolument pas romantique, mais elle avait toujours rêvé de valser au milieu d'une salle de bal brillamment éclairée, dans les bras d'un beau jeune homme qui la contemplerait en souriant comme s'ils étaient seuls au monde.

« Je ne suis pas romantique », avait-elle déclaré au vicomte Whitleaf. Quelle plaisanterie ! Elle menait la vie active et bien réglée d'une maîtresse d'école, et elle aimait vraiment son métier – sur ce point, elle n'avait pas menti. Mais ses rêves étaient romanesques – amour, mariage et maternités.

Toutes choses qu'elle ne connaîtrait jamais dans la vraie vie.

*L'impression de vivre un instant de pure magie.*

Elle avait eu envie de pleurer en entendant ces mots, si dépourvus de sens pour lui, si douloureusement évocateurs pour elle. La magie d'avoir quelqu'un à aimer et d'être aimée en retour, elle la désirait de toute son âme.

L'espace d'un instant, elle s'imagina valsant avec le vicomte Whitleaf, qui posait sur elle un regard adouci par la tendresse.

Frissonnant de honte, elle s'empressa de chasser cette vision et tendit la main pour s'emparer d'un biscuit au gingembre. Il ne fallait surtout pas qu'elle souille la splendeur de ses rêves en y plaquant l'image de cet *individu*.

*Vous m'avez blessé au cœur – cet organe situé dans la poitrine, cette vulgaire pompe.*

Un éclat de rire faillit détruire l'aversion qu'il lui inspirait.

Francesca aurait pensé qu'elle avait perdu l'esprit.

Puis elle songea de nouveau à Sidley Park. Elle avait vécu jusqu'à l'âge de douze ans à quelques kilomètres de là, bien qu'elle n'y ait jamais mis les pieds. Elle connaissait l'endroit comme étant la demeure de la *vicomtesse Whitleaf*. Y habitaient aussi le jeune vicomte et ses cinq sœurs qui portaient le nom d'Edgeworth. Et lorsqu'elle avait entendu Francesca parler du comte d'Edgecombe, elle avait craint qu'il ne s'agisse de la même famille, puis elle s'était rendu compte de son erreur.

Un souvenir précis lui revint soudain. Elle devait avoir cinq ou six ans et jouait près du lac avec Edith Markham lorsqu'elles avaient été rejointes par un garçon un peu plus âgé. Il s'était accroupi à côté de Susanna pour voir s'il y avait un poisson au bout de sa canne à pêche de fortune.

— Oh, pas de chance ! s'était-il exclamé. Il y a des jours où les poissons ne mordent pas, on me l'a dit, quoi qu'on fasse. Ma mère ne veut pas que je pêche. Elle a peur que je tombe à l'eau ou que j'attrape froid – au lieu d'un poisson, ah, ah, ah ! Vous avez compris ? Attraper froid au lieu d'attraper un poisson ? Est-ce que votre maman a tout le temps peur pour vous comme ça ? Oh, la la ! Vous avez les yeux les plus verts que j'aie jamais vus. Ils sont rudement beaux, et ils vont bien avec vos cheveux roux. Vous serez jolie quand vous serez grande. Euh... Vous êtes déjà très jolie maintenant. Excusez-moi, j'ai oublié un instant mes bonnes manières. Un gentleman ne laisse *jamais* une dame croire qu'elle n'est peut-être pas jolie. Est-ce que je peux tenir la canne ?

Mais à peine s'était-il assis sur la rive et avait-il pris la canne, joyeux et amical, qu'une fillette plus âgée avait surgi et lui avait murmuré d'une voix scandalisée qu'il ne devait pas jouer avec *cette* petite fille, puis une autre, encore plus âgée, avait déboulé pour l'attraper par la main et l'écarter prestement de la rive en lui disant qu'il ne devait plus jamais, *jamais* s'approcher si près de l'eau. Il tomberait dedans et mourrait, avait-elle dit, et, alors, que feraient-elles toutes les cinq pour se consoler ?

Edith était repartie avec eux, et plus tard Susanna avait appris qu'ils étaient venus en visite de Sidley Park – la vicomtesse Whitleaf, le jeune vicomte, son fils, et ses filles.

Susanna n'avait pas repensé à cet incident depuis des années. Qu'elle s'en souvienne était en soi surprenant.

Est-ce que ce petit garçon bavard, amical et couvé par sa famille, et le vicomte qu'elle avait rencontré cet après-midi étaient une seule et même personne ? Sans doute. Il lui avait plu, ce jour-là, et elle aurait aimé s'en faire un ami. Elle avait espéré qu'il reviendrait en visite, mais qu'il soit revenu ou non, elle ne l'avait jamais revu.

Même à l'époque, ils appartenaient à des mondes distincts.

— Nous avons été invités à passer la soirée de demain chez M. Dannen et sa mère, annonça Francesca. Ce sera l'occasion de vous rendre compte si celui-là vous plaît.

L'expression de Susanna la fit pouffer de rire, puis toutes deux s'esclaffèrent de concert.

Peter avait dit vrai en parlant des voisins qui ne cessaient de se voir, soit pour des promenades impromptues à pied ou à cheval et des visites chez les uns et les autres, soit pour des divertissements plus formels comme des dîners, des excursions en voiture ou des garden-parties.

Le lendemain soir fut l'occasion de l'une de ces réunions formelles.

La mère de Dannen, qui habitait en Écosse auprès d'un frère veuf, était venue passer quelques semaines chez son fils. Aussi, celui-ci avait-il invité ses voisins pour une soirée de jeux de cartes et de musique, suivie d'un souper.

Les Raycroft furent parmi les premiers à arriver, mais lorsque Peter leva les yeux pour regarder entrer le comte et la comtesse d'Edgecombe, et Mlle Osbourne, il était déjà coincé entre Mlle Krebbs d'un côté, les demoiselles Jane et Mary Calvert de l'autre, l'une dans un fauteuil, l'autre sur une ottomane, et Mlle Raycroft, accoudée au dossier du canapé où il était assis.

Ils discutaient – forcément – du bal. Mlle Krebbs l'avait interrogé sur la valse et lui avait demandé si ce n'était pas embarrassant de danser face à face avec un seul partenaire et de le *toucher* du début à la fin.

La question avait déclenché quelques gloussements parmi les jeunes filles qui avaient ensuite fait le silence afin d'écouter la réponse de l'expert.

— Embarrassant ? avait-il répété en regardant chacune successivement, d'un air faussement surpris. Être en mesure de regarder un joli visage pendant que l'une de mes mains enlace la taille de la dame et l'autre lui tient la main ? Je ne connais pas de façon plus agréable de passer une demi-heure.

— Oh, fit Mary Calvert avec un profond soupir. Maman va sûrement trouver que c'est une danse beaucoup trop leste pour nous – et je ne parle pas du rythme.

— On valse en public, rappelez-vous. Chaque mère peut garder un œil sur sa fille – et sur le cavalier de sa fille. Aucun homme de bon sens ne se permettrait la moindre privauté en de telles circonstances… quels que soient ses désirs.

Ils étaient au milieu d'un fou rire légèrement audacieux lorsque Peter leva de nouveau les yeux et croisa le regard de Susanna Osbourne de l'autre côté de la pièce.

Ah.

Bon.

Si quelqu'un lui avait dit qu'un éclair avait transpercé le toit, le plafond et son crâne pour émerger par ses plantes de pied et poursuivre son chemin à travers le parquet, il ne l'aurait pas contredit.

Ce qui était d'autant plus stupéfiant que, durant ce très bref instant avant qu'elle ne regarde ailleurs, il n'avait pas vu ses yeux clignoter ni sa bouche béer d'adoration. Bien au contraire. Et il était devenu subitement conscient de l'air qu'il devait avoir, assis là, entouré de jeunes beautés et pouffant de rire avec elles.

Un freluquet superficiel et creux.

Pendant les deux heures suivantes, il ne croisa plus son regard. Il conversa avec presque tous les invités, fit quelques parties de cartes et tourna les pages des partitions tandis que de jeunes demoiselles faisaient montre de leurs talents au pianoforte ou s'égosillaient avec entrain. Les autres messieurs, remarqua-t-il, passaient très au large de l'instrument pour éviter cette tâche, ce qui ne les empêchait pas d'applaudir poliment à la fin de chaque morceau.

Ce n'était pas très sport de leur part de rester ainsi à distance, même s'ils avaient probablement d'intéressantes conversations au sujet de l'agriculture, de la chasse, de chevaux, et ce genre de choses – comme il l'avait fait la veille avec Edgecombe et Raycroft dans la bibliothèque de Barclay Court. Lorsqu'on se trouvait dans une soirée mixte, on devait se rendre disponible envers les dames.

Mlle Osbourne, observa-t-il avec intérêt, ne restait pas assise dans un coin à contempler d'un regard désapprobateur ces excès de frivolité et de vice – de l'argent changeait de mains aux tables de jeux, quoi que en quantités infinitésimales, il était vrai. Elle allait de groupe en groupe avec la comtesse jusqu'à ce que Dannen se l'approprie tandis que la comtesse s'éloignait. Il faisait l'essentiel de la conversation, remarqua Peter, qui savait déjà que Dannen n'aimait rien tant qu'un auditoire captif sur lequel déverser ses monologues.

Elle était encore plus jolie ce soir, sans chapeau, avec ses boucles soyeuses d'un doré fauve que mettait en valeur sa robe couleur crème.

Il l'évita délibérément – elle en avait clairement exprimé le vœu la veille. Peut-être ne lui aurait-il pas parlé du tout si, voyant après le souper que Mlle Honeydew était seule, il ne s'était assis à côté d'elle. Mlle Honeydew était la sœur aînée de l'ancien pasteur aujourd'hui décédé. Avec ses dents protubérantes, son long nez et son visage chevalin, elle n'avait jamais dû être une beauté. Ses cheveux parvenaient toujours à échapper en vrilles grises et peu soignées des volumineux bonnets qu'elle portait. Ses yeux de myope ne cessaient de papilloter derrière les verres épais de ses lunettes qui glissaient constamment sur son nez. Sa tête dodelinait constamment, que ce soit par habitude ou à cause d'une infirmité, nul ne le savait, et elle avait toujours l'air un peu ahurie.

Tout le voisinage était gentil avec elle et l'invitait à chaque réunion ou promenade en voiture. Mais sans enfant et petits-enfants, ni même neveux et nièces, elle menait une existence solitaire, devinait-il.

Aussi alla-t-il s'asseoir à côté d'elle pour lui faire la conversation.

Elle lui demandait s'il avait entendu parler du fameux bal lorsque Mlle Osbourne passa devant eux. Mlle Honeydew attrapa le poignet de la jeune femme, lui secoua le bras et lui adressa un sourire radieux.

— Mademoiselle Osbourne, vous voilà. Je suis enchantée que vous soyez revenue à Barclay Court. C'est la première occasion que j'ai de toute la soirée de parler avec vous.

Effectivement, Mlle Osbourne conversait avec Dannen – ou plutôt l'écoutait – lorsque la comtesse avait passé un moment avec Mlle Honeydew.

— Comment allez-vous, madame? demanda-t-elle. Je suis contente de vous revoir.

— Cette jeune personne a été remarquablement gentille avec moi lors de son premier séjour dans la région, expliqua Mlle Honeydew à Peter sans lâcher la main de Mlle Osbourne. Elle est venue me voir un après-midi alors que je m'étais fait mal au pied et ne pouvais guère sortir de chez moi, et elle m'a fait la lecture pendant plus d'une heure. J'ai des lunettes, mais cela m'est quand même difficile de lire. Les livres sont imprimés si petits de nos jours, vous ne trouvez pas? Asseyez-vous, mon enfant, et bavardons un peu. Vous avez rencontré le vicomte Whitleaf?

Elle ne put éviter de lui jeter un bref coup d'œil tout en se perchant sur un tabouret à côté de Mlle Honeydew.

— Oui, j'ai eu ce plaisir, madame.

— Mademoiselle Osbourne, dit-il, quelle belle journée nous avons eue! J'ai levé les yeux plusieurs fois, mais je n'ai aperçu aucun nuage. Et la soirée est presque aussi belle, du moins elle l'était quand j'ai quitté Hareford House.

Elle le regarda de nouveau, avec gravité. Il lui sourit, content de lui-même. Ne lui avait-il pas promis de ne parler que de la pluie et du beau temps chaque fois qu'elle devrait subir sa compagnie?

— Je crois avoir vu un nuage floconneux vers midi, monsieur, alors que Francesca et moi revenions de promenade. Mais il était tout petit, et il a disparu très vite.

Un rire contenu fit briller le regard du vicomte. La maîtresse d'école était donc capable d'humour. Mais elle rougit soudain, et reporta son attention sur Mlle Honeydew.

— Si vous le souhaitez, j'irai vous voir et je vous ferai de nouveau la lecture, madame, promit-elle. Cela me fera grand plaisir.

— J'en serai enchantée, s'écria Mlle Honeydew dont la tête dodelinait plus vigoureusement que d'ordinaire. Mais vous ne pouvez pas faire tout ce trajet à pied, mon enfant. Il y a bien six kilomètres depuis Barclay Court.

— Dans ce cas, je demanderai... commença Mlle Osbourne.

C'est alors que Peter oublia complètement sa promesse d'éviter la jeune femme et de ne parler que du temps lorsque, malgré leurs efforts respectifs, ils se trouvaient ensemble.

— Pour votre plaisir, madame, intervint-il en regardant la vieille demoiselle, je serais prêt aux pires extrémités. Et si votre plaisir est de recevoir chez vous Mlle Osbourne, vous ne serez pas déçue. Avec votre permission, je l'amènerai dans mon cabriolet.

Comme si c'était à Mlle Honeydew de donner sa permission.

— Oh... fit Mlle Osbourne, indignée.

— Oh, s'écria Mlle Honeydew en pressant les mains sur son cœur. Comme vous êtes gentil avec la vieille dame que je suis, monsieur !

— Une vieille dame ? répéta-t-il en regardant autour de lui. Y a-t-il une vieille dame ici ? Désignez-la-moi, s'il vous plaît, madame, afin que j'aille lui présenter mes hommages et faire assaut de gentillesse envers elle.

Cette pauvre plaisanterie la fit pouffer de rire, ce qui attira quelques regards sur eux. Peter devina qu'elle n'avait pas souvent l'occasion de rire d'aussi bon cœur.

— Quel taquin vous faites, monsieur ! Mais c'est extrêmement gentil à vous de proposer d'amener Mlle Osbourne. Vous resterez tous les deux pour le thé, n'est-ce pas ? Je demanderai à ma gouvernante de nous faire ces gâteaux dont elle a la recette.

— Votre compagnie et une tasse de thé suffiront à me récompenser, madame, assura-t-il. Ah, et la compagnie de Mlle Osbourne aussi, bien sûr.

Comme s'il y pensait seulement maintenant.

Mlle Honeydew rayonnait.

— C'est entendu, alors. Quel après-midi allons-nous choisir, mademoiselle Osbourne ?

Celle-ci le regarda, les joues en feu, et une expression qu'il ne put interpréter – à moins qu'il ne le voulût pas. Et les yeux verts ne visaient pas les siens, nota-t-il, mais son menton.

Il songea soudain que, outre qu'elle ne l'aimait pas, il l'intimidait peut-être – son titre, au moins. La façon dont il l'avait saluée lorsqu'on les avait présentés était peut-être tellement éloignée de son expérience qu'il l'avait mise mal à l'aise. Pis, il se pouvait qu'il l'ait humiliée. Qu'avait-elle dit, la veille, lorsqu'ils s'étaient séparés ? *Je vous prierai de ne plus me parler avec une telle légèreté. Je ne sais comment y répondre.*

L'idée qu'il ne s'était pas comporté en gentleman le titilla désagréablement.

— Me permettrez-vous de vous conduire chez Mlle Honeydew dans mon cabriolet ? demanda-t-il. Cela me ferait grand plaisir.

— Dans ce cas, je vous remercie, répondit-elle sobrement.

— Demain ? suggéra Mlle Honeydew avec entrain.

Mlle Osbourne la regarda et son expression s'adoucit. Elle alla même jusqu'à sourire.

— Si cela convient à lord Whitleaf, madame, dit-elle.

— Cela me convient, assura-t-il. Ah, je vois que Mlle Moss a trouvé la partition qu'elle cherchait tout à l'heure. Elle me fait signe de venir tourner les pages. Vous voulez bien m'excuser ?

Mlle Honeydew l'assura que oui. Mlle Osbourne ne dit rien.

— Vous aviez l'air d'avoir besoin qu'on vienne à votre secours, observa Mlle Moss comme il rejoignait le groupe de jeunes filles qui gloussaient près du pianoforte.

— En fait, je bavardais agréablement avec Mlle Honeydew. Mais comment résister à l'occasion d'être de nouveau entouré de musique – et de beauté ?

— Mlle Osbourne lui tiendra compagnie, décréta Mlle Krebbs. Elle n'a pas besoin de vous, lord Whitleaf.

Il plaisanta et badina avec les jeunes filles jusqu'à la fin de la soirée tout en se demandant si Mlle Osbourne trouverait un prétexte pour ne pas monter dans son cabriolet le lendemain.

Curieusement, se rendit-il compte, il avait été constamment conscient de sa présence – qu'ils soient ou non dans la même pièce, et même quand ses yeux suivaient une partition.

Ce qui ne lui était jamais arrivé, avec aucune autre femme.

Bon sang, déjà un jour de passé. Allait-il laisser les treize autres filer sans qu'il parvienne à s'en faire une amie ?

*Une amie ?*

Quelle notion étrange ! Les femmes et l'amitié – la vraie amitié, en tout cas – n'étaient jamais associées dans ses pensées. Elles lui apparaissaient plutôt comme s'excluant mutuellement.

Et quelle était sa motivation, exactement ? s'interrogea-t-il. Mais devait-il absolument en avoir une ? C'était une très belle femme et il était un mâle vigoureux. Cela ne suffisait-il pas ? Il n'était pas d'ordinaire aussi circonspect envers les femmes. Mais jamais non plus il n'avait approché une maîtresse d'école de Bath – excepté, sans le savoir, la comtesse d'Edgecombe.

Il verrait bien demain comment les choses se passaient. Ils seraient seuls pendant six kilomètres à l'aller et autant au retour – si Mlle Osbourne ne trouvait pas le moyen de se passer de lui.

Et s'il ne pleuvait pas.

# 4

Le projet de Francesca de la marier était voué à l'échec, songea Susanna le lendemain tout en nouant sous le menton les rubans de son chapeau. Des rubans verts afin d'aller avec sa robe préférée – non qu'elle ait l'embarras du choix.

Le révérend Biney, un homme au visage ouvert, un peu enfantin, s'était montré extrêmement poli la veille au soir. Il avait conversé avec elle un court instant à la table du souper, manifestant un intérêt certain envers une école qui admettait presque autant de pupilles que d'élèves qui payaient leur inscription. Mais rien dans son comportement n'avait laissé supposer autre chose que de la curiosité polie.

M. Dannen, un homme de petite taille – comme l'avait dit Francesca – et dont le sommet du crâne se dégarnissait, sans que cela lui donne un aspect déplaisant, lui avait tenu la jambe pendant près d'une heure avant le souper alors qu'étant l'hôte, il aurait dû circuler parmi ses invités. Mais elle l'avait interrogé sur l'Écosse, le pays natal de sa mère, et il s'était révélé le genre d'homme à qui il en fallait peu pour se lancer dans de longs discours sur ce qui le concernait personnellement. Ses descriptions étaient intéressantes et cela n'avait pas ennuyé Susanna de l'écouter. Mais, là non plus, aucune étincelle romantique n'avait jailli. Chez l'un comme chez l'autre.

Mlle Calvert s'intéressait visiblement à M. Finn, et lui à elle.

— Ah, vous êtes prête ! dit Francesca du seuil de la chambre. Le vicomte Whitleaf est arrivé. Il discute en bas avec Lucius.

Susanna fit la grimace et s'empara de ses gants. Une étrange nausée lui serra l'estomac et ses genoux flageolèrent.

— J'aurais préféré aller à pied.

— Vous savez bien que nous vous aurions fait atteler une voiture, dit Francesca.

— Mais il était là quand j'ai proposé à Mlle Honeydew d'aller lui faire la lecture, expliqua Susanna, et il s'est senti obligé d'offrir de m'emmener. Pauvre homme ! J'étais terriblement embarrassée.

Francesca éclata de rire, et s'effaça pour laisser Susanna sortir de la chambre.

— Je ne crois pas que cela l'ennuie, fit-elle. C'est avant tout un galant homme. C'est très gentil à vous, Susanna, de consacrer l'un de vos après-midi à Mlle Honeydew. J'essaie toujours de lui rendre quelques visites quand nous sommes là, mais jamais je n'ai eu l'idée de lui faire la lecture.

Elles descendirent l'escalier et traversèrent le vestibule. Les portes étaient ouvertes et Susanna aperçut le comte d'Edgecombe et le vicomte Whitleaf qui discutaient sur le perron. Ils se retournèrent à l'approche des dames, et le vicomte ôta son chapeau et s'inclina.

— C'est de nouveau une journée splendide, dit-il en dardant un regard rieur sur Susanna. Il y a quelques nuages – j'en ai compté six en venant ici –, mais ils sont petits, blancs et inoffensifs et, en fait, ils ajoutent à la beauté du ciel.

Susanna aurait éclaté de rire ou au moins souri si, au même instant, elle n'avait pas découvert le véhicule dans lequel elle était censée monter – Francesca et le comte devaient, eux, s'étonner que Whitleaf s'étende ainsi sur le temps. Mais elle avait *vu* le véhicule. Il avait dit la veille qu'il l'emmènerait dans son cabriolet, mais elle avait été trop bouleversée par l'idée qu'*il* allait l'emmener pour se rappeler qu'elle n'était jamais montée dans un tel véhicule. Et ce n'était pas un cabriolet ordinaire, mais un cabriolet de course, léger et haut, avec un siège frêle et très loin du sol.

— Et un peu d'ombre de temps en temps ne fait pas de mal, renchérit Francesca. C'est une journée chaude.

— Mlle Honeydew semble déterminée à nous offrir du thé et des gâteaux après que Mlle Osbourne lui aura fait la lecture, dit le vicomte. Nous serons absents un bon moment, mais ne vous inquiétez pas, je vous ramènerai Mlle Osbourne saine et sauve.

— Whitleaf est un bon conducteur, Susanna, assura le comte tandis qu'ils descendaient les marches. Vous n'avez pas à craindre pour votre sécurité.

— Je ne crains rien. C'est juste que je ne suis jamais montée dans un cabriolet.

Et, vu d'en bas, le siège semblait encore plus haut et le véhicule quasiment aérien. Les chevaux, que tenait un palefrenier, apparaissaient terriblement nerveux. Cependant, avant de redouter le trajet lui-même, il fallait monter *là-haut*.

Heureusement, cela se révéla plus facile qu'à première vue. Elle se hissa sans se ridiculiser ni perdre sa dignité, toutefois sa main était cramponnée à celle du vicomte, et elle s'installa à l'autre extrémité du siège. Mais même ainsi...

Même ainsi, lorsqu'il la rejoignit et s'empara des rênes, sa cuisse et sa hanche frôlèrent les siennes – et elle ne pouvait rien y faire. Dire que, deux jours plus tôt, alors qu'ils revenaient à Barclay Court, marcher à côté de lui l'avait mise mal à l'aise !

Il donna aux chevaux le signal du départ et le cabriolet s'ébranla. La main de Susanna agrippa l'accoudoir. Durant les secondes qui suivirent, elle ne put penser à rien d'autre qu'à sa propre sécurité – ou à son absence.

— Je ne vous laisserai pas tomber, assura-t-il comme ils s'engageaient sur la route. Et je ne pousserai pas les chevaux – sauf si vous me le demandez, bien sûr.

*Lui demander de...*

Éclatant de rire, elle tourna la tête vers lui. Il fit de même et elle découvrit avec effroi que leurs visages étaient terriblement proches.

— Un rire, mademoiselle Osbourne ? fit-il en haussant les sourcils. Ne me dites pas que vous prenez *plaisir* à la promenade. Si ?

Elle était *terrifiée*. Ses orteils étaient recroquevillés dans ses souliers, sa main agrippait l'accoudoir métallique au risque d'y imprimer l'empreinte de ses doigts, et chaque muscle de son corps était tendu à l'extrême. Les haies défilaient, les fameux petits nuages s'enfuyaient au-dessus de sa tête, les chevaux trottaient gaiement sur la route, leurs robes alezanes luisant au soleil, le siège se balançait avec souplesse sur ses ressorts. Elle était...

Elle rit de nouveau.

— C'est *merveilleux* ! s'écria-t-elle.

Et aussitôt, elle se sentit ridicule. Elle se comportait comme une enfant à qui l'on offre un plaisir rare. Et, en même temps, au contact de la cuisse et de l'épaule du vicomte, elle ne se sentait pas du tout une enfant.

Il mêla son rire au sien.

Elle lui devait une nuit d'insomnies répétées. Elle avait redouté cet après-midi, et la perspective d'être de nouveau seule avec lui. De quoi parlerait-elle ? Le vicomte Whitleaf était la dernière personne au monde avec qui elle avait envie de parler. Même sans tenir compte du nom qu'il portait, elle avait décidé dès qu'ils avaient fait connaissance – non, dès qu'elle l'avait aperçu – que c'était un homme superficiel et frivole. Cela dit, elle n'avait pu oublier qu'il s'était assis à côté de Mlle Honeydew alors que tous les autres jeunes gens l'évitaient chaque fois qu'ils en avaient la possibilité sans paraître grossiers. Et qu'il l'avait fait rire avec ce compliment un peu idiot, mais partant d'un bon sentiment, à propos d'une vieille dame inconnue. Et il s'était condamné volontairement à un après-midi d'ennui chez Mlle Honeydew. Il n'avait pas été – comme Susanna l'avait laissé croire à Francesca – pris au piège. Il aurait pu éviter aisément de l'emmener dans son cabriolet.

— Vous avez certainement passé un bon moment avec toutes les jeunes filles hier soir, observa-t-elle. Elles auraient été parfaitement heureuses même s'il n'y avait pas eu d'autres messieurs.

— Oui, admit-il en guidant les chevaux sur la route menant au village avec une adresse consommée. J'ai passé un bon moment, je veux dire. C'est un plaisir, vous savez, d'écouter des jeunes filles bavarder et de tourner les pages de leur partition. Mais votre langue acérée était de nouveau au travail, n'est-ce pas ? Aurais-je suffi à leur bonheur ? J'en doute. Mlle Calvert n'aurait pas été heureuse si M. Finn n'avait pas été là. Peut-être n'avez-vous pas remarqué qu'ils sont restés longtemps ensemble ? Et Mlle Krebbs a été très heureuse quand Moss lui a demandé de lui réserver une danse au bal – si heureuse qu'elle l'a autorisé à remplir son assiette lors du souper et à s'asseoir à côté d'elle. Mlle Jane Calvert aurait passé une moins bonne soirée si elle n'avait pas eu le révérend Birney dans son champ de vision la plupart du temps. Et vous seriez restée toute seule pendant une heure si Dannen n'avait pas été là.

— M. Dannen était notre *hôte*, protesta-t-elle. En outre, je ne parlais pas de moi.

— Et en guise d'ultime argument pour ma défense, je vous ferais remarquer que les autres messieurs avaient autant que moi la possibilité de tourner les pages des partitions.

Elle ne trouva rien à répliquer.

— C'est un cabriolet de course ? demanda-t-elle.

— Eh bien, il faut que vous sachiez qu'aucun gentleman de moins de trente ans qui se respecte n'achèterait un cabriolet qui ne soit *pas* de course.

— Et je suppose que vous faites des courses avec celui-ci ?

— Quel intérêt de posséder un cabriolet de course si l'on se contentait de se traîner sur les routes de campagne comme je le fais en ce moment ?

— Vous appelez cela se traîner ? s'écria-t-elle.

Elle avait trouvé la vitesse très excitante et s'estimait très audacieuse.

— Mes pauvres alezans ne me pardonneront jamais la honte de ce trajet.

Elle éclata de rire.

Il tourna la tête et lui sourit.

— Quoi ? Je ne vais pas avoir droit à un sermon sur le risque de me briser le cou et celui de mes chevaux en galopant follement pour le seul plaisir de gagner une course ? La dernière, à propos, se déroulait de Londres à Brighton, et l'honnêteté m'oblige à avouer que je l'ai perdue d'une encolure.

— Pourquoi devrais-je m'inquiéter que vous risquiez de vous briser le cou ? demanda-t-elle.

— Voilà qui n'est pas très gentil, mademoiselle Osbourne.

— J'imagine qu'on éprouve une sensation grisante à galoper aussi vite que le peuvent les chevaux, dit-elle avec comme un regret dans la voix.

Ou simplement en volant. Elle avait un rêve récurrent dans lequel elle était un oiseau et se laissait porter par le vent.

— Je soupçonne que la première impression que j'ai eue de vous était complètement fausse, mademoiselle Osbourne.

À ces mots, Susanna se rendit soudain compte qu'elle était en train de *discuter* avec lui – et même d'y prendre plaisir. Et ils avaient effectué la moitié du chemin et traversaient déjà le village.

— Votre silence est éloquent et ressemble à une accusation, remarqua-t-il tandis qu'il touchait le bord de son chapeau de son fouet et qu'elle levait sa main libre pour saluer M. Calvert. De toute évidence, vous pensez que votre première impression à mon sujet était exacte.

Vraiment ? Il aimait badiner avec les jeunes femmes. Il possédait un cabriolet de course et avait couvert la distance de Londres à Brighton au galop. Elle n'avait rien vu qui suggérait quelque substance dans son caractère – sauf qu'il s'était assis à côté de Mlle Honeydew et s'était montré gentil envers elle.

— Vous continuez à me détester, reprit-il en soupirant bien que cela eût l'air de l'amuser.

— Je ne...

— Si, si. N'enseignez-vous pas à vos élèves que mentir est un vilain défaut ? Cette antipathie est-elle due à mon aspect physique ?

— Vous savez très bien que votre aspect physique est parfait, répliqua-t-elle sèchement.

Et, une fraction de seconde plus tard, elle souhaita de tout son cœur pouvoir retirer ces mots.

Seigneur, elle devait ressembler à une gamine énamourée !

— Oh, la la, fit-il en riant. C'est vrai ? La couleur de mes yeux n'est pas trop efféminée ?

— Vous savez très bien que non, rétorqua-t-elle, indignée.

Comment la conversation avait-elle pris ce tour personnel parfaitement embarrassant ?

— J'ai une cousine qui a exactement la même couleur d'yeux. J'ai toujours trouvé que cela lui allait bien mieux qu'à moi.

— Je ne peux pas avoir d'opinion, vu que je ne connais pas cette dame.

— Ce n'est pas mon physique, donc, à moins que vous n'ayez quelque chose contre la perfection. Mais ce serait peu logique. Ce doit être mon caractère, alors.

— Je ne vous déteste pas, protesta-t-elle. Il n'y a rien qui me déplaise dans votre caractère – excepté le fait que vous ne prenez rien au sérieux.

— Voilà qui ressemble aux préambules dont certaines personnes se croient obligées de parer leurs critiques : « Je ne voudrais pas être méchant, mon vieux, mais… » Ah, la condamnation dans ce *mais*. Et dans votre *excepté*. Vous me trouvez superficiel, alors.

La phrase n'avait pas été prononcée comme une question, mais il attendait une réponse. Bien, elle n'allait pas nier, même si les bonnes manières le recommandaient.

— En effet, monsieur, répondit-elle en scrutant la route tant elle avait hâte de voir apparaître le cottage de Mlle Honeydew.

— Je suppose que vous ne me croiriez pas si je vous disais qu'il m'arrive d'avoir au moins une ou deux pensées sérieuses par jour, et que je ne suis pas aussi creux que j'en ai l'air ?

Elle hésita.

— Il serait présomptueux de ma part de vous traiter de menteur, lâcha-t-elle.

— Pourquoi ?

Il avait incliné sa tête si près d'elle qu'elle sentit son souffle sur sa joue.

— Parce que je ne vous connais pas.

— Ah, fit-il en se redressant. Que diriez-vous, mademoiselle Osbourne, si je disais que je vous trouve incroyablement belle, mais tout aussi incroyablement impitoyable dans vos jugements, dépourvue de sensibilité et très probablement incapable d'affection sincère ou d'amour ?

Elle se hérissa.

— Je dirais que vous ne savez rien de moi et de ma vie, répliqua-t-elle en s'efforçant vainement de s'éloigner le plus possible.

— Précisément, dit-il non sans satisfaction. Nous ne nous connaissons pas. D'où tenez-vous que je ne vaux pas la peine d'être connu ? D'où est-ce que je tiens que vous le valez ?

Elle agrippa plus étroitement l'accoudoir métallique.

— De toute façon, nous n'avons pas envie de faire plus ample connaissance, riposta-t-elle. Aussi, les réponses à vos questions n'ont pas d'importance.

— Elles en ont pour moi. Je désire vraiment savoir qui est Mlle Susanna Osbourne. Je le désire encore plus depuis que j'ai découvert, non sans surprise, qu'elle adorerait faire une course en cabriolet jusqu'à Brighton. Cela, je ne l'aurais jamais deviné.

— Je n'adorerais pas...

— Trop tard. Vous l'avez déjà admis. Je soupçonne fortement que vous pourriez être intéressante à connaître. Et je sens le besoin d'être connu, de justifier mon existence auprès de quelqu'un qui me croit sans valeur.

— Ce n'est pas ce que j'ai dit ! s'écria-t-elle. Jamais je ne dirais une chose pareille ! À personne ! Mais sentez-vous ce besoin avec toutes les dames que vous rencontrez ? Sentez-vous le besoin de connaître et de vous faire connaître des demoiselles Calvert, de Mlle Krebbs et de Mlle Raycroft ?

— Grands dieux, non ! dit-il en riant.

— Pourquoi moi, alors ? demanda-t-elle en tournant la tête vers lui, sourcils froncés. Uniquement parce que je ne réagis pas à vos compliments comme les autres femmes ?

— C'est une possibilité, admit-il. Il y a de la gravité chez vous, lorsque vous ne riez pas du danger et de l'excitation d'un voyage en cabriolet. Je soupçonne – comble de l'horreur – que cela provient d'une intelligence supérieure. Êtes-vous une femme intelligente, mademoiselle Osbourne ?

— Comment puis-je répondre à cela ? rétorqua-t-elle, exaspérée.

— C'est l'une des choses qu'il me faut découvrir à votre sujet, reprit-il. C'est par amitié que la comtesse d'Edgecombe vous a invitée, pas par obligation – du moins est-ce ce qu'on m'a laissé entendre. La comtesse est une femme intelligente. J'imagine que ses amis le sont aussi. Et, bien sûr, étant institutrice, vous devez avoir une somme impressionnante de connaissances emmagasinées dans la tête. Mais j'ai besoin de vérifier par moi-même que j'ai raison.

Elle ne sut que dire, tant la situation la désarçonnait : elle était en train de parler très librement avec le *vicomte Whitleaf* et y prenait plutôt plaisir.

— Pensez-vous, mademoiselle Osbourne, reprit-il, que nous pourrions être amis si nous essayions vraiment ? Allons-nous essayer ?

Elle scruta son profil. Mais n'y vit aucune trace de raillerie.

— Ce n'est pas possible, même si vous êtes sérieux, répliqua-t-elle. Nous venons de milieux différents – presque d'univers différents. En outre, les hommes et les femmes ne deviennent pas amis même s'ils appartiennent au même milieu.

— Vous feriez mieux de ne pas dire cela au comte d'Edgecombe ou à la comtesse. Néanmoins, j'aurais pu me ranger à votre avis jusqu'à hier. Je n'ai pas eu pour habitude de me lier d'amitié avec aucune des femmes que j'ai connues. Mais comme vous m'interdisez de badiner avec vous, je n'ai d'autre choix que de devenir votre ami.

— Ou de m'ignorer.

— Ce n'est pas une option, déclara-t-il en souriant.

— Tout ceci est absurde. Complètement absurde.

— Alors faites-moi plaisir. Permettez-moi d'être votre ami, même si vous ne devenez pas mon amie. D'accord ? Je doute de pouvoir déployer toute mon éloquence uniquement en parlant du temps pendant douze jours.

Elle ne put se retenir de rire. Au même instant, elle s'aperçut que le cabriolet avait ralenti et découvrit, non sans étonnement, qu'ils étaient arrivés à destination.

— Ah ! fit-il en la regardant. Voilà qui est mieux. Vous riez de nouveau. J'avais l'intention de vous demander ce qui vous plaisait tant dans le métier d'institutrice, mais nous voilà arrivés. Vous me l'expliquerez, s'il vous plaît, durant le trajet du retour.

— Lord Whitleaf, je doute que mon travail présente le moindre intérêt pour vous, dit-elle tandis qu'il sautait à terre pour nouer les rênes à la barre supérieure de la clôture blanche.

Il tendit les bras, la souleva et la déposa sur le sol avant qu'elle ait eu le temps de chercher comment descendre par ses propres moyens. Ce qui lui donna l'impression de ne pas peser plus lourd qu'une plume. Et aussi d'être un peu fiévreuse.

— Et vous, mademoiselle Osbourne, rétorqua-t-il en laissant les mains sur sa taille, ne pouvez savoir ce qui m'intéresse. Le pouvez-vous ?

Il attendait sa réponse.

— Non, admit-elle.

Il lui sourit et la lâcha.

Tous deux pivotèrent pour saluer Mlle Honeydew qui les hélait de la porte. Elle était sur son trente et un et rayonnait de bonheur.

Susanna avait très peur que Francesca ne soit dans l'erreur, finalement. Elle avait très peur que le vicomte ne soit en réalité très dangereux.

# 5

Une fois l'effervescence des salutations terminées – elles durèrent bien quinze minutes, selon l'estimation de Peter –, il alla s'occuper du cabriolet et des chevaux. Puis, ayant découvert plusieurs planches mal fixées dans la clôture et aucun homme à tout faire dans les parages, il se mit en quête d'un marteau et de clous, les trouva dans un coin de l'écurie, laissa là son habit et effectua les réparations sous le regard ébahi de la gouvernante qui, étant sortie pour voir qui faisait tout ce raffut, en était restée bouche bée sur le seuil.

Ensuite, un petit terrier ébouriffé n'ayant pas cessé de tourner autour de lui en aboyant, et même de tenter de lui mordre les chevilles jusqu'à ce qu'il soit informé qu'il ne le ferait qu'à ses risques et périls, il se dit que l'animal avait besoin de plus d'exercice que ce que permettait le minuscule jardin. Il dénicha une vieille laisse en cuir dans le même coin de l'écurie, la débarrassa de ses toiles d'araignée, l'attacha au chien qu'il emmena trotter sur le chemin. Arrivé devant un champ, il détacha le petit animal et le laissa s'ébattre un bon moment.

L'écurie, construite pour accueillir trois chevaux et une voiture, était encombrée d'un bric-à-brac qui en occupait la moitié, si bien que Peter avait dû laisser son cabriolet à l'extérieur. La séance de lecture n'étant pas terminée, il entreprit de mettre un peu d'ordre, puis, l'espace ainsi libéré donnant l'impression qu'il n'avait vu ni balai ni seau d'eau depuis une éternité, il en fit abondamment usage avant d'étaler de la paille fraîche, dont il avait repéré un tas derrière le bâtiment.

Lorsqu'il rentra dans la maison par la porte de la cuisine, il se sentait sale, suant et content de la vie. C'était l'après-midi le plus agréable qu'il ait passé depuis son arrivée dans le Somerset.

Il se lava les mains et les bras jusqu'aux coudes dans l'eau que la gouvernante, toute rougissante, avait tirée pour lui, redescendit ses manches et renfila son habit – tâche peu aisée sans l'aide d'un valet. Après quoi, il pénétra dans le salon où Mlle Osbourne faisait la lecture d'une voix calme tandis que, la tête appuyée contre le dossier de son fauteuil, les yeux fermés, le bonnet de travers et la bouche grande ouverte, Mlle Honeydew ronflait doucement.

Le regard de Peter rencontra celui de Mlle Osbourne.

Il ressortit dans le couloir, se racla la gorge, traîna les pieds sur le parquet, claironna un second remerciement plus prolixe à la gouvernante pour lui avoir tiré de l'eau, puis réapparut sur le seuil du salon.

Mlle Osbourne refermait le livre et Mlle Honeydew était assise bien droite et parfaitement réveillée. Elle remettait son bonnet d'aplomb, l'air ravi.

— Quelle voix délicieuse vous avez, mademoiselle Osbourne ! dit-elle. Je pourrais vous écouter toute la journée. Et quelle joie d'avoir deux jeunes gens autour de moi pour le thé. J'espère que l'après-midi n'a pas été trop ennuyeux pour vous, lord Whitleaf. Je ne saurais vous dire combien votre gentillesse et celle de Mlle Osbourne me touchent. Vous devez avoir hâte, tous deux, de prendre le thé.

— L'après-midi n'a rien eu d'ennuyeux, assura Peter en s'asseyant. Je me disais justement il y a quelques minutes que c'était le plus amusant depuis mon arrivée dans le Somerset.

— Oh, quel plaisantin vous faites ! s'écria Mlle Honeydew en battant des mains.

Susanna Osbourne adressa un regard désapprobateur à Peter.

— Vous rôtirez en enfer pour vos péchés, déclara-t-elle une heure plus tard comme ils roulaient vers Barclay Court. L'après-midi le plus amusant de votre séjour ! Je vous ai entendu taper avec un marteau sur la clôture, et la gouvernante est venue me chuchoter à l'oreille que vous étiez en train de nettoyer l'écurie – elle voulait savoir ce qu'elle devait faire.

— J'ai aussi emmené le chien courir, ajouta-t-il en riant. Je craignais que ses aboiements ne vous rendent folle.

— Pourquoi avez-vous fait tout ça ? demanda-t-elle, agacée.

— Parce que je ne supporte pas de rester sans rien faire ? Non, vous ne le croiriez pas. Vous êtes persuadée que je ne suis qu'un oisif. Peut-être que je voulais vous impressionner.

— Et, ensuite, vous n'avez pas arrêté de flatter Mlle Honeydew. Elle était aux anges, même si elle n'a pas cru un mot de vos sornettes. Elle va s'en délecter pendant des jours et des semaines.

— Qu'y a-t-il de mal à cela ? Elle est très seule, non ?

— Il n'y a rien de mal à cela, riposta-t-elle, toujours aussi agacée. Vous êtes gentil. Vous êtes *très* gentil.

Était-ce parce qu'elle s'apercevait qu'elle s'était trompée sur son compte qu'elle était de si mauvaise humeur ?

— Mais aussi frivole et oisif, lui rappela-t-il.

Il se rendit soudain compte que l'odeur qu'il avait tenté d'identifier à l'aller n'était pas celle d'un parfum mais d'un savon. Très plaisant. De même que la douce chaleur de la cuisse et du bras que les cahots pressaient contre lui.

Elle ne répondit pas et il eut un petit rire.

— C'est assez déloyal de votre part de ne pas me contredire, mademoiselle Osbourne, reprit-il. Allons-nous employer le trajet du retour à tenter de savoir s'il y a quelque chose en chacun de nous qui pourrait rendre possible une amitié ?

— Ou impossible.

— Je constate que vous faites partie de l'école de pensée du verre à moitié vide, alors que moi, je suis de celle du verre à moitié plein.

— Nous sommes donc incompatibles.

— Pas nécessairement. Quelques différences d'opinion nous fourniraient des sujets sur lesquels débattre. Il n'y a rien de plus ennuyeux que deux personnes tellement d'accord sur tous les sujets possibles qu'il ne leur reste plus rien à dire.

Mais pourquoi diable l'idée lui était-elle passée par la tête qu'il la voulait comme *amie* ? Était-ce parce qu'il savait qu'il ne pouvait en faire un flirt ? Elle ne le permettrait pas – et lui non plus. Badiner était possible avec ses égales socialement, avec celles qui connaissaient les règles du jeu. Il ne flirterait pas avec une maîtresse d'école indigente – elle avait été accueillie par charité dans l'école où elle enseignait à présent, juste ciel ! – qu'il pourrait blesser sans le vouloir.

Et, en même temps, l'ignorer lui était impossible.

*La voici.*

Les mots qui avaient surgi dans sa tête lorsqu'il l'avait vue pour la première fois continuaient à le mettre étrangement mal à l'aise.

Essayer d'être l'ami d'une jeune femme qui ne l'aimait pas particulièrement tenait du défi.

Eh bien, les défis étaient pris pour égayer la routine de la vie.

Non que la routine soit toujours ennuyeuse. Son enfance en avait été bercée et il comptait en nourrir son existence future – une routine paisible, avec l'accomplissement de devoirs qu'on s'impose et non qu'on subit, comme dans son enfance et sa prime jeunesse. Il demandait peu à la vie, en réalité – un foyer, une famille et le bonheur domestique. Ses relations mondaines seraient surprises si elles le savaient. Même Raycroft, son ami plus proche, croirait à une plaisanterie.

— Dites-moi ce qui vous plaît tant dans l'enseignement, reprit-il.

Il sentit plus qu'il ne vit qu'elle souriait.

— C'est quelque chose que je suis capable de bien faire, répondit-elle, et que je peux constamment essayer d'améliorer. C'est aussi quelque chose d'utile et qui vaut la peine que l'on se donne.

— Éduquer les filles en vaut la peine ?

Il n'avait posé la question que pour l'inciter à en dire plus.

— Les filles ont un cerveau tout comme les garçons, répliqua-t-elle avec fermeté. Et elles sont tout aussi avides de connaissances, et capables de comprendre et d'apprendre. Il est vrai que beaucoup d'entre elles mèneront des vies dans lesquelles elles n'auront pas besoin de savoir grand-chose, mais je soupçonne qu'il en va de même pour la plupart des hommes.

— Comme moi ?

— Il y a un dicton qui dit que, si une chaussure vous va bien, il faut la porter, riposta-t-elle d'un ton acerbe.

Il émit un petit rire.

— Mais beaucoup d'hommes répliqueraient qu'éduquer les filles leur cause une fièvre cérébrale au pire, ou, au mieux, les enlaidit. À moins que je n'aie mélangé le mieux et le pire.

— Je dirais quant à moi que ces hommes se sentent peu sûrs de leur virilité et craignent que des femmes ne les éclipsent. Comme ce serait mortifiant pour eux s'ils devaient demander à une femme quelle est la racine carrée de quatre-vingt-un !

— Aïe ! fit-il avec une grimace. Mais une telle occasion peut-elle survenir ? Je n'arrive pas à l'imaginer. Quelle est la racine carrée de quatre-vingt-un, à propos ?

— Neuf, dirent-ils tous deux d'une même voix.

Il éclata de rire et, une fraction de seconde plus tard, elle l'imita.

Savait-elle à quel point rire ajoutait à sa beauté ? s'interrogea-t-il. Cela lui arrivait-il souvent ? Peut-être plus souvent qu'il ne se l'était dit l'avant-veille. Peut-être apportait-elle joie et lumière à cette école de Bath.

— Mais ce n'est pas votre rôle de me jeter au visage toutes sortes de questions obscures et retorses, observa-t-il en reprenant son sérieux. Ma virilité est une chose trop fragile pour être soumise à ce genre d'épreuves.

— J'en doute, repartit-elle avec ferveur.

Le regard en coin et la grimace de Peter la firent pouffer de rire.

— Et au cas où vous vous abstiendriez de poser la question par peur de la réponse, mademoiselle Osbourne, reprit-il en bifurquant pour emprunter la route qui menait à Barclay Court, je ne détecte en vous aucun symptôme de fièvre cérébrale, et vous n'êtes assurément pas laide. Tout à fait le contraire, en fait.

— Je préférerais que vous vous absteniez de me flatter et de badiner avec moi, dit-elle après un silence. Si nous devons être amis, vous devez me parler sérieusement.

— Nous *devons* être amis, alors ? s'écria-t-il. Très bien. Je vais être franc. Vous êtes dépourvue de toute séduction. Une silhouette mince, combinée avec des boucles auburn brillantes, des yeux vert océan et des traits réguliers, tout ceci est parfaitement repoussant, comme vous en êtes sûrement consciente.

Lorsqu'il tourna la tête pour lui jeter un coup d'œil, elle affichait un grand sourire et regardait droit devant elle.

— Les amis ne sont pas obligés d'ignorer leurs attraits respectifs, reprit-il. Dites-moi à quoi vous occupez votre temps lorsque vous n'enseignez pas.

— Vous ne connaissez pas grand-chose au monde du travail, n'est-ce pas, lord Whitleaf ? Il n'y a guère de temps qui ne soit pas pris par le travail. Lorsque je ne suis pas dans la salle de classe, je surveille les jeux sur un grand terrain situé derrière l'école, ou bien j'organise une représentation théâtrale, ou encore je surveille une étude ou un examen. Il y a aussi la correction des devoirs, beaucoup de paperasserie, et… Bref, il y a toujours quelque chose à faire. Mais, lorsqu'il y a un moment de loisir, en général tard le soir, je le passe avec mes amies, les autres institutrices à demeure. Nous nous rassemblons dans le petit salon de Claudia Martin. Si je dispose du luxe exceptionnel d'une heure de libre durant la journée, je sors me promener. Bath est une jolie ville. Il y a beaucoup de choses à voir… À votre tour maintenant. Parlez-moi de vous.

— Vous êtes sûre de vouloir entendre parler de ma vie oisive et vide ? demanda-t-il, le regard espiègle.

— C'est vous qui avez pensé que nous pourrions être amis, lui rappela-t-elle. Il ne peut pas y avoir d'amitié si une seule des parties pose les questions. Parlez-moi de votre enfance.

— Hmm, fit-il en réfléchissant. Elle a été remplie de femmes – un schéma récurrent avec moi, mademoiselle Osbourne. Mon père est mort quand j'avais trois ans. Je n'ai aucun souvenir de lui, hélas ! Je trouve que c'est déloyal de sa part de ne pas avoir attendu au moins deux ou trois ans de plus. Je me suis retrouvé avec une mère et cinq sœurs plus âgées. J'imagine que mes parents désespéraient d'avoir un héritier et qu'ils ont jubilé lorsque j'ai enfin fait mon apparition. À ce moment-là, mes sœurs aussi avaient dû se rendre compte qu'une famille sans héritier était une famille condamnée au désastre. Je suis donc arrivé juste à temps pour l'éviter. Durant mon enfance, j'ai été la prunelle des yeux de toutes les femmes de mon entourage. Constamment surveillé, je ne pouvais faire aucune bêtise. J'ai été dorloté, choyé, adoré. Aucun garçon n'a été plus gâté que moi.

Elle avait tourné la tête et le regardait sans ciller.

— Il n'y avait pas d'homme dans votre vie, alors ?

— Oh, il y en avait plusieurs. Des tuteurs officiels et d'autres autoproclamés, tous gérant mon domaine, ma fortune et moi-même, et organisant tout depuis mon éducation jusqu'à la lecture de mon courrier et la rédaction des réponses éventuelles. J'étais très gâté.

— Je suppose qu'ils ne faisaient que ce que votre père aurait fait.

— Sauf qu'alors il y aurait eu une relation. Peut-être quelques échanges. De l'amour.

Il tourna dans l'allée de Barclay Court. Bon sang, quelle mouche l'avait piqué de parler ainsi de lui, de son enfance, de sa famille ? se demanda-t-il, quelque peu embarrassé.

— Votre père vous a manqué, s'enquit-elle à mi-voix.

Il la regarda.

— Ce que l'on n'a jamais eu ne peut pas nous manquer, mademoiselle Osbourne. Je ne me souviens même pas de lui.

— Ma mère m'a manqué, dit-elle. Pourtant elle est morte en me mettant au monde.

Ah.

— C'est curieux, n'est-ce pas, biaisa-t-il, que des gens qu'on n'a jamais connus, ou dont on ne garde aucun souvenir, nous manquent. J'ai été abreuvé d'amour de la part de ma mère et de mes sœurs, et pourtant, je voulais l'amour d'un père. Est-ce que votre père vous aimait ?

— Oh, oui ! Mais c'est de l'absence d'une mère que je souffrais. Je rêvais d'elle. Je voyais ses bras se tendre vers moi, j'entendais sa voix et je sentais un parfum de roses lorsqu'elle s'approchait. Mais je ne voyais jamais son visage. C'est étrange, non ? Parfois même l'imagination nous abandonne en chemin. Que tout cela est bête !

Elle détourna les yeux, et Peter eut l'impression qu'elle était aussi embarrassée que lui deux minutes plus tôt.

Ni l'un ni l'autre n'en dirent davantage sur le sujet – ils approchaient de Barclay Court, et Edgecombe et la comtesse traversaient la pelouse pour venir à leur rencontre.

Quelque chose de subtil avait changé entre eux, il le sentait.

Ils avaient partagé des souvenirs très personnels, et il ne se voyait plus revenir à une relation de simple politesse. Autrement dit, ils avaient fait un pas vers l'amitié – comme il le souhaitait. Et, curieusement, le découvrir le troubla. La politesse était plus sûre. Le badinage aussi.

— Mademoiselle Osbourne, dit-il en arrêtant le cabriolet juste avant que le comte et la comtesse d'Edgecombe les rejoignent, croyez-vous possible que nous devenions amis ?

— Mais nous ne sommes ici que pour douze jours.

— Vous l'avez ramenée en un seul morceau, à ce que je vois, Whitleaf, dit Edgecombe qui s'approcha et tendit la main à la jeune femme pour l'aider à descendre. Félicitations. Sinon, Francesca vous en aurait beaucoup voulu.

— Et vous n'avez pas l'air aussi effrayée que lorsque vous êtes partie, Susanna, commenta la comtesse. La balade vous a plu ? Et votre visite ?

Peter déclina leur invitation à entrer prendre un rafraîchissement. On devait l'attendre à Hareford House, expliqua-t-il avant de leur adresser un au revoir collectif.

Cette fois, remarqua-t-il, Susanna Osbourne ne se hâta pas de rentrer dans la maison. Elle resta avec les autres pour le regarder s'éloigner.

Il avait aussi remarqué qu'elle n'avait pas dit qu'il leur était impossible d'être amis.

Ni que c'était possible.

Mais il lui apparut tout à coup qu'il aurait peut-être mieux valu qu'elle proteste. Il n'était pas du tout convaincu que cette amitié-là soit sans danger.

Ce fut une surprise pour Susanna de découvrir qu'elle avait pris plaisir à l'après-midi – pas seulement le temps qu'elle avait passé avec Mlle Honeydew, mais la totalité.

Elle fut encore plus étonnée de découvrir qu'elle avait apprécié le vicomte Whitleaf. Certes, c'était un individu superficiel qui n'aimait rien tant que badiner et flirter, mais il avait le sens de l'humour. Plus important, il était gentil – et pas entièrement indolent. Il avait réparé la clôture de Mlle Honeydew et nettoyé l'écurie. Il avait emmené son petit chien coléreux en promenade. Au retour, il avait veillé à ne pas l'embarrasser en la trouvant endormie dans son fauteuil pendant la lecture. Puis, cédant à ses prières, il avait mangé trois des gâteaux qu'elle appelait la spécialité de sa gouvernante, même s'il n'avait pu que constater, dès la première bouchée, qu'ils n'étaient pas assez cuits.

Lorsqu'elle l'avait interrogé en feignant ne rien savoir de lui, elle avait appris qu'il avait bel et bien été couvé par sa mère et ses sœurs, et pris en main par ses tuteurs. Susanna ne pouvait donc lui en vouloir de ce qui était arrivé à son père. Elle ne pouvait pas non plus lui reprocher de porter le nom de *Whitleaf*.

Mais elle avait beau penser à lui avec moins d'acrimonie, elle ne pouvait envisager qu'ils deviennent amis. C'était absurde. Ils n'avaient aucun point commun.

L'idée était pourtant attirante. Elle n'avait jamais eu d'ami homme. M. Huckerby et M. Upton, le professeur d'arts plastiques, n'étaient pas vraiment des amis, bien qu'ils soient des collègues estimés. Et M. Keeble n'était qu'une connaissance amicale, une sorte de figure paternelle chargée de garder la porte fermée à toute intrusion.

Les jours suivants, elle eut d'autres preuves de la gentillesse de lord Whitleaf. Un soir, après un souper chez les Raycroft, il se porta candidat pour occuper un siège vacant à une table de jeu, bien que cela lui donnât pour partenaire la vieille Mme Moss, qui, sourde et indécise, sortait invariablement la carte qu'il ne fallait pas quand elle avait enfin pris une décision. Et bien qu'ils n'aient pas cessé de perdre, il était parvenu à amuser tout le monde et à persuader Mme Moss qu'il était seul responsable de leur défaite.

Et lorsque, après l'office du dimanche, Susanna entendit le pasteur accueillir Mlle Honeydew et lui dire combien il était heureux de la voir à l'église malgré la pluie, elle entendit aussi cette dernière expliquer que le vicomte Whitleaf était venu la chercher en voiture fermée suffisamment tôt pour qu'elle ait le temps de se préparer.

Le comte d'Edgecombe raconta à Francesca et à Susanna que, emmenant M. Raycroft et le vicomte visiter sa propriété, il était allé voir l'un de ses hommes qui s'était gravement coupé la main la semaine passée ; le vicomte s'était éloigné pour parler avec quelques-unes des épouses qui étaient en train de suspendre du linge, car c'était le lundi, jour de la lessive. Edgecombe l'avait retrouvé une demi-heure plus tard, sans veste ni chapeau, perché sur une échelle que maintenaient une femme et deux enfants, et fixant une corde dont le linge mouillé menaçait de traîner sur le sol. Les autres femmes s'étaient rassemblées autour de l'échelle, chacune donnant un conseil.

— Et bien sûr, ajouta le comte en s'esclaffant, toutes le contemplaient avec adoration – quand il ne les faisait pas se tordre de rire par quelque plaisanterie.

Et il n'oubliait pas qu'il voulait être l'ami de Susanna.

Elle le voyait tous les jours. Ils ne passaient jamais plus d'une demi-heure en tête à tête – il était trop discret pour cela, et, s'il ne l'avait pas été, elle l'aurait été, car elle ne voulait pas susciter de commérages ni mettre Francesca mal à l'aise. Mais il était rare qu'il ne profite pas de ces rencontres pour échanger avec elle quelques mots en privé ou l'entraîner à l'écart un court instant.

Elle en vint à voir dans ces brefs interludes les moments les plus marquants de ses journées.

Après avoir joué aux cartes avec Mme Moss chez les Raycroft, par exemple, il s'était approché de

Susanna et lui avait demandé s'il pouvait lui apporter une tasse de thé et, comme elle acceptait, il lui avait suggéré de venir avec lui, si Dannen voulait bien l'excuser, afin qu'il soit sûr d'ajouter la bonne quantité de lait et de sucre.

Cela faisait une bonne heure qu'elle était assise à côté de M. Dannen et l'écoutait raconter des anecdotes – qu'elle connaissait déjà – sur son ancêtre écossais.

— Vous commenciez à avoir du mal à vous retenir de bâiller, observa le vicomte Whitleaf.

— Oh, sûrement pas ! Je ne me permettrai jamais une telle grossièreté.

— Je remarque que vous ne niez pas vous être ennuyée. De toute façon, je suis venu à votre secours. À quoi servent les amis ?

Elle rit de bon cœur, et ils restèrent à bavarder à côté du plateau du thé jusqu'à ce que M. Crossley et Mlle Krebbs se joignent à eux.

Un après-midi, il vint à cheval à Barclay Court avec Mlle Raycroft et son frère, et tous trois restèrent pour le thé. Mais lorsque M. Raycroft se leva pour partir, sa sœur s'écria qu'elle voulait voir les aquarelles de Vienne que la comtesse avait promis de lui montrer. M. Raycroft se rassit pour poursuivre sa conversation avec le comte, Francesca emmena Mlle Raycroft dans sa chambre, et le vicomte Whitleaf invita Susanna à faire quelques pas sur la terrasse en attendant que ses compagnons soient prêts à partir. Cédant à sa prière, il parla de ses années à Oxford où il avait étudié les humanités. Et, d'après ce qu'il en dit, il apparut qu'il avait réellement étudié, et pas simplement employé ces années passées hors du nid à jeter sa gourme et à profiter de la vie.

L'opinion que Susanna se faisait de lui monta d'un cran.

La journée du lendemain fut froide et venteuse, mais Francesca et Susanna décidèrent de marcher jusqu'au village, histoire de faire un peu d'exercice et de déposer un panier de bonnes choses chez une ancienne gouvernante de Barclay Court qui avait fêté son quatre-vingtième anniversaire lorsque le comte et elle étaient sur le continent. Susanna voulait en outre acheter des rubans pour agrémenter la robe mille fois portée qu'elle devait mettre pour le bal.

Elle expliqua cela au vicomte Whitleaf, qu'elles rencontrèrent remontant la rue principale du village après avoir ramené chez elles les sœurs Calvert et, suivant sa suggestion, Francesca alla de son côté déposer son panier tandis qu'il accompagnait Susanna à la mercerie. L'emplette effectuée, il emmena la jeune fille à l'auberge prendre un verre de citronnade et une pâtisserie.

Après quoi, il proposa de les raccompagner toutes les deux à Barclay Court. Francesca se récria, mais il la supplia de ne pas le priver du plaisir d'avoir une femme à chaque bras.

— Loin de moi l'idée de vous priver de quoi que ce soit, dit-elle en riant avant de prendre l'un de ses bras tandis que Susanna s'emparait de l'autre.

Il parla musique avec Francesca, et fit participer adroitement Susanna à la conversation. Il possédait un réel talent de causeur, constata-t-elle, et il était très cultivé.

Si elle éprouvait une légère déception, c'était parce qu'il ne l'avait pas priée de lui réserver une danse lors du bal, lequel approchait rapidement. Il était déjà pris pour les quatre premières, se rappelait-elle, et peut-être avait-il aussi promis les autres.

À moins que les amis n'éprouvent pas le besoin de danser ensemble.

Personne ne lui avait encore réservé de danse. Elle était presque sûre, évidemment, que le comte l'inviterait, et probablement M. Raycroft aussi. Peut-être même M. Dannen. Mais comme ce serait agréable – et gratifiant – de danser avec le vicomte Whitleaf. Ce serait quelque chose à raconter à ses amies, quelque chose dont elle se souviendrait toute sa vie. Et si, par hasard, il s'agissait d'une valse…

Mais elle ne ressasserait pas cette petite déception. Elle vivait déjà des vacances dont le souvenir lui remonterait le moral durant tout le trimestre d'automne. Elle ne devait pas être trop gourmande.

Peut-être l'inviterait-il le soir même.

Ou bien, s'il n'avait plus de danse disponible, trouverait-il au moins le temps de bavarder avec elle afin qu'elle n'ait pas trop l'impression de faire tapisserie.

Cela n'avait pas d'importance. Elle avait un ami, et un ami du meilleur monde ! Quelles histoires palpitantes elle aurait à raconter à Claudia et à Anne à son retour.

En attendant, les vacances n'étaient pas terminées.

# 6

Tous les voisins avaient été invités à un pique-nique à Barclay Court et, heureusement, après quelques journées de nuages et de vents froids, le beau temps était de retour.

Peter s'amusait beaucoup, en dépit de la lettre, affectueuse mais empreinte de subtils reproches, dans laquelle sa mère lui décrivait comment leurs invités se divertissaient sans lui. S'il avait été à Sidley Park, il aurait droit au même genre de festivités qu'ici. Sauf que là-bas il saurait que l'une des jeunes filles présentes – Mlle Rose Larchwell – avait été sélectionnée comme épouse éventuelle. Et il saurait que le regard tendre et anxieux de sa mère le suivrait partout. Là-bas il sentirait tout le fardeau d'être aimé tendrement par quelqu'un à qui il avait pardonné, même s'il n'avait rien oublié.

Peut-être aurait-il été plus judicieux de ne pas pardonner, ou au moins d'y mettre une condition. Peut-être aurait-il dû lui expliquer très fermement qu'il n'accepterait plus aucune ingérence dans sa vie, en particulier pas celle d'entremetteuse. Peut-être aurait-il dû lui dire qu'elle ne devait plus considérer Sidley Park comme sa maison. Mais elle était si malheureuse, et lui n'avait que vingt et un ans, et il l'aimait. Quoi qu'elle ait fait, elle demeurait sa mère.

Depuis, elle semblait penser que sa mission était de réparer sa faute en lui trouvant une épouse pour remplacer celle dont elle l'avait privée.

Chassant toute interrogation sur ce qui devait se passer à Sidley Park, il se concentra sur ce qui se passait à Barclay Court. Ici, il pouvait se détendre et s'amuser avec qui il voulait – et qui le voulait bien.

L'endroit choisi pour le pique-nique était la vaste rive herbue à l'extrémité la plus étroite d'un lac qu'alimentait une rivière. Un pont pittoresque à trois arches l'enjambait. De là où Peter se trouvait en début d'après-midi avec Mlle Raycroft, Mary Calvert et Mlle Krebbs, il pouvait voir que le courant rapide était dû à une cascade située un peu plus en amont au milieu des arbres. Il admira le paysage en écoutant d'une oreille les jeunes filles discuter du bal du village.

Un joli pavillon octogonal en bois se dressait sur la rive, de l'autre côté du lac. Il s'y rendit un peu plus tard avec Finn, Gertrude et Jane Calvert, Mlle Moss et le frère de celle-ci. Ils s'assirent à l'intérieur de l'édifice et contemplèrent la vue tout en bavardant et en riant.

Là encore, on ne parla que du bal que tous attendaient avec impatience. C'était apparemment le premier depuis Noël.

Lorsqu'ils eurent regagné l'endroit où le pique-nique avait lieu, Peter s'assit un moment sur l'une des couvertures étendues sur l'herbe et conversa avec la comtesse d'Edgecombe et quelques-uns de ses voisins plus âgés.

Le ciel était bleu et dégagé, le soleil chaud sans être accablant. Une légère brise soufflait. C'était une journée d'été absolument parfaite.

Les promenades en barque remportèrent un franc succès. Il y en avait quatre, chacune conçue pour deux personnes, un rameur et un passager, ce qui n'empêcha pas Peter de se retrouver avec deux dames serrées l'une contre l'autre sur le petit banc en face de lui. Il ne se plaignit pas. Pourquoi l'aurait-il fait alors qu'il avait deux jolies femmes à admirer au lieu d'une seule ? Avec leurs robes légères et leur chapeau de paille, elles étaient à croquer. Et elles ne cachaient pas leur joie de voir pour une fois le soleil être au rendez-vous d'un événement mondain.

— Le dernier pique-nique auquel nous sommes allés, expliqua Mlle Calvert en laissant sa main traîner dans l'eau, il a plu des trombes toute la journée et toute la soirée. Vous vous en souvenez, Rosamond ? C'était pour fêter le départ en retraite de l'ancien pasteur et nous avons dû nous entasser dans le presbytère en feignant de n'être pas trop déçus.

Durant la première heure, Peter prit sur lui de ne pas échanger un mot avec Susanna Osbourne. Tous les jours depuis leur visite à Mlle Honeydew, il avait attendu avec impatience le moment de parler avec elle – un bref moment puisqu'il ne pouvait l'inclure dans la grappe de jeunes filles qui s'accrochaient à lui, car elle n'aurait pas apprécié la frivolité de leurs propos. Avoir une femme pour *amie* était une expérience nouvelle, mais il se rendait parfaitement compte que, s'il n'y prenait garde, les autres se méprendraient sur l'intérêt qu'il lui portait. Aussi veillait-il à ne pas se ruer sur elle à peine arrivé, et à limiter leurs apartés à une demi-heure.

Plus tôt dans l'après-midi, il s'était incliné devant elle, avait lâché quelque observation insignifiante sur le temps, histoire de voir une lueur amusée éclairer son regard, et s'en était tenu là. Après quoi, il avait entrepris de profiter du beau temps et de l'agréable compagnie – ce qu'elle avait aussi fait de son côté.

Le révérend Birney, un jeune pasteur au visage frais et aux cheveux blonds, emmena Susanna canoter sur le lac, et Peter les vit de loin discuter avec animation.

Dannen, le roi des raseurs, emmena la jeune fille marcher sur la rive avec Raycroft et la comtesse. Et la retint près de l'eau quinze bonnes minutes après que les deux autres eurent regagné l'endroit du pique-nique. Peter le savait, car il avait chronométré ce qui était visiblement un monologue.

Lorsqu'elle était revenue, Crossley, un veuf d'environ quarante ans, lui avait apporté un verre de citronnade, s'était assis à côté d'elle et avait entrepris de lui parler du paysage qu'il désignait avec force gestes des bras. Peter le savait parce qu'il les avait observés.

Il était évident qu'en évaluant ses chances de se marier, elle s'était montrée trop pessimiste. Elle avait beau n'être qu'une institutrice désargentée, elle n'avait pas manqué d'attirer l'attention de presque tous les célibataires des environs. Mais elle était évidemment trop fine pour épouser un Dannen, et trop vive pour se contenter d'un Birney. Et Crossley était trop vieux pour elle – il aurait pu être son père, grands dieux !

En fait, l'idée même qu'elle épouse l'un de ces partis agaçait Peter de façon tout à fait déraisonnable. Car il était bel et bien déraisonnable. N'importe quel mariage, satisfaisant ou à moitié satisfaisant seulement, était préférable à une vie de vieille fille. Du moins, c'était ce que lui diraient ses sœurs, il en était sûr.

Tandis qu'il ressassait ces pensées et négligeait les dames qui bavardaient autour de lui, quelqu'un suggéra de faire une partie de quelque chose avant le thé. Un chœur de voix enthousiastes s'éleva en réponse, avec une variété étourdissante de suggestions qui allaient du cricket à un jeu de cache-cache. Le cricket était exclu, cependant, à moins que quelqu'un ne se dévoue pour aller chercher le matériel nécessaire – un matériel encombrant et lourd. Mlle Moss se plaignit, du reste, soutenue par les trois quarts des autres jeunes femmes, que le cricket était un jeu d'hommes. Cache-cache n'était pas non plus une bonne idée, car les bois n'étaient pas assez touffus. Toutes les autres suggestions furent rejetées pour une raison ou une autre.

Ils se résignaient donc à attendre le thé sans faire quoi que ce soit lorsque Mlle Osbourne prit la parole.

— Que diriez-vous de courses de barques ?

Il y eut un brouhaha approbateur – suivi de l'inévitable voix dissonante.

— Il n'y a pas assez de messieurs pour nous emmener toutes, signala Jane Calvert. Certaines d'entre nous seraient obligées de rester sur la rive en spectatrices.

Les autres jeunes femmes soupirèrent, chacune s'imaginant, semblait-il, parmi les exclues.

— Mais qui a dit que les messieurs auraient seuls le droit de s'amuser ? reprit Mlle Osbourne. Je pensais à des courses dans lesquelles nous devrions *tous* ramer et personne ne serait passager.

— Juste ciel ! fit Moss en s'esclaffant.

— C'est une excellente idée, Susanna ! approuva la comtesse.

— Mais je n'ai jamais tenu une paire de rames, protesta Mlle Raycroft.

— Moi non plus, gémit Mlle Krebbs. Je ne pourrais vraiment pas…

— Il faut trouver autre chose, dans ce cas, décréta Gertrude Calvert.

— Comment ? s'écria Mlle Osbourne en parcourant du regard le cercle de ceux qui s'étaient rassemblés pour choisir un jeu, et Peter eut aussitôt l'impression qu'elle avait spontanément endossé le rôle de l'institutrice qui exhorte des élèves peu enthousiastes. Nous allons refuser l'occasion de manier les avirons et de montrer que nous ne sommes pas seulement des plantes décoratives condamnées au rôle de passagères ? Nous n'allons pas nous efforcer de battre les messieurs ?

— Juste ciel ! répéta Moss.

Peter ne put retenir un sourire, et remarqua qu'Edgecombe en faisait autant.

— *Battre les messieurs ?* couina Mlle Krebbs qui semblait au bord de l'évanouissement.

Quelques-unes parmi les autres jeunes filles se mirent à glousser, mais elles n'en avaient pas moins l'air fort intéressé.

— Il n'y a que quatre barques, reprit Mlle Osbourne. Nous devrons commencer par des épreuves éliminatoires – traverser le lac jusqu'au pavillon et en revenir, la distance devrait être suffisante. Les dames concourront l'une contre l'autre et les hommes l'un contre l'autre. À la fin, il y aura une course entre le gagnant et la gagnante. Et nous verrons alors quel genre de défi la dame offrira au gentleman.

Les joues roses et le regard brillant, elle débordait d'énergie et d'enthousiasme – une meneuse-née, devina Peter qui l'observait avec un mélange de curiosité et d'admiration. Et elle allait obtenir gain de cause, par Jupiter ! Ayant apparemment surmonté leur appréhension initiale, les jeunes filles frétillaient à présent tant elles avaient hâte que le tournoi commence.

— Cela s'annonce comme le pique-nique le plus amusant qu'on ait jamais vu ! s'écria Mary Calvert avec l'emphase de la jeunesse.

Mlle Osbourne ne lui avait-elle pas dit qu'elle s'occupait des jeux dans son école ? se demanda soudain Peter. Un professeur de *jeux* ? Cela existait-il vraiment dans les écoles de filles ?

Durant l'heure suivante, il y eut beaucoup plus de sauts, d'applaudissements, de cris et de rires – et de moqueries amicales – sur la rive que de talents à l'œuvre sur l'eau. Quelques courses furent serrées – Gertrude Calvert battit de peu la comtesse, tandis que Mlle Moss et Mary Calvert demeurèrent loin derrière, ceci étant dû aux faits que chacune dessinait autant de cercles que de lignes droites et que ni l'une ni l'autre ne pouvaient s'arrêter de rire. Raycroft battit Dannen d'une fraction de seconde, victoire inattendue due à une brutale accélération alors que Finn et Moss n'étaient qu'à une longueur derrière. Quelques courses furent remportées haut la main – par Mlle Osbourne et par Peter, chacun dans sa catégorie. Elle battit Gertrude Calvert dans la dernière épreuve entre dames, et lui Edgecombe, dans celles des messieurs, bien que seulement d'une demi-longueur.

C'est ainsi qu'on en vint à la course finale. Tous les invités sans exception se rassemblèrent sur la rive. Le thé serait servi, promit la comtesse, dès que le gagnant serait désigné.

— Je doute que ce soit Mlle Osbourne, remarqua joyeusement Raycroft avec une déplorable absence de galanterie.

Sa sœur lui décocha un coup de poing sur le bras et les voix indignées des autres jeunes femmes s'élevèrent pour protester. Peter et Susanna Osbourne échangèrent un regard déterminé avant de pouffer de rire.

Elle avait l'air absurdement petite et fragile pour relever un tel défi. Et irrésistiblement attirante, par Jupiter ! Une femme athlétique pouvait être attirante, découvrit-il avec surprise.

Les jeunes filles eurent quelque peine à choisir leur champion. Elles mirent un terme à leur dilemme en applaudissant, en sautant et en criant des encouragements aux deux concurrents sans discrimination. Les plus âgés des spectateurs tinrent à offrir leurs conseils à Mlle Osbourne qui s'installait dans l'une des barques avec l'aide d'Edgecombe. Mais certains messieurs se montrèrent d'une partialité éhontée.

— Juste ciel, Whitleaf, vous feriez bien de gagner, déclara Moss. Ce serait affreusement humiliant pour nous tous si vous perdiez.

— L'honneur de notre sexe repose sur vos épaules, Whitleaf, renchérit Crossley, que les métaphores les plus hardies n'effrayaient pas.

— Je trouve que vous feriez mieux de ne pas gagner, monsieur, intervint le révérend Birney. Histoire d'être galant, vous voyez.

Sa suggestion fut accueillie par des moqueries de la part des messieurs et des protestations de celle des dames.

Susanna empoigna les avirons.

Tout le monde recula. Edgecombe demanda aux deux concurrents de prendre leurs marques, il y eut des « chut » pressants, puis les concurrents s'élancèrent.

Peter décocha un sourire à son adversaire dès qu'ils se furent éloignés de la rive, mais Mlle Osbourne se concentrait sur ses gestes. Elle avait beaucoup appris durant la dernière heure, remarqua-t-il. Elle avait notamment compris qu'il ne fallait pas plonger les avirons trop profondément. À présent, elle glissait sur l'eau avec un minimum d'efforts. Ces bras frêles cachaient une force stupéfiante, constata-t-il, stupéfait.

Il n'avait dit à personne – et Raycroft n'avait pas divulgué son secret – qu'il avait fait partie de l'équipe d'avirons d'Oxford. Même contre les hommes, il n'avait pas déployé tous ses efforts. Alors qu'ils approchaient du pavillon, qui signalait le milieu de la course, il maintint son bateau juste devant celui de Mlle Osbourne qui effectua un virage presque parfait.

Des cris leur parvenaient de la rive opposée.

Susanna Osbourne riait. Elle lui jeta un coup d'œil tout en repartant dans l'autre sens. Il lui rendit son sourire et s'octroya une brève pause.

— Si vous osez me laisser gagner par pure condescendance, je ne vous le pardonnerai jamais.

— Vous laisser gagner ? répéta-t-il en agitant les sourcils. Vous plaisantez ? Comment survivrais-je à la honte d'être battu par une femme ?

Il reprit sa place juste devant elle tandis que les cris sur la rive gagnaient en ferveur. La course était presque finie, il tourna la tête pour sourire à la jeune fille, avec l'intention d'accélérer et de la laisser derrière lui à au moins une longueur. Mais il se trouva que c'était le mauvais moment. Une rafale soudaine s'en prit à son chapeau et le fit basculer sur l'œil. Il leva la main en hâte afin de lui épargner le destin ignominieux de tomber à l'eau, lâchant ainsi son aviron.

Oh, celui-ci ne glissa pas dans le lac ! Mais il se coinça dans le tolet à un angle peu commode et dut être secoué pour revenir en place. Entretemps, la barque s'était légèrement écartée de sa trajectoire.

Susanna Osbourne avait elle aussi prévu de finir par une brève accélération, découvrit-il à cet instant, et ils se trouvaient trop près de l'arrivée pour qu'il ait le temps de la rattraper.

Elle gagna de justesse.

Ils riaient à perdre haleine lorsqu'elle lui jeta un regard triomphant. Elle avait l'air si merveilleusement vivante qu'il lui aurait concédé un millier de victoires si elle le lui avait demandé. Mais il ne lui avait pas concédé celle-ci, n'est-ce pas ? Cela avait été une honnête victoire, qu'il aurait pu rendre impossible, bien sûr, en traînassant moins et en s'abstenant de rire autant. Les suffrages féminins, découvrit-il, l'avaient abandonné en faveur de leur propre champion qu'elles ramenèrent en triomphe aux couvertures où les attendaient les paniers du pique-nique.

— Dois-je périr de mortification tout de suite ? demanda Peter à Edgecombe qui retenait sa barque pendant qu'il mettait le pied sur la rive. Ou puis-je d'abord me sustenter ?

— Je pense que vous feriez mieux de mourir maintenant, intervint Raycroft. Notre sexe portera à jamais cette disgrâce dans la région, mon vieux. Je ne serais pas surpris que les journaux de Londres s'emparent de cette histoire si bien que vous ne pourrez plus vous montrer dans aucun salon.

— Mais vous avez rendu les dames heureuses, fit remarquer Edgecombe en lui assénant une claque sur l'épaule, et c'est ce qu'un homme peut espérer faire de mieux dans la vie. Venez vous restaurer sinon Francesca va vous en vouloir.

— Je dois dire que, pour une personne si menue, Mlle Osbourne nous a fait une belle démonstration d'énergie, commenta Crossley.

Lorsque Peter s'assit pour prendre le thé, les plus jeunes des dames le prirent en pitié. Elles s'installèrent à côté de lui et déclarèrent qu'il aurait sûrement gagné si son chapeau n'avait pas failli s'envoler. Mais le souvenir de cet instant peu glorieux déclencha des fous rires et chacune se lança dans une description plus ou moins ironique de l'expression qu'il avait quand c'était arrivé.

Il joignit sans hésiter son rire aux leurs.

Susanna Osbourne avait pris place sur une autre couverture. Il n'entendait pas ses propos, mais il était conscient de sa présence à chaque instant. Et soudain attendre ne fut plus possible. La course ne comptait pas comme tête-à-tête et, peu après le thé, les invités commenceraient à prendre congé. S'il devait passer toute une journée sans avoir eu une conversation privée avec elle, ce serait… exaspérant.

Il sc leva.

— Je dois aller faire amende honorable auprès de Mlle Osbourne, se hâta-t-il de dire avant que les jeunes filles aient l'idée de le suivre.

Celle-ci leva les yeux vers lui lorsqu'il s'approcha, et lui sourit.

— Mademoiselle Osbourne, venez, s'il vous plaît, faire quelques pas avec moi et accepter mes félicitations. J'ai été battu à plate couture.

Il tendit la main pour l'aider à se mettre debout.

— Merci, dit-elle en lissant sa robe. En effet, vous avez été bel et bien battu.

Elle prit en riant le bras qu'il lui offrait.

Et, soudain, il apparut à Peter que le plaisir qu'il avait retiré de cet après-midi était complet. Le ciel semblait plus bleu, le soleil plus vif et l'air plus chaud.

C'était dommage – oui, vraiment – que l'amitié entre homme et femme ne puisse être entretenue à distance. Une fois séparés, ils ne pourraient correspondre – ce n'était pas envisageable. Et il ne restait que cinq jours. Après quoi, il était très improbable qu'ils se revoient.

Bon sang, il serait vraiment désolé de lui dire adieu.

Néanmoins, cinq jours, c'étaient cinq jours et pas quatre – ne s'était-il pas décrit comme celui qui voit le verre à moitié plein ? Et l'après-midi n'était pas achevé. Personne ne se choquerait de le voir passer une demi-heure avec la femme qui l'avait battu à l'aviron.

Oui, aujourd'hui, il s'offrirait le luxe d'une demi-heure de tête-à-tête.

Il l'entraîna vers le petit pont.

# 7

Susanna avait adoré le pique-nique, surtout la course d'avirons. Elle se rendait compte, bien sûr, que, s'il l'avait voulu, le vicomte Whitleaf aurait pu atteindre la ligne d'arrivée bien avant qu'elle ait tourné au pavillon, même s'il n'avait pas eu l'intention de la laisser gagner. La satisfaction de la victoire avait été immense.

Elle avait apprécié chaque instant de l'après-midi, mais elle devait admettre qu'à présent son plaisir était complet. Enfin, elle allait passer un moment seule avec son nouvel ami.

Car elle l'aimait vraiment bien. Il y avait toujours des rires et de la gaieté là où il se trouvait. Et, cependant, lorsqu'ils étaient ensemble, il y avait presque toujours plus que *juste* du rire et de la gaieté. Elle commençait à le connaître et découvrait qu'il n'était pas aussi superficiel et égoïste qu'elle l'avait d'abord pensé. Et elle sentait qu'il s'intéressait à elle et pas seulement comme à une femme au physique agréable.

Découvrir une nouvelle amitié dans un endroit tout à fait inattendu tenait de la magie, songeat-elle.

— Je suppose que ce n'était pas la première fois que vous faisiez de l'aviron, dit-elle.

— Ce n'était pas la première fois, en effet.

— Mais j'imagine que vous n'aviez pas le droit d'en faire quand vous étiez enfant.

— Comment l'avez-vous deviné ? demanda-t-il en lui souriant. Pas quand j'étais à la maison, en tout cas. À l'école et à l'université, j'ai fait toutes sortes de choses qui m'étaient interdites chez moi, en m'appuyant sur la théorie selon laquelle ce que ma mère et mes sœurs ne voyaient pas ne pouvait leur causer du chagrin.

Elle se rappela comment l'une de ses sœurs l'avait prestement écarté de la rive d'où il tentait de pêcher, horrifiée à l'idée qu'il puisse tomber, et se noyer. Le petit garçon actif et entreprenant qu'il était n'avait même pas eu le droit de s'asseoir au bord de l'eau avec une canne à pêche à la main.

— Je ne me souviens pas de ma dernière défaite à l'aviron, avoua-t-il comme ils empruntaient le pont. Acceptez mes félicitations les plus sincères.

— Il fallait bien que quelqu'un vous ramène à plus de modestie, s'écria-t-elle en riant.

— Ce n'est pas gentil. J'ai admis avoir perdu une course de cabriolet, rappelez-vous.

— D'une longueur. Je me demande de quelle longueur. De la trompe d'un éléphant, peut-être ?

— Parfois, je me dis que votre langue est assez acérée pour couper une tranche de bœuf.

Elle éclata de rire.

— Et, vous, vous aviez déjà fait de l'aviron ? demanda-t-il. Dites oui, je vous en supplie. Mon humiliation sera complète si vous répondez non.

— Quelques fois quand j'étais enfant, mais pas depuis.

— Et où était-ce ?

— Oh, là où j'ai grandi, fit-elle sans préciser.

Arrivés au milieu du pont, ils s'arrêtèrent d'un accord tacite. Susanna l'avait franchi lors de son séjour précédent à Barclay Court, mais n'en avait pas encore eu l'occasion cet après-midi. Le soleil rayonnait dans un ciel sans nuage. Une légère brise lui rafraîchissait le visage. Elle entendait la rivière se ruer sous le pont. Si elle tournait la tête, elle verrait la surface du lac étinceler derrière eux.

Tous ses sens aiguisés, elle percevait la chaleur du corps de son compagnon, l'odeur légère de son eau de toilette. Elle se sentit comblée.

— Lorsque j'étais assis dans le pavillon tout à l'heure, reprit Peter, j'ai remarqué que la maison se reflétait sur le lac comme dans un miroir. Cet endroit a été de toute évidence choisi avec soin par le paysagiste. Il devait être un maître dans son domaine.

— Oh, oui, j'en suis sûre.

— Pensez-vous que la cascade a été tout aussi artistiquement placée ? demanda-t-il. Est-elle là où elle est la plus belle, vue d'ici ?

— Peut-être que c'est le pont qui a été placé avec soin ? suggéra-t-elle.

— Ou les deux. Je parie que ce sont les deux.

— Mais peut-on commander ainsi à la nature ?

— Assurément. Est-ce que nous ne plantons pas souvent les fleurs et les légumes en rangées ou en plates-bandes impeccables pour notre commodité et notre plaisir ? Pourquoi ne pourrions-nous pas créer une cascade si tel est notre bon plaisir ? Nous ne cessons de manipuler la nature. Au point de croire que nous la maîtrisons. Et puis une tempête survient, arrache les toits de nos maisons, les inonde, emporte des corps, et nous rappelle quel contrôle dérisoire nous avons sur les éléments et combien nous sommes impuissants face à eux. Avez-vous remarqué que les édifices abandonnés sont rapidement reconquis par la nature ? Des fleurs poussent dans les fissures des murs de châteaux jadis imprenables et de l'herbe pousse sur le sol de palais dans lesquels des rois ont reçu l'élite des empires voisins.

— Je trouve ces pensées plus rassurantes qu'effrayantes, avoua-t-elle. J'ai entendu dire que certaines régions sont enlaidies par les terrils des mines de charbon et les rejets de l'industrie. Je suppose que ces activités ne sont pas près de s'arrêter. Mais lorsqu'elles s'arrêteront – si cela arrive un jour –, la nature reprendra possession des lieux, éliminera la laideur due à la main de l'homme et créera de nouveau de la beauté.

— J'ai l'impression désagréable que si nous restons là, sans bouger, quelqu'un se sentira invité à nous rejoindre. Je n'ai pas envie qu'on nous rejoigne. Et vous ?

— Moi non plus, dit-elle en le regardant, les joues rosies par cet aveu.

— Et, si nous marchons en direction du pavillon, la même chose risque de se produire. J'aperçois un sentier à côté de la rivière de l'autre côté du lac. À mon avis, il mène jusqu'à la cascade.

— Oui. Et au-delà, confirma-t-elle. Je l'ai suivie en partie avec Francesca, mais nous ne sommes pas allées jusqu'à la cascade. Le sentier est plus rocailleux dans ce coin et il avait beaucoup plu. Le comte craignait que ce ne soit dangereux.

Peter baissa les yeux sur les chaussures légères de Susanna.

— Est-ce *trop* rocailleux pour quelqu'un qui a gagné trois courses successives, y compris, à ma grande honte, la dernière ?

— J'ai toujours pensé que le sentier devait être particulièrement sauvage et beau près de la cascade.

— Allons-y, alors, et espérons que personne ne soit assez aventureux pour nous suivre.

Elle reprit son bras et ils se remirent en marche.

Tandis qu'ils marchaient, Susanna regrettait de ne pouvoir sceller chaque minute de cette promenade dans un bocal pour les emporter avec elle. Jamais elle n'avait été aussi heureuse, songea-t-elle comme ils longeaient la rivière. Et ce bonheur allait durer au moins une demi-heure.

Elle ne voyait personne avec qui elle aurait préféré partager une telle beauté.

— C'est magnifique ! s'exclama le vicomte Whitleaf.

S'arrêtant à l'ombre d'un bosquet, il se retourna pour regarder les eaux de la rivière écumer sous le pont avant de se perdre dans le lac qui scintillait au soleil.

Il était sincèrement impressionné par la beauté du paysage, ce dont Susanna ne l'aurait pas cru capable une semaine plus tôt. À ce moment-là, elle le voyait comme un individu qui n'était heureux qu'entouré d'adoratrices.

— Barclay Court doit être l'un des plus beaux domaines d'Angleterre, déclara-t-elle. Non pas que j'en aie vu beaucoup d'autres.

— En avez-vous ne serait-ce qu'un seul autre ?

— Oui, répliqua-t-elle, piquée au vif. Celui où j'ai grandi.

Il haussa les sourcils.

— Et où était-ce ? Vous n'avez jamais parlé de votre enfance – excepté pour dire que votre mère vous manquait.

— Cela n'a pas d'importance.

Que dirait-il s'il découvrait qu'ils avaient été voisins ? Se souvenait-il seulement de cette journée près du lac, lorsqu'il était venu en visite avec sa mère et ses sœurs et qu'ils avaient brièvement fait connaissance ? Et avait-il quelque souvenir de ce qui s'était passé ensuite ?

Son cœur se serra. Mieux valait ne pas en parler, ni même y penser.

— Voyons, mademoiselle Osbourne, fit-il, faussement sévère, l'une des règles cardinales de l'amitié est que l'on ne doit rien se cacher.

— Certainement pas, protesta-t-elle. Même les amis ont besoin d'un espace privé, ne fût-ce que dans les profondeurs de leur âme, là où personne n'est autorisé à s'immiscer.

Il la regarda franchement, réfléchissant visiblement à la pertinence de son propos.

— Il existe donc de sombres secrets profondément enfouis concernant votre passé que vous ne tenez pas à exhumer, n'est-ce pas ? Très bien. Mais vous avez grandi dans un domaine, non ? En tant que fille de la maison ?

— En tant que fille d'un... d'une sorte de serviteur, répondit-elle. C'était un gentilhomme, mais sans fortune et sans propriété, si bien qu'il n'a eu d'autre choix que de travailler pour vivre. Aussi, je suppose que je suis une dame par la naissance, même si ce n'est que cela. Êtes-vous satisfait ?

Il sourit, et elle songea que les petites rides au coin de ses yeux y demeureraient en permanence lorsqu'il vieillirait. Un trait séduisant.

— De n'avoir pas pris pour amie la fille d'un ramoneur ? s'enquit-il. Ceci aurait suffi à me provoquer des vapeurs, n'est-ce pas ? Rassurez-vous, je suis plus solide que cela... Le sentier devient plus pentu à partir d'ici, enchaîna-t-il, mais il y a quelques grandes pierres sur lesquelles poser le pied. Vous vous sentez de taille à grimper ?

— Et vous ? riposta-t-elle en riant.

— Tout à l'heure, j'ai cru entendre l'écho de quelque chose que vous m'aviez dit il y a quelques jours. Vous ne seriez pas chargée d'enseigner les jeux de plein air, par hasard, mademoiselle Osbourne ? Dans une école de *filles* ?

— Si. J'enseigne les jeux d'équipe et, parfois, je ne peux m'empêcher de participer. J'ai toujours aimé les exercices physiques. Et, oui, il y existe des écoles de filles où l'on enseigne autre chose que la broderie et le maintien.

— Juste ciel ! Et moi qui allais faire le galant et vous tendre la main pour vous aider ! Eh bien, prenez-la quand même, c'est vous qui me hisserez.

Il lui empoigna la main avec fermeté et, l'espace d'un instant, elle faillit se mettre à pleurer. Personne ne lui avait jamais pris la main, lui sembla-t-il, sauf sans doute son père lorsqu'elle était enfant. Il y avait une telle intimité dans ce geste, un tel lien de confiance, qu'elle en fut bouleversée.

Ses doigts étaient longs et minces, sa paume chaude, et sa poigne très masculine, nota-t-elle, en proie à une émotion très physique.

Elle s'était très vite attachée à lui, devait-elle reconnaître. Il lui apparaissait soudain qu'accepter de devenir son amie n'avait peut-être pas été une bonne idée. La semaine prochaine, elle aurait regagné Bath, il lui manquerait, et elle en concevrait un vrai chagrin.

Mais pourquoi s'attrister d'avance ? Il était trop tard pour se raviser et reprendre ses distances. Et aurait-elle su ce qu'elle savait maintenant, elle n'était pas certaine qu'elle aurait agi différemment. Jusqu'à présent, elle avait mené une vie protégée, cloîtrée presque. Elle ne devait pas regretter d'être sortie au soleil, ne fût-ce qu'un bref instant.

Et c'était un homme que le soleil semblait accompagner partout où il allait.

Main dans la main, ils gravirent le sentier pentu bien qu'elle n'ait pas vraiment besoin de son aide – ni lui de la sienne. Le souffle court, et sans se lâcher la main, ils s'arrêtèrent pour contempler l'eau qui coulait en contrebas. La surface tachetée de la rivière et les jeux d'ombre et de lumière dus au feuillage sombre que transperçaient ici ou là les rayons lumineux offraient un vif contraste avec le lac calme et scintillant, toujours bien visible sur leur gauche.

Ils ne dirent pas un mot. Ils n'en avaient pas besoin. Leurs pensées étaient en parfaite harmonie – elle en était convaincue. Au bout de quelques minutes, ils reprirent leur ascension. Le bruit de la cascade se fit plus fort et couvrit tous les autres, sauf, remarqua-t-elle, le chant strident d'un oiseau invisible.

Les derniers mètres de la montée les amenèrent au même niveau que le haut de la cascade. La vue était stupéfiante. Susanna sentit des gouttelettes d'eau sur son visage. Bien que le lac fût toujours visible – ainsi que les autres pique-niqueurs –, l'impression d'isolement était totale. Peut-être à cause du bruit de l'eau.

Ils demeurèrent main dans la main un moment à regarder la cascade jusqu'à ce que le vicomte se retourne et examine les alentours.

— Ah ! Une grotte artificielle creusée dans la colline. Je m'attendais à en trouver une. Et, bien entendu, elle est orientée dans la bonne direction. Que diriez-vous d'aller s'y asseoir un instant ?

— Il devrait faire frais à l'intérieur, dit-elle avec espoir.

Grimper lui avait donné chaud malgré l'ombre protectrice des arbres.

La grotte était munie d'un banc circulaire adossé à la paroi. À l'abri du soleil, du vent ou de la pluie, c'était l'endroit idéal pour se délecter des beautés de la nature – même si l'homme lui avait prêté une main secourable. Des fougères se dressaient, drues et denses, de chaque côté de l'entrée. L'air sentait l'eau, le feuillage et la terre humide. On entendait, bien sûr, le bruit de l'eau qui coulait sans discontinuer – et le chant de l'oiseau solitaire.

— L'amitié me plaît bien, dit-il à mi-voix après quelques minutes de silence. Elle permet de ne pas parler. Vous comprenez ce que je veux dire ? demanda-t-il avec un petit rire.

— Oui. Le silence est inconfortable quand on se connaît à peine ou pas du tout.

— Comme vous et moi le premier jour. Vous étiez vraiment mal à l'aise ?

— Très, avoua-t-elle.

— Pourquoi ?

Elle avait libéré sa main lorsqu'ils s'étaient assis afin de disposer sa jupe autour d'elle, mais voilà qu'elle était de nouveau dans celle du vicomte, bien que Susanna ne sût pas comment c'était arrivé. Leurs mains jointes reposaient sur le banc entre eux.

— Vous étiez le *vicomte* Whitleaf. Un homme du monde, beau, élégant, visiblement fortuné et sûr de lui.

— Superficiel, ajouta-t-il, prétentieux et porté sur le badinage.

— J'ai jugé avec trop de hâte.

Il y eut un long silence durant lequel elle sentit le regard de son compagnon peser sur elle.

— Il y avait une autre raison, dit-elle à brûle-pourpoint. Vous étiez le vicomte *Whitleaf*. Et il se trouve que j'ai grandi à proximité de Sidley Park.

— Dieu du ciel, fit-il après une seconde. *Osbourne*. Il a été le secrétaire de sir Charles Markham pendant des années quand celui-ci était ministre. J'ai pensé à lui quand on nous a présentés, mais Osbourne n'est pas un nom rare, aussi… Maintenant que j'y songe, il avait une fille. C'est vous ?

— Oui, dit-elle, bouleversée, car elle n'avait pas eu l'intention de lui révéler qui elle était.

— Nous nous sommes rencontrés ?

— Une fois. Vous étiez descendu près du lac. Je jouais avec Edith, mais deux de vos sœurs sont venues vous rechercher. L'une d'elles n'aimait pas que vous jouiez avec moi, et l'autre avait peur que vous ne tombiez à l'eau.

— Je ne m'en souviens pas. Mais... attendez ! Il n'y avait pas une canne à pêche dans l'histoire ?

— Si. Vous avez voulu essayer la mienne. Vous pensiez que vous auriez plus de chances que moi, mais, en fait, je ne crois pas qu'il y ait jamais eu le moindre poisson dans ce lac. Je n'ai jamais entendu dire que quelqu'un en avait attrapé.

— Alors, c'était vous. Je me souviens, à présent. Mais vaguement.

Et ce serait bien que les choses en restent là, à l'état de vague réminiscence.

— Votre père est mort, dit-il.

Elle tourna la tête et le regarda droit dans les yeux.

— Oui.

— Je suis désolé, bien qu'il soit un peu tard pour les condoléances. Cela a été très brutal, non ? Une crise cardiaque ?

Ah, il ne savait donc pas. Ses divers tuteurs l'avaient bel et bien protégé.

— Oui. Son cœur s'est arrêté.

Ce qui n'était assurément pas un mensonge.

— Je suis désolé, répéta-t-il. Mais dites-moi comment vous vous êtes retrouvée pupille dans l'école de Mlle Martin, à Bath.

Elle n'avait jamais parlé de son passé. Si grande soit sa confiance en ses amies, elle ne leur avait pas raconté toute son histoire – de même qu'elles ne lui avaient pas tout révélé de la leur. Il en savait déjà plus qu'elles.

Elle ferma les yeux un instant.

— Je vous demande pardon, dit-il en lui pressant la main. Pardonnez-moi de réveiller des souvenirs manifestement douloureux.

Elle avait appris à supporter sa solitude, à ne pas s'y attarder. Et elle avait à présent un travail, et des amies qui lui tenaient lieu de famille. Mais à une époque, elle avait eu l'impression d'être un nourrisson sans défense abandonné dans un monde hostile. Elle doutait qu'il existât pire sentiment. Même sa survie avait été remise en question.

— M. Hatchard m'a envoyée dans cette école, commença-t-elle. C'est l'avoué de Mlle Martin, à Londres. Il m'a repérée quand je cherchais du travail dans une agence de placement. Au début, lorsqu'il m'a parlé de Bath, j'ai cru qu'il avait un emploi à me proposer. Puis il m'a expliqué qu'il y avait une place pour moi dans une école si je la voulais – en tant qu'élève. Quelqu'un qu'il représentait proposait de payer mes frais de scolarité et ma pension. Je serais l'une des enfants accueillies par charité.

Elle se rappelait clairement le mélange de soulagement et d'humiliation qui l'avait envahie à l'écoute de cette proposition inattendue.

— Et vous avez accepté, dit le vicomte Whitleaf.

— Je n'avais vraiment pas le choix. C'était cela ou mourir de faim. Je n'avais eu qu'un entretien prometteur – pour une place de femme de chambre. J'avais dit à l'agence que j'avais quinze ans alors que je n'en avais que douze. La dame qui m'a reçue n'était pas la gouvernante de la maison, mais ma future patronne. Elle avait dit que, puisqu'il allait lui falloir s'entendre avec sa femme de chambre, elle voulait se charger de la choisir. Elle avait beau être très jeune, elle m'a quasiment terrifiée. Elle n'a pas cru que j'avais les quinze ans requis et m'a renvoyée à l'agence. Mais j'ai toujours eu l'étrange conviction que c'était grâce à elle que M. Hatchard m'avait trouvée.

— Ah bon ?

— Comment m'aurait-il repérée, sinon ? Londres fourmille de filles sans ressources. Et le nom de cette dame ne cesse de surgir en relation avec l'école de façon très intrigante. Claudia Martin a été sa préceptrice, mais a vite rendu son tablier, indignée par sa conduite rebelle et ses manières hautaines. Un jour, elle est arrivée sans prévenir à l'école et a demandé à Claudia si elle avait besoin de quelque chose. La pauvre Claudia était outrée. Mais l'école a un bienfaiteur secret, figurez-vous. Il n'est, semble-t-il, jamais venu à l'esprit de Claudia que cette personne pourrait être lady Hallmere elle-même, mais cela ne m'étonnerait pas.

— Lady Hallmere ?

— Elle s'appelait lady Freyia Bedwyn avant son mariage, expliqua Susanna. C'est la sœur du duc de Bewcastle. Elle a épousé le marquis de Hallmere, dont le domaine est situé à Cornwall, là où vivait Anne Jewell avant qu'elle vienne enseigner à Bath.

— Je connais la famille Bedwyn. Bewcastle est voisin de ma cousine Lauren, la vicomtesse Ravensberg… J'imagine aisément qu'être la préceptrice de lady Hallmere n'a pas été facile. Et que vous avez eu de la chance de ne pas être prise à son service. C'est une personne redoutable. Mais vous pensez que c'est elle qui vous a envoyée à Bath. Intéressant !

— Je peux me tromper.

Si elle avait eu besoin qu'on lui rappelle qu'il appartenait à un autre monde que le sien, elle venait d'en recevoir plusieurs preuves. Il connaissait lady Hallmere et la famille Bedwyn. Sa cousine était une vicomtesse.

Mais cela ne l'intimidait plus. Le vicomte Whitleaf et elle étaient amis, c'était un fait, même si c'était pour peu de temps. Bientôt chacun regagnerait son monde.

Dégageant sa main, elle lissa sa jupe sans le regarder, se leva et sortit de la grotte. Elle s'arrêta sur le sentier pour regarder la cascade. Il la rejoignit.

— J'ai eu de la chance, dit-elle. Une fois à l'école, j'ai été très heureuse. Et je le suis encore plus depuis que j'enseigne.

— D'une certaine façon, je vous envie.

Elle lui adressa un regard aigu pour voir s'il plaisantait. Mais il contemplait la cascade les yeux plissés et semblait se parler à lui-même plutôt qu'à elle. Non, il ne plaisantait pas. Son air grave le prouvait. Lorsqu'il tourna la tête vers elle, il souriait de nouveau.

— Vous vous préparez à danser toute la nuit au bal de demain ? demanda-t-il.

— C'est un bal de campagne, lord Whitleaf. Il s'achèvera bien avant minuit.

— L'une des premières choses que j'ai remarquées chez vous, c'est que vous êtes prosaïque – le cœur est un organe situé dans la poitrine, par exemple. Mon âme de poète en tressaille encore. Je vais poser ma question autrement : comptez-vous danser toute la *soirée* ?

— Je compte m'amuser, répondit-elle. Je ne suis jamais allée à un bal, pas même à un bal de village.

— Jamais ? s'écria-t-il, stupéfait. Vous ne savez pas danser, dans ce cas ?

— La danse fait partie de l'éducation de toute jeune fille, même si elle n'est qu'une pupille. Nous avons un maître à danser à l'école – M. Huckerby. J'ai été son élève, et, à présent, je danse souvent avec lui à titre de démonstration.

— Mais vous n'avez jamais dansé dans un vrai bal, observa-t-il calmement.

« J'aurais mieux fait de me taire », songea Susanna, affreusement embarrassée.

— Nous devrions faire demi-tour, dit-elle. Il se fait tard. Tout le monde doit penser à regagner ses pénates et notre absence va être remarquée.

— Mademoiselle Osbourne, accepteriez-vous de me réserver la première valse ? demanda-t-il abruptement.

Oh !

Elle le regarda fixement, emplie d'un plaisir tel qu'elle se retrouva sans voix.

— Je vous remercie, balbutia-t-elle enfin, mais vous n'êtes pas obligé de me faire une telle demande sous prétexte que ce sera mon premier bal et que je suis d'une certaine façon votre amie.

Il s'empara de nouveau de sa main, et la porta à ses lèvres tout en la regardant au fond des yeux.

— Qu'entendez-vous par ce *d'une certaine façon* ? Comment deux personnes peuvent-elles être amies *d'une certaine façon* ? Soit nous le sommes, soit nous ne le sommes pas. Je vous ai prié de m'accorder une valse parce que j'ai envie de valser avec vous et personne d'autre. Parfois, les motifs sont aussi simples que cela.

Elle avait regardé sa main s'approcher des lèvres du vicomte, et chaque cellule de son corps avait réagi. Aucun homme n'avait eu un geste aussi galant avec elle. Aucun. Et c'était si agréable. Plus que cela même.

Sa vue se brouilla soudain, et elle se rendit compte avec horreur que ses yeux s'étaient emplis de larmes.

Elle tenta de dégager sa main, mais il la retint fermement.

— Susanna, je vous ai bouleversée ? Je vous demande pardon. Vous ne voulez pas…

— Si, se hâta-t-elle de répondre en se cachant les yeux de sa main libre. Si. Je veux dire, cela me ferait grand plaisir de valser avec vous, monsieur. J'accepte et je vous remercie.

Son estomac avait exécuté un saut périlleux. Il l'avait appelé *Susanna*. Qu'elle était sotte d'être aussi émue par ce léger manquement aux bonnes manières – par ce merveilleux signe d'amitié.

Il s'inclina élégamment sur sa main et lui sourit.

— Tout ce qui précédera cette valse va me paraître insupportablement ennuyeux, dit-il en plaquant son autre main sur son cœur.

Il avait remarqué son trouble et s'efforçait d'alléger l'atmosphère en la taquinant, en allant jusqu'à badiner avec elle. Oh, c'était *vraiment* un homme bon !

— Allons donc, lord Whitleaf ! dit-elle avec un petit rire étranglé. Je n'ai pas oublié que vous avez promis les quatre premières danses à d'autres jeunes filles. Vous ne pouvez prétendre que la perspective d'autant de compagnie féminine vous ennuie.

Il rit.

— Je leur avais promis ces danses avant de vous rencontrer. Mais ensuite, je suis devenu insensible aux charmes des autres femmes.

— Flatteur !

Elle fit claquer sa langue et rit de nouveau, sincèrement amusée cette fois, et lui retira sa main.

— Je dis la vérité, vous savez, ajouta-t-il. J'ai découvert que l'amitié est beaucoup plus stimulante que le flirt.

— La population féminine d'Angleterre va dépérir si l'on vous entend dire une chose pareille, assura-t-elle. Nous devons retourner auprès des autres.

— Le devons-nous vraiment ? Et si nous nous enfuyions pour ne plus jamais revenir ? Vous est-il jamais arrivé de rêver de faire une telle chose ?

— Non, mentit-elle.

Elle s'était enfuie, une fois. Mais dans ses rêves, il lui arrivait de s'envoler...

— Vous m'avez dit l'autre jour que vous n'étiez pas romantique. Vous n'êtes pas non plus aventureuse ?

— Non. Mes pieds sont fermement plantés dans le sol.

— Et votre cœur pompe fermement dans votre poitrine, dit-il en lui caressant le dessous du menton. Je ne suis pas sûr de vous croire, mademoiselle Osbourne – sur aucun de ces points. Mais, en ce qui concerne l'autre option, vous avez raison. Si nous ne nous enfuyons pas ensemble, nous ferions bien de rebrousser chemin.

Ils descendirent le sentier en silence, un silence qui n'avait rien de pesant.

Mais un désir vague prenait forme en elle – la tentation de faire fi de toute prudence et de se lancer dans...

Dans quoi ?

Une aventure ?

Une histoire d'amour ?

Ni l'une ni l'autre ne lui avaient été proposées sérieusement, et elle les aurait refusées de toute façon. Les rêves, c'était très bien tant qu'on ne les confondait pas avec la vraie vie.

Et dans la vraie vie, elle était en train de marcher sur un sentier de Barclay Court à côté du vicomte Whitleaf lors d'un bel après-midi d'été. Dans la vraie vie, elle allait valser avec lui le lendemain soir au cours du premier bal de son existence. Et, toujours dans la vraie vie, il lui resterait trois jours de vacances à passer ici.

Elle ne pouvait décemment pas se plaindre. La vraie vie était très proche de la perfection.

Et ces trois jours achevés, il y aurait Anne et Claudia qui l'attendaient à Bath, et la sécurité que lui procurait son poste d'institutrice à demeure. Il y aurait ses autres collègues et les élèves, dont quelques nouvelles. Il y aurait l'année scolaire à préparer. Et d'agréables souvenirs de vacances à évoquer.

— Un sou pour vos pensées, fit Peter, comme ils approchaient du lac.

— Je faisais le compte de toutes les bénédictions auxquelles j'ai eu droit.

— Vraiment ? fit-il en la regardant attentivement. Selon mon expérience, c'est ce que font les gens lorsqu'ils sont tristes. Vous êtes triste ?

— Non. Comment le pourrais-je ?

Il poussa un profond soupir, qu'il n'expliqua pas immédiatement.

— Je ne sais pas pourquoi, mais moi aussi, je me sens mélancolique, dit-il après un bref silence.

Ce qui ne dura pas. M. Dannen et M. Raycroft venaient à leur rencontre avec Mlle Moss, Mlle Krebbs et Mlle Jane Calvert. Les deux groupes se rejoignirent sur le pont et, avec force rire et bavardages, tous regagnèrent le lieu du pique-nique, Susanna au bras de M. Dannen, le vicomte Whitleaf entre Mlle Krebbs et Mlle Jane Calvert. M. Raycroft marchait à côté d'eux.

Le vicomte racontait aux jeunes filles qu'il avait d'abord attribué au soleil l'éblouissement qu'il avait ressenti au milieu du pont avant de s'apercevoir que c'était leur présence qui en était à l'origine.

La canaille !

À en juger par leurs rires, elles n'étaient pas dupes d'une pareille flatterie, comprit Susanna.

Il voulait juste être gentil envers elles, égayer leur journée.

Pourtant, deux minutes plus tôt, il avait avoué se sentir mélancolique. Pouvait-il éprouver à la fois gaieté et mélancolie ?

Oui, peut-être. Elle-même éprouvait bien les deux. Elle vivait l'un des après-midi les plus joyeux de sa vie. Et pourtant…

Et, pourtant, bientôt ils se sépareraient et chacun regagnerait son univers.

# 8

La légère mélancolie qui avait oppressé Susanna après le pique-nique avait disparu sans laisser de trace lorsqu'elle arriva le lendemain soir, en compagnie de Francesca et du comte, à la salle de bal située au-dessus de l'auberge du village.

Elle avait beau essayer de ne pas le montrer – sans grand succès, apparemment –, jamais, de sa vie, elle ne s'était sentie aussi excitée.

— Susanna, vous êtes éblouissante, la complimenta le comte en lui tendant la main pour l'aider à descendre de voiture. Des bijoux seraient superflus.

Elle n'en portait aucun, bien sûr. Francesca non plus. Susanna soupçonnait son amie, vêtue d'une splendide robe en satin bleu visiblement coûteuse et dont la coupe était parfaite, d'avoir fait son possible pour ne pas éclipser ses voisins moins fortunés, ainsi que Susanna elle-même.

Les deux jeunes femmes firent leur entrée, bras dessus bras dessous, le comte sur leurs talons.

— Je sais très bien ce que vous éprouvez, chuchota Francesca. Je me souviens de ce que, *moi*, j'éprouvais à Bath lorsque le grand-père de Lucius et sa sœur m'ont invitée à un bal à l'*Upper Assembly Rooms*. J'étais à la fois morte de peur et folle de joie. Vous vous rappelez ?

— Oui ! Claudia, Anne et moi avons remarqué à la dernière minute que l'ourlet de votre robe était à moitié décousu. Et nous étions en train de le recoudre sur vous – dans le vestibule de l'école – lorsque M. Keeble a fait entrer le comte d'Edgecombe, ou plutôt le vicomte Sinclair puisque c'était son nom à l'époque.

Le souvenir les fit s'esclaffer et un rire bas dans leur dos leur apprit que le comte n'avait pas oublié l'incident.

La salle dans laquelle le bal devait se dérouler semblerait probablement petite et chichement décorée comparée à une salle de bal de Londres, supposa Susanna comme ils y pénétraient. C'était certainement plus petit que les salons de l'*Upper Assembly Rooms* de Bath où elle avait emmené un groupe d'élèves lors d'une visite de la ville. Mais cette pièce-ci était pleine de gens qu'elle connaissait et avec qui elle se sentait bien, et chacun s'était mis sur son trente et un pour l'occasion. Entre les voix excitées des dames et des jeunes filles et celles, tonitruantes, des hommes, le niveau sonore était élevé. Des rires fusaient un peu partout tandis que, juchés sur une petite estrade à l'une des extrémités de la salle, les membres de l'orchestre ajoutaient leur contribution en accordant leurs instruments.

Susanna était éblouie.

C'était son premier bal, même si ce n'était qu'une réunion à la campagne. Et elle allait *danser*.

Le comte avait demandé qu'elle lui réserve une danse, sans préciser laquelle. M. Dannen, à la fin du pique-nique, l'avait sollicitée pour la danse d'ouverture.

Et le vicomte Whitleaf l'avait invitée pour la première valse. Elle l'attendait avec impatience, tout en se le reprochant. Cette soirée s'annonçait comme la plus excitante de sa vie. Elle tenait à en savourer chaque instant, du premier au dernier.

Mme Raycroft et sa fille vinrent les accueillir sur le seuil. Rosamond Raycroft demeura béate d'admiration devant la robe de Francesca, et admira les cheveux de Susanna qui avait accepté de se faire coiffer par la femme de chambre de Francesca.

— C'est le ruban que vous avez acheté ici? demanda-t-elle en examinant le bas de la robe vert pâle de Susanna, que rehaussaient deux rangs de ruban vert sombre. C'est très joli. Le vicomte Whitleaf nous a dit qu'il vous avait accompagnée à la mercerie du village.

— Ma robe avait besoin d'être un peu arrangée pour l'occasion, expliqua Susanna.

Après cela, ce fut un tourbillon d'activité et d'excitation comme les voisins se saluaient entre eux et chacun des messieurs se cherchait une partenaire pour la danse d'ouverture.

Susanna avait été obligée d'admettre dans son for intérieur qu'elle trouvait M. Dannen plutôt ennuyeux. Ils avaient passé quelques heures ensemble durant les deux dernières semaines, mais elle doutait qu'il sache quoi que ce soit d'elle, en dehors du fait qu'elle était institutrice à Bath. Elle, en revanche, savait sûrement tout ce qu'il y avait à savoir sur ses ancêtres écossais et son patrimoine.

Mais peu importait son absence d'intérêt romantique à son égard, se dit-elle tandis qu'il la guidait afin qu'elle prenne place dans la rangée des dames et que lui se postait en face d'elle dans la rangée des messieurs pour la première série de danses campagnardes. Jamais elle n'avait vécu un tel moment! L'aînée des demoiselles Calvert se tenait sur sa gauche, en face de M. Raycroft, et Rosamond Raycroft était de l'autre côté de Mlle Calvert. Son partenaire, le vicomte Whitleaf, murmura quelque chose qui lui arracha un éclat de rire. Il croisa le regard de Susanna, mais il était trop bien élevé pour se détourner de sa partenaire plus d'une fraction de seconde.

Le sentir si proche ne fit qu'ajouter au bonheur de Susanna.

Mais, bientôt, elle n'eut plus de pensée que pour la danse, car l'orchestre commençait à jouer. Les messieurs s'inclinèrent et les dames firent la révérence.

La musique lui emplit les oreilles tandis que le plancher vibrait sous le martèlement rythmé des pieds des danseurs qui virevoltaient, allaient et venaient, tournaient autour de leurs partenaires. L'air s'alourdit des parfums respectifs et de celui des fleurs. Les chandelles du lustre et des appliques murales semblèrent se mettre à trépider au rythme de la musique.

Et elle était au milieu de tout cela !

Elle aurait sans doute été déçue de voir la danse s'achever si M. Raycroft ne lui avait demandé de lui accorder la suivante. Et le comte réclama la troisième.

À la fin de cette série, elle avait les joues roscs et le souffle court – et désirait que la soirée ne s'achève jamais. M. Finn s'approcha et l'invita, mais elle venait juste de s'asseoir à côté de Mlle Honeydew, laquelle s'éventait et avait l'air au bord de l'évanouissement. Interrogée par Susanna, la vieille dame admit n'avoir rien mangé depuis le déjeuner. Susanna s'excusa auprès de M. Finn et emmena Mlle Honeydew dans la pièce voisine où était dressé un buffet. Elle la fit s'asseoir, lui remplit une assiette et une tasse de thé qu'elle lui apporta, puis elle demeura près d'elle pendant qu'elle mangeait. Spontanément, son pied se mit à battre la mesure au rythme de la musique qui leur parvenait de la salle de bal. Manquer une danse lui était égal, finalement, M. Crossley l'ayant déjà invitée pour la suivante, et ensuite ce serait le tour de la valse.

Le vicomte Whitleaf était à couper le souffle dans son habit de soirée sombre, sa culotte en satin ivoire, son gilet rebrodé de fil d'or et sa chemise immaculée. C'était aussi, Susanna l'avait remarqué, un danseur plein de grâce et qui avait l'air de prendre plaisir à l'exercice. Chaque fois qu'elle lui jetait un coup d'œil, il souriait à ses partenaires, lesquelles, bien sûr, frôlaient l'extase.

Après l'avoir fait danser, M. Crossley mena Susanna vers Mme Raycroft et resta à converser avec elles. Le vicomte Whitleaf et Francesca, qui avaient dansé ensemble, traversèrent la salle pour les rejoindre. Tout en s'éventant, Susanna le regarda approcher, et songea qu'elle l'aimait vraiment beaucoup.

— Seigneur, quelle danse énergique ! s'exclama Francesca. Je suis hors d'haleine. Merci, lord Whitleaf.

— Madame, fit-il en s'inclinant. Tout le plaisir était pour moi.

— Mais je dois vite recouvrer mon souffle, enchaîna-t-elle. La prochaine danse est une valse, la fameuse valse que j'attends depuis plus d'une semaine. Et Lucius aussi.

Le comte d'Edgecombe se dirigeait vers eux, les yeux rivés sur Francesca.

Le vicomte Whitleaf s'inclina devant Susanna.

— Voici ma danse, mademoiselle Osbourne, il me semble.

— En effet, monsieur.

Elle fit une révérence et découvrit que la soirée pouvait être encore plus parfaite et palpitante qu'elle ne l'était déjà.

— Vous valsez, mademoiselle Osbourne ? demanda M. Crossley d'un ton à la fois surpris et un peu désapprobateur.

— Je connais les pas, monsieur. Je les ai appris à l'école – d'un maître à danser qui ne se permettrait jamais la moindre inconvenance.

— C'est vrai, acquiesça Francesca.

— J'ai autorisé Rosamond à valser avec M. Moss, avoua Mme Raycroft, car mon fils et le vicomte Whitleaf m'ont assuré qu'on le fait couramment à l'*Almack*. Et si *vous*, vous valsez, lady Edgecombe, alors ce doit être irréprochable.

— Nous sommes tombés amoureux de la valse la première fois que nous l'avons dansée ensemble, intervint le comte d'Edgecombe. C'était dans une salle assez semblable à celle-ci, n'est-ce pas, Francesca ?

M. Crossley fut réduit au silence.

Le vicomte Whitleaf tendit la main, Susanna y posa la sienne. Il la conduisit sur la piste de danse. Ils étaient les premiers. Ils auraient probablement pu attendre cinq minutes de plus mais, oh, comme elle était contente qu'il ne l'ait pas fait ! Elle était tellement impatiente. Elle allait *valser*. Avec *lui*. Sa joie était telle qu'elle en était presque insupportable.

— Alors ? fit-il lorsqu'ils furent seuls – même s'ils étaient entourés des autres invités. Quel est votre verdict sur le premier bal de votre vie ? Encore que la question me semble superflue.

— C'est si évident ? s'enquit-elle en faisant la moue. Pour tout dire, je trouve cela splendide, et peu m'importe de paraître naïve. C'est mon premier bal – à l'âge de vingt-trois ans – et je ne vais pas feindre l'indifférence.

— Ah, mais c'est réellement splendide, assura-t-il en soutenant son regard – comme il l'avait fait avec chacune de ses partenaires, Bien plus, en fait, que tous les autres bals auxquels j'ai assisté jusqu'à présent.

La boutade la fit rire.

— Oh, mais il me semble que vous avez oublié quelque chose ! répliqua-t-elle. N'étiez-vous pas censé ajouter que c'est encore plus merveilleux parce que j'étais là ?

— J'allais le dire, mais j'ai eu peur que vous ne m'accusiez de flatterie et de badinage.

— Je l'aurais fait, en effet. Mais dites-moi la vérité : vous vous amusez ? Je sais que toutes les autres jeunes filles sont ravies que vous ayez différé votre départ pour être présent.

— Les *autres* jeunes filles, répéta-t-il. Pas vous ?

Elle rit et s'éventa le visage. Dire des sottises, et même flirter un peu, pouvait être amusant, dès lors que les deux parties savaient qu'il s'agissait bel et bien de sottises.

— Je me souviendrai de ceci toute ma vie, murmura-t-elle.

— De ce bal ? Ou de cette valse ?

— Les deux, j'espère, répondit-elle sans cesser de sourire. À moins que je ne trébuche sur vos pieds durant la valse. Mais, alors, je m'en souviendrai d'autant plus.

Les autres couples s'assemblaient autour d'eux. Les membres de l'orchestre accordèrent de nouveau leurs instruments.

— Si vous trébuchez sur mes pieds, ce sera à cause de mon impardonnable gaucherie. Et j'expierai ma faute en rentrant à la maison et en brûlant mes souliers. Non, je rectifie : j'expierai ma faute en brûlant mes souliers, après quoi, je rentrerai à la maison.

Elle rit une fois de plus.

Puis s'arrêta de rire.

Il l'avait enlacée et s'était emparé de sa main droite. Elle posa la gauche sur son épaule. Elle sentait le parfum de son eau de toilette. La chaleur de son corps. Son propre cœur, dont les battements lui résonnaient aux oreilles.

Le regard violet du vicomte plongea dans le sien; ils esquissèrent un sourire.

Ah, songea-t-elle, c'était magique. Purement et merveilleusement magique.

La musique commença.

Elle se souviendrait plus tard d'avoir vu du coin de l'œil le comte d'Edgecombe virevolter avec Francesca en l'étreignant plus étroitement que ne l'eût approuvé M. Huckerby. Elle se rappellerait les couleurs tourbillonnantes des robes, l'éclat chaleureux des chandelles, les voix et les rires, les visages des spectateurs alignés autour de la piste de danse.

Mais à ce moment-là, elle ne fut sensible qu'à la musique, à la danse et à l'homme qui la tenait dans ses bras. Elle exécuta sans faute les pas, quoique le corps un peu rigide pendant les deux premières minutes, et en se tenant aussi loin de son partenaire que le permettait la position de leurs bras. Mais vint le moment où elle leva les yeux de la cravate au nœud compliqué pour croiser le regard du vicomte – il sourit et elle se détendit.

— Oh, fit-elle, un peu haletante, je me souviens du rythme.

— J'espère être à la hauteur des règles de votre M. Huckerby.

— Vous l'êtes, je dois l'avouer, répondit-elle, riant.

Après cela, ils gardèrent le silence, mais en y réfléchissant plus tard, elle eut l'impression qu'ils n'avaient cessé de se regarder dans les yeux. Ce qui aurait dû être très embarrassant. Soutenir le regard de quelqu'un de très près, même en conversant, lui donnait d'ordinaire envie de reculer ou de détourner la tête. Besoin qu'elle n'éprouva à aucun moment avec le vicomte Whitleaf. Ils dansaient, lui sembla-t-il, comme s'ils formaient une unité harmonieuse.

Elle se souvint de cette vision qu'elle avait eue, deux semaines plus tôt, d'elle-même en train de valser dans ses bras. Le rêve s'était réalisé, finalement.

Et c'était exaltant à un point indicible.

Mais, hélas, cela ne pouvait pas durer éternellement !

— Oh, c'est déjà fini ! se plaignit-elle comme l'orchestre se taisait. Mais c'était délicieux, ajouta-t-elle en hâte. Je vous remercie, monsieur. Vous me ramenez auprès de Francesca ?

Elle ne devait pas être trop exigeante, car elle aurait fort bien pu être condamnée à regarder les autres valser tout en feignant de trouver cela amusant. Elle garderait toujours le souvenir de sa première – et probablement dernière – valse.

— Il est d'usage pour un gentleman d'emmener sa partenaire auprès du buffet, dit-il en inclinant la tête vers la sienne. Vous souperez avec moi ?

— C'est déjà l'heure du souper ? demanda-t-elle et, regardant autour d'elle, elle vit que la salle se vidait. Dans ce cas, volontiers. Merci.

Ainsi, songea-t-elle, ravie, tandis qu'il la guidait vers la pièce voisine, sa demi-heure avec lui allait être prolongée, même s'ils devaient la passer entourés d'autres personnes.

Quelle soirée merveilleuse ! Son séjour à Barclay Court s'achevant dans trois jours, c'était la fin parfaite de vacances mémorables.

Bien qu'il restât *encore* trois jours.

# 9

Une chose sur laquelle on pouvait toujours compter dans les réceptions à la campagne, c'était l'abondance de bonne nourriture, songea Peter en remplissant deux assiettes.

— Où irez-vous en partant d'ici ? s'enquit Mlle Osbourne après qu'il se fut assis en face d'elle à une petite table. Chez vous ?

— À Sidley Park ? Non, pas immédiatement. Je ne veux pas faire irruption à la fin de la partie de campagne organisée par ma mère.

— Votre mère a organisé une partie de campagne dans votre propre maison et vous n'y participez pas ? s'écria-t-elle en haussant les sourcils.

Elle prit un petit sandwich au concombre et mordit dedans.

— Le problème, c'est que ma mère essaie désespérément de me marier. Il y a quelqu'un là-bas qu'elle voudrait me voir courtiser – ce qui n'échapperait pas aux autres invités.

— Vous ne voulez pas vous marier ?

— Non. Ou, plus exactement, je ne veux pas me retrouver *piégé* dans une union que je n'aurais pas choisie.

Le regard amusé de Mlle Osbourne se souda brièvement au sien.

— Autrement dit, je ne veux pas que ma mère se charge de choisir mon épouse, conclut-il.

— C'est parce qu'elle vous aime.

— Certes, mais l'amour peut être un fardeau, vous savez. Elle a essayé de me marier quand je n'étais qu'un gamin de vingt et un ans.

— Vous n'aimiez pas la jeune fille ?

— Si. J'étais même éperdument amoureux d'elle – parce que c'était ce qu'on attendait de moi. J'étais un gamin effronté, convaincu d'être mon propre maître. Mais en réalité, je faisais tout ce qu'on attendait de moi. Je *croyais* que je l'aimais.

— Mais ce n'était pas vraiment le cas ?

Contrairement à toutes les règles de l'étiquette, elle posa le coude sur la table et appuya le menton sur sa main.

— Que s'est-il passé ? voulut-elle savoir.

Ô Seigneur, il n'était pas prêt à pousser la franchise jusque-là !

— On pourrait dire que je me suis réveillé. Cela a été tout à fait spectaculaire. Un matin, je me suis levé, bébé innocent et joyeux, la tête dans les nuages, et, le soir, je me suis couché, vieil homme cynique, les yeux ouverts sur les laideurs de la vie. Mes « presque fiançailles » furent rompues. La femme que j'avais aimée avec dévouement, mais que je n'aimais plus du tout, est partie le lendemain matin avec sa famille et je ne les ai plus jamais revus. Heureusement, ils vivent dans le nord de l'Angleterre et il semble qu'ils ne s'approchent pas de Londres. Mais j'ai entendu dire qu'elle s'était mariée moins de six mois plus tard.

La perte de Bertha n'avait pas été la pire conséquence, cependant. C'étaient ses relations avec sa mère qui avaient le plus souffert. Il n'avait jamais été ce qu'on appelait un « fils à sa maman », mais il l'avait aimée sans réserve. À ses yeux, elle était parfaite. Mais quand tout fut dit et fait, ce qu'il avait découvert ce jour-là, c'était que son idole n'était qu'un être humain.

Par le ciel, était-il en train de raconter cet épisode de sa vie à Susanna Osbourne ? Il n'en avait jamais parlé, y pensait rarement.

— Cela m'a valu la réputation de bourreau des cœurs, dit-il avec un sourire penaud. Tout à fait imméritée. Cette jeune fille-là n'avait pas de cœur.

Elle continua de le fixer sans mot dire.

— Le souci de ma mère au sujet de mon mariage – ou plutôt de mon célibat – me pèse, bien qu'elle n'ait que de bonnes intentions.

— La famille peut être un fardeau, même si l'on a perdu sa mère à sa naissance et son père à l'âge de douze ans.

— Vous n'aviez pas d'autre famille, ni d'un côté ni de l'autre ?

En y réfléchissant après le pique-nique, il s'était étonné que les Markham n'aient trouvé personne pour s'occuper de la petite fille – ou, faute de parent, n'aient rien fait eux-mêmes. Elle n'avait que douze ans, bon sang, et, à sa connaissance, les Markham n'étaient pas des brutes dépourvues de cœur. Pourquoi diable cette enfant s'était-elle retrouvée seule à Londres, cherchant une place de servante ?

— Je ne sais pas. Mon père s'était… disputé avec ses parents et refusait d'en parler quand je l'interrogeais. Il ne voulait pas non plus parler de ma mère et de ma famille maternelle. Peut-être que, comme moi, il n'aimait pas se rappeler le passé.

Qui l'aimait lorsque les souvenirs étaient douloureux ? Cela paraissait pourtant étrange, et même cruel, qu'Osbourne n'ait rien dit à sa fille de sa famille. Évidemment, il n'avait pas prévu de mourir si jeune. Personne ne l'imaginait, n'est-ce pas ? Sa crise cardiaque avait dû survenir sans signe annonciateur. Résultat, Susanna Osbourne était seule au monde, sans même quelques détails sur sa mère ou ses grands-parents auxquels se raccrocher dans les instants de solitude.

Il penserait à Susanna Osbourne la prochaine fois qu'il serait tenté de se plaindre des innombrables anniversaires de sœurs, nièces et neveux dont il était supposé se souvenir.

— Vous rentrerez chez vous dès que la partie de campagne sera terminée ? hasarda-t-elle.

— Je pensais rentrer le lendemain du jour où je vous ai rencontrée. Mais deux heures avant de partir en promenade, j'ai reçu une lettre de ma mère annonçant qu'elle avait invité diverses personnes pour fêter mon retour – dont une jeune fille qu'elle me destinait.

— Et, donc, vous n'irez pas là-bas ?

Il haussa les épaules. Allait-il y aller ? Il ne savait plus. Sidley était la maison de sa mère autant que la sienne, et elle la dirigeait avec efficacité et fermeté. Il n'était pas sûr de pouvoir vivre sous sa férule – il n'était plus son petit garçon obéissant. Il était encore moins sûr d'être capable de lui demander de partir ou de s'installer dans la maison de la douairière de Sidley.

C'était sa *mère*. Et il n'avait jamais su se montrer cruel.

— Votre principale qualité et votre plus grand problème, c'est que vous êtes très gentil, observa Susanna Osbourne.

Il s'aperçut, stupéfait, qu'il s'était exprimé à voix haute.

— Cela ressemble beaucoup à de la faiblesse.

— La gentillesse n'est *pas* la faiblesse.

— C'était gentil de fuir ses invités ?

Elle le fixa un instant, le menton de nouveau sur la main. Elle avait à peine touché à son repas, nota-t-il. Elle soupira.

— Ce dont vous avez besoin, c'est d'un dragon à pourfendre.

— Et d'une damoiselle en détresse à secourir ? ajouta-t-il en riant.

— Dites-moi quels sont vos rêves ?

— Ces curieux lambeaux de choses qui me traversent la tête quand je dors ?

Refusant de le laisser prendre la question à la légère, elle garda son sérieux.

— Vos *rêves*, insista-t-elle.

Il repoussa son assiette de côté et réfléchit un instant.

— Ils n'ont rien de grandiose, commença-t-il. Je rêve d'arpenter mes terres avec un solide bâton à la main et des chiens haletants dans les jambes. Je rêve de connaître à fond mon domaine, de le travailler, de sentir sa terre s'effriter entre mes doigts, de voir dorer les moissons que j'aurai aidé à semer. Je rêve de connaître mes métayers et leurs familles, de connaître leurs rêves à eux et de travailler avec eux à apporter un peu d'harmonie à nos vies. Je rêve de devenir enfin le maître de ma maison et de ma vie. Je rêve de connaître mes voisins assez bien pour débarquer chez eux à n'importe quel moment de la journée et de la soirée, et qu'ils puissent faire de même, sans éprouver le moindre embarras. Je rêve d'une époque où être le vicomte Whitleaf ne me situera pas à part de la plupart des mortels qui vivent à proximité de ma demeure. Est-ce que... cela suffit ?

— Oui, dit-elle en souriant. Je suis contente que vous m'ayez convaincue que nous pouvions être amis. Je suis contente de vous avoir connu. Je vous aime bien.

Il se sentit étrangement touché par ces mots.

— Eh bien... fit-il avec un petit rire. Voilà un vrai compliment. Mlle Susanna Osbourne *m'aime bien*.

Elle s'adossa à sa chaise et posa les mains sur ses genoux.

— Ce n'était pas un sarcasme, précisa-t-il. J'ai toujours supposé que la plupart des gens que je connaissais m'aimaient bien – je ne crois pas être difficile à supporter. Mais je ne me rappelle pas que quiconque me l'ait dit. Ces mots venant de vous me réchauffent le cœur – l'organe qui pompe dans ma poitrine.

Elle eut un sourire sincèrement amusé, cette fois.

— Dites-moi vos rêves à *vous*, enchaîna-t-il.

Une expression mélancolique se peignit sur les traits de la jeune fille.

— Oh... je n'ai pas de rêves. Vraiment. Je suis satisfaite de ce que j'ai.

— Si c'est vrai, c'est la chose la plus triste que j'aie jamais entendue. Nous avons tous besoin de rêver. Mais je ne crois pas que vous n'en ayez aucun. Je vois à vos yeux que vous en avez beaucoup.

— À mes yeux ? répéta-t-elle avec inquiétude. Les yeux ne peuvent parler.

— C'est là que vous vous trompez, mademoiselle la prosaïque. Les yeux peuvent être très éloquents, les vôtres plus que ceux de la plupart des gens. Dites-moi vos rêves. Je vous ai dit les miens, et nous sommes amis, non ? Je ne vais pas hurler de rire ni monter sur ma chaise pour claironner à tout le monde vos rêves secrets.

— Ils sont aussi modestes que les vôtres, avoua-t-elle, souriant de nouveau. Une maison à moi. Mes douze premières années, j'ai vécu chez quelqu'un d'autre, et ensuite je n'ai plus quitté Bath et l'école de Mlle Martin. Je rêve d'une maison à moi, dans une région comme celle-ci, avec des voisins et des amis. Elle n'a pas besoin d'être vaste. Un cottage suffirait. Et un petit jardin où je pourrais faire pousser des fleurs et des légumes, créer un peu de beauté et d'abondance autour de moi. Et... Oh, et mon rêve ultime.

Elle s'arrêta et se mordit la lèvre. Puis, comme il gardait le silence, elle poursuivit :

— Un mari et des enfants, une famille à chérir et qui m'aimerait. Je ne rêve pas de fortune ni de grandeur – uniquement d'amour. Voilà, ce sont mes rêves.

Et c'étaient vraiment des rêves modestes. Aucune femme, songea Peter, ne devrait être privée d'une maison et d'une famille, si tels étaient ses vœux, et cependant Susanna y voyait un rêve inaccessible. L'était-il vraiment ? Elle était très belle et d'un naturel doux. Mais où, en dehors d'ici, pourrait-elle rencontrer un parti convenable ? Peut-être pourrait-il...

Mais non. Il ne pouvait pas. Il ne pouvait assurément pas. Il n'était pas question de se mettre à manigancer quoi que ce fût. En outre... Eh bien, en outre *rien* !

Une pellicule grise recouvrait leur thé qui avait refroidi et leurs assiettes étaient encore presque pleines. Des rires et de la musique provenaient de la pièce principale. La dernière partie de la soirée avait commencé.

— Vous aviez promis à quelqu'un les dernières danses ? s'enquit-il.

— Non.

— Moi non plus, dit-il, soulagé. Il fait trop chaud ici, vous ne trouvez pas ?

— Si.

— Que diriez-vous d'aller faire quelques pas dehors en attendant que tout le monde soit prêt à partir ?

Elle n'hésita qu'une fraction de seconde.

— Ce serait fort agréable.

Cinq minutes plus tard, ils déambulaient dans la rue du village, dépassaient les voitures auprès desquelles les cochers discutaient en attendant leurs maîtres, l'échoppe où Susanna avait acheté du ruban, le cimetière, le presbytère, et l'église. Elle lui avait pris le bras et, au bout de quelques minutes, il s'était emparé de sa main, nouant ses doigts aux siens, et pressant son bras contre son flanc.

— Ces dernières semaines m'ont rappelé combien je préfère la campagne à Londres ou à Brighton, ou à n'importe quelle autre grande ville, confia-t-il. Je dois vraiment rentrer chez moi dès que les invités de ma mère seront partis. Je n'aurai peut-être pas manqué la totalité de la moisson. Et peut-être… Non, c'est sans importance.

— Peut-être que vos rêves se réaliseront un jour, murmura-t-elle. Je l'espère. Votre place est auprès de gens comme ceux-ci.

— Je n'aurais cependant pas apprécié autant ces deux dernières semaines si je ne vous avais pas rencontrée, lâcha-t-il, surpris de la sincérité de ces mots qu'il prononçait d'ordinaire par pur badinage.

— Ces deux semaines ne sont pas complètement finies. Il reste trois jours. Ô mon Dieu, *seulement* trois jours.

Elle avait dit cela d'un ton triste. Après ces trois jours, Susanna Osbourne n'avait pour perspective que le retour à l'école, et s'il savait qu'elle aimait enseigner, elle l'avait dit et répété, il savait aussi – elle venait de l'admettre – que l'idée d'enseigner toute sa vie était loin de répondre à ses rêves.

Ils s'étaient arrêtés sous un orme, derrière l'église.

— Vous aimeriez rester plus longtemps ? demanda-t-il.

— Oh, non. Les bonnes choses ont toujours une fin, et il est temps de rentrer. C'est juste que ce sont les plus agréables vacances que j'ai jamais passées, et il y a une certaine tristesse à admettre que c'est fini.

— Ma présence les a-t-elle rendues plus belles ?

C'était de nouveau le genre de question qu'il posait en badinant – et il souriait et la jeune fille souriait, et tous deux savaient qu'il ne fallait y accorder aucune signification particulière. Mais Susanna Osbourne réfléchissait avec sérieux à la question, et il attendait sa réponse comme si elle lui importait vraiment.

— Oui, murmura-t-il. J'ai apprécié votre amitié.

Elle y faisait déjà référence au passé. Bientôt, cette amitié appartiendrait effectivement au passé, car il était peu probable qu'ils se revoient. Il n'allait jamais à Bath, et elle n'en partait quasiment jamais.

— *Amitié*, répéta-t-il en inclinant la tête vers elle. Le terme est un peu faible, vous ne trouvez pas ? Ne sommes-nous pas un peu plus que des amis ?

Que diable entendait-il dire par là ? Malheureusement, il ne songea à se poser cette question que plus tard. En cet instant, il était plongé dans un accès de sincérité tout à fait inhabituel.

— Oh, ne dites pas cela, s'écria-t-elle d'une voix dans laquelle il perçut un accent de détresse. Je vous en prie, ne dites pas cela. Ne gâchez pas ce que nous avons partagé. Ne flirtez pas avec moi.

Bonté divine !

— Je ne pense pas une seconde à flirter, assura-t-il.

Mais si ce n'était pas du flirt, qu'était-ce exactement ? Il avait l'impression un peu effrayante de s'être aventuré dans des eaux inconnues.

Et, alors, parce qu'il avait incliné la tête et qu'elle n'avait pas écarté la sienne, leurs fronts se touchèrent. Il ferma les yeux et ne bougea plus. Elle non plus.

Il ressentit subitement un nouvel accès de profonde mélancolie, comme la veille au retour de leur promenade à la cascade.

Il ouvrit les yeux, bougea légèrement la tête et effleura les lèvres de la jeune fille des siennes.

Cela ne dura qu'une folle fraction de seconde. Puis il releva la tête et regarda l'église. Leurs mains s'étreignaient toujours, nota-t-il.

La respiration haletante de Mlle Osbourne acheva de le confondre. C'était, à n'en pas douter, son premier baiser. Encore que le terme soit excessif. Mais il ne pouvait à présent lui rendre occasion plus mémorable en reprenant ses lèvres pour achever ce qu'il avait tout juste esquissé.

Ce serait la pire chose à faire.

Il n'aurait pas dû commencer.

Il n'était pas question de jouer avec la sensibilité d'une innocente maîtresse d'école ! Et avec la sienne par la même occasion.

Voyons, ils n'étaient qu'amis. *Seulement amis !*

— Je pense que nous devrions rentrer à l'auberge, lord Whitleaf, dit-elle à mi-voix. Je vois que les gens commencent à sortir, et je n'entends plus de musique.

Il devrait s'excuser, par le ciel ! Mais ce serait donner de l'importance à ce qui n'avait pas été vraiment un baiser.

Il sentait encore sa bouche, chaude et douce, sous la sienne.

Juste ciel, pourquoi ne l'avait-il pas écoutée lorsqu'elle avait dit que l'amitié était impossible entre un homme et une femme ? Elle, l'innocente, possédait plus de bon sens que lui.

Finalement, ils ne pouvaient être ni amis ni autre chose.

— Je vais vous raccompagner, dit-il, soulagé que la soirée se soit achevée avant qu'il ait eu le temps de commettre une autre imprudence.

Edgecombe et la comtesse attendaient à côté de leur voiture. Un joyeux désordre d'invités, de chevaux, de domestiques les entourait tandis que chacun se souhaitait une bonne nuit.

— Mlle Osbourne et moi avons été plus sages que vous tous, déclara Peter en arborant une expression enjouée. Nous nous sommes promenés tranquillement pour profiter de l'air frais de la nuit.

Elle aussi, constata-t-il, affichait un sourire jovial.

— Francesca, quelle belle soirée ! s'écria-t-elle. Merci infiniment de m'y avoir emmenée.

Edgecombe lui offrit la main pour l'aider à monter dans la voiture, la comtesse souhaita une bonne nuit à Peter et, quelques secondes plus tard, le cocher manœuvrait pour extirper le véhicule de la foule.

Peter soupira de soulagement tout en agitant la main dans un dernier au revoir, puis il reporta son attention sur Mlle Raycroft qui pépiait avec animation.

En ne l'écoutant que d'une oreille.

« Ce dont vous avez besoin, c'est d'un dragon à pourfendre », avait-elle dit.

Lorsque Francesca frappa à la porte de Susanna, celle-ci marmonna quelque chose qui ne ressemblait certes pas à *entrez*, mais peut-être n'avait-elle pas bien articulé. Francesca entrouvrit la porte et jeta un coup d'œil dans la chambre.

— Oh, vous n'êtes pas couchée, s'étonna-t-elle en découvrant à la lueur de l'unique chandelle posée sur la coiffeuse que son amie était debout près de la fenêtre. Je me disais que vous seriez peut-être heureuse de parler avec quelqu'un de votre premier bal. Vous n'avez pas dit grand-chose pendant le trajet de retour. Juste que cela avait été une belle soirée. Une *belle soirée*, Susanna ? C'est tout ? Lucius a pensé que la timidité vous avait empêchée d'en dire plus devant lui. Mais je l'ai laissé dans notre chambre, et il n'y a plus que vous et moi.

Elle entra dans la pièce et referma la porte.

— Oh, fit Susanna qui affectait d'être très occupée à tirer les rideaux tout en se rendant compte qu'elle n'aurait ensuite plus d'excuses pour ne pas se retourner, c'était très agréable !

— Maintenant, la soirée était seulement *agréable* ? Et *belle* aussi, non ? D'aussi faibles louanges condamnent la soirée.

Le rire de Francesca s'interrompit brusquement.

— Susanna ? Vous *pleurez* ?

— Non. Bien sûr que non, protesta la jeune fille, mais ces quelques mots s'achevèrent dans un ignominieux couinement.

— Oh, mais si ! Ma pauvre chérie ! s'exclama Francesca en se précipitant vers son amie. Que s'est-il donc passé ?

Secouée d'un petit rire tremblant, Susanna se retourna et sortit un mouchoir de la poche de sa robe de chambre. Francesca aussi s'était changée pour la nuit, découvrit-elle. Elle portait une longue robe d'intérieur bleu foncé et ses cheveux sombres flottaient librement dans son dos.

— Je me sens très sotte d'être surprise à pleurer comme une fontaine, avoua Susanna après s'être mouchée. Surtout en une occasion si peu appropriée. Ce ne sont pas des larmes de chagrin, je vous assure. Tout à fait le contraire. C'était vraiment une soirée merveilleuse, *merveilleuse* ! Je m'en souviendrai toute ma vie. Je n'ai manqué que deux séries de danses. Ce que je n'aurais jamais osé espérer ! Et même ces deux-là, j'aurais pu les danser. M. Finn m'avait invitée, mais Mlle Honeydew se sentait mal et je l'ai emmenée près du buffet. Et, durant la dernière série, le vicomte Whitleaf et moi avons préféré prendre le frais.

Elle alla s'asseoir sur son lit et, remontant les genoux, noua les mains autour.

— Ah, voilà qui me rappelle le bon vieux temps, commenta Francesca en tirant un fauteuil à côté du lit. Vous et les autres me manquez toujours, vous savez. Et la vie à l'école, et ces soirées où nous nous retrouvions pour bavarder jusque tard dans la nuit. Cela ne veut pas dire que je renoncerais à ma vie actuelle pour retourner là-bas, mais... Eh bien, même les choix heureux impliquent quelques sacrifices. Et la plupart d'entre nous aimeraient avoir le beurre et l'argent du beurre.

— La soirée vous a-t-elle plu, à vous ? voulut savoir Susanna.

— Oh, bien sûr ! J'ai toujours préféré ce genre de petite réunion aux grands bals mondains. Et celui-ci était particulier parce que vous étiez là et que vous aviez nombre de partenaires agréables. Et qu'il y a eu une valse et que j'ai pu la danser avec Lucius, et voir que vous la dansiez aussi. Oui, tout était quasiment parfait.

— J'aurai beaucoup à raconter quand je serai de retour à Bath. Entre autres, je pourrai dire à Claudia et à Anne – et à M. Huckerby – que j'ai dansé une vraie valse dans un vrai bal avec rien de moins qu'un *vicomte*. Pas tout à fait un duc, mais pas loin quand même.

Elle avait toujours plaisanté avec ses amies, assurant qu'elle voulait un duc, ou personne.

— C'est la plus belle des danses, soupira Francesca. Elle est si... romantique.

— Oui, fit Susanna en fermant les yeux.

Elle avait eu l'impression de flotter, comme si ses pieds ne touchaient plus le parquet. Comme si valser et son rêve de s'envoler étaient devenus une seule et même chose. Sauf que valser ne se faisait pas seul, mais avec un homme qui la tenait dans le cercle de ses bras. Durant cette danse, le rêve et la réalité s'étaient fondus, et elle avait connu un bonheur absolu – l'un de ces rares moments de grâce qui surgissent dans toute vie.

Cela avait été un instant de pure magie.

Elle s'en souviendrait toujours – avec émerveillement mais aussi douleur.

Et, soudain, tout à fait inopinément et ignominieusement, les larmes affluèrent, et elle émit un hoquet tandis qu'elle s'efforçait de les contrôler.

— Ô mon Dieu, souffla-t-elle en cherchant de nouveau son mouchoir. Vous allez me trouver bien bête, parvint-elle à articuler d'une voix tremblante.

Il y eut un silence déconcertant.

— Susanna, murmura enfin Francesca, vous n'êtes pas tombée amoureuse du vicomte Whitleaf, j'espère ?

Susanna redressa vivement la tête et darda sur son amie un regard horrifié.

— Non ! s'exclama-t-elle. Oh, non, Francesca, bien sûr que non ! Qu'est-ce qui vous a mis une idée aussi absurde dans la tête ?

Mais l'ennui, c'était que ses larmes, échappant à tout contrôle, menaçaient de nouveau. Elle en sentit deux rouler sur ses joues. Elle se hâta de les essuyer, puis se tamponna les yeux.

— Ma pauvre chérie, dit doucement Francesca.

— Vous vous trompez complètement. Oh, c'est stupide de ma part de pleurer ainsi, gémit Susanna. Je ne suis pas amoureuse de lui, Francesca. Je vous assure. Mais je l'aime vraiment beaucoup, voyez-vous. Nous sommes devenus amis durant ces deux semaines. Et ce soir, j'ai *valsé* avec lui. Mais maintenant que le bal est fini, je ne peux m'empêcher de me rappeler que mes vacances sont presque finies, que je vais rentrer à Bath dans quelques jours. Ne vous méprenez pas – je suis contente d'y retourner. C'est chez moi, et c'est là que m'attendent Anne et Claudia. Et la perspective de l'année scolaire avec le retour des élèves et l'arrivée de quelques nouvelles est toujours excitante. Mais pour le moment je songe avec tristesse que je vais devoir vous dire au revoir, à vous, à lord Edgecombe et à tous vos voisins si sympathiques.

— Y compris le vicomte Whitleaf.

— Oui, admit Susanna avec un pauvre sourire. Y compris lui.

— Mais c'est *juste* un ami ? insista Francesca sans parvenir à dissimuler son inquiétude.

— Oui, répondit Susanna en s'efforçant de sourire. Bien sûr qu'il n'est que cela, voyons !

« Les amis ne s'embrassaient pas », songea-t-elle.

Il l'avait embrassée sous l'orme derrière l'église. Ou bien était-il pathétique d'appeler « baiser » ce frôlement des lèvres ? Elle savait, cependant, qu'elle s'en souviendrait toute sa vie comme d'un baiser – son premier baiser et sans doute le dernier.

Les amis ne s'embrassaient pas.

Mais ils *étaient* amis.

Il n'y avait entre eux que de l'amitié.

Elle ne voulait rien d'autre.

Il ne *pouvait* y avoir autre chose.

Elle appuya le front contre ses genoux.

— Susanna, fit Francesca en venant s'asseoir à côté d'elle sur le lit, je suis désolée. Je suis tellement désolée, reprit-elle en lui tapotant doucement le dos.

Susanna s'appliquait à respirer calmement, profondément, à retenir ses larmes. Elle n'avait jamais été une pleurnicheuse. Ces larmes étaient tout à fait inhabituelles de sa part.

— C'est juste un ami, dit-elle quand elle fut à peu près sûre de sa voix. Mais des amis peuvent être très chers. Mon cœur se briserait si je devais vous dire adieu, à vous, à Anna, à Claudia, en sachant que ce serait pour toujours.

— Votre cœur est en train de se briser ?

— Non. Oh, non, bien sûr. C'est une figure de style. Je serai triste quand ce séjour s'achèvera. Très triste. Et aussi emplie de gratitude pour tant de bons souvenirs. Mais il n'est pas fini, n'est-ce pas ? Il reste encore trois jours à savourer.

— Je me sens si impuissante, murmura Francesca après une minute ou deux de silence. Je suis consternée pour vous, Susanna, mais je ne sais que dire ni quel réconfort vous offrir.

Il était évident que Francesca n'était pas dupe des protestations de son amie concernant le vicomte Whitleaf. Et parce que Susanna se sentait réellement misérable d'avoir à lui dire au revoir – bien qu'ils ne fussent qu'amis – elle baissa la tête et ne dit rien pendant un moment.

— Vous m'avez réconfortée en étant là, déclara-t-elle finalement en se levant du lit. En étant mon amie. Cela a été une belle soirée, Francesca – la plus merveilleuse de ma vie, et j'ai eu de belles vacances. Pardonnez-moi, je vous en prie, de m'être montrée sentimentale et d'avoir répandu quelques larmes à l'idée que c'est presque fini. À présent, retournez auprès de lord Edgecombe. J'ai besoin de dormir pour être belle, même si vous n'en avez pas besoin.

Francesca se leva à son tour et lui étreignit les mains en l'embrassant sur la joue.

— Je retrouve ma brave Susanna. Bonne nuit, alors. Je vous souhaite de bien dormir.

Une fois seule, Susanna rabattit la courtepointe, moucha la chandelle et se coucha. Elle remonta le drap jusqu'au menton et ferma les yeux.

Et se retrouva en train de valser avec lui.

Et de lui confier ses rêves dans la salle du buffet, et de se promener avec lui dans la nuit, bras dessus bras dessous, doigts enlacés.

Et de… pouvait-on dire qu'ils s'étaient embrassés ? Leurs lèvres s'étaient frôlées, mais était-ce un baiser ? Eh bien, elle ne le saurait jamais.

Dans trois jours, elle lui dirait au revoir.

Elle dirait au revoir à son cher, très cher ami.

Termes plutôt excessifs et ridicules puisqu'elle ne le connaissait que depuis deux semaines et n'avait pas passé plus d'une demi-heure par jour avec lui. Et qu'il était le vicomte Whitleaf, lui entre tous les hommes.

« Amitié. Le terme est un peu faible, vous ne trouvez pas ? Ne sommes-nous pas un peu plus que des amis ? »

Elle l'entendait prononcer ces paroles, juste avant que leurs fronts se touchent et qu'il l'embrasse.

Mais elle ne voulait pas penser à ces mots… ni à ce baiser. Elle ne voulait pas croire qu'ils étaient plus que des amis. Ce serait trop insupportable si…

Elle se tourna sur le côté, glissa la main sous l'oreiller, et se recroquevilla.

De nouveau elle tourbillonnait sur la piste de danse, dans le cercle de ses bras.

De nouveau elle sentait ses lèvres effleurer les siennes.

# 10

Peter ne pouvait se souvenir de la dernière heure de la soirée sans éprouver un malaise.

Il avait enfreint plusieurs des règles qu'il s'était imposées.

Il avait valsé avec Susanna Osbourne, puis soupé avec elle – en tête à tête alors qu'il aurait pu s'asseoir avec d'autres personnes à une plus grande table. Il avait passé au moins une heure exclusivement avec elle – plus du double de ce qu'il s'octroyait d'ordinaire auprès d'une dame qui n'était pas sa sœur.

Il ne s'était pas contenté de lui offrir le bras lorsqu'ils étaient allés se promener, il lui avait aussi pris la main – et avait même noué ses doigts aux siens. Ce qui était à la limite de l'inconvenance. Non, en fait, la limite avait été franchie. De beaucoup.

Et ensuite – la pièce de résistance d'une conduite tout à fait inhabituelle de sa part –, il l'avait embrassée. L'honnêteté l'obligeait à admettre que ce bref effleurement de lèvres méritait bien le nom de baiser.

Le souvenir ne cessait de revenir le hanter, et de lui faire honte. Il avait joué avec les sentiments d'une jeune fille. Il aurait pu, bien sûr, se dire que c'était sans importance et que dans une semaine il aurait tout oublié. Sauf qu'ayant cinq sœurs, il était bien placé pour savoir que les femmes faisaient grand cas de ce genre de choses et s'en souvenaient beaucoup plus longtemps que les hommes.

Il en avait toujours été conscient et avait toujours pris garde de ne pas blesser la sensibilité féminine – à l'exception peut-être d'une mémorable occasion, cinq ans auparavant. Et de la veille au soir.

Il avait la désagréable impression que Susanna était plus blessée qu'elle n'aurait dû l'être lorsqu'ils s'étaient dit bonsoir.

Était-ce présomptueux de sa part de penser cela ? Peut-être. Il était prêt à l'admettre, car c'était bien la dernière personne au monde qu'il aurait voulu blesser.

Le pire était que ce baiser raté était probablement son premier baiser.

Bonté divine, il n'était pas fier de lui ! Il avait même carrément honte.

Et, bien sûr, il n'était pas question qu'il lui fasse la cour, ce qu'il ne désirait aucunement – il l'aimait *bien*, c'était tout. Socialement, un fossé infranchissable les séparait.

De telles différences n'auraient pas dû compter, mais elles comptaient. Il vivait dans une société où les jeunes gens titrés devaient choisir leur épouse dans leur milieu. Et des raisons tout à fait solides, qui n'avaient rien à voir avec le mépris, justifiaient cette exclusivité. Les épouses des aristocrates avaient des devoirs auxquels leur éducation les avait préparées, et elles devaient être capables d'assumer avec aisance une multitude d'obligations sociales et mondaines.

Ainsi formulés, ces arguments semblaient plutôt faibles, mais ce n'était pas le cas. Ils faisaient partie de l'étoffe dont était tissée la société dans laquelle il avait grandi et vécu.

En tout cas, décida-t-il durant la longue insomnie qui suivit le bal, il devait éviter Mlle Osbourne durant les trois derniers jours de son séjour dans le Somerset. Il devait éviter de se mettre en situation de dire ou de faire quelque chose qu'il regretterait. Quelque chose d'*autre*.

C'était une décision éminemment raisonnable, et il s'y tint pendant deux jours. Le premier, il fut invité avec les Raycroft et d'autres voisins à dîner à Barclay Court et à jouer ensuite aux charades et aux cartes. Il n'ignora pas Mlle Osbourne – comment l'aurait-il pu ? Pour les charades, elle faisait partie de l'équipe adverse, et elle se jeta dans le jeu avec la même énergie et le même enthousiasme que pour les courses sur le lac. Sa bonne humeur le rassura : l'incident de la veille ne l'avait apparemment pas bouleversée. Voyant cela, il ne chercha pas à l'éviter, il lui parla, rit avec elle et joua contre son équipe. Mais ils ne passèrent pas une minute seuls.

Le lendemain, suivant une suggestion de Mlle Moss, un groupe de jeunes gens allèrent à Taunton en voiture pour regarder les boutiques et pique-niquer sur la berge de la Thone. Peter s'arrangea pour ne pas monter dans la même voiture que Susanna Osbourne, et bien que durant la visite de Taunton ils fussent suffisamment proches pour échanger quelques remarques et sourires, à aucun moment ils ne se retrouvèrent en tête à tête.

Et puis le troisième jour, il se réveilla en sursaut une heure plus tôt que d'habitude en se rendant compte, affolé, que c'était le dernier jour de la jeune femme à Barclay Court et qu'ils avaient perdu deux journées entières alors qu'avec un peu d'ingéniosité, ils auraient pu se débrouiller pour passer un peu de temps seul à seul.

Dieu, qu'il aurait voulu ne pas l'avoir embrassée ! Ni même s'être promené avec elle dans le village, les doigts noués aux siens.

Il serait plus sage, décida-t-il en descendant prendre son petit déjeuner, d'éviter d'être seul avec elle encore une journée. Le lendemain, elle serait partie et lui se préparerait à partir aussi.

Raycroft et sa sœur, apprit-il pendant le repas, comptaient aller à pied jusqu'à Barclay Court pour dire au revoir à Mlle Osbourne, et, au passage, ils feraient signe aux sœurs Calvert.

— Vous devez absolument venir avec nous, lord Whitleaf, déclara Rosamond Raycroft. C'est triste que Mlle Osbourne nous quitte déjà, vous ne trouvez pas ?

Les accompagner lui offrirait l'occasion idéale de faire les choses poliment – dire au revoir à la jeune fille – et de le faire prudemment, au sein d'un groupe. Oui, ce serait éminemment raisonnable. Et il ferait en outre la promenade jusqu'à Barclay Court en compagnie de quatre jeunes filles.

Mais lorsqu'il ouvrit la bouche pour répondre, les mots qui sortirent de sa bouche ne furent pas ceux qu'il avait eu l'intention de prononcer.

— J'ai promis de rendre visite à Mlle Honeydew ce matin, dit-il bien qu'il n'eût rien fait de la sorte. Je m'en vais bientôt, et je me suis attaché à cette pauvre dame. Je tâcherai de passer à Barclay Court dans l'après-midi.

Mlle Raycroft fit la moue, mais elle ne suggéra pas de repousser la promenade à Barclay Court à l'après-midi afin qu'ils puissent y aller tous ensemble.

Raycroft et sa sœur partirent donc sans lui, et il passa la matinée à couper du bois pour Mlle Honeydew, malgré ses protestations énergiques, tâche dont il fut récompensé par des remerciements chaleureux, quelques larmes et l'obligation d'avaler une demi-douzaine des gâteaux de sa gouvernante, lesquels cette fois-ci avaient une croûte noire et un centre dur comme le roc. Il emmena ensuite le chien courir un peu, puis regagna Hareford House.

La matinée avait été nuageuse – c'était l'un de ces jours qui ne pouvaient se décider à se dissoudre en pluie ou à s'ouvrir au soleil. S'il avait plu, il aurait pu se persuader de rester à la maison pour jouer aux échecs avec le père de Raycroft, qui était toujours partant pour affronter un adversaire offrant quelque résistance.

Mais le ciel se dégagea et le soleil se mit à briller. Le beau temps appelait à sortir.

Peter alla jusqu'à Barclay Court en cabriolet. Il confia son cheval à un palefrenier, traversa la terrasse et monta l'une des volées de marches du perron en fer à cheval. Le majordome l'attendait déjà sur le seuil et l'informa que monsieur le comte, madame la comtesse et Mlle Osbourne venaient d'achever leur déjeuner et seraient sûrement enchantés de le recevoir au salon.

Il resterait quinze ou vingt minutes tout au plus, décida Peter en suivant le majordome au premier étage. Il souhaiterait à Susanna Osbourne un agréable voyage et un bon trimestre d'automne à l'école. Peut-être lui baiserait-il la main – à moins qu'il ne se contente de s'incliner.

Seigneur, tout prévoir aussi méticuleusement n'était pas dans ses habitudes. Les gestes appropriés lui venaient d'ordinaire naturellement, et il n'avait besoin d'y penser ni avant ni pendant.

Le majordome ouvrit les deux portes du salon avec solennité comme s'il s'apprêtait à annoncer le prince de Galles en personne – et s'arrêta.

Susanna Osbourne se levait de son fauteuil, près de la fenêtre. À part elle, la pièce était vide.

— Oh, monsieur Smothers, dit-elle, le comte et la comtesse sont descendus à la bibliothèque. Vous ne les avez pas vus ?

Le majordome tourna vers le visiteur un visage mortifié, mais Peter prit les devants.

— C'est Mlle Osbourne que je suis surtout venu voir, Smothers. Si elle consent à me recevoir, bien sûr.

Le majordome se retourna vers l'unique occupante de la pièce.

— Mais bien sûr, dit la jeune fille qui fit quelques pas avant de s'immobiliser. Je vous remercie, monsieur Smothers. Comment allez-vous, lord Whitleaf?

Il n'allait pas trop bien, en fait. Il était de nouveau en proie à l'absurde panique qui l'avait saisi au réveil. C'était la dernière fois qu'il la voyait. Le lendemain matin, elle serait partie. Et lui, le surlendemain. Se dire que dans huit jours au plus tard il l'aurait probablement oubliée ne lui apportait nul réconfort.

Il sourit et pénétra dans la pièce. Le majordome referma la porte derrière lui.

— Francesca a reçu ce matin une demande pour une série de concerts cet automne à Londres, expliqua-t-elle. Le comte et elle sont descendus à la bibliothèque pour vérifier les dates et s'organiser. Mais ils n'en auront pas pour longtemps.

*Ils n'en auront pas pour longtemps*. Soudain, leur absence lui parut être un cadeau qu'il avait tenté d'éviter tout en le désirant.

Elle était un peu pâle, trouva-t-il, jusqu'à ce que, la regardant plus attentivement, il se rende compte qu'au contraire sa peau était légèrement dorée par le soleil. Mais il y avait quelque chose… Dans les yeux? Pourtant, elle souriait. Non, le reste de son visage souriait, mais pas ses yeux. Comme lui, elle songeait sans doute que c'était la dernière fois qu'ils étaient seuls, la dernière fois qu'ils se voyaient.

*Bien sûr* qu'elle y songeait. En une dizaine de jours, une amitié d'une rare chaleur s'était établie entre eux. Quel imbécile il avait été de les en priver pendant deux jours !

— Je suis venu vous dire au revoir, commença-t-il.

— Oui, murmura-t-elle.

— J'ai eu grand plaisir à vous connaître, reprit-il tout en pensant à tout ce qu'il ne connaîtrait pas d'elle.

— Pour moi aussi, cela a été un grand plaisir.

— L'excursion d'hier a été très agréable, poursuivit-il.

— En effet. C'était la première fois que j'allais à Taunton.

— Moi aussi.

Il la vit avaler sa salive et se détourner un instant avant de le regarder de nouveau.

— J'espère que vous ferez un bon voyage après-demain, dit-elle.

— Merci.

Il noua les mains dans le dos.

— Est-ce que...

— Voudriez-vous...

Ils avaient parlé en même temps et s'arrêtèrent abruptement. Elle lui fit signe de poursuivre.

— Voudriez-vous faire quelques pas dehors avec moi ? demanda-t-il, abandonnant sans même y penser son plan prudent de visite formelle de quinze minutes. C'est une belle journée, finalement.

— Je vais chercher mon chapeau.

Elle le laissa sur le palier le temps qu'elle monte à l'étage supérieur. La panique le reprit. Et s'ils ne pouvaient sortir de la maison et s'éloigner avant qu'Edgecombe et sa femme émergent de la bibliothèque ? Il ne leur restait plus que *cet* après-midi. C'était sa dernière chance. Demain à la même heure...

Sa dernière chance pour faire *quoi*, grands dieux ?

Comme ils traversaient le vestibule, Edgecombe et la comtesse sortirent de la bibliothèque, et sourirent en le voyant.

— Ah, vous voilà, Whitleaf ! dit Edgecombe. Smothers est venu nous prévenir de votre arrivée – désolé pour le malentendu, mon vieux. Nous allions vous rejoindre. Vous ne partez pas déjà, j'espère ?

— Restez un peu, s'il vous plaît, insista la comtesse.

— Mlle Osbourne et moi allions faire quelques pas dehors, expliqua Peter. Il fait trop beau pour ne pas en profiter.

— Vous devriez aller sur le sentier sauvage, suggéra Edgecombe. C'est très pittoresque – délibérément, bien sûr. D'ailleurs, nous allons vous accompagner, n'est-ce pas, Francesca ?

La main de la comtesse se posa sur son bras.

— Vous vous inquiétiez, hier, que je sois restée trop longtemps au soleil pendant le pique-nique. Vous vous souvenez ?

— Euh ? fit-il en la regardant, les sourcils froncés.

— Je vais être raisonnable et rester à la maison aujourd'hui, reprit-elle.

Peter vit la compréhension éclairer le regard d'Edgecombe en même temps qu'elle se faisait jour en lui.

— Oh, absolument, mon amour, dit Edgecombe. Je vais rester avec vous. Cela ne vous ennuie pas, Susanna ?

— Non, bien sûr que non.

— Les coups de soleil peuvent être dangereux, renchérit Peter.

Et c'est ainsi qu'ils sortirent de la maison, seuls, mais avec la bénédiction de la comtesse d'Edgecombe, apparemment.

La bénédiction pour quoi ?

Que croyait-elle ? Elle ne s'attendait quand même pas que... ?

Mais il ne se torturerait pas plus longtemps ni ne perdrait une seconde de cette occasion soudain précieuse d'être seul encore une fois avec Susanna Osbourne – son amie.

Il lui offrit son bras sans mot dire, et elle l'accepta sans le regarder.

Un étrange – et potentiellement troublant – sentiment d'achèvement l'envahit.

# 11

Les bagages de Susanna étaient presque entièrement faits. Elle s'en était chargée elle-même après le petit déjeuner sans attendre la servante que Francesca avait promis de lui envoyer.

Ces préparatifs avaient été effectués presque gaiement. Elle était sincèrement contente de rentrer chez elle – car l'école était bel et bien sa maison. Et les personnes qui l'attendaient là-bas, enfants et adultes, étaient sa famille.

Elle avait résolument chassé la mélancolie qu'elle avait ressentie après le bal. Elle avait passé deux merveilleuses semaines de vacances dans un endroit splendide, en compagnie de l'une de ses meilleures amies et de quelques aimables personnes. Et, comme si cela ne suffisait pas, elle avait fait sa première sortie en cabriolet, elle avait gagné une course d'avirons, elle avait assisté à son premier bal – cette réception campagnarde méritait bien ce nom, avait-elle décidé – et, à l'exception de deux danses, n'avait cessé de danser, chaque fois avec un partenaire différent. Elle avait même valsé et avait été embrassée pour la première fois – ce frôlement de lèvres méritait *bien* le nom de baiser. Cela aussi, elle l'avait décidé. Des amis de sexe opposé pouvaient s'embrasser à l'occasion, et ce que ce geste exprimait était une tendre affection et non un sentiment amoureux.

Elle avait décidé – très raisonnablement – qu'elle se rappellerait tout de ces deux semaines jusqu'au moindre détail, et qu'elle savourerait ces souvenirs au lieu de les laisser l'oppresser.

Que le vicomte Whitleaf ne se soit pas occupé d'elle en particulier ces deux derniers jours l'avait aidée. Ils avaient été capables de se sourire aimablement et même de se parler, mais en tant que membres d'un groupe.

C'était bien qu'il ne soit pas venu ce matin avec M. Raycroft et sa sœur, et les Calvert. Les quatre jeunes filles l'avaient serrée dans leurs bras en partant, et Rosamond Raycroft et Mary Calvert avaient même versé une larme. M. Raycroft avait pris sa main entre les siennes et l'avait tapotée en lui souhaitant un bon voyage et un bon trimestre d'automne à l'école.

Oui, c'était bien qu'il ait évité de venir lui dire au revoir.

Pourtant, bavarder avec entrain avec Francesca et le comte pendant le repas avait été très dur.

Avaler la nourriture avec la boule qui lui obstruait la gorge n'avait pas été facile non plus.

Refuser d'admettre qu'elle était blessée – par son absence ce matin et par le soin qu'il avait pris à éviter d'être seul avec elle la veille et l'avant-veille – avait été une rude tâche. Elle savait que cela avait été délibéré.

C'était comme si ce baiser, qui n'était peut-être pas un vrai baiser après tout, avait détruit leur amitié.

Mais voilà qu'il était venu quand même.

Seul.

Et il l'avait trouvée seule. Et quand le comte avait suggéré que Francesca et lui les accompagnent, le vicomte Whitleaf n'avait pas saisi au vol l'occasion d'avoir de la compagnie. Il n'avait rien dit. Et Francesca avait eu l'air de croire que Susanna voulait passer quelques minutes de ce dernier après-midi seule avec lui.

*Le voulait-elle ?*

Pendant le dîner, Francesca et elle avaient décidé qu'elles se promèneraient longuement autour du lac. Juste elles deux. Le comte avait promis de les laisser profiter l'une de l'autre avant d'être de nouveau séparées.

Le bras du vicomte Whitleaf, remarqua Susanna, était crispé sous sa main. Il garda le silence tandis qu'elle l'entraînait à travers la pelouse vers les bois où commençait le sentier.

Elle se souvint de leur silence embarrassé le jour de leur rencontre – pas tout à fait deux semaines plus tôt.

Cela paraissait incroyable de se dire que, seulement deux semaines plus tôt, elle ne le connaissait pas – à l'exception de la brève entrevue lorsqu'ils étaient enfants.

— C'est là, dit-elle en désignant le chemin qui s'enfonçait entre les arbres. Ce sentier serpente dans le bois, grimpe sur la colline et redescend jusqu'à un petit pont. Ensuite, il longe la rivière au-delà de la cascade, contourne le lac et revient à la maison par l'autre côté.

— Une longue promenade, commenta-t-il.

— Certes.

— Elle ne vous effraie pas ?

— J'ai toujours aimé marcher, affirma-t-elle.

— Moi aussi. J'ai fait le tour des Highlands et du Lake District à pied. Je compte faire celui du nord du pays de Galles un de ces jours.

— Le mont Snowdon est très beau, paraît-il, et les environs sauvages et magnifiques.

— Oui, c'est ce que j'ai entendu dire.

Le sentier, bien entretenu, leur permettait de marcher côte à côte. Les branches entrelacées au-dessus d'eux et les troncs qui les enserraient comme les piliers d'une cathédrale renforçaient le sentiment d'isolement. De leurs perchoirs au-dessus de leurs têtes, d'innombrables oiseaux les accompagnaient de leurs chants.

— J'aimerais vous entendre raconter vos excursions pédestres, risqua-t-elle.

Il ne répondit pas tout de suite et elle sentit son regard peser sur elle.

— Nous pouvons procéder de cette façon, si vous voulez, dit-il doucement. Nous pouvons trouver des sujets sur lesquels l'un ou l'autre est capable de parler longuement et avec éloquence. Et lorsque nous serons de retour à la maison, nous pourrons nous féliciter de ne pas avoir permis qu'après les premières minutes de gêne, un moment de silence tombe entre nous. Nous pourrons nous séparer sur un adieu allègre, et le tour sera joué. Fin de l'histoire.

Elle ignorait ce qu'elle était censée dire. Il n'avait pas posé une seule une question.

— Oui, murmura-t-elle.

— C'est ce que vous désirez ?

Il pencha la tête vers elle et elle osa tourner la sienne pour le regarder. Ses yeux étaient d'un violet plus sombre que d'ordinaire.

— Non, dit-elle.

Elle ne savait pas trop ce qu'elle voulait sinon qu'elle n'avait pas envie de jacasser poliment sur des sujets insignifiants alors que c'étaient leurs derniers instants ensemble.

Les tout derniers.

— Non, répéta-t-elle plus fermement avant d'esquisser un sourire. Mais comment allons-nous procéder, alors ?

— Eh bien, profitons de la compagnie l'un de l'autre. Rions comme nous l'avons fait si souvent. Soyons amis tout simplement. Vous voulez bien ?

C'était stupide de se laisser aller à la tristesse. La semaine prochaine, à cette heure-ci, elle se demanderait pourquoi elle n'avait pas tiré parti de chaque instant au lieu de songer au vide que lui réservait l'avenir. D'où tenait-elle que l'avenir serait vide ?

Comment savait-elle qu'il y aurait même un avenir ?

— Quelle bonne idée, déclara-t-elle – avant de rire.

— Je la trouve excellente.

Il rit aussi et, bien qu'aucune de leurs répliques ne puisse passer pour spirituelle, ce fut délicieux. Et soudain elle se sentit heureuse. Non, elle ne scruterait plus l'avenir.

— Avez-vous remarqué que nous vivons soit dans le passé soit dans le futur ? demanda-t-elle. Avez-vous remarqué que l'instant présent glisse souvent sans qu'on s'y arrête ?

— Jusqu'à ce qu'il devienne le passé ? À ce moment-là seulement, il obtient notre attention. Oui, vous avez parfaitement raison. Combien d'instants présents y aura-t-il avant que nous soyons de retour, selon vous ? Combien de temps dure un instant présent, d'ailleurs ? On pourrait peut-être prétendre qu'il ne s'achève jamais, qu'il est éternel.

— Ou qu'il est plus fugitif qu'une fraction de seconde.

— Voilà de nouveau l'attitude du verre à moitié vide face à l'attitude du verre à moitié plein. Serions-nous par hasard en train de philosopher ? C'est une possibilité inquiétante. Si nous n'y prenons garde, nous allons nous demander combien d'anges peuvent danser sur la tête d'une épingle.

— Aucun ou bien un nombre infini, répliqua-t-elle. S'il existe seulement une réponse exacte.

— Eh bien, fit-il en riant, allons-nous nous mettre d'accord pour vivre ce moment sans fin uniquement au temps présent ? Ou cette succession d'instants présents ?

— Oui, mettons-nous d'accord pour cela, dit-elle en joignant son rire au sien.

Tandis qu'ils marchaient, Susanna offrit son visage à la lumière et à l'ombre mouvantes, à la chaleur et à la fraîcheur. Elle fut consciente du chant des oiseaux, du vrombissement des insectes, des galopades furtives de la vie sauvage autour d'eux, des odeurs de terre et de verdure, et d'une eau de toilette masculine. Elle sentait chaque aspérité du sentier sous ses pieds, les muscles à présent détendus du bras sous sa main, la chaleur sous la manche de l'habit.

Elle tourna la tête pour lui sourire et s'aperçut qu'il la regardait en souriant lui aussi – un sourire paresseux, sincère, heureux.

— Je vois un siège là-bas, dit-il. Je parie qu'il offre une jolie vue.

— En effet. Ce sentier a été dessiné pour le plaisir des yeux du promeneur, comme vous l'avez constaté vous-même lorsque nous sommes allés à la cascade le jour du pique-nique.

Ils demeurèrent debout un instant à côté du banc, regardant par une trouée naturelle entre les arbres les pelouses qui s'étendaient jusqu'à la maison et les communs. Un vieux chêne se dressait comme à dessein au milieu du panorama.

— Le sentier monte sur cette colline d'où l'on a une très belle vue aussi, reprit-elle avec un geste du bras. La plus belle, cependant, se trouve en redescendant vers la rivière et le petit pont.

Ils s'arrêtèrent plusieurs fois avant d'y arriver, admirant alternativement la beauté voulue du parc, et celle des champs qu'on apercevait ici et là.

— J'aimerais que vous puissiez voir Sidley, fit-il comme ils contemplaient un patchwork de champs séparés par des haies. Vous avez bien dit que vous n'y étiez jamais allée, n'est-ce pas ? Pour moi, rien ne peut lui être comparé en beauté. Je suppose que je suis partial. Je le suis sans aucun doute, en fait. Sidley me touche *ici*.

Il se frappa le cœur, puis se tourna vers elle, l'air soudain espiègle.

— Sidley me touche à l'organe situé dans la poitrine, la fameuse pompe.

— Le cœur est le centre de nos sensibilités uniquement parce que nous nous sentons obligés de les situer quelque part. Mais, plaisanterie mise à part, ce doit être merveilleux d'avoir une maison à soi.

— J'espère que vous aurez une maison à vous, un jour, dit-il en tapotant la main posée sur son bras.

Ils descendirent le sentier avant de remonter sur le sommet dégagé de la colline d'où l'on apercevait la rivière. Une petite passerelle en bois l'enjambait, si bombée qu'elle se transformait en escalier. L'eau était vert sombre à cause du reflet des arbres qui couvraient les pentes des deux côtés.

— Vous avez parfaitement raison, reconnut-il comme ils s'arrêtaient. C'est la plus belle vue. Plus que celle de la cascade, qui est spectaculaire mais qui, comme souvent ici, mélange nature et intervention humaine. Ici, il n'y a que la nature.

Lui lâchant le bras, Susanna pivota pour regarder les alentours. La colline nue s'élevait derrière eux à la rencontre du ciel. Sur les trois autres côtés, on ne voyait que des arbres. Et, en contrebas, encore des arbres, des fougères, la rivière et le pont.

— Je ne m'en étais pas aperçue, dit-elle. Mais c'est vrai. C'est sans doute pour cela que j'aime autant venir ici. L'endroit est une véritable…

— Évasion ?

Elle fronça les sourcils et secoua la tête.

— Retraite. Le mot me paraît plus approprié

— Et si on s'asseyait un instant ? suggéra-t-il. Il n'y a pas de banc, mais la terre n'a pas l'air humide. Cela fait plusieurs jours qu'il n'a pas plu.

Il s'accroupit et tâta le sol, puis leva la main pour montrer à Susanna qu'elle était sèche.

Elle s'assit, replia les genoux et les entoura de ses bras. Il s'allongea sur le flanc à côté d'elle et le coude plié, la tête reposant sur la main, caressa l'herbe entre eux.

Le soleil les baignait de sa douce chaleur.

— Oh, écoutez, fit-elle au bout d'un moment.

Sa main s'immobilisa.

— La cascade ?

— Oui.

Ils écoutèrent un instant, puis il leva la main et la posa doucement sur l'une de celles de la jeune fille.

— Susanna, vous allez me manquer.

— Nous ne sommes pas censés penser à l'avenir, rappelez-vous, dit-elle, après avoir dû inspirer à fond pour raffermir sa voix.

— C'est vrai.

Il écarta la main et, jetant son chapeau de côté, s'allongea sur le dos, une jambe repliée, une main sur les yeux pour les protéger du soleil.

La gorge de Susanna se noua douloureusement. Ce n'était pas facile de maintenir l'avenir à distance. Elle s'efforça de se concentrer sur la beauté du paysage, le bruit de la cascade, la douceur du temps…

— Vous arrive-t-il de désirer être complètement libre ? demanda-t-il deux minutes plus tard.

— J'en rêve tout le temps.

— Moi aussi.

Deux semaines plus tôt, elle aurait pensé qu'un gentleman comme lui jouissait de toute la liberté dont on pouvait rêver. Du reste, presque tous les hommes étaient libres, non ?

— Quels affreux ingrats nous sommes ! dit-il avec un petit rire.

— Mais ce n'est pas être libre de l'école ou d'une relative pauvreté, ou de n'importe quelle autre circonstance dont je rêve, précisa-t-elle. C'est... Oh, j'ai entendu un jour décrire cela comme le désir de Dieu, bien que ce ne soit pas tout à fait cela non plus. C'est juste... Mmm...

— L'aspiration à quelque chose qui nous dépasse, qui dépasse tout ce qu'on a jamais connu ou osé souhaiter ? suggéra-t-il.

— Oui, acquiesça-t-elle dans un soupir.

— Nous voilà de nouveau en train de philosopher, observa-t-il en ôtant sa main des yeux pour regarder la jeune fille. Deux fois dans le même après-midi ? Je dois couver quelque chose.

Susanna le regarda et s'esclaffa.

Et quelque chose se produisit.

L'instant se fit vraiment très présent, tout à coup, comme si le passé et l'avenir avaient disparu dans le néant ou s'étaient fondus dans le présent. Un instant tout simplement magique.

Et d'une insupportable tension.

Leurs regards se verrouillèrent, leurs sourires s'effacèrent. Il leva lentement la main et caressa du bout des doigts la joue de la jeune fille.

— Susanna...

Elle aurait pu dire ou faire un certain nombre de choses pour que le temps s'écoule de nouveau. Elle n'en fit aucune – n'y songea même pas, en fait. L'émerveillement l'avait saisie.

Elle tourna la tête jusqu'à ce que ses lèvres frôlent les phalanges du jeune homme. Puis plongea les yeux dans les profondeurs violettes de son regard légèrement voilé.

Il dénoua les rubans de son chapeau, le fit tomber sur l'herbe. Elle sentit la brise jouer dans ses cheveux. Il l'attira à lui d'une légère pression sur l'épaule. Elle lâcha ses genoux, pivota et se retrouva agenouillée à côté de lui.

Et leurs lèvres se rencontrèrent de nouveau.

Ce fut un baiser aussi bref – et aussi bouleversant – que le précédent. S'écartant, il regarda Susanna droit dans les yeux.

— Laissez-moi vous embrasser, murmura-t-il.

Requête quelque peu absurde, vu qu'il venait de le faire sans lui demander la permission. Mais, bien qu'elle fût presque totalement dépourvue d'expérience en matière de baisers, elle avait assez d'intuition féminine pour comprendre ce qu'il voulait dire.

— Oui, souffla-t-elle.

Cette fois-ci le baiser ne s'acheva pas à peine commencé. Il se prolongea longuement, et ne se limita pas à un simple contact des lèvres.

Cette fois-ci, la bouche de Peter s'ouvrit, chaude et humide. Il mordilla la lèvre inférieure de Susanna, et caressa ses deux lèvres du bout de la langue, en dessina le contour avant de s'introduire pour titiller la chair très sensible à l'intérieur. Puis il la picora de petits baisers sur la bouche, le menton, avant de l'embrasser plus avidement, sa bouche pressée fortement sur celle de Susanna. Sa langue l'envahit. Et enfin le baiser s'adoucit et il écarta la tête.

Les paupières lourdes, il scruta le visage de la jeune fille.

— Allongez-vous à côté de moi, suggéra-t-il.

Elle s'étendit sur le flanc, le bras de Peter sous la tête. Puis elle posa la main sur le cœur du jeune homme et ferma les yeux. Elle ne souhaitait pas qu'il parle. Elle ne voulait pas penser. Elle était trop occupée à *sentir*.

Est-ce que les gens – les hommes et les femmes – s'embrassaient réellement ainsi ? Elle n'en avait aucune idée. Elle avait rêvé de baisers et, dans son imagination, elle avait été emportée par le pur plaisir du contact des lèvres. Dans sa naïveté, elle n'avait pas deviné qu'un baiser puisse avoir des effets aussi puissants sur d'autres parties de son corps. *Toutes* les autres parties de son corps, y compris certaines dont elle n'avait été jusqu'à ce jour qu'à demi consciente.

Il ne lui était pas non plus venu à l'esprit qu'il puisse ne pas se limiter aux lèvres.

Et puis, avant qu'elle ait pu reprendre ses esprits, Peter bascula sur le côté, lui caressa la joue, glissa les doigts dans ses cheveux pour les écarter de son visage.

Elle le vit avaler sa salive.

— Le problème avec les baisers, c'est qu'ils vous donnent l'envie de plus, chuchota-t-il.

— Oui.

*Plus ?*

Il l'embrassa de nouveau, doucement, paresseusement. Ce fut elle qui prit l'initiative de déplacer ses lèvres sur celles de Peter, de les caresser de la langue, d'aspirer la sienne. Lorsqu'il émit un râle sourd, elle glissa la main derrière sa tête et lui agrippa les cheveux.

C'est alors qu'il la plaqua contre lui et qu'elle découvrit le plaisir fou d'être ainsi pressée des lèvres aux orteils contre le corps musclé d'un homme.

— Susanna, murmura-t-il contre sa bouche.

— Oui.

— Dites mon nom.

— Peter.

C'était tellement plus personnel, plus intime, que son titre. Jamais auparavant elle n'avait pensé à lui en tant que Peter. Mais c'était son nom, son bien le plus personnel. C'était ainsi qu'elle se souviendrait de lui désormais.

Une douleur intime l'empoigna, à peine supportable. Était-ce ce qu'on appelait le *désir* ?

La main de Peter reposait sur sa poitrine, l'explorant délicatement, soulevant un sein, puis l'autre, le pouce titillant l'extrémité qui s'était durcie. Il glissa le même pouce sous sa robe, au niveau de l'épaule, et fit glisser le tissu léger le long du bras jusqu'à dévoiler son sein. Sa main le recouvrit de nouveau, chaude et tannée contre sa blancheur. Puis il inclina la tête et, avant qu'elle ait pu deviner ses intentions, il en prit l'extrémité dans sa bouche et la téta.

La sensation la transperça comme une lame, et descendit le long de ses cuisses.

C'est à ce moment qu'elle cessa de se leurrer.

Ce n'était pas une amitié ordinaire, une amitié innocente.

Ça ne l'avait jamais été.

Le lendemain elle ne perdrait pas seulement un ami, elle laisserait aussi derrière elle l'homme dont elle était tombée désespérément amoureuse.

*Désespérément* étant le mot clef.

Désespérément. Sans aucun espoir. Sans aucun avenir.

Il n'y avait que *maintenant.*

Il lui souleva la tête et approcha de nouveau sa bouche de la sienne. Mais au lieu de l'embrasser, il la regarda au fond des yeux. Elle avait beau n'avoir jamais vu ce regard chez un homme auparavant, elle n'eut aucun mal à le déchiffrer.

— Arrêtez-moi maintenant, sinon que le ciel nous vienne en aide, murmura-t-il.

*S'arrêter ?*

Non ! Oh, non ! S'il n'y avait aucun avenir possible, s'il ne devait y avoir que l'instant présent, elle ne s'en laisserait pas dépouiller. Elle en voulait la totalité.

Les mots « vertu » ou « moralité » ne lui traversèrent même pas l'esprit. Ni les conséquences ou les dangers inhérents au fait de ne *pas* s'arrêter.

Il n'y avait que maintenant.

Maintenant, il était là avec elle.

Le lendemain, elle serait partie, et le surlendemain lui aussi.

— Susanna ?

— Ne vous arrêtez pas, murmura-t-elle. Je vous en prie, ne vous arrêtez pas.

Il ne s'arrêta pas. Il la fit basculer sur le dos et lui dénuda complètement les seins qu'il caressa des mains et des lèvres. L'émerveillement, le désir, et des sensations purement physiques se bousculèrent en elle, la traversant de part en part en ondes successives.

Puis il retroussa sa robe jusqu'aux hanches et repoussa son linge de corps jusqu'à ce qu'elle sente l'herbe sous sa chair nue. Se positionnant entre ses jambes qu'il écarta doucement, il glissa les mains sous elle pour la protéger de la dureté du sol.

Elle savait ce qui allait se passer. Elle en connaissait du moins le déroulement – la pénétration et l'épanchement de la semence. Il lui avait toujours semblé que ce devait être douloureux et embarrassant, ce qui ne l'avait pas empêchée pas de souhaiter l'expérimenter.

Oui, c'était douloureux. Il entra en elle, doucement mais fermement, franchit la barrière de sa virginité jusqu'à être enchâssé en elle.

Ce n'était pas du tout embarrassant.

Elle n'avait pas imaginé qu'il puisse être aussi grand et ferme.

Elle n'avait rien su de ce qui se passait entre la pénétration et l'épanchement de la semence.

Ce qui se passait était de la souffrance, du plaisir, du saisissement et de la satisfaction, le tout inextricablement lié. De la souffrance tandis qu'il se retirait et revenait encore et encore. Du plaisir, parce que c'était plus merveilleux, plus excitant, que tout ce qu'elle avait jamais éprouvé dans sa vie. Du saisissement, parce qu'elle ne s'était pas attendue à une intrusion aussi profonde, vigoureuse et prolongée. De la satisfaction, parce que, maintenant, avant qu'il n'ait été trop tard, il était son amant. Parce qu'elle pourrait toujours se souvenir de lui comme de son amant.

En dépit de la douleur et du saisissement, elle aurait aimé que cela ne finisse jamais. Elle posa les pieds à plat sur le sol, sentit le cuir de ses bottes contre ses chevilles, étreignit le dos puissant qui la dominait, ferma les yeux et s'autorisa à sentir chaque assaut douloureux, puissant, merveilleux, à écouter le bruit rauque de leurs respirations, à s'enivrer de son odeur, à comprendre que, enfin, pour une fois dans sa vie, elle célébrait sa sexualité – avec un homme qu'elle aimait.

Elle ne le regretterait pas.

Sûrement pas.

Elle ne penserait même pas à l'instant suivant.

Qui vint quand même.

Le rythme s'accéléra et les coups de reins se firent plus profonds jusqu'à ce que Peter s'immobilise, chaque muscle tendu à craquer, puis soupire et s'abandonne au plaisir. Du moins, c'est ce qu'elle supposa tandis qu'une onde chaude l'envahissait.

C'était fini. Déjà. Elle ravala sa déception.

Pour toujours.

Cela n'avait pas d'importance. Cela *n'aurait* pas d'importance. Car elle en garderait un souvenir impérissable.

Il se dégagea et roula sur le flanc, prenant soin de rabattre sa robe sur ses jambes et de remettre son corsage en place. Il rectifia sa tenue, puis demeura allongé sur le dos, le bras en travers des yeux, sa main libre sur celle de Susanna entre eux.

Elle eut l'impression qu'il dormit quelques minutes.

Comment pouvait-on *dormir* après cela ? Mais, bien sûr, il avait dépensé beaucoup d'énergie.

Tout au fond de son corps, elle abritait sa semence.

Les prémices d'une pensée rationnelle commencèrent de l'asticoter.

— Susanna, dit-il d'une voix ensommeillée tandis qu'elle gardait les yeux fermés, revivant chaque instant de ce qui venait de se passer.

Elle tourna la tête pour le regarder. Avec ses cheveux en bataille et son visage enfiévré, il était incroyablement beau.

— Partons ensemble.

— Quoi ?

Un espoir irrationnel s'épanouit un instant.

— Partons, reprit-il. Pourquoi se dire adieu, alors que ni vous ni moi n'en avons envie ? Allons au pays de Galles. Allons voir ensemble le Mont Snowdon, et marcher sur les collines et les plages, et dormir dans des auberges isolées. Enfuyons-nous.

Le pire était qu'il parlait sérieusement, constata-t-elle. Et qu'elle était à deux doigts d'envoyer promener prudence et bon sens, et d'accepter de le suivre.

— Et ensuite ? demanda-t-elle.

— Ensuite ? répéta-t-il avec un petit rire. Au diable, la suite ! Nous y penserons le moment venu. Je ne vous laisserai pas sans ressources, je vous le promets. Venez avec moi. Faisons-le.

La pensée rationnelle déboula du recoin obscur où elle était restée tapie durant la dernière demi-heure, et se réinstalla dans son cerveau conscient.

Elle serait sa *maîtresse*.

Ils vivraient une aventure débridée, et certainement merveilleuse, après quoi il lui donnerait son congé. Étant un homme foncièrement honnête et bon, il veillerait à ce qu'elle ne meure pas de faim.

Elle serait sa maîtresse.

Sa *catin*.

— J'aime la vie que je mène, dit-elle. J'aime l'école, mon travail, mes élèves et mes collègues. Je dois rentrer demain.

— Vous n'*avez* pas à faire quoi que ce soit.

— Vous avez raison, admit-elle en se redressant pour arranger sa robe du mieux possible malgré le tremblement de ses mains. Je n'ai pas à partir avec vous.

Il se rassit à son tour.

— L'idée de vous quitter m'est insupportable, insista-t-il tandis qu'elle remettait son chapeau. Vous, cela ne vous fait rien que nous nous quittions ?

— Ça m'est aussi insupportable, reconnut-elle.

Elle se tut, le temps de nouer les rubans de son chapeau.

— Mais je n'ai pas le choix, je dois vous dire au revoir.

— Susanna…

Elle s'était déjà remise debout et baissa les yeux sur lui. Elle réussit même à afficher un demi-sourire.

— Je chérirai le souvenir de ces deux dernières semaines, assura-t-elle. Y compris celui de ce qui vient de se produire. Mais nous voici arrivés à la fin. Poursuivre, comme vous le suggérez, serait sordide.

— *Sordide.*

Il se rembrunit, attrapa son chapeau et se leva lentement.

— Vraiment ? fit-il.

— Oui. Je suis une institutrice, pas une courtisane. Je demeurerai une institutrice.

Il la fixa longuement, le regard indéchiffrable, puis hocha la tête.

— Je vous demande pardon. Je vous supplie de me pardonner cette insulte.

— Ce n'était pas insultant de me faire savoir que vous aimeriez prolonger notre relation… Nous faisons demi-tour plutôt que de continuer la promenade ? Il y a longtemps que nous sommes partis, Francesca va se demander ce que…

— Nous avons bien pu faire ? suggéra-t-il.

Ils échangèrent un sourire penaud.

Il lui offrit son bras et ils rebroussèrent chemin. La demi-heure qui venait de s'écouler paraissait irréelle, songea Susanna.

Sauf qu'elle n'était pas irréelle.

Son ventre en frémissait encore.

Elle sentait une irritation interne sur laquelle elle ne pouvait se méprendre.

Et tout au fond d'elle-même, elle abritait sa semence.

Il était trop tard pour songer aux conséquences.

# 12

Peter regagna Sidley Park en septembre, lorsqu'il eut la certitude que les invités de sa mère étaient partis. Tandis que la voiture approchait de la maison, il se demanda avec une légère inquiétude s'il lui serait facile – ou même possible – de partager sa maison avec sa mère maintenant qu'il avait pris la décision de s'y installer durablement. Il l'aimait sincèrement, mais elle avait toujours régné sur Sidley comme si elle en était propriétaire, et sur toutes les personnes qui y vivaient comme si elle était une divinité suprême sachant mieux qu'elles ce qui leur serait bénéfique.

Mais pourquoi s'inquiéter de problèmes qui n'existaient peut-être pas ?

Lorsque la voiture s'immobilisa devant la maison et que le cocher ouvrit la portière, Peter n'attendit pas que les marches soient dépliées. Il sauta sur la terrasse pavée avec l'enthousiasme d'un jeune garçon rentrant du collège.

Il ne lui fallut pas longtemps pour découvrir que les problèmes existaient bel et bien.

Sa mère avait comblé l'ennui de ses journées depuis le départ de ses invités en réaménageant le salon avec une prépondérance de rose et de fanfreluches. Il y avait des coussins roses un peu partout, mais le pire, c'étaient les rideaux, roses eux aussi, et ornés de plissés, de ruchés et de festons qui donnèrent la nausée à Peter.

— Cette pièce était tellement ennuyeuse et tellement sombre, expliqua-t-elle tandis que, le bras sous celui de son fils, elle l'emmenait inspecter son œuvre. Maintenant, elle est claire et joyeuse, tu ne trouves pas, mon chéri ? Et elle sera encore plus belle lorsque les portraits auront été remplacés par quelques jolis paysages.

— Où iront les portraits ? demanda-t-il, cachant son désarroi en feignant un intérêt poli.

Il s'agissait de portraits d'ancêtres qui l'avaient fasciné, enfant. Il était fier d'eux, s'était même attaché à eux. C'était l'un des rares liens qui l'unissaient à son père, dont il ne pouvait se souvenir, et à son patrimoine du côté paternel, auquel personne d'autre que lui ne semblait s'intéresser.

— Au grenier, répondit-elle. Je les ai toujours détestés. Ces incessants témoignages du passé sont offensants à la longue, tu n'es pas d'accord ?

Il émit un vague grommellement qui n'engageait à rien.

Le salon, pensa-t-il, ressemblait à présent à une immense bonbonnière. Avec d'autres tableaux, ce serait probablement pire.

— Eh bien, insista-t-elle, radieuse, qu'en pensestu ?

C'était peut-être le moment de jouer au seigneur et maître. Mais elle paraissait si heureuse, si sûre qu'il appréciait son œuvre. Et il ne s'agissait que d'une pièce, après tout. Il pouvait survivre à une pièce rose, à condition que ce ne soit ni la bibliothèque ni sa chambre.

— C'est tellement… *vous*, maman, dit-il.

C'était vraiment une pièce qui lui ressemblait. Elle était encore très jolie, délicate et féminine. Et le rose avait toujours été sa couleur préférée.

— Je savais que tu l'adorerais, dit-elle en lui serrant le bras. C'est si bon que tu sois à la maison. Mais, mon chéri, c'était très grossier de la part des Raycroft d'insister pour que tu restes dans le Somerset. Nos invités ont été très déçus, surtout lady Larchwell qui avait l'espoir, j'ose le dire, que sa fille retiendrait ton attention. Mlle Larchwell est une ravissante jeune personne, très modeste compte tenu du fait que son arrière-grand-père maternel était duc. Elle te plairait. Tu aurais vraiment dû ne pas céder aux Raycroft. Tu es trop gentil pour ton bien.

— Je dois avouer, maman, que j'ai énormément apprécié mon séjour à Hareford House.

— Oui, bien sûr, fit sa mère qui prit place sur un fauteuil, et faillit disparaître au milieu des coussins. Bien que, excuse-moi, la compagnie n'ait sûrement pas été très distinguée. Elle ne l'est plus non plus ici, maintenant que tous les invités sont partis. Ta présence me sera un grand réconfort.

— Eh bien, il y a les Markham, lui rappela-t-il. Je serai content de revoir Theo. Et il y a aussi les Harris, les Mummert et les Pole.

Sa mère fit la moue et garda le silence.

Elle s'était toujours comportée assez aimablement avec leurs voisins, les traitant cependant avec une certaine condescendance censée souligner la distance sociale qui, selon elle, les séparait. Les Markham étaient une famille honorable qui s'était à plusieurs reprises illustrée dans la politique – le père de Theo avait été ministre durant de nombreuses années. Mais bien qu'à une époque sa mère se rendît souvent à Fincham Manor, et y emmenât parfois Peter et ses sœurs, les relations s'étaient ensuite refroidies. C'était dommage. La mère de Theo et celle de Peter, qui devaient avoir à peu près le même âge, auraient pu être amies.

— En parlant des Markham, reprit-il, tout à trac, vous souvenez-vous de M. Osbourne ?

Les doigts de sa mère cessèrent de jouer avec les franges d'un coussin. Elle lui adressa un regard vide.

— Non, pas vraiment.

— Il a été le secrétaire de sir Charles Markham pendant de nombreuses années, précisa-t-il.

— Ah bon ?

Elle réfléchit une seconde, avant de hausser les épaules et de secouer la tête.

— Alors, il n'y a aucune raison pour que je l'aie connu.

— Vous m'avez grondé un jour où il nous donnait, à Theo et à moi, une leçon d'écriture dans son cabinet de travail. Vous avez fait irruption et vous étiez très fâchée parce que vous pensiez que nous étions dans la chambre de Theo et non dans cette petite pièce, à respirer l'odeur de l'encre qui allait sûrement nous donner la migraine.

— Tu avais une santé délicate, mon chéri. J'ai toujours eu peur pour toi, surtout lorsque je ne te trouvais pas là où tu aurais dû être. Mais je ne me souviens pas de cet incident.

— Il y a eu aussi cette fois où, alors que j'étais rentré du collège pour une semaine, je vous ai accompagnée à Fincham – sans les filles – pour découvrir que Theo n'était pas en vacances et qu'Edith était invitée à un anniversaire. M. Osbourne m'a emmené faire une visite à cheval – soit je lui avais dit que j'avais votre permission, soit il a pensé qu'à mon âge je n'en avais pas besoin. Le temps que nous revenions, vous étiez tellement en colère que vous en êtes tombée malade une fois de retour à Sidley. C'est la dernière fois que je l'ai vu.

— Oh ? On l'a renvoyé ? Eh bien, je trouve qu'il l'avait mérité.

— Il est mort. Subitement. D'une crise cardiaque.

— Oh ? répéta-t-elle. C'est malheureux. Mais qu'est-ce qui te fait penser tout à coup à un simple secrétaire, des années après sa mort ? Sois un amour et sonne pour demander le thé.

Il obtempéra sans répondre à sa question. Il était tout à fait compréhensible, bien sûr, qu'elle ne se souvienne pas d'un homme qui n'avait été rien de plus qu'un vulgaire serviteur. Il était encore moins probable qu'elle se souvienne de Susanna Osbourne. Non pas qu'il ait eu l'intention de parler d'elle à sa mère.

Il s'efforçait de l'oublier – ou du moins les remords qui étaient attachés à son souvenir.

Durant les semaines qui suivirent, il rendit visite à tous ses voisins. Les Harris lui racontèrent leur séjour récent à Tunbridge Wells, les Mummert l'interrogèrent sur les dernières modes de Londres où ils pensaient séjourner quelques semaines au printemps, et les Pole le régalèrent du récit des exploits de leurs nombreux petits-enfants. Ils furent tous fort aimables, mais aucun ne l'invita à dîner, à jouer aux cartes ou à un quelconque divertissement. Cela n'avait jamais été fait – il était le vicomte Whitleaf et, par son rang social, aussi éloigné d'eux que les étoiles. Tout dans leurs manières témoignait d'un respect presque craintif. Tous lui assurèrent qu'ils se sentaient profondément honorés de sa visite. Mais lui non plus n'invita personne – sa mère serait mal à l'aise, bouleversée même, de voir sa maison envahie par des gens d'un rang inférieur.

*Sa* maison !

C'était la sienne *à lui* !

Bon sang, changer sa façon de penser était plus difficile qu'il ne l'avait imaginé ! Sidley avait été le domaine de sa mère depuis son mariage. Et bien que Peter en soit le propriétaire légal depuis vingt-trois ans, dont dix-huit alors qu'il était mineur.

Pourquoi diable, lorsqu'il avait atteint sa majorité, n'avait-il pas dit à ses oncles et à sa mère qu'il était beaucoup trop jeune pour penser au mariage, mais qu'en revanche il avait l'âge de diriger sa propre vie, sa maison et son domaine ? Cela aurait été facile à ce moment-là. Cela aurait paru naturel. C'était sans doute ce à quoi tout le monde s'attendait.

Ou bien pourquoi, lorsqu'il avait décidé de ne pas se marier, n'avait-il pas annoncé à sa mère avec fermeté qu'elle allait devoir quitter la grande maison de Sidley et se trouver un autre endroit où vivre, le petit manoir de la douairière, par exemple ?

Mais, bien sûr, il était trop jeune pour faire tout cela. Pendant vingt et un ans, on avait en quelque sorte vécu sa vie à sa place. Comment, en une seule nuit, aurait-il pu acquérir la sagesse et la maturité nécessaires pour prendre son existence en main ?

Il se rendit à Fincham et eut la joie d'y trouver Theo. Edith, qui avait épousé Lawrence Morley deux ans plus tôt, vivait à présent dans le Gloucestershire. Lady Markham y était allée pour aider sa fille qui venait d'avoir son premier enfant.

Peter retourna à Fincham à plusieurs reprises après cette première visite et monta à cheval avec son ami. Lors de l'une de ses visites, il lui posa la même question qu'à sa mère.

— Vous vous souvenez d'Osbourne ?

— *William* Osbourne ? Le secrétaire de mon père, vous voulez dire ?

— Oui. Je l'aimais bien, expliqua Peter. Il avait toujours un peu de temps à nous accorder, vous vous souvenez ? Quelle tristesse qu'il soit mort !

Theo se pencha pour ouvrir la petite porte afin qu'ils puissent chevaucher à travers champs au lieu de suivre le chemin poussiéreux.

— Une véritable tragédie, renchérit-il. Évitable aussi, comme de telles morts le sont toujours. Bien qu'il n'ait pas dû le penser, le pauvre homme.

— Il aurait *pu* l'éviter ?

— Aisément, affirma Theo en refermant la porte derrière eux. Il lui suffisait de ne pas se tirer cette balle dans la tête.

— Il s'est *suicidé* ?

Les mains de Peter étreignirent si vivement les rênes que son cheval se cabra et qu'il dut lutter pour ne pas se faire éjecter.

— Vous ne le saviez pas ? s'étonna Theo en le regardant. Personne ne vous l'avait dit ?

— On m'a seulement dit qu'il était mort brutalement.

— Hmm, fit Theo en éperonnant sa monture. C'est compréhensible, j'imagine. On vous a toujours protégé de tout, n'est-ce pas ? Qu'est-ce qui vous fait penser à lui tout à coup ?

— J'ai rencontré sa fille cet été.

— *Susanna ?* s'exclama Theo. J'étais persuadé qu'elle avait disparu de la surface de la terre, pauvre fille – bien que ce doive être une femme à présent. Lorsqu'elle s'est enfuie, Edith était inconsolable et ma mère désespérée. Heureusement, j'étais au collège et je n'ai appris le drame que des semaines plus tard. Mais j'ai été très triste pour Osbourne. C'était un type bien.

— Pourquoi s'est-il tué ?

— Toutes sortes de réponses improbables m'ont été suggérées lorsque j'ai posé la question à l'époque, répondit Theo. Soit personne ne connaissait la vraie raison, soit on ne voulait pas l'avouer. On a dû l'enterrer dans un terrain non consacré –

ce qui n'a pas dû le troubler beaucoup, mais aurait été pénible pour Susanna si elle était restée pour les obsèques. Enfin... Et si on changeait de sujet ?

Ils n'y firent plus allusion cet après-midi ni plus tard. Mais Peter ne put s'empêcher de se demander quel drame affreux avait pu pousser Osbourne à se tuer alors qu'il avait une petite fille à charge. Qu'elle ait pris la fuite était un peu plus compréhensible. Son père s'était suicidé – un impardonnable péché aux yeux de l'Église. Pauvre enfant... S'enfuir à Londres et tenter de trouver un emploi ! Si c'était bien lady Hallmere qui l'avait fait envoyer à l'école de Mlle Martin, il lui en serait éternellement reconnaissant.

Mais le mieux serait qu'il ne pense plus à Susanna Osbourne – ni à ce qu'il lui avait fait juste avant qu'elle ne quitte Barclay Court.

Il passa un peu de temps à la ferme du domaine, mais pas suffisamment à son goût. Les moissons étaient rentrées depuis longtemps, il aurait été ridicule de proposer son aide alors que le plus gros des travaux des champs était terminé.

Il examina les comptes avec son régisseur, alors même qu'il étudiait toujours avec soin les rapports mensuels que ce denier lui envoyait. Millingsworth avait été embauché par les tuteurs de Peter. C'était un homme méthodique, efficace et compétent, mais qui regardait Peter comme s'il était encore un enfant, et ne tolérait son intrusion dans ses affaires que parce qu'il était son employeur en titre.

Lorsqu'il était dans la maison, sa mère s'inquiétait de ce qu'il ne mangeait pas suffisamment, ne s'habillait pas en fonction du temps ou ne réfléchissait pas sérieusement à son avenir – c'est-à-dire à se marier et à peupler la nursery du second étage. Elle veillait à ce que les domestiques accourent dès qu'il les faisait demander, que chacun de ses souhaits soit aussitôt satisfait, qu'on lui serve le meilleur morceau de tous les plats même si le morceau en question lui avait déjà été servi. Elle était au bord des larmes lorsqu'il décidait d'aller marcher alors qu'il pleuvait ou que le vent dépassait en force la simple brise. Elle avait même surgi un soir dans la bibliothèque où il lisait pour lui rappeler qu'il souffrait de migraines lorsqu'il se couchait trop tard.

C'était terriblement ennuyeux. Peut-être aurait-il mieux supporté toutes ces contrariétés et y aurait-il trouvé des solutions s'il n'avait été mortellement déprimé. Mais malgré l'enthousiasme avec lequel il avait sauté hors de la voiture à son arrivée, il ne parvenait pas à se débarrasser de la mélancolie qu'il avait apportée avec lui de Hareford House.

Tout semblait en quelque sorte gâché, sans intérêt, inutile.

Finalement, au bout de quelques semaines, il se dit – et son raisonnement lui parut tout à fait sensé – qu'il pouvait fort bien repartir et ne rentrer qu'au début de l'année afin de planifier les activités à venir. Il pourrait même rentrer pour Noël. Quelques-unes de ses sœurs seraient là, et il les aimait beaucoup – ainsi que ses beaux-frères et ses innombrables neveux et nièces.

Il regagna donc Londres sous prétexte d'aller faire un tour chez son tailleur et son bottier. Là, il mena la vie intensément active d'un jeune homme oisif, épuisant divertissement après divertissement. Il était surprenant qu'on puisse en trouver autant en octobre, mois que boudait la Saison.

Ce genre de vie présentait l'avantage de lui être confortablement familière.

Sauf que les divertissements ne le distrayaient pas.

Des activités qui l'avaient toujours amusé avaient perdu le pouvoir de lui faire oublier à quel point son existence le décevait.

Les lettres de sa mère l'informèrent que les tableaux commandés pour le salon étaient arrivés, et qu'elle était si contente du résultat qu'elle envisageait de s'attaquer à la salle à manger.

Juste ciel, il allait devoir faire quelque chose pour l'arrêter.

Barbara, sa sœur aînée, qui passait quelques jours à Londres avec son mari, évoqua Noël.

— Tu seras à Sidley, j'espère, dit-elle. Clarence et moi y serons avec les enfants, et ce serait vraiment trop triste de ne pas t'y voir, Peter. Du reste, maman a invité quelques personnes et il serait normal que tu sois présent pour les accueillir.

— D'autres personnes ? fit-il en grimaçant. Qui est la jeune fille, cette fois ?

Barbara fit claquer sa langue tandis que Clarence agitait les sourcils.

— Je l'ignore, dit-elle. Mais il y aura *quelqu'un*, bien sûr. Maman s'inquiète pour toi, Peter. Elle veut que tu te ranges. C'est stupide de ta part de refuser le mariage uniquement parce que tu n'aimais pas Bertha Grantham et que tu ne l'as admis qu'au tout dernier moment.

Aucune de ses sœurs ne savait ce qui s'était réellement passé, et il ne désirait pas les éclairer à ce sujet.

Peter croisa de nouveau le regard de son beau-frère, qui lui adressa un clin d'œil.

— Je choisirai mon épouse quand je jugerai le moment venu, Barbara, répliqua-t-il. Je vais réfléchir, pour Noël.

Mais parler mariage l'attrista plus encore que d'ordinaire. Deux mois s'étaient écoulés depuis qu'il avait quitté le Somerset, et les remords continuaient de l'accabler.

Juste ciel, il avait débauché une innocente !

Il n'avait aucune excuse. Aucune.

Penser à cet après-midi dans sur la colline le rendait malade. Et il lui était impossible de ne pas y penser au moins une douzaine de fois par jour.

Il se sentait encore plus mal depuis qu'il avait appris que le père de Susanna s'était suicidé. Non que cette tragédie puisse lui être imputée ni être liée aux événements de l'été, mais, malgré tout… Il avait *bien aimé* Osbourne. Et il *aimait bien* sa fille.

Lorsque de telles pensées menaçaient de lui faire exploser la tête, il sortait en quête d'autres divertissements.

Finalement, à la fin d'octobre, il décida qu'un changement de décor lui ferait du bien et il partit passer une semaine ou deux chez sa cousine Lauren, la vicomtesse Ravensberg. Elle vivait à Alvesley Park, dans le Wiltshire, avec Kit, son mari, leurs enfants, et les parents de Kit, le comte et la comtesse de Redfield. Peter y était invité de façon permanente.

Lauren et lui s'appréciaient beaucoup, peut-être parce qu'ils avaient été séparés jusqu'à ce que, enfin majeur, il tombe sur l'invitation au mariage de la jeune fille, invitation qu'on n'avait pas pensé devoir lui transmettre car, avant ses vingt et un ans, son courrier ne lui parvenait pas directement. Il n'avait jamais vu Lauren et n'avait entendu parler d'elle que comme la fille peut-être illégitime d'une femme à la morale relâchée : la veuve du frère aîné du père de Peter, un vicomte Whitleaf. Il s'était rendu au mariage, et avait découvert que Lauren était jolie, charmante et sûrement pas illégitime, car ses yeux étaient de la même couleur, peu habituelle, que les siens.

Il se rendit donc à Alvesley et y prit grand plaisir – à passer des heures en compagnie de Lauren et de la comtesse de Redfield, à jouer avec les trois enfants, à monter à cheval et à discuter agriculture et politique avec Kit et le comte, à rendre visite aux voisins, dont le duc et la duchesse de Bewcastle, à jouer avec leur bébé qui, à la stupéfaction de la duchesse et de sa sœur, Mlle Thompson, accueillit avec un sourire le nouveau venu.

Encore que le terme de *plaisir* soit excessif, car il ne parvenait toujours pas à se débarrasser de cette agitation et de cette insatisfaction qui le tenaillaient.

C'est alors que le hasard intervint très inopinément.

Peut-être cela n'aurait-il pas dû le surprendre. Déjà, en arrivant à Alvesley Park, il avait appris qu'il avait manqué de peu Sydnam Butler, le beau-frère de Lauren, qui avait passé une semaine chez ses parents avec sa nouvelle épouse, Anne Jewell, institutrice à l'École pour Jeunes Filles de Mlle Martin – l'une des plus chères amies de Susanna, se rappela Peter. Autre coïncidence, en allant à Bewcastle, il s'était souvenu du lien dont Susanna soupçonnait l'existence entre l'école et lady Hallmere, la sœur de Bewcastle.

Quelques jours après cette visite, il apprit que Lauren et la duchesse organisaient une réception de mariage surprise pour Sydnam et Anne Butler qui s'étaient unis dans l'intimité. Lauren et la duchesse se sentaient concernées l'une parce que Sydnam était son beau-frère et l'autre parce que c'était le régisseur de l'un des domaines de Bewcastle.

Leur plan était de rassembler à Bath autant de parents et d'amis que possible dans un délai aussi bref, d'y attirer les jeunes mariés sous un prétexte quelconque, et de leur faire la surprise d'une grande réception à l'*Upper Assembly Rooms*.

— Nous y allons tous, expliqua Lauren pendant le thé. Nous serions ravis que vous veniez avec nous, Peter, n'est-ce pas, Kit ? Mais je comprendrais qu'un voyage à Bath et un repas de mariage ne vous tentent pas. Vous préférerez peut-être rentrer chez vous mais, dans ce cas, j'aurais l'impression de vous avoir mis dehors, avoua-t-elle. Oh, je vous en prie, venez ! Pour me faire plaisir.

Elle ne saurait jamais l'émoi que ses paroles avaient provoqué chez Peter.

On le priait – avec insistance – d'aller à Bath. Mais cela ne s'arrêtait pas là. S'il y allait, il était probable qu'il verrait Susanna. En tant qu'ancienne collègue et surtout amie intime de la mariée, elle serait forcément invitée à ce déjeuner de mariage.

Il la reverrait.

Mais elle ne souhaitait sans doute pas le revoir. À présent, elle devait le haïr de tout son cœur. Et comment le lui reprocher ? Juste ciel ! D'abord, il l'avait débauchée, ensuite il lui avait fait une proposition parfaitement inconvenante, puis il l'avait raccompagnée à Barclay Court, lui avait adressé un joyeux au revoir en présence des Edgecombe et était parti sans un regard en arrière.

Il avait tenté de se persuader qu'il n'avait fait que se soumettre à la volonté de Susanna.

Mais il avait deviné quelque chose au sujet des nouveaux époux, bien que ni Lauren ni la duchesse n'aient été assez indiscrètes pour en parler ouvertement. La nouvelle Mme Butler était probablement enceinte – ce qui expliquerait à la fois la hâte avec laquelle le mariage avait été célébré, et le fait qu'il l'ait été dans l'intimité. Elle avait passé un mois au pays de Galles, avait raconté Susanna – probablement dans la propriété dont Sydnam était régisseur. Avec les Hallmere, non ?

Ces questions l'amenèrent à se demander si Susanna aussi...

À cette idée, son estomac fit un soubresaut et il se sentit carrément nauséeux.

Mais si c'était le cas, elle le lui aurait fait savoir. Elle lui aurait écrit.

N'est-ce pas ?

Il savait très bien que non.

Bonté divine ! Il aurait dû y penser plus tôt et prendre la peine de découvrir la vérité. Cela aurait été se comporter en gentleman – s'il existait un comportement de gentleman adapté à cette situation. Ou bien y avait-il pensé et aussitôt écarté l'affreuse hypothèse ? Il n'était pas complètement ignare tout de même ! Il savait ce qui se produisait fréquemment lorsqu'un homme couchait avec une femme.

Peut-être s'était-il dit qu'en écartant l'idée, la possibilité disparaîtrait tout simplement.

Toutes ces pensées et ces doutes lui traversèrent l'esprit en l'espace d'une seconde ou deux tandis qu'il souriait aimablement à Lauren.

— Je n'ai rien de mieux à faire, répondit-il, et j'aimerais revoir Sydnam et le féliciter. Oui, je serais enchanté de vous accompagner.

Il avait pensé ne jamais revoir jamais Susanna Osbourne.

Il avait même pensé qu'en une semaine ou deux, il pourrait oublier combien il l'avait maltraitée. Peut-être était-ce tout à son honneur qu'il n'ait rien oublié, encore qu'il n'y ait certainement pas de quoi se féliciter.

Mais voilà qu'il allait à Bath. Et il était quasiment sûr qu'il *allait* la revoir.

C'était nécessaire, se dit-il. Il préférerait ne pas y aller. Mais il avait besoin de savoir s'il lui avait causé du tort – quel que soit ce tort –, et il était honteux qu'il ne s'en soit pas soucié plus tôt.

Ô Seigneur, et si… ?

Oui, vraiment.

*Et si ?*

# 13

Susanna regagna Bath dans la voiture confortable du comte d'Edgecombe. Lorsque l'attelage s'arrêta devant l'école, elle avait enfoui toutes ses émotions au plus profond d'elle-même et parvint à sourire à M. Keeble qui ouvrait la porte. Presque immédiatement, Claudia, puis Anne accoururent et l'étreignirent.

Toutes les émotions suivantes furent heureuses. Elle assura à ses amies, puis aux élèves qui prenaient leur thé, qu'elle était *réellement* enchantée d'être de retour, même si elle avait passé de *merveilleuses* vacances dans le Somerset. Tout le monde avait l'air ravi de la revoir. Elle se sentit enveloppée d'affection.

Elle était chez elle.

Et avec le prochain trimestre scolaire à organiser, elle allait avoir amplement de quoi s'occuper l'esprit.

Le voyage, bien qu'effectué dans des conditions idéales, avait été sinistre. Seule avec elle-même, elle n'avait pu s'empêcher de revivre les deux dernières semaines – et surtout, bien sûr, le dernier après-midi. Elle avait encore du mal à croire qu'une chose pareille lui était arrivée – qu'elle l'avait *permis* que cela arrive. Mais cela avait eu lieu, et elle n'avait rien fait pour l'en empêcher. Chaque tour de roue l'éloignait de *lui*. Pensée stupide s'il en était vu que, de toute façon, ils avaient toujours appartenu à des univers séparés.

Déjà, lorsqu'ils n'étaient que des enfants, la sœur aînée de Peter avait été horrifiée de les voir jouer ensemble !

Eh bien, elle avait eu sa grande aventure, son histoire d'amour. Tout le monde n'y avait pas droit. Il était temps de revenir sur terre.

Sa détermination à être euphorique fut mise à l'épreuve le soir même de son retour. Claudia soupait chez les parents de l'une des élèves externes et les autres pensionnaires étant enfin couchées, Anne avait invité Susanna à passer un moment dans sa chambre.

Susanna s'assit sur le lit, son siège préféré, les mains nouées autour des genoux, tandis qu'Anne prenait place dans le fauteuil. Elles parlèrent un moment de Francesca, puis Anne brisa un court silence agréable par une question abrupte :

— Et vous ? Vous avez vraiment passé de bonnes vacances ? Vous avez rencontré quelqu'un d'intéressant ?

Susanna envisagea brièvement de raconter toute l'histoire à son amie. Mais elle était trop personnelle – surtout la fin. Peut-être plus tard, lorsque les souvenirs seraient moins vifs, pourrait-elle se confier à Anne, mais pas maintenant. Pas encore.

— Par exemple, un duc qui m'aurait enlevée afin de m'épouser ?

La vieille plaisanterie la fit pouffer de rire.

— Hélas, non ! reprit-elle. Mais Francesca et lord Edgecombe ont été très gentils. Ils ont veillé à ce qu'il y ait tous les jours une chose amusante à faire alors qu'ils avaient sûrement envie de se reposer après la tournée de concerts. J'ai rencontré des gens aimables et intéressants, que je connaissais déjà pour la plupart.

— Mais personne en particulier ?

Le cœur de Susanna se mit soudain à peser dans sa poitrine.

— Non. Pas vraiment.

Anne haussa les sourcils.

— Uniquement un gentleman dont les intentions étaient parfaitement claires, mais pas du tout honorables, admit-elle à contrecœur. Rien de bien original, Anne. Pourtant il était très beau et très aimable. Enfin, peu importe. Et vous ? Vous nous avez beaucoup parlé de votre séjour au pays de Galles la veille de mon départ, mais rien de très personnel. Vous avez rencontré quelqu'un d'intéressant ?

Anne et David, son fils, avaient passé un mois au pays de Galles avec toute la famille Bedwyn dans l'un des domaines du duc de Bewcastle.

— Les Bedwyn sont tous fascinants, Susanna, expliqua Anne, le regard brillant. Et c'est un euphémisme. Le duc de Bewcastle est aussi impressionnant qu'on le dit. Son regard gris est glacial, et il n'arrête pas de tripoter le manche de son face-à-main. Terrifiant. Cela dit, il s'est toujours montré fort courtois avec moi. La duchesse est délicieuse, pas le moins du monde hautaine, et il est visible qu'il l'adore, bien qu'il ne soit pas du tout démonstratif. Il adore aussi leur fils, qui est un bébé très exigeant, sauf quand son père le prend dans ses bras. Ce qu'il fait souvent. C'est un homme étrange, mystérieux et fascinant.

Susanna posa le menton sur ses genoux. Les mots pouvaient être vrais et en même temps mentir, songeait-elle. *Rien de bien original, Anne. Pourtant il était très beau et très aimable. Enfin, peu importe.* À croire que son histoire avec le vicomte

Whitleaf avait été une petite incartade sans aucune importance.

— Quand j'entends parler de ducs mariés, cela me mine, jeta-t-elle avec un sourire résolument espiègle, comme si son cœur était entier, et non en miettes. Il n'y en a donc plus un seul de célibataire ?

— De duc, non, répliqua Anne en souriant elle aussi, mais quelque chose dans sa voix alerta son amie.

— Oh, Anne ! *Qui ?*

— Pas vraiment quelqu'un, répliqua la jeune femme qui, honteuse, se reprit aussitôt : quelle chose affreuse à dire d'un autre être humain ! C'est vraiment *quelqu'un*. Il s'agit du régisseur du duc. Il était seul et j'étais seule, aussi, très naturellement, nous nous sommes promenés et nous avons bavardé les soirs où il était invité à dîner. C'est tout.

— C'est tout, répéta Susanna. Et était-il grand, beau et ténébreux ?

— Oui. Les trois.

Susanna continua de la dévisager.

— Nous n'étions qu'amis, insista Anne.

— Vraiment ? murmura Susanna.

— Oui, déclara Anne qui se leva, s'approcha de la fenêtre et écarta le rideau pour contempler la nuit. Nous étions… des amis très proches.

Susanna comprit. Toutes deux avaient rencontré quelqu'un de particulier durant leurs vacances. Et toutes deux en étaient revenues avec le cœur meurtri, sinon brisé.

— Mais il n'a pas fait de proposition, murmura-t-elle. Oh, Anne, je suis désolée.

Un long silence s'ensuivit.

— Croyez-vous que la vie serait plus facile, reprit Susanna, si nous avions des parents pour organiser des présentations et veiller à ce que nous ne rencontrions que des gens convenables, des bons partis ? Serait-ce plus facile que de vivre et d'enseigner dans une école de filles ?

Il semblait absurde que sa mère lui manque tant, alors qu'elle avait vingt-trois ans et ne l'avait pas connue.

— Je n'en suis pas sûre, dit Anne en refermant les rideaux. De nombreuses jeunes filles ont fait des mariages désastreux alors qu'elles avaient des familles pour les guider. À choisir entre un mauvais mariage et la vie ici, je préfère rester ici. Sans hésitation.

— Quelle ingrate je fais de poser une telle question ! commenta Susanna. La chance m'a souri lorsqu'on m'a envoyée comme élève ici, et lorsque Claudia m'a offert d'y enseigner, cela a été une véritable bénédiction. Et j'ai de très bonnes amies. Que demander de plus ?

— Ah, mais nous sommes femmes autant que professeurs, lui rappela Anne en se rasseyant. La nature nous a donné des besoins afin que nous contribuions à la préservation de l'espèce.

C'était bien cela le problème. Tout le problème. Sans ces besoins, songea Susanna, elle serait rentrée indemne de ses vacances. Elle aurait pu, jusqu'à la fin de sa vie, entretenir l'idée que le vicomte Whitleaf n'avait été qu'un ami, très cher, mais temporaire.

— Et, parfois, ils sont difficiles à ignorer, avoua-t-elle. J'ai été *très* tentée cet été, Anne. D'être la maîtresse d'un homme. Et je ne suis toujours pas entièrement convaincue d'avoir eu raison de refuser. Serais-je capable de faire le même choix la prochaine fois ? Et celle d'après ?

Comme s'il pouvait y avoir une prochaine fois.

Et elle avait été tentée de plusieurs façons, non ? Et n'avait pas résisté à toutes les tentations.

— Je ne sais pas, répondit Anne.

— Quelles tristes vieilles filles nous sommes, s'esclaffa Susanna en se levant. Je vais retrouver mon lit vide. Le voyage m'a épuisée. Bonne nuit, Anne.

Trois jours plus tard, toutes les pensionnaires revinrent, dont quelques nouvelles et deux pupilles à qui il faudrait accorder beaucoup de soin et d'attention. Le lendemain, ce fut le tour des externes, puis les cours commencèrent.

C'était un soulagement que d'être à nouveau très occupée.

Le soulagement fut encore plus grand – c'était un euphémisme – de découvrir deux semaines plus tard qu'elle n'attendait pas d'enfant, que sa grande imprudence n'aurait pas de conséquences.

Et, paradoxalement, cette découverte l'affligea.

Maintenant, tout était définitivement terminé.

Son cœur, sa vie même n'avaient jamais paru aussi vides.

Mais pour Anne, ce n'était pas terminé.

Un samedi matin de la fin septembre, une soudaine averse chassa Susanna et ses élèves de la prairie où elles étaient allées s'ébattre. Après avoir envoyé les fillettes se sécher, elle s'apprêtait à monter se changer avant de les retrouver dans le vestibule pour des jeux d'intérieur lorsque M. Keeble l'informa qu'elle était attendue dans le bureau et qu'il avait déjà prié Mlle Walton de la remplacer auprès des élèves.

Elle trouva Claudia et Anne qui l'attendaient devant un bon feu. C'était une journée glaciale.

— Nous allons perdre Anne, Susanna, déclara Claudia sans préambule. Elle va épouser M. Sydnam Butler, le fils du comte de Redfield et le régisseur du *duc de Bewcastle*.

Il était impossible à la pauvre Claudia de prononcer ce nom autrement que d'un ton venimeux. De sa dernière place de préceptrice avec lady Freyia Bedwyn comme élève et le duc de Bewcastle comme employeur, elle avait gardé une antipathie durable envers ces deux personnes. Elle les méprisait de tout son cœur, tout en admettant que, sans cette déplaisante expérience, elle n'aurait peut-être pas eu le courage de fonder sa propre école.

Susanna n'accorda pas beaucoup d'attention à Claudia. En voyant le teint cireux d'Anne, elle avait compris instantanément la raison de cette décision si brutale.

— Oh, Anne, fit-elle en s'approchant de son amie pour l'étreindre.

— Je lui ai dit qu'elle n'était pas obligée de l'épouser, reprit Claudia. Je lui ai dit que nous trouverions une autre solution. Mais elle insiste.

— Oui, j'y tiens, protesta Anne en se dégageant des bras de Susanna. Je *veux* épouser M. Butler. Il me plaît. Je ne l'épouse pas uniquement parce que j'attends son enfant. Car *j'attends* un enfant, Susanna.

— Nous allons prendre une bonne tasse de thé, déclara Claudia avec calme. Et nous allons nous asseoir. Pas forcément dans cet ordre.

Susanna ne fut pas mécontente de s'asseoir. Elle devinait parfaitement quelle était la situation. M. Butler faisait plus que plaire à Anne, mais c'était le fils d'un comte. Il avait laissé Anne retourner à Bath sans lui proposer le mariage. À présent, il allait se conduire en homme d'honneur et épouser Anne – mais seulement parce qu'il le devait.

Pauvre Anne ! Comme ce devait être terrible d'épouser un homme qu'on aimait tout en sachant que ses sentiments n'étaient pas partagés.

Cela aurait très bien pu lui arriver, songea Susanna avec un frisson malgré le feu qui ronronnait dans la cheminée.

Sauf qu'elle n'aurait pas informé le vicomte Whitleaf de la situation. D'ailleurs, lui aurait-il proposé le mariage ? Elle en doutait.

Oh, mais elle ne savait pas, n'est-ce pas, ce qu'elle aurait fait si cela lui était arrivé ! Ni ce que lui aurait fait. À la pensée du désastre qu'elle avait frôlé, ses genoux flageolèrent.

Anne n'avait pas eu cette chance.

Susanna ne rencontra M. Butler que deux semaines plus tard, lors du mariage qui eut lieu dans le petit salon de Claudia. Il avait été gravement blessé pendant la guerre d'Espagne – il avait perdu un bras et un œil, et tout le côté droit de son visage avait été atrocement brûlé. Il était aussi, ainsi que l'avait dit Anne, grand, beau et ténébreux. Susanna se permit de le lui dire en riant après le bref service, et seulement parce qu'elle avait l'impression qu'il avait le sens de l'humour, et qu'il était tout à fait possible qu'il aime Anne.

Elle l'espérait. Oh, elle *l'espérait* tant.

Elle s'efforça de ne pas envier son amie – mais fallait-il qu'elle soit sotte pour *songer* seulement à l'envier après l'avoir prise en pitié durant les quinze derniers jours ! Parfois les émotions humaines n'avaient aucun sens. Elle osait espérer cependant qu'Anne avait trouvé le bonheur en dépit de tout. Il semblait aussi que M. Butler avait l'intention d'accorder son affection à David même si l'inverse était moins évident.

Après la petite réception, Susanna et Claudia les raccompagnèrent jusqu'à leur voiture et leur adressèrent un signe de la main.

— Susanna, dit Claudia comme la voiture disparaissait au coin de Sutton Street, je m'attendais que mon cœur se brise aujourd'hui. Mais peut-être ne le doit-il pas, finalement. Qu'en pensez-vous ?

— Je crois qu'avec de l'affection d'un côté et de l'honneur de l'autre, cela suffirait pour leur assurer un avenir. Mais, en l'occurrence, je crois qu'il y a aussi un peu d'amour des deux côtés.

— Ah, soupira Claudia, c'est aussi ce que je pense. Espérons que nous avons raison et que nous ne sommes pas seulement incurablement romantiques. Je suppose que nous ne reverrons pas Anne avant longtemps. Je n'aime pas perdre mes amies, sans parler de mes professeurs. Je vais devoir lui chercher une remplaçante, bien que Lila se débrouille plutôt bien, vous ne trouvez pas ?

À la fin du dernier trimestre de l'année précédente, Lila Walton avait été promue institutrice junior. Comme Susanna, elle avait d'abord été une pupille accueillie par charité.

— Elle montre d'excellentes dispositions, comme je le pensais, acquiesça Susanna.

Claudia glissa le bras sous le sien, et elles rentrèrent dans l'école.

Elles devaient revoir Anne beaucoup plus vite que ne le pensait Claudia. Au lieu de regagner directement le pays de Galles, les nouveaux mariés se rendirent à Alvesley Park, dans le Wiltshire, chez les parents de M. Butler, puis dans le Gloucestershire pour tenter une réconciliation entre Anne et sa famille. Entre-temps, une lettre arriva de la vicomtesse Ravensberg, d'Alvesley Park. Claudia la tenait à la main lorsque Susanna, qu'elle avait fait appeler, pénétra dans son bureau.

— Il va y avoir un déjeuner de mariage surprise pour M. et Mme Butler à l'*Upper Assembly Rooms* la semaine prochaine, annonça-t-elle tout de go. C'est la vicomtesse Ravensberg et la duchesse de Bewcastle qui l'ont organisé en complotant pour y attirer le jeune couple. Nous sommes invitées, ainsi que M. Huckerby et M. Upton.

Les deux femmes échangèrent un regard. Le fait que M. Butler était le beau-frère de la vicomtesse Ravensberg, cousine du vicomte Whitleaf, n'avait pas échappé à Susanna. Et voilà qu'elle allait avoir l'occasion de rencontrer cette personne – la cousine aux yeux violets comme lui.

Certaines blessures, en voie de guérison mais encore sensibles, risquaient de se rouvrir. Elle devrait veiller à l'empêcher.

Claudia avait les lèvres pincées.

— Vous savez ce que cela signifie, n'est-ce pas, Susanna ? reprit-elle en repliant la lettre. Si la duchesse de Bewcastle a organisé ce repas, le *duc* sera forcément présent. Et puisque lady Potford, de Great Pulteney Street, est une amie d'Anne et la grand-mère du marquis de Hallmere, il est tout à fait possible que le marquis et *cette femme* soient là aussi. Je préférerais qu'on m'arrache les ongles des deux mains plutôt que de me retrouver face à ces deux personnes. Mais certaines choses ne peuvent être évitées. C'est pour *Anne*. J'irai donc. Vous viendrez aussi ?

Elle se tenait droite comme un piquet et, à l'entendre, on eût cru qu'elle priait Susanna de l'accompagner à des funérailles.

— Je viendrai et je vous tiendrai la main, promit celle-ci.

Claudia émit un reniflement de mépris, puis un petit rire.

— Je doute que l'un ou l'autre me reconnaisse ou s'en soucie. Bien que lady Hallmere soit venu fouiner ici il y a quelques années en me demandant si j'avais besoin de quelque chose. Le culot de cette femme ! Mais, Susanna, nous reverrons encore une fois notre chère Anne et notre petit David. Ils me manquent vraiment beaucoup tous les deux.

— Oui, sourit Susanna. Nous allons les revoir.

Ainsi que la vicomtesse Ravensberg.

Quelle absurdité de penser que la voir lui rendrait le vicomte Whitleaf plus proche ! Ou que ce serait un bien.

Oui, cette blessure était encore *très* sensible.

# 14

La duchesse de Bewcastle avait réservé la salle de bal ainsi que le salon de thé de l'*Upper Assembly Rooms* afin que les enfants puissent s'ébattre pendant que les adultes discuteraient calmement et écouteraient quelques discours tout en se restaurant. Mais elle avait aussi engagé un orchestre, découvrit Peter qui arriva parmi les premiers. Après tout, expliqua-t-elle sous l'œil à la fois hautain et attendri du duc, ce serait tragique si la vue d'une salle de bal donnait à quelqu'un l'envie de danser et qu'il n'y ait pas de musique pour rendre cela possible.

— Ce que vous voulez dire, Christine, intervint Bewcastle en approchant des yeux son face-à-main, c'est que vous comptez persuader Sydnam et Mme Butler d'ouvrir le bal afin que vous puissiez danser vous aussi.

— Vous me connaissez beaucoup trop bien, Wulfric, fit la duchesse en riant.

La perspective de cette réunion mondaine mettait Peter mal à l'aise. Il aurait sans doute mieux fait de ne pas venir. S'il estimait soudain nécessaire, après plusieurs mois, de s'informer de la santé de Susanna – merveilleux euphémisme –, il aurait pu lui écrire ou aller la voir à l'école. Il aurait au moins dû lui faire savoir qu'il serait là aujourd'hui. Car il était presque sûr qu'*elle* serait là. Lauren lui avait appris que quatre professeurs seraient présents, ainsi que l'institutrice qui avait quitté l'établissement de Mlle Martin pour épouser le comte d'Edgecombe.

Et alors même qu'il songeait à tout cela, il ne put s'empêcher de penser que ces retrouvailles auraient dû être une occasion de réjouissance pour l'un comme pour l'autre. Ils avaient vraiment été amis – sauf à la fin. Comme il s'en voulait de ne pas être resté avec elle dans le salon cet après-midi-là – ou de ne pas avoir saisi au vol la suggestion d'Edgecombe de se promener tous ensemble ! Ils se seraient retrouvés aujourd'hui, sans gêne aucune, comme deux amis qui n'avaient pas espéré se revoir si vite.

Les autres invités commencèrent à arriver. Peter fut présenté aux parents de Mme Butler, à ses frère et sœur et à leurs conjoints, et à lord et lady Aidan Bedwyn qu'il n'avait jamais rencontrés auparavant. Il salua lord et lady Alleyne Bedwyn, et plusieurs des cousins de Kit et de Sydnam dont il avait fait la connaissance à Alvesley Park.

Normalement, il aurait dû se sentir dans son élément.

Mais son anxiété empirait de minute en minute, et il en vint à guetter la porte toutes les trois secondes au lieu de s'appliquer à converser agréablement. Plus d'une douzaine de fois, il pensa à s'esquiver, mais c'était impossible. Même s'il filait tout de suite, il y avait un grand vestibule et une cour encore plus grande à traverser avant d'espérer échapper à la vue de quelqu'un qui, à coup sûr, arriverait justement.

Il oublia un instant ses inquiétudes lorsque Andrew et Sophia, deux des enfants de Lauren, lui agrippèrent chacun une main, le tirèrent triomphalement dans la salle de bal pour qu'il joue avec eux. D'autres enfants accoururent, emplis d'espoir, et ils jouèrent à colin-maillard avec force rires et hurlements d'excitation.

Ce n'est qu'en entendant des applaudissements et des cris de joie qu'il comprit que les mariés avaient dû arriver et que, par conséquent, tous les invités devaient être là.

Il eut une fois de plus la tentation de s'éclipser.

Mais il n'ajouterait pas la lâcheté à ses autres défauts, lesquels était légion. Aussi alla-t-il se poster dans l'ombre de la porte afin de pouvoir jeter un œil prudent dans l'autre pièce.

Comme un voleur dans la nuit, songea-t-il, écœuré.

À l'autre extrémité de la salle, Sydnam Butler et une jeune femme en robe rose regardaient autour d'eux d'un air ahuri. La duchesse de Bedwyn tapa des mains pour réclamer le silence.

— Eh bien, monsieur et madame Butler, vous vous êtes peut-être crus très malins en vous mariant en secret il y a quelques semaines. Mais vos amis et vos parents ont comblé leur retard, finalement. Bienvenus à votre repas de noces.

Les enfants, qu'aucun adulte n'obligeait plus à rester dans la salle de bal, se faufilèrent pour regarder ce qui se passait. Ils se joignirent aussitôt au joyeux tohu-bohu qui s'ensuivit, chacun tentant d'approcher les mariés pour serrer la main de l'un et embrasser la joue de l'autre.

Peter, immobile sur le seuil de la pièce, ne prit pas part à la joie collective.

Il l'avait vue.

Ses boucles auburn tranchaient sur le bleu pâle de sa robe. Elle se penchait pour embrasser un petit garçon qui, il le devina, devait être le fils de Mme Butler. Se redressant, elle étreignit Mme Butler elle-même. Lorsqu'elle s'écarta, elle souriait et ses yeux brillaient de larmes.

Durant quelques secondes, il demeura ainsi à la regarder, et ses réticences à l'idée de la revoir s'évanouirent sans laisser de traces. Dieu, qu'elle lui avait manqué ! Il s'enivra de sa vue. C'était la plus jolie, la plus éclatante, la plus merveilleuse de toutes les femmes qu'il eût jamais rencontrées.

Elle recula afin de laisser la place à la comtesse d'Edgecombe et une femme brune à la beauté sévère qui devait être Mlle Martin, et, tout en attendant de présenter ses félicitations au marié, elle promena autour d'elle un regard brillant et heureux.

Ce regard rencontra celui de Peter, de l'autre côté de la pièce, et son sourire se figea avant de s'effacer.

Reprenant conscience de ce qu'il avait fait, Peter frémit. Il l'avait séduite, puis lui avait fait une proposition déshonorante avant de la quitter sans autre forme de procès, le tout en l'espace d'un après-midi. Et voilà qu'il réapparaissait sans prévenir dans sa vie au moment où elle fêtait le mariage d'une amie.

Il aurait *vraiment* dû ne pas venir.

Mais, nom de nom, il était trop tard pour se dérober.

Il traversa la pièce et se dirigea résolument vers elle. Mais Lauren lui attrapa le bras au passage et l'entraîna vers les nouveaux mariés pour le présenter à Mme Butler qui était, découvrit-il, vraiment très jolie. Il s'inclina sur sa main, serra la main gauche de Sydnam et lui souhaita beaucoup de bonheur. Puis il serra celle du garçon – David Jewell – et lui adressa un clin d'œil.

— Si tu veux te sauver, tout à l'heure, tu trouveras une horde d'enfants dans la salle à côté – enfin, lorsqu'ils y seront retournés.

Le garçon lui sourit.

— Venez vous asseoir à notre table, Peter, proposa Lauren comme le joyeux chaos semblait s'ordonner et que, craignant sans doute de se retrouver prisonniers d'un repas d'adultes, les enfants regagnaient en courant la salle de bal.

— Volontiers, Lauren, mais il y a quelqu'un que je dois saluer d'abord.

Avant qu'à force de repousser l'épreuve son embarras devînt insurmontable, il se dirigea vers la table où étaient assis Susanna, Edgecombe et la comtesse, lord et lady Aidan Bedwyn, l'inconnue à l'air sévère et Mlle Thompson, la sœur de la duchesse.

— Whitleaf, fit Edgecombe en se levant pour lui serrer la main. Content de vous revoir.

— Ah, mais vous êtes apparenté à lady Ravensberg, n'est-ce pas ? s'écria la comtesse. C'est un plaisir de vous revoir, lord Whitleaf.

Quelque chose dans sa voix suggérait qu'elle n'était pas tout à fait aussi contente qu'elle le prétendait. À moins que la conscience de Peter ne lui jouât des tours.

Il s'inclina devant elle, puis devant Mlle Thompson, qui avait dû arriver avec sa mère lorsqu'il jouait avec les enfants, avant de se tourner vers Susanna.

— Mademoiselle Osbourne ? J'espère que vous allez bien ?

— Très bien, je vous remercie, répondit-elle avec un sourire poli – comme s'ils n'avaient rien fait dans un coin isolé de Barclay Court. Et vous, monsieur ?

— Je vais bien, je vous remercie.

Mon Dieu, où était passé son arsenal de menus propos alors qu'il en avait tant besoin ? Mais peut-être était-il préférable qu'il n'arrive plus à remettre la main dessus sinon il aurait lâché une ânerie du genre : « La beauté est-elle une condition préalable pour enseigner à l'École pour Jeunes Filles de Mlle Martin ? » Il avait le sentiment qu'un tel compliment n'amuserait aucunement les personnes présentes.

— Monsieur, dit Susanna avant qu'il batte en retraite vers sa propre table, puis-je vous présenter Mlle Martin, la directrice de l'école où j'enseigne ? Voici le vicomte Whitleaf, Claudia. Il séjournait près de Barclay Court quand j'y étais.

L'inconnue à l'expression sévère, dont il avait déjà deviné l'identité, le salua d'un hochement de tête tandis qu'il s'inclinait et lui adressait son sourire le plus charmeur.

— Madame, c'est un plaisir que j'ai longtemps désiré.

Ces mots n'étaient qu'à peine exagérés, mais, en croisant le regard sérieux de Mlle Martin, il se sentit mis à nu. Comme si tout artifice avait été balayé et qu'elle voyait quel être superficiel il était. Seigneur, que lui avait raconté Susanna à son sujet ? se demanda-t-il.

— Enchantée, lord Whitleaf, se contenta-t-elle de répondre.

Il regagna sa table et, leur tournant le dos, conversa, but et écouta les discours qui suivirent. Il aurait pris plaisir à l'après-midi, s'il n'y avait eu ces quelques minutes de gaucherie inhabituelle chez lui. Et s'il avait pu se convaincre qu'il avait quelque raison d'être là.

Elle n'avait pas été contente de le voir, il le *savait*.

— Sachez qu'Anne et moi allons profiter de l'oisiveté forcée de l'hiver pour réfléchir à une revanche appropriée, disait Sydnam Butler à toute l'assistance après avoir reconnu combien il avait été surpris de trouver autant d'invités les attendant.

Peter se joignit à l'éclat de rire général.

Peu après les discours et les toasts, il tendit l'oreille en entendant Hallmere dire à la table voisine :

— C'est ici que nous avons valsé pour la première fois, Freyia. Vous vous souvenez ?

Peter s'était demandé ce qu'éprouvait Susanna en se retrouvant dans la même pièce que lady Hallmere, la personne qui avait refusé de l'embaucher comme femme de chambre, mais à qui elle devait de s'être retrouvée pupille de l'école de Mlle Martin. Lady Hallmere se souvenait-elle seulement de cette petite fille ?

La personne en question répondit :

— Comment aurais-je pu l'oublier ? C'était à ce moment-là que vous m'avez suppliée de feindre d'être votre fiancée, et avant d'avoir pu crier « pouce ! », nous nous sommes retrouvés mariés… Pour de vrai, cette fois.

Ils éclatèrent de rire – et les invités assis à leur table les imitèrent, ainsi que quelques-uns des voisins de Peter.

Kit avait certainement entendu l'échange.

— Ce serait une honte d'avoir un orchestre et l'usage d'une des plus célèbres salles de bal du pays, et de ne pas danser, décréta-t-il en se levant. Je vais demander une valse à l'orchestre. Mais c'est à la mariée d'ouvrir le bal. M'accorderez-vous cette danse, Anne ?

Sydnam se leva à son tour.

— Merci, Kit, mais, si ce n'est pas l'usage que le marié ouvre le bal, ce devrait l'être. Anne, m'accordez-vous cette danse ?

L'offre était courageuse, songea Peter, admiratif. Comment valsait-on sans bras et œil droits ?

— Avec plaisir, répondit Mme Butler, et Peter comprit qu'il s'agissait d'un mariage d'amour.

Les chaises raclèrent bruyamment le parquet comme les invités se levaient pour se rendre dans la salle de bal, d'où provenait la musique qui avait accompagné tout le repas.

Les Butler ouvrirent le bal, d'abord un peu gauchement, puis avec une aisance grandissante. Ensuite, Hallmere mena la marquise sur la piste, et Kit et Lauren, Edgecombe et la comtesse, Bewcastle et la duchesse les rejoignirent. D'autres couples se formèrent peu à peu.

C'était une *valse*.

Peter ne manquait jamais une occasion de valser. Le souvenir de sa dernière valse lui revint. Il y avait pris grand plaisir, même si c'était lors d'un petit bal de campagne sans prétention. Cette valse avait aussi été le prélude à tous ses soucis – enfin, au pire d'entre eux en tout cas. Sans elle, il n'y aurait pas eu de baiser. Et sans le baiser, il n'y aurait probablement pas eu…

Bon.

La saluer à sa table n'avait pas été suffisant, n'est-ce pas ? Cela ne rachetait absolument rien. Après s'être décidé à venir, il devait faire un effort supplémentaire pour découvrir ce qu'il voulait savoir. Et le moment était on ne peut plus propicc, non ?

Il se dirigea vers l'endroit où elle se tenait, entre Mlle Martin et Mlle Thompson, lesquelles lui firent penser à deux anges vengeurs, sauf que Mlle Martin regardait les mariés danser avec des larmes dans les yeux et Mlle Thompson avec un sourire un peu espiègle.

Il s'inclina devant les trois femmes et arbora son sourire le plus désarmant.

— Mademoiselle Osbourne, me ferez-vous l'honneur de valser avec moi ?

Il sentit le regard de la directrice se poser sur lui, acerbe en dépit des larmes. Mais il ne voyait que les yeux verts de Susanna, insondables tandis qu'elle le fixait.

Il crut qu'elle allait refuser. Bon sang, quelle humiliation ce serait ! Mais il le méritait, bien sûr.

— Oui, fit-elle.

Elle s'humecta les lèvres et ajouta :

— Oui, merci, monsieur.

Il tendit la main, paume vers le haut, et elle y posa la sienne.

Et, aussitôt, les mots étranges se firent de nouveau entendre distinctement dans sa tête.

*La voici.*

Durant deux mois et demi, Susanna avait tenté de se convaincre que son cœur n'était pas brisé.

Et elle y était enfin parvenue.

Le vicomte Whitleaf ne méritait aucunement les larmes qu'elle avait versées sur lui, les rêves douloureux qu'elle avait tissés autour de lui, les souvenirs coupables auxquels elle s'était abandonnée.

Il n'aurait pas dû faire irruption ainsi, sans prévenir. Il devait savoir qu'elle serait là. Quel intérêt pouvait-il porter à Anne ? Ou au mari d'Anne, même si M. Butler était le beau-frère de la vicomtesse Ravensberg ?

Lorsque, après avoir embrassé Anne, elle avait promené le regard sur le salon de thé, heureuse de constater que M. Butler semblait aimer sincèrement Anne, que celle-ci était heureuse et que même David était heureux – lorsqu'elle avait regardé autour d'elle et aperçu le vicomte Whitleaf, debout dans l'ombre de l'arcade qui menait à la salle de bal, elle avait…

Il était impossible de décrire avec des mots ce qui avait été une réaction purement physique. Ses genoux avaient flageolé, les battements de son cœur avaient retenti jusque dans sa gorge et ses oreilles, ses mains étaient devenues moites, son souffle s'était momentanément suspendu. Il avait fallu une seconde au moins à son cerveau pour enregistrer le fait qu'il était là, à quelques mètres d'elle, et la regardait.

Et puis il avait traversé la salle d'un pas assuré, en *souriant* comme s'il n'avait aucun souci au monde – ce qui était sans doute le cas. Sa cousine au bras, il s'était approché des mariés et les avait félicités. Il avait même accordé une seconde d'attention à David, de peur probablement qu'il n'y ait dans la pièce une personne qui ne l'admire pas. Lorsqu'il était venu lui parler et était poliment resté une minute debout près de sa table, il avait fait assaut de charme, surtout envers Claudia – avant d'aller s'asseoir et de leur tourner le dos.

Un homme qui n'avait aucun souci au monde, vraiment. Se souvenait-il seulement d'elle ?

Claudia n'était pas tombée sous son charme.

— Voilà un gentleman qui a une haute opinion de lui-même, avait-elle commenté après qu'il se fut éloigné d'eux.

— Je le crois authentiquement aimable, avait déclaré le comte d'Edgecombe.

— Je l'ai toujours trouvé courtois et plein d'entrain, avait ajouté Mlle Eleanor Thompson, la sœur de la duchesse.

Francesca n'avait rien dit.

Susanna n'avait rien dit non plus – bien qu'elle ait ressenti une inexplicable gratitude envers le comte et Mlle Thompson.

Tout cela lui avait gâché une réception dont elle se réjouissait pourtant d'avance. Elle avait été incapable d'avaler plus de quelques bouchées et de prendre plaisir à se retrouver avec ses trois amies les plus proches, Francesca et Claudia à la même table, Anne un peu plus loin avec son mari, les joues roses et les yeux brillants d'un bonheur manifeste. Elle n'avait pu savourer en paix l'émerveillement d'assister à la même réception que la marquise de Hallmere, en qui elle avait immédiatement reconnu la lady qui l'avait trouvée trop jeune.

Ce n'était tout simplement pas juste.

Et maintenant, voilà qu'il l'avait invitée à valser, et qu'elle avait dit oui !

Elle était entrée dans la salle de bal avec Claudia et Mlle Thompson, un sourire forcé aux lèvres, alors qu'elle était malheureuse à la pensée de devoir regarder les autres valser, et en particulier le vicomte Whitleaf, dont elle ne doutait pas qu'il inviterait avec d'autres jeunes femmes.

Et maintenant ?

Maintenant, comme elle se tournait face au vicomte, les yeux rivés sur son menton, elle ne ressentait rien du tout – hormis la joie de constater que son cœur n'était pas brisé finalement.

Il l'enlaça, elle posa une main sur son épaule et lui abandonna l'autre.

Il n'avait pas changé d'eau de toilette, remarqua-t-elle.

La valse avait déjà commencé. Ils se mirent à tourbillonner sans attendre.

Le souvenir de l'autre valse lui demeurait précieux en dépit de tout. Elle ne voulait pas que celui-ci prenne sa place. Mais ce serait probablement le cas.

Non, il n'aurait pas dû venir. Elle lui en voudrait éternellement d'être venu sans s'inquiéter de ses sentiments à elle. Mais se souvenait-il seulement qu'elle avait des raisons d'éprouver des sentiments ?

Cela dit, si ce dernier après-midi à Barclay Court s'était déroulé différemment – si Francesca et le comte les avaient accompagnés, s'ils avaient continué à marcher vers la cascade au lieu de s'asseoir sur la colline, si elle avait dit « arrêtez » au lieu de « n'arrêtez pas », oui, si l'une ou l'autre de ces choses s'était produite, elle aurait été très heureuse de le revoir aujourd'hui. Elle ne lui en aurait pas du tout voulu d'être venu. Elle n'aurait vu en lui qu'un excellent ami.

Elle leva les yeux sur lui tandis qu'il l'entraînait vers un coin de la salle et découvrit qu'il la regardait, en souriant lui aussi. Mais comment auraient-ils pu ne *pas* sourire ? Ils étaient entourés de monde.

— Susanna, vous êtes plus jolie que jamais, dit-il avec douceur.

— Ma présence rend-elle la journée plus belle et plus chaude ? répliqua-t-elle, une pointe d'amertume dans la voix.

Inclinant la tête de côté, il la regarda dans les yeux.

— Vous n'êtes pas heureuse de me voir ? demanda-t-il.

— Je devrais l'être ?

— Je pensais que peut-être vous ne le seriez pas, admit-il. Mais c'était une réception de mariage, avec beaucoup de gens que je connais et que j'aime. Comment aurais-je pu ne pas venir ?

Et c'était bien le problème avec lui, songea-t-elle. Il ne pouvait s'empêcher de se laisser emporter par le vent qui soufflait dans sa direction. Elle lui avait dit qu'il était gentil. Mais était-ce gentil de venir ici aujourd'hui uniquement parce que c'était une réception de mariage et qu'il y aurait des gens qu'il aimait bien ?

— Vous saviez que je serais là, alors ? demanda-t-elle tandis qu'ils tourbillonnaient vers un autre coin.

— Oui. C'est pour cela que je suis venu.

Il se contredisait. Y avait-il quelque fermeté dans son caractère ?

— Susanna, reprit-il encore plus doucement, est-ce que vous attendez un enfant ?

Si cela avait été le cas, l'enfant se serait retourné dans son sein. Son corps entier parut sursauter tandis qu'elle chancelait. Il resserra son étreinte le temps qu'elle ait retrouvé l'équilibre et réussi à ajuster de nouveau son pas au sien.

— Non, murmura-t-elle.

Il scruta son visage. Son sourire avait disparu, remarqua-t-elle. Le sien aussi. Elle l'afficha de nouveau.

— Je suis content, dit-il.

— Je n'en doute pas.

Baissant les yeux, elle tenta de retrouver un peu de la magie de la valse précédente. Délibérément, elle regarda les autres danseurs. Elle vit Anne et M. Butler valser avec une grâce surprenante. Anne semblait un peu moins mince que d'habitude sous la taille haute de sa robe. La duchesse levait en riant les yeux vers le visage austère du duc que Claudia haïssait si férocement. Dans le regard gris que celui-ci posait sur sa femme, on devinait un monde d'émotions contenues. Francesca virevoltait dans les bras du comte, chacun n'ayant d'yeux que pour l'autre.

Le monde était empli de couples heureux, semblait-il, et elle en était exclue.

Qu'elle était ridicule de s'apitoyer ainsi sur son sort !

— Vous êtes amère, dit le vicomte Whitleaf.

Ah bon ? Elle n'avait aucune raison de l'être, pourtant. Il ne l'avait pas forcée. Il lui avait donné la possibilité de l'arrêter. Il lui avait proposé de s'enfuir avec lui en promettant de ne pas la laisser sans ressources quand tout serait fini entre eux. Elle avait dit non. Ils s'étaient séparés amicalement. Ah, cette séparation – l'image du dos droit du jeune homme dans le cabriolet qui s'éloignait et disparaissait à sa vue, elle l'avait gravée en elle parce qu'elle pensait ne jamais le revoir.

À présent, elle valsait avec lui une fois de plus dans l'*Upper Assembly Rooms*, à Bath. Elle en était encore stupéfaite.

— Votre silence est ma réponse, reprit-il. Et je ne peux vous le reprocher. Ce serait banal de ma part de dire que je suis désolé. Mais je ne sais que dire d'autre.

— Vous n'avez pas besoin de dire quoi que ce soit, murmura-t-elle en lui rendant son regard. Et vous n'avez pas à vous sentir désolé – pas plus que moi. C'est arrivé. Notre amitié devait finir de toute façon. Pourquoi pas de cette façon ?

— Elle est *vraiment* finie ?

Elle hocha la tête. Bien sûr qu'elle était finie. Comment auraient-ils pu prétendre être encore amis désormais ?

— Alors, je suis réellement désolé, fit-il. Je vous aimais bien, Susanna – je vous aime bien. Et je pensais que c'était réciproque.

Elle avala sa salive.

— Ça l'était.

— Au passé ?... Ah, oui, au passé, conclut-il comme elle gardait le silence.

Ils s'immobilisèrent le temps que l'orchestre se prépare à enchaîner sur une autre valse.

Elle ne l'aimait plus du tout, alors ? Parce qu'il était venu aujourd'hui pour troubler de nouveau sa quiétude ? Il était venu parce qu'elle devait être là. Il était venu pour lui demander si elle attendait un enfant.

Qu'aurait-il fait si elle avait répondu oui ? Aurait-il pris ses jambes à son cou ? Elle savait que non.

La danse reprenant, elle le regarda de nouveau.

— Je ne vous déteste pas, dit-elle.

— Vraiment ?

Il souriait – probablement pour le bénéfice des gens qui les entouraient. Elle sourit aussi. Et parce qu'ils continuaient à se regarder, leurs sourires devinrent naturels, puis sincères.

— Je me suis souvent dit qu'il aurait été préférable pour moi – et plus encore pour vous – que j'aie quitté Hareford House deux jours après votre arrivée à Barclay Court, comme je l'avais d'abord prévu, reprit-il. Je me serais souvenu de vous comme d'une institutrice guindée, désapprobatrice et dénuée d'humour.

— C'est ainsi que vous me voyiez ?

— Et aussi comme quelqu'un qui rendait la journée encore plus chaude et plus belle.

Il la fit tourbillonner deux fois de suite. Elle pouffa de rire.

— Cela dit, une partie de moi réplique que j'aurais beaucoup manqué de ne pas vous connaître mieux.

Regardant autour d'elle, elle vit que M. Huckerby l'observait – pour voir si elle n'avait pas oublié les pas, sans aucun doute. Et que Claudia ne la quittait pas des yeux non plus. Elle lui sourit, en vain.

— Vous regrettez que je ne sois pas parti à ce moment-là ? demandait lord Whitleaf.

L'aurait-elle préféré ? Elle se serait épargné de grands accès de tristesse – et des moments de vrai bonheur.

— Non, répondit-elle.

— Pourquoi ?

— Vous m'avez raconté que vous avez grandi au milieu de femmes. Eh bien, moi aussi. Depuis l'âge de douze ans, je n'ai eu presque aucun contact avec les hommes. J'étais timide en leur présence, je ne savais comment leur parler ni comment me comporter avec eux. Quand je vous ai rencontré, j'étais terrifiée parce que vous étiez beau, titré et sûr de vous. Et puis j'ai découvert que vous étiez aimable, gentil et d'abord facile. J'en suis venue à vous apprécier sincèrement et à me réjouir de passer un moment avec vous jour après jour. Vous connaître a éclairé ma vie pendant un temps et m'a procuré des souvenirs qui me donneront du plaisir dans les années à venir – monter dans un cabriolet avec vous, faire une course d'avirons contre vous, grimper à la cascade avec vous, valser avec vous.

*Vous embrasser.*

*Faire l'amour avec vous.*

— Je ne regrette pas que vous soyez resté, conclut-elle.

— Nous sommes donc de nouveau amis, alors ?

Elle lui rendit son sourire avant de rire.

— Oh, oui, je suppose que oui ! Pour ce qui reste de l'après-midi, en tout cas.

La réception allait bientôt s'achever, elle regagnerait l'école, lui irait ailleurs avec les Ravensberg, et tout serait fini – réellement fini, cette fois-ci.

Et le chagrin demeurerait, encore plus virulent.

Mais le chagrin faisait partie de la vie. Sans chagrin, il n'y avait pas de vraie vie, et par conséquent pas de possibilité de bonheur. Elle avait été heureuse – incroyablement heureuse – à plusieurs occasions dans son existence, presque toutes avec le vicomte Whitleaf. Elle devait se rappeler cela. Elle le *devait*. Deux événements lui avaient procuré un tel bonheur que rien ne pourrait le ternir. Le premier avait eu lieu dans la salle de bal de village lorsqu'il avait valsé avec elle. Le deuxième sur la colline au-dessus de la rivière lorsqu'ils avaient fait l'amour.

Il était si facile de voir dans cette étreinte la pire chose qui lui soit jamais arrivée – parce que la séparation n'en avait été que plus douloureuse. Mais en réalité, c'était la plus merveilleuse de toutes.

Oui. Cela avait été la demi-heure la plus heureuse de sa vie.

À présent, elle valsait de nouveau – avec celui qui avait été son partenaire alors, et son amant sur la colline. Et si elle n'était pas parfaitement heureuse en cet instant, c'était qu'elle laissait le chagrin passé et le chagrin futur empiéter sur la magie du présent.

— Valsons, c'est tout, dit-elle.

Le sourire du vicomte éclaira ses yeux.

— Oui. C'est tout.

Et durant le reste de la valse, ils n'échangèrent plus un mot, se contentant de danser les yeux dans les yeux, le sourire aux lèvres.

Elle était contente qu'il soit venu, se disait Susanna. Oui, *vraiment* contente. Sa présence lui faisait du bien – il n'avait rien oublié, ni elle ni ce qu'ils avaient fait. Elle en serait moins malheureuse le lendemain. À moins qu'elle ne se leurre. Le lendemain, il aurait de nouveau disparu de sa vie.

Mais elle *ne penserait pas* au lendemain.

Elle dansait, consciente de manière aiguë du splendide environnement, de la compagnie et de la musique. Consciente aussi de valser dans les bras de l'homme qui l'avait embrassée, caressée et qu'elle avait accueilli dans son corps.

Jamais elle ne pourrait regretter d'avoir vécu une telle expérience.

Une fois dans une vie, c'était déjà bien. Elle s'en contenterait.

Il le fallait.

Il tourbillonna devant l'estrade où jouait l'orchestre en riant. Et elle joignit son rire au sien.

# 15

— Et voilà, soupira Claudia comme elles pénétraient dans l'école. Tous ces adieux, cela ne remonte pas le moral, n'est-ce pas ?

Elles venaient de dire au revoir à Francesca et au comte d'Edgecombe. Claudia avait eu beau assurer que Susanna et elle étaient parfaitement capables de rentrer à pied, ils avaient tenu à les raccompagner en voiture. Les Edgecombe quittaient Bath de bonne heure le lendemain matin, Anne, David et M. Butler un peu plus tard dans la journée.

— Certes. Mais c'était merveilleux de voir Anne aussi heureuse – ainsi que David, répondit Susanna. M. Butler a dû être gentil avec lui.

— Bon, eh bien, au travail maintenant, déclara Claudia en ôtant sa veste. Nous avons une école à faire tourner, Susanna. Il se trouve qu'après le thé, je racontais à Mlle Thompson que je cherchais une nouvelle institutrice quand, à ma grande stupéfaction, elle m'a avoué que la place pourrait l'intéresser.

— Vraiment ?

— La duchesse a persuadé Mme Thompson de s'installer dans un cottage près de Lindsey Hall. Mlle Thompson y est conviée aussi, bien sûr, mais elle craint de perdre un peu de son indépendance si elle quitte son propre cottage. Elle aurait l'impression d'être la parente pauvre du duc de Bewcastle, m'a-t-elle expliqué. Ce serait épouvantable, je suis la première à l'admettre. Enseigner et vivre ici lui semble de beaucoup préférable. Je lui ai proposé de passer demain, ou après-demain. Elle me plaît. Elle a de la conversation et on devine qu'elle est cultivée. Elle possède en outre un solide bon sens et a l'esprit vif.

— A-t-elle déjà enseigné ? demanda Susanna qui s'apprêtait à monter dans sa chambre.

Claudia fut empêchée de répondre par M. Keeble qui se raclait la gorge d'une manière signifiant qu'il avait quelque chose d'important à dire.

Agnes Ryde, l'une des pupilles nouvellement arrivées, avait piqué une énorme colère et s'en était prise à Lila Walton, laquelle avait fondu en larmes. À la suite de quoi la surveillante avait envoyé la coupable au lit au milieu de l'après-midi en lui promettant un châtiment mérité lorsque Mlle Martin rentrerait.

Claudia soupira.

— Merci, monsieur Keeble. C'est un retour à la réalité plutôt brutal, non ? Où est Anne quand j'aurais tellement besoin d'elle ? Elle savait y faire avec les enfants difficiles.

— C'est vrai, acquiesça Susanna en ôtant son chapeau. Mais je sais ce qu'éprouve une pupille, Claudia. J'ai reconnu un peu de moi, enfant chez la pauvre Agnès. Laissez-moi aller lui parler.

— La pauvre Agnès, vraiment ! s'exclama Claudia en levant les yeux au plafond. Mais allez-y si vous voulez, Susanna. La surveillante m'a piégée. Si j'y vais, je serai obligée de faire quelque chose de terrible, comme condamner la fillette au lit et au pain sec toute la semaine.

L'image improbable fit pouffer de rire Susanna. Carrant les épaules, elle se dirigea vers l'escalier, prête pour la bataille. Lila, institutrice junior, avait la tâche peu enviable, qu'elle-même avait eue jadis, d'enseigner l'élocution aux enfants qui en avaient besoin. Et Agnès Ryde en avait besoin plus que quiconque. Elle était arrivée à l'école à la fin du mois d'août avec un accent cockney si prononcé qu'on ne comprenait pas la moitié de ce qu'elle disait. Et comme elle refusait d'apprendre à parler « avec deux prunes dans la bouche comme une snobinarde », Lila n'était pas exactement son institutrice préférée.

Cette petite crise évita à Susanna de penser à autre chose pendant une bonne heure. Assise sur le lit d'Agnès, elle s'adressa au début à une boule d'hostilité muette qui lui tournait délibérément le dos. Peu à peu, cependant, la fillette se détendit, finit par lui faire face et lui jeta un regard soupçonneux. Le monologue vira à la conversation.

— Vous *était* une pupille, aussi, mam'selle ?

— Oui, répondit Susanna, qui décida d'ignorer pour le moment conjugaison et syntaxe. Et Mlle Walton aussi. Nous sommes toutes deux passées par là où tu en es aujourd'hui. Ce n'est pas une situation très confortable, n'est-ce pas ? Je me souviens qu'à un moment donné, je pensais qu'on m'avait amenée ici uniquement pour que tout le monde puisse rire de moi.

— Tout le monde, il *rit* de *moi*, assura Agnès. La prochaine fois, je leur fiche un bon coup, c'est sûr, mam'selle.

— Tout le monde ? répéta Susanna en haussant les sourcils. Tu es sûr que c'est bien *tout le monde* ? Ne serait-ce pas plutôt juste deux ou trois élèves qui ne trouvent rien de plus amusant que d'attirer des ennuis à l'une de leurs camarades ? Je me rappelle que Mlle Martin m'avait donné un conseil. La prochaine fois qu'une des élèves payantes m'asticoterait en disant que ce devait être agréable d'avoir ses études payées par des étrangers, je devais lui sourire comme si je n'avais pas perçu le sarcasme et répliquer que, oui, c'était *très* agréable. Qu'y aurait-il de drôle, alors ? Cela a très bien marché. Beaucoup mieux que des coups. Les coups, c'était ce qu'elles attendaient de moi afin de pouvoir se plaindre et me faire punir.

Lorsqu'elle redescendit, Susanna était épuisée, mais satisfaite d'avoir résolu le problème. Il ne lui restait plus qu'à réconforter une Lila Walton en pleurs et à lui assurer qu'elle n'était pas nulle du tout, qu'enseigner, c'était non seulement instruire, mais aussi régler les diverses crises qui surgissaient inévitablement lorsqu'un certain nombre d'êtres humains vivaient en vase clos. Et bien sûr une institutrice ne pouvait pas être *toujours* populaire.

— C'est exactement ce que je lui disais, intervint Claudia chez qui se tenait ce petit conciliabule. Bon, nous allons prendre une tasse de thé et vous pourrez vous coucher de bonne heure, Lila. Je me chargerai de l'étude demain soir afin que vous puissiez avoir un moment de détente. J'aurais dû demander à Cecile Pierre de vous donner un coup de main aujourd'hui, même si j'avais décidé qu'il n'y aurait pas classe puisque Susanna, M. Huckerby, M. Upton et moi étions absents. C'est comme apprendre à nager en étant jetée au beau milieu d'un lac, si vous voulez. Vous vous êtes remarquablement bien débrouillée, en dehors de ce malheureux incident avec Agnes. L'école est toujours là, n'est-ce pas ? Elle n'a pas été réduite en cendres par un incendie ni transformée en gravats par un coup de canon. Toutes nos filles sont vivantes et en bonne santé – du moins n'ai-je pas entendu dire le contraire.

Lila rit enfin et accepta la tasse de thé que lui tendait Claudia. Quinze minutes plus tard, elle regagnait sa chambre, visiblement soulagée que la journée soit enfin terminée.

— Sur le plan scolaire, Lila se débrouille très bien, reconnut Claudia après le départ de la jeune fille. Dans les autres domaines, elle est encore fragile. Elle peut découvrir que l'enseignement ne lui convient pas du tout, encore que j'aie l'espoir qu'elle finira par s'y faire. J'ai aussi l'espoir que Mlle Thompson viendra nous rejoindre. Elle est plus âgée et plus mûre. Elle vous plaît, Susanna ?

— Oui, reconnut celle-ci en se levant pour remplir à nouveau leurs tasses de thé. Bien que je n'aie pas beaucoup parlé avec elle. Elle a le regard pétillant. Je ne sais pourquoi, un regard pétillant m'inspire confiance.

La remarque fit rire Claudia.

— Son sens de l'humour sera mis à l'épreuve si elle travaille ici, mais ce serait un atout qu'elle n'en soit pas dépourvue. Serait-il possible d'enseigner avec succès si l'on ne possédait pas un minimum le sens de l'humour ? J'en doute.

Elles burent leur thé en silence, et les pensées de Susanna dérivèrent inévitablement vers l'après-midi qui venait de s'écouler, le vicomte Whitleaf et les valses qu'ils avaient dansées ensemble. Elle songea aussi à la gaieté avec laquelle ils avaient pris congé. Elle s'était refusée à se sentir triste, et s'y refusait encore en ce moment même.

Cela avait été un réconfort, finalement, de le revoir et d'apprendre qu'il était venu parce qu'il s'inquiétait à son sujet.

Ce qui ne l'empêchait pas de ressentir à présent un grand vide intérieur.

— Je suis très sensible aux courants sous-jacents, reprit Claudia. C'est un autre atout pour un professeur, je pense. Je peux parfois sentir des choses fermenter longtemps avant qu'elles jaillissent à la surface et causent des problèmes ou même des désastres.

Susanna avala une gorgée de thé, se demandant où elle voulait en venir.

— Vous avez fait la connaissance du vicomte Whitleaf à Barclay Court cet été ? s'enquit Claudia.

— Oui, répondit Susanna avec circonspection. Il était à Hareford House. Le jeune M. Raycroft est son ami. Vous le connaissez, ainsi que sa famille, il me semble.

Claudia hocha la tête. Elle avait passé quelques jours à Barclay Court avant que Francesca et son mari partent pour le continent.

— Le vicomte m'a donné l'impression d'être aussi suffisant qu'il est beau, ce qui n'est pas peu dire. Le comte d'Edgecombe et Mlle Thompson m'ont assuré que je me trompais. Ni vous ni Francesca n'avez cependant exprimé d'opinion. Après quoi, vous avez mangé la moitié d'un sandwich au concombre et le quart d'une tarte aux groseilles, et vous êtes restée presque complètement silencieuse durant tout le repas. Francesca n'a pas fait beaucoup mieux. Elle n'a cessé de vous épier d'un air soucieux. En réalité, ce ne sont pas des courants sous-jacents que j'ai sentis. C'était quelque chose de beaucoup plus net.

Il serait inutile, comprit Susanna, de prétendre ne pas comprendre de quoi parlait Claudia. Cela faisait trop longtemps qu'elles se connaissaient. Elles avaient été amies dès qu'elle-même était devenue adulte. Et depuis le départ d'Anne, elles étaient encore plus proches.

— Ce n'est pas tout à fait ce que vous pensez, dit-elle.

— Et qu'est-ce que je pense ?

— Le vicomte Whitleaf et moi sommes devenus amis, expliqua Susanna. Je ne m'étais fait aucune illusion et je n'ai pas souhaité que nous soyons *plus* qu'amis. Il est vraiment aimable, Claudia, et très gentil – il a montré sa gentillesse de toutes sortes de manières. Cela a été triste de devoir lui dire adieu à la fin des vacances. Francesca craignait que je ne sois tombée amoureuse de lui. Elle le craint peut-être encore. Mais elle se trompe. C'était charmant de le revoir aujourd'hui et de danser de nouveau avec lui, mais… mais, rien. Je ne le reverrai jamais, et je suis contente qu'il en soit ainsi. Il ne me causera pas d'insomnies.

Elle sourit – et renversa du thé dans sa soucoupe. Les mains tremblantes, elle se hâta de reposer sa tasse.

Doux Jésus! Elle allait se mettre à pleurer, comme lorsque Francesca était entrée dans sa chambre après le bal. Que c'était humiliant!

Après un court silence, Claudia soupira:

— N'est-ce pas honteux que nous, les femmes, ne puissions annihiler tout simplement le besoin d'aimer et d'être aimées, ou au moins de nous satisfaire de nos élèves pour combler ce besoin? On ne devrait pas avoir besoin d'un homme et de ce qu'il peut offrir sur le plan physique comme sur celui des émotions quand les chances de faire un mariage satisfaisant sont proches de zéro.

Susanna n'avait jamais entendu Claudia parler de son besoin d'un homme – sur le plan *physique*. Il était tellement plus facile de se dire qu'elle n'en éprouvait aucun. Elle avait plus de trente ans. C'était une femme adulte lorsque Susanna était arrivée à l'école. Et tout ce temps, elle était restée sans homme.

— À l'issue de vos études dans cette école, j'étais en mesure de vous offrir la relative sécurité d'un poste d'institutrice, reprit Claudia. Je ne pouvais pas, hélas, vous trouver un mari malgré votre beauté, votre vitalité et votre intelligence!

— Oh, Claudia, vous avez fait tant pour moi ! Et je ne suis *pas* amoureuse du vicomte Whitleaf – ni de quiconque.

Claudia soupira de nouveau.

— Bien sûr que vous ne l'êtes pas, jeta-t-elle. Bon, il est temps de nous coucher, bien qu'il ne soit pas très tard. La journée a été longue, bien remplie et émouvante, et je me sens épuisée. Et j'ai promis de me charger de l'étude de demain soir.

— Je dirige la répétition de la pièce de Noël, sinon je vous remplacerais volontiers.

La vie continuerait, se dit-elle quelques minutes plus tard en refermant la porte de sa chambre. Elle avait survécu à la fin du mois d'août. Elle survivrait à aujourd'hui.

Au moins, elle aurait de quoi occuper ses journées.

Au moins, d'autres souvenirs s'ajouteraient à ceux de l'été. Elle était contente qu'il soit venu pour lui demander si elle attendait un enfant. Il ne l'aurait pas abandonnée à son sort si cela avait été le cas. Elle en avait la *certitude* même s'il ne l'avait pas dit.

C'était toujours un homme à qui elle pouvait accorder son amitié et même…

Eh bien, oui, un homme qu'elle aimait.

Ce serait stupide de le nier.

Elle survivrait à cet aveu. Elle y avait survécu en août, et elle y survivrait maintenant. Mais elle se demanda tristement quand mourait un amour que l'on ne nourrissait pas. Il ne durait pas éternellement tout de même ? Elle espérait bien que non.

Elle avait hâte qu'arrive le jour où elle pourrait évoquer ces souvenirs et n'en éprouver qu'un plaisir empreint de nostalgie.

Mais ce n'était pas pour demain, elle le savait.

Peter ne partit pas avec Lauren et Kit le lendemain matin, bien qu'ils lui aient assuré qu'il était le bienvenu à Alvesley Park, et que les enfants l'aient supplié d'accepter. Il devait aller à Londres un peu plus tard dans la journée, leur expliqua-t-il – il avait des affaires à régler là-bas. L'affaire en question consistait à se chercher d'autres chevaux, bien que, pour dire la vérité, il n'ait rien à reprocher à ses alezans. Il devait aussi passer dans ses clubs, en particulier au *White*, pour savoir qui était en ville, qui venait d'y arriver, quels étaient les dernières nouvelles et les ragots les plus amusants – autant d'activités qui pouvaient difficilement passer pour des *affaires*.

En réalité, rien d'urgent ne l'appelait nulle part, en dehors de chez lui. Mais Noël était loin, et il avait décidé de ne pas s'y rendre avant.

Sa mère allait transformer sa salle à manger en une monstruosité lavande – à en croire sa dernière lettre – afin de poursuivre l'œuvre commencée au salon. Mais elle allait devoir reporter les travaux après Noël vu qu'ils attendaient des invités – elle avait utilisé le pluriel. Il serait toujours temps d'intervenir à ce moment-là pour arrêter le désastre. Une salle à manger lavande, bonté divine !

Allait-elle s'en prendre à la bibliothèque ensuite ?

Elle avait invité les Flynn-Posy pour Noël, lady Flynn-Posy étant l'une de ses plus chères amies depuis l'année de leur sortie dans le monde. Peter se souvenait sûrement du nom, avait-elle écrit. Peter ne s'en souvenait pas. Ils viendraient avec leur fils, un charmant jeune homme qui étudiait à Oxford, et – inévitablement – leur fille, une jeune fille accomplie d'une grande beauté qui ferait son entrée officielle dans le monde au printemps.

Il affronterait Mlle Flynn-Posy et son arsenal de qualités, avait-il décidé. Il ne fuirait plus sa mère.

Mais il ne rentrerait pas tout de suite chez lui.

Qu'allait-il faire, cependant, dans l'intervalle ? Il dit au revoir à Lauren, à Kit, et à leurs enfants, lorsqu'ils quittèrent le *Royal York Hotel*, puis, dix minutes plus tard, au comte et à la comtesse de Redfield. Après quoi, il regagna sa chambre et contempla d'un air sombre ses bagages, que son valet avait déjà préparés.

Une heure plus tard, il redescendit pour dire au revoir au duc et à la duchesse de Bewcastle, ainsi qu'à Mme Thompson, la mère de la duchesse, qui repartaient ensemble puisque la vieille dame avait accepté d'habiter la petite maison de Landsey Hall. Mlle Thompson restait quelques jours à Bath, mais pas à l'hôtel, apparemment.

— Ma mère a trouvé que ce n'était pas convenable bien que j'aie dit adieu à mes vingt ans il y a déjà quelques années, expliqua-t-elle à Peter tandis qu'ils regardaient la voiture disparaître au coin de la rue. Et Christine s'est rangée à son avis. Le duc aussi, bien qu'il n'ait pas dit un mot. C'eût été inutile. Je ne connais personne dont le silence soit plus éloquent. C'est un redoutable beau-frère, lord Whitleaf.

Ses yeux brillaient d'amusement.

— Et donc, vous allez vous installer chez lady Potford ?

— Oui. Je ne peux toujours pas me passer de chaperon, on dirait. C'est fort agaçant.

— Puis-je vous aider à transporter vos bagages chez elle ?

— C'est très gentil à vous, mais mes bagages sont déjà partis. Le duc les a fait déposer là-bas. Il m'y aurait fait déposer en même temps si je n'avais pas dit que je voulais marcher.

— Ce n'est pas loin ?

— Great Pulteney Street. Ce n'est pas la porte à côté, mais j'aime me dégourdir les jambes, surtout quand il fait beau. L'école de Mlle Martin, sur Daniel Street, se trouve tout près, et j'ai promis d'y passer aujourd'hui ou demain. Mlle Martin a besoin d'une nouvelle institutrice et j'envisageais de poser ma candidature.

— Vraiment ? Puis-je vous escorter jusqu'à Pulteney Street, mademoiselle Thompson ?

— Et retarder votre propre départ ? Vous êtes trop aimable, lord Whitleaf. Je n'ai besoin ni d'être escortée ni chaperonnée.

— Mais peut-être serais-je enchanté de repousser mon départ à demain matin plutôt que de me passer du plaisir de votre compagnie et de celle de lady Potford. J'aimerais en outre beaucoup voir l'école où enseigne Mlle Osbourne – nous avons fait connaissance cet été.

— Ah, Mlle Osbourne, oui, dit-elle en riant. Il ne m'a pas échappé qu'elle est remarquablement jolie. Très bien, dans ce cas, lord Whitleaf. Puisque vous tenez tellement à ma compagnie, je ne vous en priverai pas. Voulez-vous que nous nous retrouvions au rez-de-chaussée dans une demi-heure ?

— Entendu, fit-il en s'inclinant.

Et ainsi, au lieu de se mettre en route pour Londres comme il l'avait prévu, Peter se retrouva en train de traverser Bath à pied avec Mlle Thompson au bras. Ils dépassèrent *Pump Room* et l'abbaye de Bath et suivirent la rivière en direction de Pulteney Bridge. Ils franchirent le pont, passèrent Laura Place et Great Pulteney Street jusqu'à l'hôtel particulier de lady Potford. Ils bavardèrent durant tout le trajet, et Peter apprécia la compagnie et le sens de l'humour de Mlle Thompson.

En même temps, il s'interrogeait sur la sagesse de ce qu'il faisait – ou plutôt, la sagesse de ce qu'il s'apprêtait à faire après avoir rendu visite à lady Potford. Allait-il réellement accompagner Mlle Thompson à l'école ? Dans quel but, je vous le demande ? Susanna lui avait dit la veille ce qu'il désirait savoir. Il avait passé une agréable demi-heure à danser et à discuter avec elle, et ils s'étaient dit adieu.

Il n'y avait rien d'autre à ajouter, non ?

Mais, bon sang de bois, ce n'était pas parce qu'ils s'étaient dit adieu que leur amitié était morte. Il y tenait toujours. Et s'il fallait dire la vérité toute nue, ce qu'il éprouvait pour Susanna Osbourne allait probablement au-delà de l'amitié. Fait inconfortable – qu'il admettait à peine – qui aurait dû l'inciter à s'incliner devant Mlle Thompson, retourner en toute hâte à son hôtel et mettre l'École pour Jeunes Filles de Mlle Martin et lui autant de distance que la lumière du jour et la vitesse de sa voiture le permettraient.

Pourtant, lorsque le majordome de lady Potford leur ouvrit la porte, il ne put s'empêcher d'entrer.

Et, une demi-heure plus tard, après avoir pris un café et tenté d'égayer lady Potford, que le départ de ses invités avait un peu attristée, il se retrouva en train d'escorter Mlle Thompson jusqu'à Daniel Street.

Et, donc, il était là, songea-t-il tout en laissant tomber le heurtoir, incapable de se raviser et de se sauver. Mlle Thompson, qui se tenait derrière lui, trouverait bizarre qu'il fasse subitement demi-tour.

Que diable allait-elle penser, juste ciel ? *Elle* étant Susanna Osbourne, bien sûr.

Un vieil homme au visage rébarbatif ouvrit la porte et jeta sur Peter un regard méfiant. Son habit, d'un noir luisant, semblait presque aussi vieux que lui.

Le dragon chargé de monter la garde auprès des jeunes filles, peut-être ?

— Mlle Thompson et le vicomte Whitleaf désireraient voir Mlle Martin, dit Peter.

Le regard du vieil homme se porta au-delà de l'épaule de Peter, et son attitude se fit moins hostile.

— Mlle Martin vous attendait, madame, dit-il, ignorant Peter, mais elle donne un cours en ce moment.

— Ne la dérangez pas, dit Mlle Thompson. J'attendrai qu'elle soit libre.

Ah, un sursis ! se dit Peter. Il avait là l'excuse parfaite pour la saluer et s'en aller de son côté – *j'attendrai*, avait-elle dit. Et non, *nous attendrons*.

Au lieu de quoi, il s'effaça pour la laisser entrer et la suivit à l'intérieur.

Si jamais il en venait à se comprendre lui-même, se dit-il, penaud, le monde s'arrêterait sûrement de tourner et alors ils seraient *tous* dans un fameux pétrin.

Il se tenait dans un vestibule sombre et étroit. Les voix de fillettes chantant à l'unisson se faisaient entendre au loin. Il avait pénétré dans l'univers de Susanna Osbourne, se rendit-il compte en respirant les odeurs mélangées de l'encaustique, de l'encre, du chou et de quelque chose d'indéfinissable qui lui aurait indiqué qu'il se trouvait dans une école même s'il ne l'avait pas su.

# 16

Susanna était en train de déjeuner dans la salle à manger. Le siège voisin était vide, car Claudia recevait Mlle Thompson dans son bureau.

Ce serait bien d'avoir une autre collègue à demeure, s'avoua Susanna. Et quelqu'un que Claudia avait apprécié d'instinct dès leur première rencontre.

Où était-il en ce moment ? se demanda-t-elle pour la énième fois de la matinée. À combien de kilomètres de Bath ? Et à combien de kilomètres de là où il se rendait ?

Elle s'efforça de se concentrer sur la conversation des autres professeurs.

Mais M. Keeble, dont les bottines grinçaient depuis que Susanna le connaissait, à croire qu'il les choisissait pour cette raison, s'approcha. Susanna leva sur lui un regard interrogateur.

— Mlle Martin aimerait que vous la rejoigniez dans son bureau dès que vous aurez fini de déjeuner, mademoiselle Osbourne.

Le dessert n'avait pas encore été servi. Mais elle n'avait pas besoin de dessert. L'appétit lui faisait défaut aujourd'hui. Elle s'excusa, se leva et gagna le bureau de Claudia en se demandant si Mlle Thompson y serait encore.

Mlle Thompson était là. Ainsi que – chose inexplicable – le vicomte Whitleaf. Il se leva à son entrée et s'inclina.

Elle se sentit subitement privée de souffle – exactement comme la veille en découvrant sa présence à l'*Upper Assembly Rooms*. Mais au moins avait-elle disposé à ce moment-là de quelques minutes pour se ressaisir. Aujourd'hui, les trois occupants de la pièce avaient les yeux fixés sur elle.

— Mademoiselle Thompson ? fit-elle en souriant. Lord Whitleaf ?

Que *diable* faisait-il là ? Il était censé être à des kilomètres de Bath.

— Mademoiselle Osbourne, dit Mlle Thompson dont le regard pétillait. J'aurais dû deviner qu'une robe grise toute simple ne ferait que mettre en valeur la couleur de vos cheveux. Si j'avais dix ans de moins, je serais mortellement jalouse de vous.

— Mlle Thompson va passer l'après-midi avec nous, intervint Claudia. Le vicomte Whitleaf s'apprête à partir, mais il voudrait rapporter une réponse à lady Potford. Elle m'a invitée à les rejoindre, Mlle Thompson et elle, à un concert à l'abbaye de Bath, demain soir. Je ne pourrai pas y assister, car j'ai promis d'aider trois des élèves seniors à réviser leur examen d'histoire de la semaine prochaine. Mlle Thompson a suggéré que vous me remplaciez.

— Je serais enchantée que vous acceptiez, mademoiselle Osbourne, déclara Mlle Thompson. Et je suis sûre que lady Potford le serait aussi.

La présence à quelques pas du vicomte Whitleaf n'aidait en rien Susanna à réfléchir. Mais assister à un concert nocturne était très tentant. Les occasions de distraction qui ne soient pas liées à l'école étaient rares. Et l'abbaye de Bath était magnifique.

— Votre répétition théâtrale est prévue pour ce soir, fit remarquer Claudia, et il n'y a pas étude demain soir puisque c'est vendredi. Je ne vois rien qui vous empêche d'y aller, Susanna, excepté l'envie.

— Oh, ce n'est pas l'envie qui l'en manque ! assura Susanna.

— Magnifique ! s'exclama Mlle Thompson. Alors, c'est entendu.

— Je vais informer lady Potford de ce petit changement de programme, dit le vicomte Whitleaf. Et prendre congé, mesdames, poursuivit-il en s'inclinant devant Claudia. Peut-être Mlle Osbourne acceptera de me montrer le chemin ?

*Lui montrer le chemin ?* Ne devrait-il pas se trouver à des kilomètres de là ?

— Pourquoi êtes-vous encore à Bath ? demanda-t-elle, une fois dans le vestibule où, par extraordinaire, M. Keeble ne traînait pas. Je pensais que tous les invités du mariage partaient ce matin.

— J'ai dit au revoir à tout le monde, et puis je me suis aperçu de deux choses : la première, c'est que Mlle Thompson n'avait personne pour l'accompagner jusqu'à Great Pulteney Street, et ensuite jusqu'ici ; la seconde, c'est que je n'avais nul endroit où me rendre d'urgence.

— Vous êtes déjà retourné chez vous à Sidley Park ?

Le voir ici, dans cet environnement si féminin, avait quelque chose d'irréel. Dans son long manteau à cape, il semblait plus imposant encore, plus *viril* que jamais. Susanna avait du mal à respirer tant il prenait de place.

— Depuis le mois d'août ? fit-il. Oh, oui, bien sûr ! J'y suis allé après le départ des invités de ma mère. Mais en mon absence, le salon est devenu rose, et s'est couvert de dentelles et de fanfreluches – c'est affreusement laid. Et la salle à manger doit devenir lavande après les fêtes de Noël que je suis censé passer à Sidley en compagnie d'une certaine Mlle Flynn-Posy, et de ses parents. Il faut que j'y aille, ne serait-ce que pour sauver ma salle à manger d'un sort aussi horrible.

Il prit un air si malheureux qu'elle ne put s'empêcher de sourire.

— En vérité, vous êtes trop gentil pour dire ouvertement à votre mère que cela ne vous plaît pas.

— Pas du tout.

— Hier, quand je suis arrivée, vous *jouiez* avec les enfants dans la salle de bal, non ? J'ai entendu Mlle Thompson le dire à Claudia.

— J'étais arrivé de bonne heure, et jouer avec eux m'a paru une bonne façon de passer le temps, d'autant plus qu'ils m'ont plus ou moins enlevé.

— Mais aucun autre adulte n'a pensé à jouer avec eux, et, apparemment, ils n'ont pas eu l'idée d'enlever un autre adulte – uniquement vous, parce qu'ils ont vu en vous quelqu'un qui allait faire attention à eux et s'employer à les distraire. Mais vous n'êtes pas du tout gentil, bien sûr.

Il eut un petit sourire penaud et elle sut que, d'ici quelques secondes, il allait ouvrir la porte et sortir, qu'elle fermerait derrière lui et serait de nouveau seule.

— Je passerai vous chercher en voiture demain, dit-il. Est-ce que 18 h 30 vous conviendrait ?

Elle le fixa sans comprendre.

— Je reste deux jours de plus, expliqua-t-il. J'ai proposé d'escorter lady Potford et Mlle Thompson au concert.

— Et manœuvré de façon que je sois invitée aussi ? demanda-t-elle en écarquillant les yeux.

— Pas du tout. C'est un pur hasard. Je cherchais un moyen d'y parvenir, admit-il, quand Mlle Martin a décliné l'invitation. C'est alors que Mlle Thompson a suggéré que vous veniez à sa place.

Elle le regardait toujours, muette.

— Dites-moi que vous êtes contente.

Elle crut déceler de la mélancolie dans son sourire en coin – ce qui était sûrement une absurdité.

— Je serai très contente d'assister au concert, déclara-t-elle. Il y a souvent des récitals d'orgue à l'abbaye de Bath, mais j'ai rarement l'occasion d'y aller.

— Vous serez contente d'assister au *concert*, dit-il doucement. Eh bien, je me contenterai de cela. 18 h 30, donc ?

— Oui, merci.

Il ouvrit bel et bien la porte et sortit, et elle ferma bel et bien derrière lui et se retrouva seule. Fermant les yeux, elle respira plusieurs fois à fond. Non seulement elle allait assister à un concert à l'abbaye de Bath en tant qu'invitée de lady Potford, mais elle serait en plus escortée par le vicomte Whitleaf. C'était presque trop. L'excitation risquait de la tuer.

Mais elle avait des cours à donner – et le premier devait commencer dans cinq minutes.

Tout en gagnant sa classe, elle s'efforça de se convaincre que c'était un après-midi comme un autre.

C'était la chose la plus absurde qu'il ait jamais faite, se disait Peter tout en frappant à la porte de l'école de Mlle Martin le lendemain soir. Il aimait la musique. Il allait souvent au concert et même à l'opéra à Londres. Mais un concert à l'abbaye de Bath ! Il avait repoussé son départ uniquement pour y assister – alors qu'il pensait n'escorter que lady Potford, Mlle Thompson et Mlle Martin ?

Seul le hasard avait fait que cette dernière ait dû céder sa place à Mlle Osbourne. Son cerveau avait travaillé frénétiquement sur diverses combinaisons pour l'inclure dans le groupe, mais il savait parfaitement qu'il était peu probable que deux professeurs à demeure quittent ensemble l'école pour toute la soirée – surtout si vite après la réception de mariage.

C'était vraiment la chose la plus absurde, mais il était là quand même. Et elle était là – il la vit dès que le portier, à l'air plus revêche que jamais, ouvrit le battant. Elle portait un manteau gris, tout simple – mais Mlle Thompson avait souligné avec raison combien cette teinte mettait en valeur ses cheveux. Mlle Martin lui tendait un châle à motif cachemire dont elle aurait sans aucun doute besoin durant le concert. Les églises étaient connues pour être des endroits glacials.

*La voici...* Ces deux mots résonnèrent une fois de plus dans son esprit.

— Bonsoir, mademoiselle Martin, mademoiselle Osbourne, fit-il en s'inclinant.

Elle avait les yeux un peu écarquillés et les joues roses, et il se rendit compte avec un élan de tendresse que ce concert devait être une grande occasion pour elle, exactement comme l'avait été le bal de village dans le Somerset.

— Je suis prête, dit-elle d'une voix un peu haletante.

— Je suppose que lady Potford et Mlle Thompson vous attendent dans la voiture, lord Whitleaf? intervint Mlle Martin.

— Elles m'attendent chez lady Potford, madame. À cinq minutes d'ici.

Elle inclina la tête et se tourna vers sa collègue.

— Passez une bonne soirée, Susanna, et transmettez mon meilleur souvenir à ces dames.

— Je le ferai, promit Susanna.

Elle fit un pas afin qu'il puisse lui prendre le coude et l'escorter sur le trottoir.

Il s'empara de sa main pour l'aider à monter en voiture. Elle s'assit en tournant le dos aux chevaux, de façon, devina-t-il, à laisser le meilleur siège à lady Potford et à Mlle Thompson. Il s'installa à côté d'elle.

La porte de l'école ne se ferma qu'après que la voiture se fut ébranlée.

— Mlle Martin prend bien soin de vous, commenta-t-il. Ainsi que le dragon humain.

— M. Keeble ? s'esclaffa-t-elle. Il prend soin de nous toutes, élèves et institutrices pareillement. S'il le pouvait, il nous empêcherait de mettre le pied dans le monde hostile qui se trouve au-delà du seuil de l'école.

— Et pour lui, je suis le grand méchant loup ? demanda-t-il comme la voiture remontait Sutton Street.

— Vous êtes un *homme*, dit-elle en riant de nouveau, ce qui à ses yeux est probablement pire. Je ne suis peut-être qu'une institutrice, lord Whitleaf, mais pour Claudia et pour M. Keeble, je suis aussi une dame, et je dois être protégée de tout ce qui pourrait me faire du tort.

— Vous êtes d'abord et surtout une dame, affirma-t-il tandis que la voiture tournait dans Great Pulteney Street. Qui se trouve être aussi une institutrice

Elle tourna la tête et leurs regards se croisèrent à la lueur ténue que dispensaient les lanternes à l'extérieur de la voiture.

*Et nous savons tous deux à quel genre de tort s'expose une dame qui n'est pas convenablement protégée.*

Il ne prononça pas les mots à voix haute. Il n'en avait pas besoin.

Il n'avait pas pour habitude de se rappeler ses expériences sexuelles. Elles faisaient la joie du présent et le plaisir de l'attente. Il pensait même rarement à ses anciennes maîtresses. Pourtant, le souvenir de ces instants auprès de Susanna Osbourne sur la colline de Barclay Court revint l'assaillir. Il se rappelait parfaitement le contact de son corps sous le sien, de…

Bon.

Pourquoi se souvenait-on toujours des choses que l'on préférerait oublier ?

— Mlle Thompson a-t-elle décidé d'enseigner à l'école ? voulut-il savoir.

— Elle a passé tout l'après-midi d'hier avec nous. Et elle a paru y prendre plaisir. Je crois qu'elle pense sérieusement à rester. Je l'espère. Nous l'aimons tous beaucoup. Claudia trouve que c'est pour son malheur qu'elle est la belle-sœur du duc et ne lui en tient pas rigueur. Claudia n'aime aucun des Bedwyn, lady Hallmere et le duc encore moins que les autres.

Ils en rirent tous les deux, mais n'eurent pas le temps de poursuivre la conversation, car la voiture s'arrêtait déjà devant l'hôtel particulier de lady Potford. Peter se chargea d'aller chercher les dames, et ils rejoignirent l'abbaye en quelques minutes.

C'était un bâtiment impressionnant, comme la plupart des grandes églises gothiques. Celle-ci était particulièrement belle, avec ses vitraux immenses et ses hauts piliers qui s'élevaient jusqu'aux voûtes, attirant le regard et élevant l'âme. C'était un cadre magnifique pour un concert, dut reconnaître Peter en escortant les dames à l'intérieur. Les portes franchies, lady Potford s'avança avec Mlle Thompson, laissant Peter offrir le bras à Susanna avant de leur emboîter le pas.

— Oh, souffla-t-elle, éblouie. J'ai souvent amené des élèves ici lors de promenades en ville. J'ai même assisté à plusieurs offices. Mais c'est la première fois que je vois l'abbaye éclairée ainsi de nuit. C'est absolument… magique.

— Magique, répéta-t-il. Vous avez intérêt à ce qu'aucun prêtre ne vous entende employer ce mot pour décrire les lieux.

Susanna ne put s'empêcher de rire doucement.

— Mystique, alors. Oh, regardez, il doit y avoir un millier de chandelles, et les courants d'air font frémir les flammes. Avez-vous jamais vu quelque chose de plus…

— Magique ? Non, jamais.

Il aimait son enthousiasme innocent, un trait que les jeunes filles de la haute société apprenaient très tôt à cacher sous un vernis d'ennui. Et, en même temps, il n'y avait rien d'enfantin chez Susanna Osbourne. Elle était la féminité incarnée.

Elle regarda soudain autour d'elle, et parut brusquement anxieuse.

Le public était nombreux, et, comme Peter l'avait escompté, composé majoritairement de personnes d'un certain âge. À l'exception de Susanna et de Mlle Thompson, il n'y avait personne ici qu'il connût depuis plus d'un ou deux jours. Tout le monde, ou presque, devait habiter toute l'année à Bath.

Il en avait rencontré quelques-uns à la *Pump Room*, la grande salle où les curistes venaient boire et se promener, et où il était allé faute d'avoir autre chose à faire – et parce qu'il aimait sincèrement les gens quels que soient leur âge et leur position sociale. Il avait suscité un vif intérêt, en partie parce qu'il était un nouveau venu, et en partie, soupçonnait-il, parce qu'il avait moins de quarante ans.

Plusieurs le saluèrent tandis qu'il remontait l'allée centrale. D'autres les regardèrent, Mlle Osbourne et lui, avec intérêt. Certains saluèrent lady Potford, laquelle s'arrêta plusieurs fois pour échanger quelques mots avec des connaissances.

— Oh, voilà M. Blake ! dit Susanna en saluant l'intéressé d'un geste de la main. Et M. et Mme Reynold.

— Vous désirez leur parler ? demanda-t-il.

— Peut-être plus tard. M. Blake est notre médecin, à l'école. Et Betsy Reynold est une élève externe.

Elle lui agrippait fermement le bras, mais elle avait l'air ravie d'être là.

C'était une dame, se rappela-t-il. Son père était William Osbourne qu'un ministre du gouvernement avait élevé au poste de secrétaire particulier et hébergé chez lui jusqu'à sa mort. Tout le monde ne pouvait prétendre à un tel poste.

Pourtant William Osbourne, pour une raison inconnue, s'était tiré une balle dans la tête.

Peter s'assit près de l'allée, Susanna entre lui et Mlle Thompson, et lady Potford s'installa à côté de celle-ci. Bien qu'il fît assez frais, il aida Susanna à ôter son manteau qu'il plaça sur le dossier de sa chaise tandis qu'elle disposait le châle sur ses épaules. Elle portait la même robe verte qu'au bal, avec les rubans qu'elle avait achetés en sa compagnie à la boutique du village.

Un instant, les souvenirs nostalgiques de ces deux semaines au cours desquelles elle était devenue son amie – avant qu'il ne gâche tout en devenant son amant – l'assaillirent. Il l'entendit de nouveau rire dans le cabriolet, de joie autant que de terreur.

Elle avait été si… si pleine de surprises, de naturel, de grâce qu'il avait bien failli tomber amoureux pour de bon – ce qu'il n'avait osé s'avouer que tout récemment.

Heureusement pour sa tranquillité d'esprit, le concert commença peu après. Il y avait un orchestre au grand complet. Et, surtout, le grand orgue joua plusieurs solos de Haendel et de Bach.

— Vous aviez tout à fait raison pour l'orgue, chuchota-t-il à l'oreille de Susanna entre deux morceaux.

Les yeux de la jeune femme étincelaient de bonheur.

— C'est comme un petit morceau de paradis, dit-elle.

Qu'incluait-elle dans cette remarque ? se demanda-t-il. Mais elle avait raison. C'était la plus belle soirée qu'il ait passée depuis... Eh bien, depuis il ne savait quand. Il se remémora toutes les soirées qu'il avait passées à Londres avant d'aller à Alvesley Park, les écarta et revint à un certain soir dans le Somerset lorsqu'il avait valsé au cours d'un simple bal de campagne, puis s'était promené dans la rue du village.

Peut-être qu'il était bel et bien tombé amoureux. Il espérait que non. Mais il ne savait comment décrire sa relation avec Susanna Osbourne ni ce qu'il éprouvait pour elle. Ce n'était pas juste de l'amitié, n'est-ce pas ? C'était plus profond que cela. Et ce n'était pas simplement être amoureux. C'était moins frivole.

Il s'aperçut que l'orchestre en était au milieu du *Water Music* de Haendel, mais n'avait aucun souvenir de la première partie. Il se concentra sur la suite.

Il y eut plusieurs brefs entractes durant lesquels le public put se détendre et échanger des commentaires sur le programme. À la fin, Peter le savait, personne n'aurait envie de partir. Tout le monde resterait à discuter en petits groupes avant de se résigner, au bout d'une demi-heure, à rentrer chez soi. Il se réjouissait d'avance de cette demi-heure tout en souhaitant que la soirée ne s'achève jamais.

Mais il se trouva qu'il fut presque le premier à partir.

Susanna avait tourné la tête à plusieurs reprises pour regarder le décor et le public. Sans doute se faisait-elle des réserves de souvenirs. Elle jeta un nouveau coup d'œil par-dessus son épaule juste avant le dernier morceau d'orgue, puis se retourna vivement, sembla-t-il à Peter, en étreignant les pans de son châle.

Il regarda derrière lui, mais un homme à la carrure imposante se redressait justement, bloquant la vue au-delà.

Les dernières notes de *Jésus, que ma joie demeure* résonnèrent sous les voûtes, et il baissa les yeux sur Susanna. Elle frissonnait.

— Vous avez froid ? s'inquiéta-t-il en tâtant l'une de ses mains – qui était en effet glaciale.

— Il faut que je m'en aille. Le concert a duré plus longtemps que je ne m'y attendais. Claudia va s'inquiéter…

Elle se détourna, et Peter l'entendit parler à lady Potford par-dessus le brouhaha qui suivait la fin du concert.

— Il faut que je parte maintenant, madame. On m'attend à l'école. Je vous remercie de m'avoir invitée… et je vous remercie, mademoiselle Thompson, d'avoir suggéré que je vienne.

— Oh, mais vous ne pouvez pas partir si précipitamment, ma chère, protesta lady Potford. Mlle Martin comprendra certainement, en, outre, il n'y a pas classe demain. J'espérais que le vicomte Whitleaf et vous-même viendriez boire une tasse de thé à la maison.

Susanna ne la laissa pas achever. Elle enfilait déjà son manteau et se levait. Elle se faufila devant Peter et descendit en hâte la travée, épaules voûtées, tête baissée.

— Mon Dieu, souffla Mlle Thompson, qu'est-ce qui l'a bouleversée à ce point ? Elle avait pourtant l'air de…

— Excusez-moi, mesdames, s'écria Peter en se levant. Je vais la suivre et veiller à ce qu'elle rentre en toute sécurité. Lady Potford, je vous en prie, prenez ma voiture et dites à mon cocher de ne pas m'attendre.

Susanna était déjà sortie de l'abbaye. Il se hâta derrière elle.

Il la rattrapa devant les portes extérieures et la prit par le coude.

— Quelque chose vous a bouleversée, dit-il.

— Non, assura-t-elle avec un sourire. Mais je suis toujours mal à l'aise quand je reste trop longtemps absente de l'école. Cela ne me semble pas juste. Ne partez pas si tôt à cause de moi, lord Whitleaf. Je vais rentrer seule. J'en ai l'habitude.

— De nuit ? En tout cas, vous ne rentrerez pas seule *cette* nuit. Vous ne voulez pas attendre ma voiture ? Elle ne devrait pas tarder.

Elle secoua la tête.

— Je dois rentrer.

— Alors, je vais vous raccompagner.

Il glissa fermement son bras sous le sien.

— Merci.

Ce fut tout ce qu'elle dit pendant plusieurs minutes. Qu'avait-il bien pu se passer pour lui gâcher ainsi sa soirée ? s'interrogea Peter. Peut-être avait-elle été la proie de souvenirs – comme lui un peu plus tôt. Pour lui, ces souvenirs étaient inconfortables et affectaient son honneur. Pour elle, ils devaient être bien pires.

Il posa la main sur celle de la jeune femme.

— Susanna, je dois vous le demander, même s'il serait peut-être préférable de ne pas réveiller le chat qui dort, comme on dit. Est-ce que je vous ai... *blessée*, d'une manière ou d'une autre, à Barclay Court ? Pas seulement physiquement, je veux dire, encore que je l'aie forcément fait, je suppose. Répondez-moi, je vous en prie.

Question stupide. La réponse pouvait-elle être autre que *oui* ? Et pouvait-il s'attendre qu'elle dise autre chose que *non* ?

— Non, répondit-elle. Vous ne m'en avez pas fait.

— Je me suis senti horriblement coupable. Je n'ai jamais commis d'acte aussi infâme de ma vie, je le jure. Je ne suis pas un séducteur - enfin, je n'en *étais* pas un.

— Vous ne m'avez pas séduite, affirma-t-elle comme ils franchissaient le Pulteney Bridge. Ce qui s'est passé l'a été par consentement mutuel.

C'étaient des mots rassurants et, bien sûr, ils n'étaient pas faux. Mais ils étaient dépourvus de signification. Que pouvait-elle dire d'autre ? Il soupira.

— Mais ce n'est pas suffisant, fit-il. Bon sang, ça ne l'est tout simplement pas ! Voulez-vous m'épouser, Susanna ? Me ferez-vous le grand honneur de m'épouser ?

Les mots semblaient être sortis d'eux-mêmes. Et en même temps les prononcer lui causa un immense soulagement. Il aurait dû les prononcer sur la colline de Barclay Court. Il aurait dû les prononcer le lendemain - il aurait dû se ruer à Barclay Court avant qu'elle parte. Il aurait dû la suivre à Bath au lieu d'errer d'un endroit à l'autre du pays. Il aurait dû prononcer ces mots l'avant-veille à la réception de mariage.

*Voulez-vous m'épouser ?*

Il comprit qu'il avait enfin fait ce qu'il fallait, qu'il avait *envie* de prononcer ces mots depuis longtemps. Il sut qu'il s'était enfin comporté honorablement et selon ses désirs - il *désirait* protéger cette femme, qui était devenue sa très chère amie, peut-être la personne envers qui il éprouvait le sentiment le plus profond. Le fait qu'elle n'attende pas d'enfant de lui ne changeait rien à ses obligations.

Elle continua à marcher sans ralentir, et il crut qu'elle ne répondrait pas. Les rues désertes leur renvoyaient l'écho de leurs pas. Il commença même à se demander s'il avait posé la question à haute voix ou seulement en pensée.

— Non, dit-elle enfin. Non, bien sûr que non.

— Pourquoi pas ? demanda-t-il après un bref silence tandis qu'ils passaient devant l'hôtel particulier de lady Potford.

— *Pourquoi* serait une question plus appropriée. Vous ne pouvez pas vous marier simplement parce que vous vous sentez coupable.

Était-ce là, la raison ? S'il ne l'avait pas déshonorée à Barclay Court, l'idée de l'épouser lui aurait-elle jamais traversé l'esprit ? Question idiote, bien sûr. Le fait est qu'il l'avait déshonorée. Et il n'y avait sûrement pas que les remords qui l'avaient poussé à poser la question.

Comme ils bifurquaient dans Sutton Street, elle lâcha un petit rire.

— Lorsque vous direz vos prières ce soir, lord Whitleaf, vous devriez en faire une pour remercier le ciel de l'avoir échappé belle.

— Vous me croyez toujours incapable d'émotions profondes, dit-il en nouant ses doigts à ceux de la jeune femme.

— Je sais que vous ne l'êtes pas. Mais je sais aussi que la gentillesse est l'un de vos principaux traits de caractère – ainsi que la galanterie. Vous ne devriez pas contracter un mariage pour de telles raisons. Il vous faut regarder plus profondément dans votre cœur. Et apprendre à vous aimer.

Ces paroles le blessèrent. Malgré ses dénégations, Susanna ne voyait toujours en lui qu'un homme débonnaire, incapable de sentiment plus profond que la gentillesse. Sa proposition ne l'avait pas convaincue. Mais il ne lui avait pas offert son cœur, n'est-ce pas ?

Il avait perdu toute confiance en l'amour quelques années plus tôt lorsqu'il avait accordé à Bertha Grantham et s'était retrouvé dans le rôle du dindon de la farce.

Le vrai problème était-il qu'il avait perdu confiance en lui-même ? Dans son aptitude à aimer et être aimé ? Avait-il cessé de s'aimer ? Certes, il s'était senti ridicule – un pauvre garçon naïf, facile à duper. Mais cela signifiait-il qu'il avait cessé de s'aimer lui-même ?

C'était une idée si nouvelle – et si déstabilisante – qu'il garda le silence jusqu'à ce que, approchant de l'école, ils ralentissent le pas.

— N'allez pas penser que vous me devez le mariage uniquement parce que vous croyez m'avoir fait du mal cet été et que vous imaginez que je suis très seule et insatisfaite de la vie que je mène, dit-elle d'une voix douce comme si c'était lui qui avait besoin de consolation. Même si tout ceci était vrai – ce qui n'est pas le cas –, il n'y a pas de raison de se marier. D'un côté comme de l'autre. Vous ne me devez rien.

— Je vois.

Ils étaient arrivés. Le cerveau paralysé, Peter ne trouvait rien d'autre à lui dire. À son grand soulagement, la porte s'ouvrit avant qu'il n'ait soulevé le heurtoir, et le portier passa la tête dehors.

Mais il ne pouvait la quitter ainsi. Il ne pouvait lui dire adieu de cette façon.

— Demain, c'est samedi, dit-il. Il n'y a pas de cours, n'est-ce pas ?

— Il y a les jeux le matin. Je les organise toujours sur la pelouse derrière l'école, sauf s'il pleut.

— Puis-je vous voir demain après-midi, alors ? risqua-t-il. Nous pourrions nous promener – peut-être à Sydney Gardens si le temps le permet. Et prendre ensuite le thé quelque part... Dans un lieu public, bien sûr, afin de respecter les convenances.

Mieux vaudrait pour tous les deux qu'elle refuse, songea-t-il, tout en espérant vivement qu'elle accepte. Il ne voulait pas lui dire adieu maintenant. Il voulait avoir la possibilité de rire de nouveau avec elle avant que leurs chemins se séparent à jamais.

Elle lui avait lâché le bras et, à la grande surprise de Peter, elle ôta son gant et lui effleura la joue du bout des doigts.

— Oui, souffla-t-elle. Avec plaisir.

Il tourna la tête, lui caressant fugitivement la paume des lèvres. Le portier était toujours là. Peter n'aurait pas été surpris s'il s'était mis à gronder – ou à cracher des flammes.

— À demain, alors, murmura-t-il en reculant. Je vous souhaite une bonne nuit.

— Bonne nuit à vous aussi. Et merci de m'avoir raccompagnée, dit-elle avant de disparaître dans l'ombre du vestibule.

La porte se referma avec un petit bruit sec.

*Lorsque vous direz vos prières ce soir, lord Whitleaf, vous devriez en faire une pour remercier le ciel de l'avoir échappé belle.*

Il devrait être d'accord avec elle. Il tenta d'imaginer la réaction de sa mère et de ses sœurs s'il leur avait présenté Susanna Osbourne comme sa future épouse. Elles ne l'auraient certainement pas félicité.

Par le ciel, il ne pouvait *pas* être d'accord !

Bon sang, si c'était cela qu'on éprouvait lorsqu'on était amoureux, il avait bien fait de protéger son cœur ces dernières années.

Lâchant un profond soupir, il tourna les talons et se mit en route pour regagner son hôtel.

# 17

— Je suis content que vous ne soyez pas rentrée trop tard, dit M. Keeble, comme s'il était son père. Je n'aime pas quand l'une de vous est dehors alors qu'il fait nuit. Mlle Martin souhaiterait que vous la rejoigniez dans son salon.

— Merci, dit Susanna en le suivant.

Elle aurait tout donné pour pouvoir monter directement se coucher, se blottir sous les couvertures, se cacher du monde et d'elle-même pour toujours. Et, en même temps, elle avait hâte de retrouver la présence réconfortante de Claudia.

Dieu, que sa mère lui manquait ! Pensée ridicule, mais elle lui manquait vraiment !

— Mademoiselle Osbourne, madame, fit M. Keeble, qui ne ratait jamais une occasion d'annoncer très formellement une visite.

Lila n'était pas là, découvrit Susanna avec soulagement, bien qu'elle aimât sincèrement sa collègue. Claudia était assise devant une bonne flambée, un livre sur les genoux, l'air un peu las. Ce qui ne l'empêcha pas de se lever dès que M. Keeble eut refermé la porte.

Et, ensuite, inexplicablement, Susanna se retrouva dans ses bras, la tête sur son épaule. Jamais une chose pareille ne s'était produite auparavant. Sans mot dire, elle s'abandonna un instant au réconfort de l'étreinte, avant de se dégager, gênée.

— Je suis désolée, balbutia-t-elle.

— Asseyez-vous, fit Claudia en tirant l'autre fauteuil près du feu. Je vais vous servir une tasse de thé. Je viens de le préparer.

D'ordinaire, c'était Susanna qui se chargeait de servir le thé, mais elle ne discuta pas. Elle se débarrassa de son manteau et de ses gants, les posa sur le dossier d'une chaise, plia le châle dessus, puis s'installa dans le fauteuil proposé.

— Bon, commença Claudia tandis que Susanna buvait une gorgée de thé, y a-t-il quelque chose que vous désiriez me dire ?

Jamais aucune des deux ne s'était mêlée de la vie privée de l'autre. Il était remarquable qu'elles aient été de si bonnes amies pendant tant d'années en ignorant presque tout de leur passé respectif – bien que, évidemment, Susanna n'ait eu que douze ans à son arrivée.

— J'ai vu quelqu'un à l'abbaye, dit Susanna. Deux personnes, en fait.

— Deux personnes que vous connaissez ? demanda Claudia.

— Que je connaissais autrefois.

Susanna prit plusieurs gorgées de thé, puis reposa sa tasse sur le guéridon à côté d'elle.

— J'ai grandi chez eux jusqu'à mes douze ans, jusqu'à la mort de mon père. Il travaillait là comme secrétaire.

Claudia garda le silence.

— Il s'est suicidé, lâcha Susanna. Il s'est tué, Claudia. Il s'est tiré une balle dans la tête.

— Oh, mon pauvre petit, fit Claudia doucement. Je l'ignorais.

— Je suppose que mon existence n'a pas suffi à le retenir à la vie. Il n'a même pas pris de dispositions à mon endroit.

Elle fut reconnaissante à Claudia de ne pas commenter. Elle ne s'était pas rendu compte à quel point elle avait souffert du fait que son père lui avait préféré la mort, même si elle pensait comprendre au moins partiellement ses raisons. Il avait toujours été un père affectueux, tout en se satisfaisant de la laisser grandir dans la nursery avec Edith et de ne la voir que quelques minutes par jour, et parfois pas du tout.

— Et la personne que vous avez vue ce soir n'a pas pris non plus de disposition pour vous ? hasarda enfin Claudia. C'est pour cela que vous vous êtes sauvée ?

— Lady Markham, murmura Susanna en regardant ses mains ouvertes sur ses genoux. Et je crois que c'était Edith, sa fille, avec elle. J'ai passé mon enfance avec Edith, bien qu'elle ait un an de moins que moi. Nous étions très proches, même si je n'étais que la fille d'un serviteur. Mais mon père *était* un gentleman.

Depuis quelque temps, il lui semblait important d'insister sur ce point.

— Bien sûr qu'il l'était, approuva Claudia. J'ai su le jour de votre arrivée que vous étiez une dame, Susanna. Vous n'avez pas eu besoin de leçon de diction ni de maintien, et vous saviez déjà lire. J'ai toujours pensé que c'était pour cela que M. Hatchard vous avait remarquée et m'avait demandé si je pouvais vous accueillir.

— J'allais à la nursery, reprit Susanna, les doigts crispés sur ses genoux tant les souvenirs étaient douloureux. Je cherchais désespérément du réconfort, même si on ne peut guère espérer en trouver lorsque son papa s'est fait sauter la tête et qu'on n'a pas eu le droit de le revoir une dernière fois malgré ses cris et ses larmes. Je voulais voir Edith. Mais je ne suis jamais entrée dans la nursery. J'étais dans le couloir lorsque j'ai entendu lady Markham parler, sans que je sache à qui elle s'adressait. Certainement pas à Edith, qui n'avait que onze ans.

Elle s'interrompit et inspira à fond avant de poursuivre :

— Je crois pouvoir me rappeler ses mots exacts, ils sont gravés dans ma mémoire. *L'Église ne veut pas entendre parler de lui, bien sûr. En s'ôtant la vie, il a commis un péché mortel. Il devra être enterré en terre non consacrée. Et qu'est-ce que nous allons faire de Susanna ? C'est un tel fardeau pour nous ! Elle ne peut quand même pas rester ici.*

Elle s'était enfuie.

— Mon père n'a pas été enterré dans le cimetière de l'église, reprit-elle, et je ne suis pas restée pour voir ce qu'ils ont fait de lui. Je l'ai abandonné comme il m'avait abandonnée, et je suis allée à Londres.

— Et aujourd'hui lady Markham est à Bath.

— Oui, souffla Susanna en regardant les flammes qui dansaient dans la cheminée. Et je suis presque sûre que la jeune femme qui l'accompagnait était Edith. C'est stupide de ma part de m'être laissé troubler ainsi. Je regardais autour de moi entre deux morceaux peu avant la fin du concert, ce que j'avais fait à d'autres moments de la soirée. Un homme de grande taille s'était penché vers son voisin, et elles étaient là, derrière lui. Depuis le début sûrement. Mais je vais mieux maintenant, assura-t-elle avec un sourire. Comment s'est passée votre soirée ?

Claudia ignora la question. Elle aussi fixait le feu.

— Il n'y a rien de pire qu'un passé avec lequel on n'en a pas terminé, observa-t-elle. On peut se convaincre que l'on a tourné la page et tout oublié, mais le simple fait de se dire que l'on n'y pense plus prouve que c'est faux.

Susanna avala sa salive.

— À quoi bon réveiller les souvenirs quand on ne peut changer le passé ? Je vais bien, Claudia. Demain, j'aurai recouvré ma bonne humeur, promis.

Elle s'interrogea sur Claudia. Y avait-il quelque chose de non résolu dans *son* passé ? Y avait-il quelque chose de non résolu dans le passé de tout le monde ? La mémoire était-elle toujours autant un fardeau qu'une bénédiction ?

Claudia la regarda et sourit.

— Lorsque vous êtes entrée dans cette pièce, vous aviez l'air accablée, et j'ai attribué cela au vicomte Whitleaf. J'étais prête à descendre chercher le rouleau à pâtisserie et à me lancer à sa poursuite.

— Oh, Claudia, ne put s'empêcher de murmurer Susanna, il m'a demandé de l'épouser.

Claudia se figea.

— Et ? fit-elle.

— J'ai dit non, bien sûr.

— Vraiment ? Pourquoi ?

— C'est le genre d'homme… Oh, je ne sais trop comment le décrire ! Il pousse la galanterie à l'extrême. Il veut assumer le fardeau de toutes les femmes qu'il connaît. Il veut qu'elles cessent de se tracasser, qu'elles soient contentes d'elles-mêmes. Il ferait n'importe quoi pour éviter de les blesser ou de les priver de ce qui leur semble important. Et même cette description n'exprime pas tout à fait ce que j'essaie de dire. Il est gentil, ouvert et… Et il a les idées confuses. Sur le chemin du retour, il s'est aperçu que j'étais bouleversée, et il a voulu me réconforter. Il a pensé que peut-être il avait éveillé des espoirs cet été, et s'est senti obligé de me proposer le mariage. Il pense probablement qu'être une institutrice célibataire est un sort peu enviable pour une femme.

— Et l'a-t-il fait ? demanda Claudia en contemplant la jeune femme d'un regard pénétrant. Je veux dire, éveillé des espoirs ?

— Non. Non, pas du tout.

— Est-ce que vous l'aimez ?

Susanna ouvrit la bouche pour nier, et la referma aussitôt. Elle inspira à fond et relâcha lentement son souffle.

— L'amour n'a rien à voir, fit-elle. J'ai dit non, et je parlais sérieusement. Ça n'aurait pas été un mariage heureux, Claudia, pour aucun de nous. L'amour unilatéral n'aurait fait qu'empirer les choses – pour moi et peut-être pour lui aussi.

— Je sais que ce soir vous vous sentez faible et vulnérable, commença Claudia après un moment de silence, mais en réalité vous êtes une personne très forte, Susanna. Et vous étiez une enfant très courageuse. J'ai toujours su, bien sûr, que votre père était mort et vous avait laissée seule au monde – vous me l'avez confié en arrivant. Mais j'ignorais à quel point la vérité était terrible. Dire que vous avez toujours été une enfant si gaie et si rayonnante ! Je ne discuterai pas votre décision de refuser la proposition du vicomte Whitleaf. Un tel mariage vous aurait assuré sécurité, fortune et confort pour le reste de votre vie. Je suis très contente que vous ayez eu la force de faire passer le bonheur et l'intégrité avant la sécurité matérielle. Et, bien évidemment, je suis égoïstement contente de vous garder.

Susanna sourit tristement.

— Il doit passer me chercher demain après-midi pour aller nous promener. J'aurais peut-être dû refuser cette invitation après m'être absentée de l'école toute cette soirée.

— Susanna, nous devons vivre quand l'occasion nous en est offerte. Enseigner est un *métier,* ma chère, pas une vie.

Susanna la regarda avec surprise. Elle s'était attendue que Claudia désapprouve sa sortie avec le vicomte.

— Ce sera la dernière fois, promit-elle en se levant. Il va bientôt quitter Bath.

— Bonne nuit, Susanna. Mais je ne vous ai même pas interrogée sur le concert.

— C'était si merveilleux que je n'ai pas de mot pour le décrire.

Elle regagna sa chambre, beaucoup plus calme qu'à son arrivée, mais une douleur sourde continuait à lui nouer les entrailles.

Il l'avait demandée en mariage.

Et elle avait dit non.

Elle avait dit *non*.

Et ensuite elle avait entrepris de le consoler parce qu'elle savait qu'elle lui avait fait de la peine.

Mais elle avait quand même dit non. Elle ne pouvait l'épouser uniquement parce qu'il avait des remords d'avoir couché avec elle.

Il ne l'aimait pas.

Comme si c'était *là* une bonne raison pour repousser la demande d'un brillant parti !

Mais elle, elle l'aimait *pour de bon*, et cela faisait toute la différence.

Comme elle refermait la porte de sa chambre, elle fit le vœu d'être à moitié aussi forte que Claudia le pensait.

Cela faisait longtemps que Bath n'était plus une ville d'eaux à la mode, mais un endroit relativement agréable à vivre où se retiraient les personnes âgées, les infirmes, les aristocrates ruinés et les classes moyennes en cours d'ascension. Mais elle gardait son charme et avait conservé ses rites, dont la promenade matinale dans la *Pump Room*, la grande salle où coulaient d'une fontaine les fameuses eaux curatives découvertes par les Romains des siècles auparavant. Un orchestre de chambre jouait une musique douce.

Certains venaient boire les eaux avec l'espoir d'améliorer leur santé. Quelques-uns venaient pour faire un peu d'exercice, ou du moins se le disaient. La plupart venaient pour guetter de nouveaux visages, écouter les derniers commérages et en répandre.

Peter, qui y avait fait une apparition le matin du concert, revint le lendemain. Il avait toujours aimé se mêler aux autres même si, comme à présent, presque toutes les personnes présentes étaient beaucoup plus âgées que lui et qu'il ne connaissait que celles rencontrées la veille. Mais ce dernier fait ne tarda pas à changer.

Il s'entretenait avec un groupe de dames dont lady Holt-Barron qui, apprenant qu'il avait été invité à la réception de mariage à l'*Upper Rooms* quelques jours plus tôt, l'informa qu'elle connaissait les Bedwyn, que le duc de Bewcastle lui avait rendu visite à son hôtel particulier sur le Circus un après-midi alors que l'actuelle marquise de Hallmere était restée avec sa fille – laquelle marquise n'était encore que lady Freyia Bedwyn bien qu'elle se soit fiancée avec le marquis avant de quitter Bath. Peter écoutait cette histoire compliquée avec une indulgence souriante lorsqu'il repéra deux visages familiers au loin.

Lady Markham et Edith.

Il s'excusa dès qu'il put le faire poliment et alla les retrouver, un sourire ravi aux lèvres. Elles l'accueillirent avec le même sourire.

— Pour une surprise, c'est une surprise ! s'exclama-t-il après s'être incliné. Encore que cela ne dût pas me surprendre, j'imagine, puisque Theo m'a appris qu'Edith n'habitait pas loin et que vous faisiez un séjour chez elle, lady Markham.

— Ce n'est pas non plus une surprise pour nous, lord Whitleaf, avoua lady Markham. Nous vous avons aperçu hier soir, à l'abbaye, et nous avions l'intention de venir vous saluer après le concert, mais vous avez disparu si brusquement que nous nous sommes demandé si nous n'avions pas été victimes d'un mirage.

— Il se trouve que l'une des dames que j'accompagnais ne pouvait s'attarder, si bien que nous avons dû partir dès la fin du concert.

Tout en parlant, il se souvint que Susanna avait passé son enfance à Fincham Manor. Mais, à tout hasard, il jugea préférable de ne pas mentionner son nom.

En fait, depuis qu'il s'était réveillé d'un sommeil agité, il avait tenté de ne pas trop penser à Susanna. Juste ciel, il lui avait proposé le mariage – *et elle avait décliné son offre.*

« Il vous faut regarder plus profondément dans votre cœur. Et apprendre à vous aimer », lui avait-elle conseillé.

— Si j'ai bien compris, il faut vous féliciter, dit-il à Edith. J'espère que vous vous êtes bien remise. Et que l'enfant va bien.

— Je peux répondre oui aux deux, répondit-elle avec un sourire. Mais Lawrence a pensé qu'un changement d'air nous ferait du bien et il a loué pour un mois une petite maison sur Laura Place. Je suis si contente de vous revoir, Peter, et plus beau que jamais ! Toutes les dames ici présentes ont l'air prêtes à vous dévorer tout cru si on leur en donnait ne serait-ce que la moitié d'une chance.

Ses yeux pétillaient et tous deux s'esclaffèrent.

— Je suis venu pour une réception de mariage il y a trois jours, expliqua-t-il. Et je vais m'attarder encore un peu avant de regagner Londres.

Ils bavardèrent aimablement quelques minutes, puis Edith posa la main sur sa manche.

— Peter, je dois vous demander quelque chose, bien que cela puisse paraître indiscret. La dame que vous escortiez hier soir, ce n'était pas… Serait-il possible que ce soit Susanna Osbourne ?

Éluder une question aussi directe était impossible.

— C'est elle, en effet. J'ai fait sa connaissance cet été, et je l'ai retrouvée par hasard à la réception de mariage dont je vous ai parlé. La mariée est l'une de ses amies et le marié est le beau-frère de ma cousine.

La main d'Edith se crispa sur son bras.

— Oh, elle est donc vivante ! souffla-t-elle. Je me l'étais toujours demandé.

— Elle a disparu juste après la mort de son père, intervint lady Markham. Tous nos efforts pour la retrouver ont échoué, bien que nous ne les ayons pas ménagés. Nous n'avons plus jamais eu de ses nouvelles. Cela a été très pénible en plus de tout le reste, comme vous vous en souvenez peut-être, Whitleaf. Ou peut-être pas. Vous étiez en pension à ce moment-là. Susanna n'avait que douze ans, elle était beaucoup trop jeune pour se débrouiller seule. Mais que pouvions-nous faire ? Nous ne savions où la chercher, ce qui ne nous a pas empêchés de lancer toutes sortes d'investigations.

— Eh bien, soyez rassurée, elle a survécu.

— Où habite-t-elle, Peter ? s'enquit Edith avec impatience. J'adorerais lui rendre visite, parler avec elle. Nous étions des amies très proches. Presque des sœurs. Quand elle a disparu, j'en ai eu le cœur brisé.

— Peut-être, commença-t-il en adressant à chacune un regard d'excuse, qu'elle s'est enfuie parce qu'elle éprouvait le besoin de rompre les liens avec les employeurs de son père. Peut-être que tout ce qui est en rapport avec lui serait encore trop douloureux. Peut-être que…

— Peut-être que vous êtes trop loyal pour trahir sa confiance et trop courtois pour nous le dire, coupa Edith. Nous comprenons, n'est-ce pas, maman ?

— Cela lui a pris du temps, cet été, pour me dire qui elle était, bien qu'elle m'ait reconnue, ou du moins mon nom, immédiatement. Et même alors, elle m'a seulement dit que son père était mort à Ficham – d'une crise cardiaque, m'a-t-elle précisé. C'est Theo qui, quand je suis passé le voir peu après, m'a révélé la vérité sur le suicide. Il est compréhensible que Mlle Osbourne ne souhaite pas que quoi que ce soit lui rappelle cet horrible événement.

Une idée lui traversa soudain l'esprit. Avait-elle vu lady Markham et Edith la veille au soir, et les avait-elle reconnues ? Était-ce pour cette raison qu'elle avait quitté l'abbaye en toute hâte dès la fin du concert, alors qu'elle semblait jusque-là passer une excellente soirée ?

— Nous n'avons jamais compris qu'elle parte, avoua lady Markham avec un soupir. Ce n'était qu'une enfant et son père venait de mourir. Nous l'avions toujours quasiment traitée comme un membre de la famille, et Edith l'adorait. On aurait pu s'attendre qu'elle cherche du réconfort auprès de nous.

— Si vous la revoyez, Peter, pourriez-vous lui demander si je peux lui rendre visite ? risqua Edith. Ou bien, si elle préfère que j'ignore où elle habite, proposez-lui de venir me voir.

— Ce sera fait, promit-il.

Puis il ne put retenir la question qui lui brûlait les lèvres :

— Pourquoi Osbourne s'est-il suicidé ? Vous l'avez découvert ?

Lady Markham hésita visiblement.

— Je suis étonnée que vous n'ayez appris cette histoire que tout récemment. Vous aimiez bien M. Osbourne, je m'en souviens, et c'était réciproque. Mais il est normal que lady Whitleaf ait voulu vous protéger d'une vérité aussi brutale et qu'elle ait exigé le silence de vos sœurs. Quant à la raison pour laquelle William Osbourne s'est suicidé, elle a disparu avec lui, le pauvre homme.

— Il n'a pas laissé de mot pour lord Markham ?

Elle hésita de nouveau.

— Si, admit-elle avec réticence.

De toute évidence, lady Markham ne souhaitait pas s'étendre sur le sujet. Cela avait dû être un épisode extrêmement pénible de sa vie. Peter se crut cependant autorisé à poser encore une question :

— A-t-il laissé un mot pour Sus... Pour Mlle Osbourne ?

— Oui.

— Elle l'a lu ?

— Les deux lettres étaient rangées dans un agenda en cuir, à la date du jour, dans le coffre de son bureau, ce qui fait qu'on ne les a découvertes qu'après l'enterrement. À ce moment-là, Susanna était déjà partie. Il serait préférable de ne plus en parler, Whitleaf. C'est une vieille et triste histoire qu'il vaut mieux oublier. Mais qui finit bien, au fond. Susanna est vivante et apparemment en bonne santé. N'est-ce pas ? Elle va bien ? Elle est heureuse ?

— Les deux, je crois.

Il savait qu'il l'avait rendue très malheureuse l'été dernier. Même à présent, il aimait à penser que la perspective de lui dire de nouveau au revoir l'attristait. Mais l'honnêteté l'obligeait à admettre qu'elle menait une vie qui lui apportait sécurité, satisfaction et peut-être bonheur. Il ne lui était pas nécessaire. Elle pouvait très bien se passer de lui. Il n'avait pas menti à lady Markham.

C'était une pensée mortifiante – que Susanna n'ait pas besoin de lui, que, la veille au soir, elle ait bel et bien refusé sa proposition de mariage alors que, d'un point de vue matériel, c'eût été extrêmement avantageux pour elle. Elle lui avait dit d'apprendre à s'aimer lui-même. Avant de lui souhaiter une bonne nuit, elle avait ôté son gant et lui avait effleuré la joue du bout des doigts, comme si c'était lui qui avait besoin de tendresse et de réconfort.

Comme si c'était *elle* la personne forte et rassurante.

Il prit congé de lady Markham et d'Edith après avoir promis de leur rendre visite à Laura Place. Quelques minutes plus tard, il quittait la *Pump Room* et retournait à son hôtel.

# 18

Certaines journées de novembre conservent encore des vestiges de la gloire de l'automne et même un soupçon de l'été enfui, bien que les arbres n'aient plus de feuilles et les plantes de fleurs. Malheureusement de telles journées surviennent d'ordinaire lorsque le devoir oblige à rester entre quatre murs et à ne profiter du beau temps que par de rares coups d'œil à la fenêtre.

Ce samedi était l'une de ces journées. Et, heureusement, Susanna pouvait en jouir. C'était le jour des jeux, et elle passa toute la matinée sur la pelouse derrière l'école avec celles des élèves qui préféraient le grand air et l'exercice à la broderie et au crochet. Comme cela arrivait souvent, Susanna céda (sans avoir à se forcer) aux prières des fillettes, et se joignit à leurs jeux, si bien que lorsqu'elle rentra déjeuner, elle avait les joues roses, le souffle court, et le corps vibrant d'énergie.

Et ce n'était pas fini, puisque l'après-midi aussi lui réservait un cadeau : une promenade, peut-être à Sydney Gardens, des jardins tout proches mais où l'on allait rarement à cause du prix de l'entrée. Et au bras d'un gentleman, s'il vous plaît !

Elle n'aurait pas été tout à fait humaine, admit-elle en enfilant la plus élégante de ses robes en laine après le déjeuner, si elle n'avait débordé d'excitation et de joie anticipée à cette perspective. Ses débuts dans l'âge adulte ne lui avaient apporté que peu de distractions et aucun soupirant.

Son exubérance n'était même pas entachée par le souvenir de la veille au soir. Le vicomte Whitleaf l'avait demandée en mariage et elle avait refusé. Il était plus que probable qu'après cette promenade, elle ne le reverrait plus. Mais c'était parce qu'elle l'avait décidé, non ? Elle avait refusé de s'enfuir avec lui cet été. Hier soir, elle avait refusé de l'épouser. Et elle répondrait de nouveau non si ces deux propositions étaient réitérées. Et, par conséquent, elle n'avait pas de raison de se plaindre, de gémir ou de pleurer – toutes choses dont elle n'avait que trop abusé. En fait, elle avait toutes les raisons d'être fière d'elle-même. Elle l'aimait, mais elle n'avait pas cédé à ses sentiments et s'était interdit de s'accrocher à lui, de le retenir coûte que coûte.

Il ne l'aimait pas d'amour, eh bien, tant pis. Il l'aimait d'amitié. Cela suffisait.

Il n'avait pas précisé à quelle heure il viendrait la chercher. Dès qu'elle fut prête, Susanna gagna la salle où M. Upton et quelques élèves préparaient les décors de la pièce de théâtre. Mlle Thompson était là aussi, sa robe protégée par un grand tablier blanc, prête à manier pinceaux, colle et ciseaux.

— J'ai été informée qu'enseigner dans l'établissement de Mlle Martin ne consiste pas seulement à délivrer des connaissances à des élèves sages et réceptives, fit cette dernière en s'approchant de Susanna. Aussi, me voilà, désireuse de savoir si j'ai assez de talent et d'énergie pour offrir plus. Dire que je pourrais être à Lindsey Hall en train de lire tranquillement ! conclut-elle en riant.

— Préparer le spectacle de Noël est toujours très amusant, assura Susanna. Mais c'est un *gros* travail.

— Que pensez-vous de cela, mademoiselle Osbourne ? intervint M. Upton en lui désignant des croquis étalés sur une table.

Susanna eut à peine le temps d'y jeter un œil et d'émettre deux ou trois suggestions qu'un chœur de voix enfantines attirait son attention sur M. Keeble, qui avait entrouvert la porte et regardait dans sa direction.

Le vicomte Whitleaf avait dû arriver.

Effectivement. Il l'attendait dans le vestibule, vêtu de son manteau à cape, plus viril et impressionnant que jamais.

— Mademoiselle Osbourne, fit-il en s'inclinant.

Elle crut déceler une certaine circonspection dans son regard.

— Lord Whitleaf, fit-elle, tout aussi circonspecte.

La soirée de la veille s'étirait entre eux telle une ombre dense.

Il faisait toujours aussi beau, découvrit Susanna en sortant de l'école, peut-être même un peu plus chaud. Le soleil brillait dans un ciel sans nuage. Il n'y avait pas un souffle de vent. Elle n'aurait pu espérer mieux pour leur dernier après-midi ensemble.

— Nous allons à Sydney Gardens ? s'enquit-il en lui offrant le bras. Évidemment, le parc n'est pas à son avantage en novembre, mais ce sera quand même un petit coin de campagne.

Et malgré le beau temps, ils l'auraient sans doute pour eux seuls, songea-t-elle.

— Ce serait très agréable, répondit-elle tandis qu'ils se mettaient en route.

Ils parlèrent de l'été et de leurs amis communs du Somerset. Ils parlèrent de l'école et des préparatifs pour le spectacle de Noël, qui attirait chaque année tous les parents et amis des élèves, ainsi que diverses personnalités de Bath. Il parla de ses sœurs, de leurs maris et de leurs enfants. Ils parlèrent du parc qui, bien que dénudé, demeurait pittoresque et paisible. Et, effectivement, ils l'avaient pour eux seuls. Ils croisèrent un groupe de huit personnes assez bruyantes mais, Dieu merci, elles se dirigeaient vers la sortie.

C'était ainsi que devait s'achever une amitié, se dit Susanna, si elle devait s'achever. Ils étaient calmes et gais, et en parfait accord l'un avec l'autre. Abolie la passion inattendue et déplacée qui s'était emparée d'eux à Barclay Court, balayé l'embarras dû à la tentative du vicomte de se racheter la veille. Aujourd'hui, ils discutaient, riaient, jouissaient de la compagnie l'un de l'autre et du cadeau exceptionnel qu'était cette belle journée de novembre.

C'était ainsi qu'elle se souviendrait de leur amitié, décida-t-elle. Il n'y aurait plus de larmes, uniquement de bons souvenirs. Car c'était ainsi que les choses s'étaient passées entre eux durant l'été, à l'exception du premier et du dernier jour.

— Ah, le labyrinthe ! s'exclama-t-il comme ils gravissaient un chemin un peu raide en direction d'une haie très haute. Je savais bien qu'il y en avait un quelque part dans ce parc. Nous allons voir si nous pouvons nous y perdre ?

— Pour toujours peut-être ? Et si nous ne retrouvons pas la sortie et que nous sommes condamnés à errer en cercles sans but jusqu'à la fin de nos jours ?

— Ça ressemble à la vie, non ?

Ils éclatèrent de rire.

— Mais, au moins, nous serons ensemble, ajouta-t-il.

— Voilà une vraie consolation, acquiesça-t-elle, et ils rirent de nouveau.

Mais, bien sûr, demeurer joyeux vaille que vaille tout l'après-midi était impossible. Une vague tristesse accompagna la certitude qu'ils ne se perdraient pas, qu'ils retrouveraient la sortie et que leur promenade s'achèverait.

Il lui prit la main lorsqu'ils pénétrèrent dans le labyrinthe. Malgré les gants, elle sentit sa force et sa chaleur, et se rappela comment il avait noué ses doigts aux siens quand ils avaient déambulé dans le village, le soir du bal.

Ils se trompèrent souvent et durent rebrousser chemin un nombre incalculable de fois. Mais finalement, après quelques conflits et beaucoup de fous rires, ils parvinrent au centre du labyrinthe où deux bancs en bois semblaient les attendre.

— Je suppose que nous aurions dû venir munis d'une montagne de mouchoirs à lâcher aux endroits stratégiques, remarqua-t-il lorsqu'ils furent assis. Vous saurez retrouver la sortie ?

— Non, avoua-t-elle en pouffant.

— Alors nous devons nous réjouir qu'aucun monstre à sept têtes ou son équivalent ne nous ait attendus ici, commenta-t-il en reprenant la main de Susanna.

Dans le silence du parc, il était facile d'oublier le monde extérieur, la fuite inexorable du temps, la nature éphémère de l'amitié entre un homme et une femme. Il était facile de croire à la perfection du moment.

Ils avaient dû rester assis au moins cinq bonnes minutes – peut-être dix – sans dire un mot. Mais parfois, ainsi qu'ils l'avaient découvert cet été, parler était inutile. La communication s'établissait à un niveau beaucoup plus profond.

Son épaule, découvrit-elle, s'appuyait contre celle du vicomte et leurs cuisses se frôlaient. Elle ne se rappelait pas quand, mais ils avaient ôté leurs gants et leurs mains nues étaient étroitement jointes.

Elle l'entendit inspirer à fond et relâcher lentement son souffle.

— Je regrette de ne pas m'être rebellé contre l'excès de protection dont j'ai été entouré, enfant, commença-t-il. Aurais-je pu le faire, je me le demande. En avais-je le courage ? Je l'ignore. Je regrette de ne pas avoir essayé de vous connaître. Je connaissais votre père, mais pas vous. Si je vous avais connue, si j'avais insisté pour être mis au courant de ce qui se passait chez nous et dans le voisinage, peut-être aurais-je pu être là pour vous quand votre père est mort. Bien que j'ignore si j'aurais pu vous offrir grand-chose en matière de réconfort.

Non, *surtout* pas lui.

— Tout le monde doit subir des deuils, enfant ou adulte, murmura-t-elle. J'y ai survécu.

— Susanna, fit-il en lui entourant les épaules du bras sans lui lâcher la main, j'ai parlé avec Theo Markham quand j'étais à la maison. Je sais pour votre père.

Elle faillit se dégager brusquement et bondir sur ses pieds. Au lieu de quoi, elle se figea. Qu'avait dit d'autre Theodore Markham ?

— Je ne crois pas que c'était un péché mortel, répliqua-t-elle vivement. Peu m'importe ce que dit l'Église sur la question et tant pis si elle chasse du cimetière ceux qui se sont suicidés. Seul un Dieu injuste et totalement dénué de compassion pourrait condamner à jamais un homme qui a été poussé au suicide par des gens qui, eux, vont continuer à vivre, et auront ainsi la possibilité de se repentir et de se racheter. Si Dieu était ainsi, je serais une athée convaincue.

— Vous pensez donc que quelqu'un l'a poussé à se tuer ?

Elle attendit, croyant qu'il allait en dire plus, mais il ne le fit pas.

— Qui sait ? Il est parti avec ses secrets. Mais cela n'a plus d'importance, n'est-ce pas ? Il a trouvé la paix. Du moins, je l'espère.

Bien qu'encore aujourd'hui il lui arrivât d'en vouloir à son père de lui avoir préféré la paix.

— Je suis terriblement désolé, murmura Peter. Je l'aimais beaucoup. Il nous emmenait parfois, Theo et moi, faire une course ou visiter un métayer. Je ne peux même pas imaginer combien vous avez souffert de sa perte.

Il ne pouvait savoir non plus le chagrin que ses paroles lui causaient. Elle avait toujours pensé que son père aurait préféré avoir un fils. Il n'avait jamais été désagréable avec elle. Quand ils étaient ensemble, il lui manifestait une affection sans faille. Mais il lui avait très rarement proposé de l'emmener avec lui ou de faire quelque chose ensemble.

L'idée lui traversa soudain l'esprit que c'était peut-être le souvenir inconscient de cette indifférence déguisée qui l'avait aidée à dire non la veille au soir. Elle savait très bien ce que c'était que de ne pas être aimée sans réserve d'un homme qu'on adorait – un homme dont on dépendait, et à qui l'on devait allégeance et obéissance.

— Vous n'avez pas besoin de l'imaginer, assura-t-elle tandis qu'il portait sa main à ses lèvres avant de l'appuyer contre sa joue. Vous n'avez pas besoin de porter les fardeaux d'autrui. Seule la personne concernée peut le faire. J'ai porté mon fardeau, et je suis toujours là. J'ai survécu – et plutôt bien, je trouve.

Il ferma les yeux et baissa la tête. Leurs mains jointes étaient revenues se poser sur les genoux de Susanna tandis qu'il la serrait contre lui.

— Pourquoi vous êtes-vous enfuie ? voulut-il savoir.

— Ils ne m'auraient pas laissé le voir, et ils allaient l'enterrer à l'extérieur du cimetière. Ils ne savaient que faire de moi. J'étais un fardeau. Je n'étais pas de la famille, après tout – ni d'aucune, en fait. Ils allaient m'envoyer je ne sais où. J'ai préféré partir sans attendre. J'ai préféré garder une bribe de contrôle sur mon destin.

— Qu'est-ce qui vous fait penser qu'ils vous auraient renvoyée, qu'ils vous considéraient comme un fardeau ?

— J'ai entendu lady Markham le dire. Je n'ai pas mal entendu et je n'ai pas compris de travers. Un fardeau, c'est tout simplement cela : un poids que l'on n'a pas désiré. Et c'est de ce mot qu'elle m'a désignée. Elle a dit que je ne pouvais pas rester là.

— Et pourtant, ils vous ont cherchée longtemps après votre disparition.

— C'est ce que Theodore vous a dit ?

— Theo était en pension, comme moi. C'est lady Markham elle-même qui me l'a dit, et Edith. Ce matin.

Elle se crispa brièvement, puis, se laissant aller contre Peter, la tête sur son épaule, elle ferma les yeux.

— Ah... Vous les avez vues, alors. Ou bien elles vous ont vu. Vous leur avez dit où je vis ?

— Non. Ce n'était pas à moi de divulguer ce secret – si c'est bien un secret.

— Je ne souhaite pas les voir, déclara Susanna.

— Elles n'étaient donc pas gentilles avec vous ?

— Si. Très. Peut-être trop. Quand Edith grimpait sur les genoux de sa mère, je l'imitais – et lady Markham ne m'a jamais repoussée, même si elle devait trouver cela plutôt étrange. Edith m'était aussi proche qu'une sœur peut l'être. Les enfants ne se rendent pas compte que leur sécurité ne tient qu'à un fil. Et tant mieux. La plupart deviennent adultes avant que ce fil ne se brise. Mais je ne veux plus parler de tout ceci. Je voudrais simplement profiter de l'après-midi.

— Je suis désolé, soupira-t-il. Je suis vraiment désolé.

Ils retombèrent dans un silence agréable et elle s'émerveilla du réconfort qu'apportaient le bras d'un homme qui vous étreignait, sa large épaule sous la joue et leurs mains jointes. Elle pourrait s'habituer à un tel bien-être, en devenir dépendante. Que ce serait délicieux de pouvoir transférer tous ses fardeaux sur les épaules d'un homme compétent et se blottir sous son aile, en sécurité !

Et qu'il était facile de permettre à son esprit de glisser dans la fiction et d'imaginer que renoncer à son autonomie, à être soi-même, pouvait mener au bonheur parfait.

Comme si le bonheur parfait existait !

Elle tourna le visage contre l'épaule de Peter et se prit à souhaiter que la vie soit aussi simple que dans les rêves d'une petite fille – une fillette de moins de douze ans et d'avant le suicide de son père.

Elle sentit Peter dénouer les rubans de son chapeau, puis poser ce dernier à côté d'elle. Il lui souleva le menton jusqu'à ce que leurs regards se rencontrent.

— Susanna, murmura-t-il. Ma douce et forte Susanna.

Elle se sentait tout sauf forte. Ses lèvres tremblaient lorsque celles de Peter se posèrent dessus, chaudes, entrouvertes, merveilleusement réconfortantes – et étrangement familières, comme si elle rentrait à la maison. Elle s'appuya sur lui, la main sur son torse, le bras autour de son cou pour l'attirer plus près. Elle ouvrit la bouche et sentit sa chaleur et sa force l'envahir en même temps que sa langue.

La passion s'embrasa, et tandis que la main de Peter se glissait sous son manteau pour lui caresser les seins, suivre le creux de sa taille, l'évasement de sa hanche, elle ne put retenir un gémissement.

Ce n'était pas une étreinte entièrement oublieuse de tout, cependant. Ils étaient au centre d'un labyrinthe au milieu d'un parc probablement désert. Mais quelqu'un pouvait néanmoins survenir à tout moment. Et ils n'oubliaient pas qu'ils s'étaient comportés imprudemment à Barclay Court, et en avaient souffert après coup.

Lorsqu'elle interrompit leur baiser et appuya le front contre celui de Peter, il retira sa main de son manteau et ne tenta pas de poursuivre leur étreinte.

— Susanna, j'aimerais que vous reconsidériez…

Elle posa deux doigts sur ses lèvres et s'écarta.

— Ne me regardez pas ainsi, souffla-t-elle.

— Comment ? demanda-t-il en repoussant sa main.

— Avec pitié et compassion, répliqua-t-elle et, prise d'un accès de colère subit, elle bondit sur ses pieds. Vous voulez toujours *donner*, *réconforter*, *protéger*. Vous ne voulez donc jamais *prendre*, *exiger*, *imposer* ? Je n'ai pas *besoin* de votre pitié.

De quoi diable parlait-elle ? Elle se détourna, fit quelques pas dans la petite clairière.

Elle savait qu'elle l'avait blessé, mais ne pouvait retirer ce qu'elle avait dit.

— Dois-je vous prendre ici, alors, pour assouvir mon désir, mais de force cette fois ? demanda-t-il d'une voix affreusement calme – pourquoi ne s'emportait-il pas contre elle ? Dois-je exiger que vous m'épousiez afin que je recouvre mon honneur ? Dois-je m'imposer comme homme, un homme titré et riche qui plus est, et m'emparer de tout ce qui me tente ? Femmes ou autre ? C'est ce que vous voulez de moi, Susanna ? Je n'avais pas compris. Je suis désolé – je ne peux être un tel homme.

— Oh, Peter, fit-elle en se retournant.

Il était toujours assis, les épaules un peu voûtées, les coudes appuyés sur les genoux, les mains pendantes.

— Ce n'est pas ce que je voulais dire.

— Que vouliez-vous dire alors ?

Elle ouvrit la bouche, inspira, et ne trouva rien à répondre. Elle lui avait dit la veille au soir qu'il avait besoin d'apprendre à s'aimer. Ce n'était pas non plus cela. Une autre fois, elle lui avait dit qu'il avait besoin d'un dragon à pourfendre. Elle n'était même pas certaine de savoir ce qu'elle entendait par là.

Elle voulait qu'il...

Qu'il remue ciel et terre.

Pour elle. Pour lui.

Elle voulait qu'il l'aime d'*amour*.

Quelle stupidité ! Comme si cela changerait quoi que ce soit !

— Vous êtes incapable de répondre, n'est-ce pas ? dit-il. Parce que vous pensiez vraiment ce que vous avez dit. Je crois que je m'aime suffisamment. C'est vous qui ne vous aimez pas.

La voyant ouvrir la bouche pour répliquer, il leva la main pour l'en empêcher.

— Ça suffit ! Vous devez être une excellente institutrice, Susanna Osbourne. Je n'ai jamais autant pratiqué l'introspection que depuis que je vous connais. Je croyais être un brave garçon, gai et sans complication. À présent, j'ai l'impression qu'on m'a dépiauté en tirant sur les coutures, puis qu'on m'a recousu en laissant de côté un peu de mon rembourrage.

Malgré elle, les lèvres de Susanna se retroussèrent sur un petit sourire.

— Alors, je ne suis pas du tout une bonne institutrice, décréta-t-elle. Mais vous êtes un homme bien, Peter. Vous *l'êtes*. C'est juste que…

Il haussa les sourcils.

— Je ne suis pas seulement une femme, enchaîna-t-elle. Je suis une personne. Toutes les femmes sont des personnes. Si nous sommes faibles et dépendantes des hommes, c'est parce que nous les avons laissés nous modeler ainsi. Cela permet peut-être aux hommes de se sentir bons et forts. Et peut-être que la plupart des femmes sont heureuses d'être vues ainsi. La société tourne peut-être à peu près rond parce que les femmes et les hommes sont contents des rôles qui leur ont été attribués. Mais j'ai été arrachée au mien très tôt dans la vie. Je ne dirai jamais que ce qui m'est arrivé était une bonne chose, mais je ne regrette pas que les circonstances m'aient obligée à vivre en dehors du moule. Je préfère être une personne complète plutôt que juste une femme, quitte à vivre seule.

— Vous n'avez pas besoin d'être seule.

— Non, fit-elle, et elle ne put s'empêcher de lui sourire. Vous m'épouseriez, vous me soutiendriez, vous me protégeriez jusqu'à la fin de mes jours. Et nous voilà revenus au point de départ. Je suis désolée, Peter. Je n'avais pas l'intention de faire un discours pontifiant. J'ignorais même que je pensais toutes ces choses avant de les entendre sortir de ma bouche. Mais j'y *crois*.

— C'est bien ce que je pensais, alors, fit-il en se levant et lui tendant son chapeau. Vous êtes plus heureuse sans moi. C'est un fait qui force à l'humilité.

Et elle ne pouvait le contredire, n'est-ce pas ?

Elle prit son chapeau et noua les rubans sous son menton.

— Ferez-vous une chose pour moi ? demanda-t-elle.

— Laquelle ?

Elle le regarda dans les yeux.

— Quand vous irez à Sidley Park pour Noël, *restez-y*. Faites-en votre maison et votre vie.

Elle fut horrifiée de sa propre audace.

— Et j'épouse Mlle Flynn-Posy ?

— Si vous le désirez vraiment, oui. Allez-vous parler à votre mère, Peter ? Lui parler sérieusement ?

— Imposer ma volonté ? Faire appliquer ma loi ? Et laisser du chagrin dans mon sillage ?

— Dites-lui qui vous êtes. Peut-être que, trop occupée à vous aimer, elle n'a pas cherché à vous connaître. Peut-être – et c'est même probable – qu'elle ignore quels sont vos rêves.

Le silence de Peter l'embarrassa terriblement. Comment osait-elle s'immiscer ainsi dans sa vie ? Même lorsqu'elle guidait et conseillait ses élèves, elle ne se montrait pas aussi dogmatique.

— Je suis désolée, murmura-t-elle. Je n'ai pas le droit…

— Et *vous*, ferez-vous une dernière chose pour *moi* ? coupa-t-il.

*Une dernière chose.* La réalité la frappa comme un direct à l'estomac. Demain, à la même heure, il serait parti. Il ne serait plus qu'un souvenir, et pas aussi heureux qu'elle ne l'avait pensé une heure plus tôt. Les dernières minutes en avaient détruit la possibilité. Elle lui jeta un regard interrogateur.

— Me permettez-vous de vous emmener voir lady Markham et Edith ? demanda-t-il.

— Maintenant ?

— Pourquoi pas ? Lawrence Morley, le mari d'Edith, a loué un appartement à deux pas d'ici. J'ai promis d'y passer avant de quitter Bath. Et j'ai promis à Edith de vous demander si elle pouvait vous rendre visite, ou si vous préfériez aller chez elle.

Elle secoua la tête.

— Réfléchissez, insista-t-il. Je ne sais pas si c'est à moi de vous le dire, mais il y avait vraiment des lettres – pour lord Markham et pour vous.

Une bouffée d'air glacial enveloppa la tête de Susanna.

— Des lettres ? souffla-t-elle.

— De votre père.

Il fit deux pas et s'empara des mains de la jeune femme.

— J'ignore si on les a conservées ou ce qu'elles disaient. Mais ne devriez-vous pas au moins rencontrer lady Markham ?

Il y avait eu des lettres – et l'une d'elles lui était adressée.

*Son père lui avait écrit une lettre !*

Révélant *quoi* ? Qu'avait révélé la lettre pour lord Markham ?

La panique suivit de près la stupéfaction.

— Ce serait préférable qu'elles aient été détruites, déclara-t-elle en libérant ses mains pour aller récupérer ses gants sur le banc. Quel intérêt, après toutes ces années, d'exhumer les raisons qui ont poussé un homme à la mort… Cela ne peut que rendre les vivants plus malheureux.

— Vous n'êtes *jamais* revenue en arrière, Susanna ?

Elle savait, sans qu'il eût besoin de l'expliquer, ce qu'il entendait par là. Bien sûr qu'elle n'avait pas oublié le passé. Comment l'aurait-elle pu ? Il faisait partie intégrante d'elle-même. Mais elle l'avait surmonté. Elle menait une vie tranquille, utile et heureuse comparée à celle de milliers d'autres personnes. Revenir en arrière ne servirait à rien. Il était trop tard.

— William Osbourne voulait être entendu, reprit-il. Il avait quelque chose à dire.

— Alors, il aurait dû le dire ! À lord Markham et à moi. Il ne m'a pas dit grand-chose en douze ans. Il ne m'a même pas parlé de ma mère, qui était un vide béant dans ma vie. Il aurait pu me parler au lieu de se tuer. Il aurait pu m'aimer au lieu de chercher le réconfort dans la mort.

— Vous l'aimiez.

— Bien sûr que je l'aimais !

— Alors, pardonnez-lui.

— Pourquoi ? s'écria-t-elle et, lui tournant le dos, elle essuya les larmes qui s'étaient mises à ruisseler.

— C'est ce que fait l'amour.

Elle rit – un petit chevrotement pathétique.

— Tout le temps, insista-t-il. Quelles que soient les circonstances.

S'il savait. Si seulement il *savait*.

— Très bien, s'écria-t-elle en faisant volte-face. Emmenez-moi chez elles. Allons nous enquérir des lettres – et de leur contenu. Mais soyez prévenu, lord Whitleaf, c'est peut-être la boîte de Pandore que nous allons ouvrir. Et une fois ouverte, il sera impossible de la refermer.

— Cela ne me concerne pas, lui rappela-t-il. Je pense que c'est quelque chose que vous avez besoin de faire pour vous-même. Les lettres n'existent peut-être plus, Susanna, et la vôtre peut n'avoir même pas été ouverte avant d'être détruite. Mais je crois que vous devez revoir lady Markham et Edith. Il faut que vous leur donniez une chance – la chance dont vous pensez que votre père vous a privée.

Elle le fixa un instant, puis hocha brièvement la tête.

— Allons-y, alors.

— À condition que nous trouvions la sortie de ce labyrinthe, observa-t-il, le regard s'adoucissant soudain d'un sourire.

— À présent, je regrette vraiment que nous ne puissions pas nous perdre ici pour toujours, avoua-t-elle en souriant malgré elle.

— Moi aussi, acquiesça-t-il. Nous aurions dû aller construire une cabane sur le mont Snowdon quand nous en avions la possibilité, Susanna.

Il lui proposa son bras, qu'elle prit.

# 19

Il n'aurait pu choisir pire moment pour découvrir que, finalement, il n'était pas amoureux de Susanna, songeait Peter tandis qu'ils approchaient de Laura Place.

Au lieu d'être gentiment amoureux, il *l'aimait*.

Ce qui était complètement différent.

Il l'aimait, même si bien souvent, hélas, il lui déplaisait ou suscitait son mépris.

S'il y avait un Dieu, Il aimait la plaisanterie. Au risque de paraître vaniteux à ses propres yeux, Peter pouvait dire que presque toutes les jeunes filles qu'il avait rencontrées – et il en avait rencontré un grand nombre depuis sa majorité – l'avaient trouvé à leur goût et auraient été prêtes à l'aimer s'il s'était mis à les courtiser.

Il devait quitter Bath le lendemain matin et, cette fois, rien ne le retiendrait. En fait, il avait hâte de prendre la route. S'il ne s'était pas engagé à faire cette visite, il partirait sur-le-champ.

— C'est là, fit-il en désignant le petit perron.

Il laissa retomber le heurtoir. Sachant combien Susanna devait être nerveuse et avec quelles réticences elle avait accepté de faire cette visite, il eut envie de lui prendre le bras, et se retint à temps. Trop protégé par sa mère et ses sœurs, il voulait faire de même avec les autres – en particulier avec la femme qu'il aimait. Or elle ne voulait ni de son soutien ni de sa protection. Elle n'avait besoin ni de l'un ni de l'autre, nom de nom !

Ces dames venaient juste de rentrer de leurs courses, indiqua le domestique qui leur ouvrit la porte. Il jeta un coup d'œil à la carte que lui tendit Peter et haussa les sourcils avant de s'éloigner.

Deux minutes plus tard, on les introduisit dans un petit salon. Edith leur présenta son mari, Lawrence Morley, un mince jeune homme mince blond à lunettes. Puis, les joues en feu, elle se tourna vers Susanna.

— Vous êtes Susanna, dit-elle. Oh, bien sûr que c'est vous. Je reconnaîtrais entre mille ce regard et ces cheveux. Vous avez grandi, mais vous n'avez pas changé du tout. J'étais certaine de vous avoir vue à l'abbaye hier soir… Oh, que je suis heureuse ! s'écria-t-elle en tendant les mains. Lawrence, très cher, voici Susanna Osbourne dont nous vous parlions au petit déjeuner.

Susanna hésita une fraction de seconde avant de lui abandonner ses mains, mais Edith ne s'en contenta pas et la prit dans ses bras.

Lady Markham était restée à l'écart. Elle avait salué Peter d'un hochement de tête, et avait à présent les yeux rivés sur Susanna.

— Toutes ces années, j'ai eu peur que vous ne soyez morte, Susanna, dit-elle quand sa fille recula, les yeux humides de larmes.

— Non, je ne suis pas morte.

— Mademoiselle Osbourne, lord Whitleaf, venez donc vous asseoir près du feu, proposa M. Morley. Vous avez dû venir à pied… je n'ai pas entendu de voiture dans la rue.

— Nous sommes allés nous promener à Sydney Gardens, expliqua Peter en s'asseyant. C'est une belle journée.

— Pour novembre, oui, acquiesça Morley, bien qu'il fasse quand même un peu frais. Vous étiez chaudement habillée, j'espère, mademoiselle Osbourne ? Vous avez laissé votre manteau en bas ?

— Oui, monsieur. Il est conçu pour affronter les plus grands froids.

— Vous avez eu la sagesse de le porter aujourd'hui, dans ce cas. Dès qu'Edith voit du soleil, elle ne pense plus qu'à sortir, avant même que les domestiques aient eu le temps de vérifier s'il faisait assez chaud, s'il n'y avait pas trop de vent, si aucun nuage sombre ne menaçait. L'abbaye est pleine de courants d'air, mais elle a tenu à aller au concert. À mon grand soulagement, ma belle-mère l'a accompagnée et a veillé à ce qu'elle garde son manteau sur les épaules. Edith se remet de couches, comme vous le savez peut-être.

— Non, je ne le savais pas, répondit Susanna. Félicitations.

— Nous avons un fils, intervint Edith en souriant. Il est vraiment adorable, n'est-ce pas, très cher ? Il ressemble à son papa.

Un bavardage poli s'ensuivit tandis qu'on apportait le thé. Lady Markham tendit tasses et soucoupes à la ronde et proposa du cake aux fruits.

— Susanna, est-ce que vous vivez à Bath ? risqua finalement Edith. Où demeurez-vous ?

— J'enseigne et je vis à l'École de Jeunes Filles de Mlle Martin, sur Daniel Street. J'enseigne entre autres l'écriture, la calligraphie et les jeux de plein air.

— Les jeux ? s'écria Morley. J'espère qu'il ne s'agit de rien de fatigant, mademoiselle Osbourne. L'exercice physique est mauvais pour les jeunes filles, m'a-t-on dit, et je le crois volontiers. Elles seraient mieux occupées avec une aiguille ou un pinceau. Les jeux sont exclus de la plupart des écoles pour jeunes filles, et avec raison.

Peter se souvint avec amusement du plaisir qu'avait pris Susanna à la course en barques, mais s'abstint de le raconter.

— Vous *enseignez*, répéta lady Markham. Comment en êtes-vous arrivée là, Susanna ?

— Je suis allée à Londres, et je me suis inscrite dans une agence de placement. Mais j'ai eu la chance d'être repérée et envoyée comme pupille dans l'école de Mlle Martin. Et, quand j'ai eu dix-huit ans, on m'a proposé le poste d'institutrice stagiaire.

— Vous êtes allée à Londres ! s'écria lady Markham. Mais comment avez-vous fait, Susanna ? Vous étiez une *enfant*. Et nous avons vérifié tous les relais de poste sur des kilomètres à la ronde.

— Je suis allée dans la chambre de mon père. Il y avait un peu d'argent dans une boîte sur sa table de toilette. Il y avait aussi une valise, assez grande pour contenir l'essentiel de mes affaires mais pas trop pour que je puisse la porter. Je suis partie à pied, et chaque fois que quelqu'un m'a proposé de me faire faire un bout de chemin en voiture, j'ai accepté. Je n'avais pas assez d'argent pour le dilapider en moyens de transport.

— Il faut espérer, mademoiselle Osbourne, intervint Morley, que vous ne vous êtes pas assise sur du foin, comme beaucoup de voyageurs le font lorsqu'ils n'utilisent ni voiture particulière ni diligence. Le foin est souvent humide même lorsqu'il a l'air sec.

— Je ne crois pas m'être assise sur du foin, monsieur.

— Oh, Susanna, fit lady Markham en reposant sa tasse et sa soucoupe. Pourquoi êtes-vous partie de cette façon, sans laisser un mot à quiconque ? Bien sûr, vous étiez affreusement bouleversée, pauvre enfant, mais je m'attendais que vous cherchiez du réconfort auprès de nous. Nous étions presque comme une famille pour vous – du moins je le pensais.

Peter nota que Susanna n'avait pris qu'une bouchée de son gâteau. Il nota aussi que ses joues étaient plus pâles que d'habitude en dépit de leur longue promenade au grand air.

— Ainsi que vous l'avez fait très justement remarquer, madame, j'étais bouleversée et je n'étais qu'une enfant. Qui sait pourquoi je me suis enfuie comme je l'ai fait ? Personne ne voulait me laisser voir mon père si bien que je n'arrivais pas à croire qu'il était vraiment mort. Et puis j'ai entendu qu'il ne serait pas enterré dans le cimetière et alors j'ai su qu'il était bel et bien mort. Je…

— L'Église doit rester ferme sur de tels principes, commenta Morley, si regrettables que…

— Très cher, l'interrompit Edith, je crains que Jamie ne se soit réveillé et ne réclame l'un de nous, en plus de sa nourrice.

Morley bondit sur ses pieds.

— J'y vais tout de suite, si vous voulez bien m'excuser, mademoiselle Osbourne, lord Whitleaf, belle-maman. Je suis sûr que vous comprenez l'anxiété bien naturelle d'un nouveau père.

— Merci, Lawrence, fit Edith. Vous êtes très gentil.

En d'autres circonstances, Peter aurait été grandement diverti par le pointilleux mais inoffensif Morley qu'Edith semblait aimer sincèrement. Mais la détresse perceptible de Susanna – et de ses voisines – l'en empêcha.

— Markham n'a pas voulu vous laisser voir votre papa – ni moi non plus, d'ailleurs, déclara lady Markham après le départ de Morley, parce que… eh bien…

— Je comprends, dit Susanna. Il s'était tiré une balle dans la tête. Mais il était tout ce que j'avais au monde, et je n'ai pas eu le droit de le revoir. Et, ensuite, il y a eu l'indignité de ses funérailles. Je suppose que j'ai voulu mettre autant de distance que possible entre tout cela et moi-même.

— Vous ne m'avez même pas dit au revoir, lui rappela Edith. D'abord, il y a eu ce bouleversement affreux dans la maison, et je n'ai pas eu le droit de sortir de ma chambre, pas même pour aller à la nursery. Et puis quand j'ai envoyé nounou vous chercher, elle n'a pas pu vous trouver. Et ensuite personne n'a pu vous retrouver… Oh, je suis désolée, se reprit-elle. Vous avez beaucoup, beaucoup plus souffert que moi, c'est évident. Et vous n'aviez que douze ans. À moi qui n'en avais que onze, vous paraissiez une grande fille, mais vous n'aviez pas l'âge de prendre de graves décisions. Je regrette seulement… Oh, n'y pensons plus. Je suis si heureuse de vous revoir et de savoir que la vie a bien tourné pour vous, finalement. Et vous voilà *institutrice* dans une école de filles ! Je suis sûre que vous êtes une bonne institutrice.

La conversation s'orienta sur le sujet de l'éducation, et ils discutèrent des avantages et des inconvénients d'envoyer les filles à l'école plutôt que de les éduquer à la maison.

Elles ne fouilleraient pas plus profond pour savoir quelles raisons avaient poussé Susanna à s'enfuir, comprit Peter, et elle-même n'en dirait pas plus. Et elles ne parleraient pas des lettres que William Osbourne avait laissées – et Susanna ne les interrogerait pas à ce sujet.

Il trouvait étrange qu'elle n'ait pas hâte de savoir ce que son père avait eu à révéler avant de mourir. La boîte de Pandore, avait-elle dit.

Par certains côtés, c'était compréhensible. Toutes ces années, elle avait cru que son père était mort sans lui laisser la moindre explication quant à ses motifs ou à ses sentiments, sans lui dire adieu ni prendre de disposition la concernant. Et voilà qu'elle découvrait qu'il n'en était rien. Mais il y avait peut-être du vrai dans le proverbe recommandant de ne pas réveiller le chat qui dort, surtout après onze années.

Le moment de révéler quelque vérité d'importance semblait aussi être passé, à présent. Les trois dames en étaient revenues, semblait-il, aux conversations polies et creuses typiques des visites de l'après-midi.

Il ne devait pas interférer davantage. Il avait quasiment harcelé Susanna pour qu'elle vienne ici. Il avait tenu la promesse faite à Edith. Toutes trois seraient satisfaites, lady Markham et Edith de savoir Susanna vivante et heureuse, celle-ci de savoir qu'elles s'étaient efforcées de la retrouver. Si sa fuite à Londres d'un côté et les mots de lady Markham entendus par une porte entrouverte de l'autre n'étaient pas expliqués de façon satisfaisante, eh bien, tant pis. Peut-être cela leur convenait-il.

Il ne devait pas s'en mêler. Ceci ne le regardait en rien.

Il s'en mêla néanmoins, bille en tête.

— J'ai parlé à Mlle Osbourne un peu plus tôt des lettres découvertes dans le bureau de son père, jeta-t-il, profitant d'une pause dans la conversation.

Trois paires d'yeux convergèrent vers lui avec quelque chose qui ressemblait à des reproches. Puis Susanna ferma brièvement les siens.

— En effet, reconnut lady Markham. Il y en avait deux, une adressée à Markham, l'autre à Susanna.

— Que disait-il ? demanda Susanna d'une voix tendue. Expliquait-il sa décision ?

— Je crois que oui, répondit lady Markham tandis qu'Edith reposait son assiette. Elle était adressée à lord Markham, Susanna, pas à moi. Je… *nous*

nous souviendrons toujours de votre père avec respect et même affection. C'était un secrétaire efficace et un homme honorable.

— Mais vous avez vu les lettres ? insista Susanna.

— Oui, fit lady Markham. Il me semble que oui.

— Que disait-elle ? Je vous en prie, dites-le-moi.

Peter se leva brusquement.

— Vous préférez peut-être que je sorte un instant, puisque je ne suis en rien concerné ? Puis-je attendre Mlle Osbourne à côté ?

Lady Markham leva la main et il se rassit.

— Non, dit-elle d'une voix lasse. C'est inutile. Il y avait quelque chose dans le passé de votre père, Susanna, quelque chose qui était demeuré caché, mais qui était en passe d'éclater au grand jour. Il a pensé que la honte retomberait sur vous, et sur Markham à qui l'on reprocherait de l'avoir employé et hébergé. Il a pensé, je suppose, qu'il serait frappé de disgrâce et n'aurait plus les moyens de subvenir à ses besoins et aux vôtres. Il n'a pas vu d'autre issue que de faire ce qu'il a fait. C'est tout ce dont je me souviens. C'est tragique, mais on ne peut rien y changer désormais.

Les explications de lady Markham parurent un peu évasives à Peter. *Il me semble que oui. C'est tout ce dont je me souviens*. Chaque mot écrit par un homme qui s'apprêtait à s'ôter la vie ne se graverait-il pas dans la cervelle de toute personne le lisant – surtout si l'homme en question vivait, travaillait et s'était tué sous votre toit ?

— Et ma lettre ? demanda Susanna d'une toute petite voix.

— À ma connaissance, elle n'a pas été ouverte, dit lady Markham.

— Elle a été détruite ?

— Je l'ignore, répondit lady Markham en battant des paupières. Je ne peux imaginer que Markham l'ait brûlée, mais, en réalité, je l'ignore.

— Theo le sait peut-être, maman, suggéra Edith. Oh, elle existe toujours sûrement !

— Il vaut peut-être mieux pas, murmura Susanna.

Elle se mit debout, Peter l'imita.

— Si mon père a fait quelque chose de mal avant ma naissance, il me semble qu'il a réparé sa faute par une vie de travail acharné et de loyaux services envers sir Charles. Je ne veux pas savoir ce qu'il a fait. Je ne veux pas savoir qui… Oh, peu importe. Je préfère le laisser en paix. Je vous remercie de m'avoir reçue et offert le thé, mais je dois m'en aller à présent. J'ai passé tout l'après-midi hors de l'école et je ne peux négliger mes devoirs plus longtemps.

— Susanna, revenez nous voir, s'écria Edith en se levant. Nous pourrions nous promener ensemble ou aller faire des courses. Peut-être…

— Mes devoirs d'institutrice m'occupent presque toute la journée, Edith, avec le spectacle de Noël, j'ai un surcroît de travail. J'ai eu la soirée d'hier et cet après-midi de libre. J'ai épuisé mon quota de temps libre pour un bon moment. Je… Vous avez votre mari et votre fils pour occuper votre vie maintenant. Nous évoluons dans des milieux différents. Mieux vaudrait ne rien changer.

Edith se tordit les mains. Elle avait l'air blessée.

— Je vous écrirai, déclara-t-elle. J'espère que vous pourrez trouver les quelques minutes nécessaires à la lecture d'une lettre.

— Je vous remercie, dit Susanna avec un sourire crispé.

— Cela a été un plaisir, assura lady Markham. Vous ne saurez jamais, Susanna, combien de fois durant ces années je suis restée éveillée dans mon lit en me demandant ce qui vous était arrivé, si vous étiez vivante ou morte, et si nous aurions pu faire davantage pour vous retrouver. Je suis heureuse que vous soyez venue. Vous vous chargez de la raccompagner à l'école, Whitleaf ?

— Oui, madame, fit-il en s'inclinant.

La visite n'avait pas réglé grand-chose, songea-t-il comme ils remontaient la rue. Susanna ne semblait pas désireuse de découvrir ce qui s'était passé exactement onze ans plus tôt et pourquoi. Peut-être que savoir que son père lui avait écrit lui suffisait. Lui ne s'en serait pas contenté, mais il n'était pas concerné.

Au moins, cette visite avait fait plaisir à lady Markham et à Edith, et avait peut-être persuadé Susanna qu'elle n'avait pas été le fardeau qu'elle croyait.

— Vous êtes contente d'être venue ? demanda-t-il en nouant le bras de la jeune femme au sien.

— Oui, dit-elle en lui jetant un bref regard. J'aurais craint de mettre le pied en dehors de l'école de peur de tomber sur elles. Maintenant, je les ai affrontées, et j'ai découvert que c'étaient juste des gens comme les autres et tels que dans mon souvenir. Edith est jolie, non ? J'espère qu'elle sera heureuse avec M. Morley.

— Même si vous ne le pourriez pas ? observa-t-il en riant.

— Mais on ne m'a pas demandé de l'être, n'est-ce pas ? riposta-t-elle en s'esclaffant à son tour.

C'était bon de l'entendre rire de nouveau.

Et ainsi la fin était arrivée. Elle aurait pu être en train de fêter ses fiançailles. Au lieu de quoi, elle allait lui dire au revoir.

De son plein gré.

Susanna savait que le souvenir de sa visite à lady Markham et à Edith, ainsi que sa décision de ne pas insister pour connaître le contenu des lettres de son père reviendraient la hanter de temps à autre.

Mais ce n'était pas ce qui l'obsédait en cet instant. Son cœur était lourd. Elle avait l'impression que chaque pas le piétinait davantage, accroissant sa douleur.

Pourtant, au début de l'après-midi, elle avait tellement l'espoir que tout se terminerait joyeusement et amicalement. Le fait qu'elle aimait Peter avait peu d'importance. Vu les circonstances de sa vie, il eût été étrange qu'elle ne s'éprenne pas d'un tel homme. Elle s'en remettrait. Comment ne le pourrait-elle pas ? Trente-six mille raisons rendaient impossible un mariage heureux entre eux, et elle préférait le perdre carrément plutôt que de vivre un mariage malheureux avec lui.

Mais Dieu, qu'il était difficile d'abriter des pensées aussi rationnelles en ce moment ! Dans une heure, peut-être. Ce soir, oui, et la semaine prochaine, et le mois suivant. Mais maintenant...

— Je pars pour Londres demain de bonne heure, annonça-t-il comme ils tournaient dans Sutton Street.

— Il n'y a pas de quoi retenir un visiteur à Bath à cette époque de l'année.

— J'y ai pourtant passé quelques délicieuses journées.

— Vous m'en voyez ravie.

Des inconnus bien élevés ne se seraient pas exprimés autrement.

— J'ai été très heureux de vous revoir, dit-il.

— Moi de même.

— Nous nous croiserons peut-être de nouveau.

— Oui. Peut-être.

Ils ralentirent l'allure et s'immobilisèrent de concert avant de bifurquer dans Daniel Street.

— Susanna, dit-il en recouvrant de sa main celle de la jeune femme qui reposait sur son bras, mais sans la regarder, je veux que vous sachiez avant que je parte que j'ai beaucoup d'affection pour vous. Je sais que la moitié du temps vous me supportez difficilement et l'autre moitié vous me désapprouvez, mais mon sentiment est sincère. Nous avons été amis, et je pense que nous le sommes encore. Mais lorsque nous sommes devenus plus qu'amis cet unique après-midi, c'était vraiment *plus*. Je n'étais pas qu'un homme profitant d'une femme innocente. Je ne faisais pas que vous désirer. Je sais que vous ne voulez pas de moi, que vous n'avez pas besoin de moi. Je sais que vous êtes heureuse de la vie que vous menez. Mais je pense que je ne vous ai pas toujours été indifférent et je voulais que vous sachiez que... Bon. Y a-t-il jamais eu un monologue plus embrouillé, et juste au moment où je voulais être le plus éloquent des hommes et proférer des propos mémorables ?

— Oh, Peter, fit-elle en s'accrochant à son bras, j'ai aussi beaucoup d'affection pour vous. Bien sûr ! Et j'approuve presque tout ce que je sais de vous. Comment ne le pourrais-je pas ? Vous êtes toujours si gentil. Je vous aime beaucoup, vraiment.

— Mais pas assez pour m'épouser ? demanda-t-il, évitant toujours de la regarder.

— Non.

Il était plus facile de dire non que d'essayer d'expliquer, ce qui lui paraissait de toute façon impossible.

— Je vous remercie, mais non, nous ne serions pas heureux.

— Non, fit-il doucement, sans doute. Je vais vous laisser là, alors.

— Oui.

Elle sentit la panique la saisir au ventre, aux genoux, à la gorge.

Il prit ses mains dans les siennes, les serrant si fort qu'elle faillit lâcher un petit cri, puis les porta tour à tour à ses lèvres.

Il la regarda… et sourit.

— Votre présence a embelli et réchauffé cette journée déjà belle de novembre, dit-il, se citant lui-même. Merci, Susanna.

Et c'est ainsi qu'il parvint à lui arracher un sourire alors même que son cœur était en train de se briser.

— Absurde, dit-elle. Complètement absurde.

Et tous deux réussirent à rire.

— Au revoir, Peter.

Incapable d'en supporter plus, elle remonta avec une hâte presque gauche les quelques mètres qui la séparaient de l'école, gravit le petit perron et laissa retomber le heurtoir avec plus de force que nécessaire.

Lorsque M. Keeble ouvrit la porte, elle jeta un coup d'œil derrière elle, mais il n'y avait plus personne. Elle entra et la lourde porte retomba bruyamment derrière elle.

À présent, lui sembla-t-il, elle n'avait plus de raison de vivre. Aucune. Sa détresse était telle que l'accent mélodramatique de cette pensée lui échappa complètement.

« Je veux que vous sachiez avant que je parte que j'ai beaucoup d'affection pour vous », avait-il dit.

Mary Fisher, l'une des pensionnaires, était dans l'escalier. Elle se retourna pour voir qui venait d'entrer.

— Oh, mademoiselle Osbourne ! s'écria-t-elle avec enthousiasme. Avec M. Upton, nous avons fait les changements que vous vouliez pour le décor et on a tout fini. C'est si beau ! Venez voir !

— Bien sûr. Je vous suis, Mary, dit Susanna en dénouant les rubans de son chapeau. Vous avez travaillé tout l'après-midi ? Toutes mes félicitations.

*Je veux que vous sachiez avant que je parte que j'ai beaucoup d'affection pour vous.*

*… avant que je parte…*

Et à présent il était parti.

# 20

Peter alla directement à Sidley Park – avec l'intention d'y rester.

*Ferez-vous une chose pour moi ?* Eh bien, voilà. Peut-être ne le saurait-elle jamais, et lui-même ignorait quel bénéfice elle en tirerait. Mais il était là. Il l'aimait, aussi avait-il honoré sa dernière requête.

Quant à cet amour, il espérait qu'il disparaîtrait aussi soudainement qu'il était apparu. Il n'aimait pas du tout ce sentiment.

Sa mère fut enchantée de le voir. Elle ne cessait de parler de Noël, qui serait absolument parfait puisqu'il était là pour profiter de toutes les réjouissances qu'elle avait concoctées pour lui. Quatre de ses sœurs – Barbara, Doris, Amy et Belinda – devaient venir, toutes sauf Joséphine, celle du milieu, qui vivait en Écosse avec mari et enfants. Et, bien sûr, la présence de ses quatre sœurs impliquait celle de leurs conjoints et de leur progéniture. Et, puisque c'était Noël, nombre de membres de leurs belles-familles avaient été invités. Aucun de ses oncles – sur ce point il avait été parfaitement clair cinq ans plus tôt, même si depuis il les avait revus à Londres et avait réussi à se montrer aimable avec eux.

Et, bien entendu, les Flynn-Posy étaient de la partie.

Eh bien, il ferait bonne figure. Il y prendrait même plaisir. Il jouerait au maître de maison.

Le jour de son arrivée, sa mère l'emmena dans la salle à manger et lui expliqua tout ce qu'elle avait prévu en matière de décoration.

— J'y réfléchirai, maman. Il est possible que j'ai quelques idées de mon côté.

— Mais, bien sûr, mon chéri, dit-elle en lui adressant un sourire rayonnant. Tout ce que tu veux, du moment que cela ne ruine pas l'effet d'ensemble que j'ai prévu. Comme c'est merveilleux de t'avoir de nouveau à la maison.

Il en resta là. Parler à sa mère n'avait jamais été facile – c'était un peu comme se taper la tête contre un roc.

« Allez-vous parler à votre mère, Peter ? avait demandé Susanna. Lui parler sérieusement ? Dites-lui qui vous êtes. Peut-être que, trop occupée à vous aimer, elle n'a pas cherché à vous connaître. Peut-être – et c'est même probable – qu'elle ignore quels sont vos rêves. »

Sa mère et lui ne s'étaient jamais vraiment parlé. Il l'avait affrontée une fois – horrible souvenir –, mais ils étaient trop bouleversés tous les deux pour ouvrir leurs cœurs et poser les bases d'une nouvelle relation entre mère et fils adulte.

Cela allait changer. Il lui parlerait. Il ne plierait pas devant sa volonté d'acier. Il semblait juste absurde que ce soit une histoire de salle à manger lavande qui lui en offre l'occasion.

Les semaines précédant Noël, il passa de longs moments en dehors de la grande maison. Il aimait allumer un feu dans le salon du petit manoir, dit de la douairière, et jouir du calme, parfois durant des heures. Il avait toujours aimé cette maison que l'on continuait à entretenir bien qu'il ne l'ait jamais vue habitée que par les gouvernantes de ses sœurs et les précepteurs qu'il avait eus avant d'aller en pension. À l'écart dans le parc, c'était un bâtiment élégant et de taille modeste, entouré d'un joli jardin.

En fait, ce serait une demeure idéale pour sa mère…

Il rendit de nouveau visite à ses voisins. Dont Theo.

— À propos, je dois vous remercier d'avoir emmené Susanna voir ma mère et Edith à Bath, fit celui-ci comme ils buvaient un cognac dans la bibliothèque de Fincham Manor. Elles m'ont écrit toutes les deux pour me le raconter dès le lendemain. Comme j'étais en pension au moment de la mort d'Osbourne et de la disparition de Susanna, je n'avais pas réalisé à quel point ces deux événements les avaient bouleversées. Ma mère avait fini par croire qu'elle était morte.

— Est-ce que les lettres existent toujours ? demanda Peter.

— Mais oui, répondit Theo en tendant un pied botté vers la cheminée. Elles étaient dans le coffre du cabinet de travail d'Osbourne, une pièce où je ne vais jamais – elle est remplie de vieux papiers qu'il faudra que je trie un jour. Je n'ai lu la lettre qui était adressée à mon père qu'après avoir reçu celle de ma mère. Celle de Susanna est toujours cachetée. Je suppose que je devrais la lui envoyer, même si, à en croire ma mère, elle ne désire pas la voir. Étrange, non, ce refus ?

— Je pense qu'elle a peur de la lire.

— Ah bon ? dit Theo en repoussant une bûche du pied. De quoi aurait-elle peur ? De fantômes ? Évidemment, lire une lettre écrite par un homme sur le point de se tuer, ce doit être impressionnant.

— Je pense qu'elle a peur de ce qu'elle y trouvera, expliqua Peter. Parfois, il semble préférable d'ignorer ce que quelqu'un de cher a pensé il y a longtemps. Mais maintenant qu'elle sait que son père lui a écrit, je me demande si le fait de ne pas savoir ne va pas la tourmenter. Est-ce qu'elle sait que la lettre existe toujours ?

— Non, à moins que ma mère ne le lui ait dit. Parfois, j'aimerais avoir un secrétaire. Écrire n'est pas mon occupation favorite, mais il faudra quand même que je rédige quelques lignes. Je ne peux pas me contenter de lui envoyer la lettre de son père sans commentaire.

— Pourrait-il y avoir dans la lettre adressée à votre père quelque chose qui ne serait pas dans l'autre ? hasarda Peter. Rappelez-vous qu'elle a été écrite pour une fillette de douze ans.

Les yeux rivés sur le feu, Théo réfléchit à la question en sirotant son cognac.

— Dites-moi, Whitleaf, fit-il en se tournant vers Peter, quel est votre intérêt dans tout ceci ?

— Juste que cela m'intéresse.

— Vous m'avez dit que vous avez rencontré Susanna cet été. Et vous voilà ensuite avec elle à Bath – à *Bath* ! –, à un concert à l'abbaye, puis à Sydney Gardens, et enfin chez Edith. Ce n'est pas votre maîtresse, par hasard ? Morley ne va pas apprécier que vous ayez emmené votre maîtresse chez lui.

Imaginant un Morley indigné, il émit d'abord un gloussement, puis rejeta la tête en arrière et rit à gorge déployée.

— Il en aurait probablement des vapeurs ! s'exclama-t-il. Dieu sait ce que Edith lui trouve, mais c'était un mariage d'amour, je vous le certifie.

— Susanna n'est pas ma maîtresse, riposta Peter un peu sèchement. Et je vous serais reconnaissant,

Theo, de ne plus émettre une telle hypothèse. Je l'ai demandée en mariage, et elle a refusé.

— Hein ? Pourquoi, diable ? C'est une *institutrice*, non ? Et, la dernière fois que j'ai vérifié, vous étiez vicomte. Elle ferait un beau mariage, non ? Et c'est un colossal euphémisme.

Peter ne prit pas la peine de répondre à la question.

— Je pense qu'elle a besoin de connaître toute la vérité, dit-il. Tout ce que vous savez, tout ce que sait votre mère et tout ce que ces deux lettres contiennent. Il est possible que cela la bouleverse, mais je doute qu'elle puisse tourner la page tant que toute la lumière n'aura pas été faite sur ce drame. Il était tout ce qu'elle avait, Theo, et il s'est délibérément tiré une balle dans le crâne.

— Oui, évidemment. Pauvre diable ! Je me demande si elle aimerait venir ici pour Noël ? Je parie qu'Edith serait enchantée, et ma mère aussi serait très contente – elle rentre après-demain, à propos. Je vais voir ce qu'elle en pense. Cela me ferait plaisir de revoir Susanna. Je l'aimais beaucoup. Je me rappelle lui avoir appris à ramer, un été. Elle était sacrément douée, ce petit bout de fille avec ses bras comme des allumettes et cette crinière rousse. Elle a les mêmes cheveux ?

— Ils sont auburn, répondit Peter.

Il n'avait *rien* fait pour inciter Theo à l'inviter à Fincham. Il avait plutôt pensé que son ami apporterait les deux lettres à Bath et que lady Markham et lui passeraient un peu de temps avec Susanna pour l'aider à affronter le passé.

— Vous allez l'inviter ? risqua-t-il.

Theo le regarda et, riant de nouveau, se leva pour aller chercher la carafe de cognac.

— Oui, répondit-il. Et vous avez le choix entre rester très au large de Fincham durant les fêtes de

Noël, ou y venir tous les jours. S'est-elle montrée très ferme lorsqu'elle vous a dit non ? Et vous, avez-vous été très déçu ? Ce sont des questions purement rhétoriques, Whitleaf – la vie amoureuse d'autrui ne me regarde pas. Mais j'inviterai Susanna. Il est possible qu'elle refuse, bien sûr. À vous entendre, c'est une dame qui sait ce qu'elle veut – un trait de caractère qui s'est forgé lors de sa douzième année, j'imagine. Encore un peu de cognac ? s'enquit-il en tenant la carafe penchée au-dessus du verre de Peter.

— Il est sacrément bon, avoua celui-ci en approchant son verre. De la contrebande, je suppose ?

— Il en existe d'autre sorte ?

Elle refuserait, songea Peter. Bien sûr qu'elle allait dire non.

Il ne servait à rien de se demander ce qu'il ferait si elle venait. Resterait-il à l'écart de Fincham ? Ou y viendrait-il tous les jours ?

Mais il ne le saurait jamais, n'est-ce pas ? Puisqu'elle ne viendrait pas.

Eleanor Thompson rejoignit le personnel de l'école de Mlle Martin comme professeur de géographie et de mathématiques. Au début, Claudia avait pensé qu'elle arriverait après Noël, mais sa nouvelle recrue avait hâte de commencer et elle assuma ses leçons dès que Claudia eut redistribué les tâches et modifié l'emploi du temps de chacune.

Les élèves et ses collègues l'apprécièrent d'emblée. Elle était exigeante quant à la discipline, mais enseignait avec humour et intelligence. Elle était arrivée trop tard pour préparer quelque chose d'époustouflant – son propre mot – pour le spectacle de Noël, comme mettre en scène une pièce de théâtre, ou diriger un chœur, ou organiser des danses autour d'un mât enrubanné. À la place, elle assumerait un travail moins glorieux dans les coulisses, annonça-t-elle le lendemain de son arrivée. Après quoi, ayant rameuté un groupe d'élèves volontaires, elle entreprit de donner vie aux décors dessinés par M. Upton, ne dédaignant pas de manier pinceaux et brosses à l'occasion.

— Et dire que jusqu'à ce que Christine épouse Bewcastle et mette nos vies sens dessus dessous, je trouvais que la vie idéale consistait à rester tranquillement dans notre cottage avec un livre ouvert sur les genoux, dit-elle un soir dans le petit salon de Claudia en frottant une tache de peinture sur son doigt.

— Et vous pensez toujours la même chose? demanda Susanna avec un regard malicieux.

Eleanor pouffa de rire.

— De temps en temps seulement, avoua-t-elle. Comme ce matin, par exemple, lorsque Agnès Ryde a lâché un juron cockney et que j'ai dû résister à la tentation de feindre de ne pas comprendre. Heureusement, Agnès est l'une de mes préférées, même si, j'en suis sûre, Claudia, vous allez me dire qu'un professeur ne doit pas avoir de préférée. Agnès a vraiment du caractère.

— Parfois trop, je le crains! observa Claudia avec un soupir. Mais on ne peut s'empêcher d'aimer cette enfant.

— Hier, elle m'a dit que parler correctement en feignant d'être une duchesse, comme je l'avais suggéré, est finalement assez *rigolo*, dit Lila. J'ai même eu droit à un sourire. Elle a haussé un sourcil dédaigneux, et m'a tendu la main comme si elle s'attendait que j'y dépose un baiser.

Elles rirent de bon cœur, et Susanna se leva pour servir une seconde tasse de thé.

— Est-ce que la lettre que vous avez reçue ce matin vous a apporté de bonnes nouvelles ? s'enquit Claudia.

Susanna avait d'abord pensé qu'elle venait d'Anne ou de Francesca, jusqu'à ce qu'elle s'aperçoive que l'écriture lui était inconnue.

— Elle venait de lady Markham, de Fincham Manor, répondit-elle. C'est dans le Hertfordshire, là où j'ai grandi, ajouta-t-elle à l'adresse de Lila et d'Eleanor.

— Et ? demanda Claudia, sa tasse de thé à mi-chemin de ses lèvres.

— Je suis invitée à passer Noël là-bas. Edith, M. Morley et leur fils seront là. C'est sir Theodore Markham en personne qui m'invite. C'est extrêmement gentil de sa part et de celle de lady Markham qui, j'imagine, lui a raconté notre rencontre à Bath il y a quelques semaines, mais je vais refuser, bien sûr. Je leur aurais écrit aujourd'hui si je n'avais pas eu tant à faire avec la pièce et un paquet de devoirs à corriger.

— Susanna ! s'exclama Lila, incrédule. Vous avez l'occasion de passer des vacances avec un baronnet et sa famille dans leur maison de campagne, et vous allez *refuser* ?

— Bien sûr, fit Susanna en souriant. J'ai eu deux semaines de vacances à la fin du mois d'août. Ce serait affreusement égoïste d'en réclamer d'autres maintenant.

— Lila et moi restons avec Claudia pour nous occuper des élèves qui ne partent pas, intervint Eleanor.

— Je n'ai pas envie d'y aller, déclara Susanna. Je préfère rester avec vous.

Elles bavardèrent encore quelques minutes, puis Eleanor annonça qu'elle devait à tout prix aller dormir si elle voulait survivre à sa prochaine journée d'enseignement. Lila sortit avec elle. Susanna les aurait suivies après avoir empilé les tasses sur un plateau si Claudia ne l'avait retenue.

— Il y a dans cette lettre quelque chose qui vous bouleverse plus que ne le fait une simple invitation, observa-t-elle. Vous voulez m'en parler, Susanna ?

Lâchant un soupir, la jeune femme se rassit.

— Je ne peux pas retourner à Fincham Manor, Claudia. Trop de mauvais souvenirs y sont associés.

— Et c'est trop près de Sidley Park, ajouta Claudia.

Ce n'était pas une question.

— Oui, admit la jeune femme, les yeux baissés.

Elles demeurèrent silencieuses un instant. Ni l'une ni l'autre n'avaient prononcé nom du vicomte Whitleaf depuis que Susanna et lui s'étaient fait leurs adieux. Le chagrin de la jeune femme était trop intense pour être partagé même avec la plus chère des amies, et Claudia l'avait deviné et respecté.

— Il serait peut-être nécessaire que vous y retourniez, non ? risqua Claudia, rompant le silence. Maintenant que le passé a été déterré, que vous l'ayez voulu ou non, ne vaudrait-il pas mieux que vous l'examiniez une bonne fois pour toutes afin de pouvoir tourner définitivement la page ?

Susanna leva la tête et fixa les braises rougeoyantes.

— Il y avait des lettres, commença-t-elle. Je ne vous l'ai pas dit après ma visite à Laura Place, n'est-ce pas ? Mon père en a écrit deux avant de mourir : une pour sir Charles Markham, l'autre pour moi. Elles sont toutes deux à l'abri dans un coffre à Fincham Manor. Theodore m'enverra la mienne si je le désire, mais il me recommande de venir les lire chez lui pour que nous puissions en parler ensuite.

— Mon Dieu, Susanna ! s'exclama Claudia. Quel choc cela a dû être – mais un choc heureux – de découvrir que votre père vous avait écrit avant de se supprimer. Et d'apprendre en outre que ces deux lettres existaient toujours ! Vous ne mourez pas d'envie de lire la vôtre ? Je vous libère dès demain si vous le souhaitez, afin que vous n'ayez pas à attendre plus que nécessaire.

— Je ne veux pas la voir.

Claudia la regarda fixement et haussa les sourcils.

— Je sais pourquoi il s'est tué, continua Susanna, et je ne supporte pas de lire ce qui lui a semblé convenable d'avouer à une enfant de douze ans. Il aimait la vicomtesse Whitleaf, Claudia, mais elle s'est montrée cruelle envers lui et lui a brisé le cœur. Lady Markham m'a expliqué il y a quelques semaines qu'il y avait quelque chose de honteux dans le passé de mon père, que cela allait être révélé, et que cette révélation allait l'exposer à la disgrâce, au renvoi et à la pauvreté, mais je ne le crois pas. Je *connais* la vérité. La vicomtesse Whitleaf a tué mon père aussi sûrement que si elle avait appuyé sur la détente. On pourrait dire aussi qu'il est mort parce qu'il était trop faible pour survivre à un cœur brisé.

Voilà. C'était la première fois qu'elle le disait à haute et intelligible voix. Elle avait tenté de ne pas le penser, de nier qu'une personne puisse détenir autant de pouvoir sur une autre, et que cette autre ne puisse trouver en elle la force ou la volonté de se battre. Elle les avait *vus* ensemble. Elle les avait *entendus*. Elle *savait*. Elle avait toujours su.

Son père l'avait quittée, l'avait abandonnée à jamais, parce qu'il n'avait pu vivre sans l'amour d'une femme qui se moquait éperdument de lui – selon les paroles mêmes de la vicomtesse.

Rien d'étonnant que Susanna ait frémi intérieurement en entendant le nom de Whitleaf sur cette route de campagne près de Barclay Court.

— Oh, Susanna… murmura Claudia. La vicomtesse *Whitleaf,* entre toutes ? Ma pauvre chérie.

— Vous comprenez à présent pourquoi je ne veux rien avoir à faire avec tout ceci. Ni avec *lui*.

Claudia soupira.

— Pourquoi nous obstinons-nous à penser que nous pouvons contrôler nos vies en travaillant dur et en évitant de nous mêler des affaires d'autrui ? Vous ne méritez vraiment pas cela. Vous ne le méritiez pas non plus lorsque vous aviez douze ans.

— C'est le passé, et seul compte le présent. J'ai ma vie et mes amies ici dans le présent, et je suis parfaitement heureuse, Claudia. Vraiment.

— Sauf que vous ne rayonnez plus, Susanna.

Elles échangèrent un regard.

— Il est possible que personne ne l'ait remarqué, reprit Claudia. Vous êtes aussi énergique, enjouée et active que d'ordinaire. Vous souriez et vous riez autant. Mais cela fait longtemps que je vous connais, et je vous aime comme si vous étiez ma sœur cadette – et *je* sais que le soleil a cessé d'éclairer votre vie.

Susanna ferma brièvement les yeux.

— Tout ce dont j'ai besoin, c'est de temps. Je *prouverai* qu'un cœur brisé peut guérir, et que la vie vaut toujours la peine d'être vécue. J'ai besoin d'un peu de temps, c'est tout.

Son cœur était bel et bien brisé. Il était inutile de le nier. Parfois, elle se demandait si elle trouverait la force de refuser cette demande en mariage si elle lui était faite maintenant. Heureusement, cela ne risquait pas d'arriver. Toutes autres considérations mises à part – et elles étaient nombreuses –, elle ne pourrait jamais épouser le fils de la vicomtesse Whitleaf.

— Je vais vous donner un conseil inopportun, ce en quoi excellent les institutrices, hélas ! Acceptez cette invitation. Allez passer Noël à Fincham Manor. Écoutez ce que Theodore Markham a à vous dire. Lisez votre lettre – et l'autre aussi si l'on consent à vous la montrer. Découvrez la vérité avec les mots de votre père – découvrez le point de vue de sir Theodore. Vous croyez déjà connaître le pire, alors, que craignez-vous ? Allez voir l'endroit que vous avez fui il y a onze ans et faites en sorte que les fantômes reposent en paix. Quant au vicomte Whitleaf et à sa mère, voyez-les si vous le désirez, et si l'occasion se présente, ou bien évitez-les si vous préférez. Mais affrontez ce problème et réglez-le. Réglez-le, tournez la page, et allez de l'avant afin que le soleil brille de nouveau en vous.

— C'est comme si une plaie avait été rouverte cet été et qu'ensuite, une succession d'autres blessures m'avaient été infligées. À plusieurs reprises j'ai eu l'impression qu'elles ne se fermaient que pour mieux se rouvrir. Elles sont en train de cicatriser, Claudia. Vraiment. Je ne veux pas… je ne supporte pas…

— Mais la lettre que vous avez reçue ce matin a rouvert la blessure, contra Claudia. Combien de temps allez-vous laisser la plaie suinter maintenant que vous savez que votre père vous a parlé avant de mourir – mais que vous avez refusé de l'écouter ? La plaie se rouvrira si vous l'ignorez à présent, mais quand ?

— Je pourrais demander à Theodore de m'envoyer la lettre.

— Vous pourriez, en effet, acquiesça Claudia.

Elle parut sur le point d'ajouter quelque chose, mais se ravisa.

— Il se fait tard, dit Susanna en jetant un coup d'œil à l'horloge sur la cheminée, et je suis fatiguée. Vous devez l'être aussi.

— Oui, je le suis, admit Claudia en se levant. Et je crains de vous avoir condamnée à une nuit d'insomnie, Susanna. Mais je crois que vous en auriez eu une de toute façon après avoir reçu cette lettre. C'est étrange, vous ne trouvez pas, comme un événement peut être la cause innocente d'un autre événement sans aucun rapport avec le premier ? Nous avons été toutes deux enchantées qu'Anne revienne du pays de Galles à temps pour que vous puissiez aller à Barclay Court. Si elle était revenue ne serait-ce qu'un jour plus tard, rien de tout cela n'aurait eu lieu. Mais peut-être que ce serait arrivé quand même, d'une autre façon. Peut-être qu'il est tout simplement impossible d'échapper à sa destinée. Oh, la la, je dois être *vraiment* fatiguée pour dire autant de sottises !

Susanna dit bonne nuit à Claudia et monta dans sa chambre. Quelques minutes plus tard, elle était blottie sous les couvertures. Mais le sommeil la fuit longtemps.

Si *seulement* Anne était rentrée un jour plus tard. Si *seulement* la duchesse de Bewcastle et la vicomtesse Ravensberg n'avaient pas organisé une réception de mariage pour Anne et M. Butler. Si *seulement* elle n'était pas allée au concert et n'avait pas aperçu lady Markham et Edith. Si *seulement* elle n'avait jamais su que son père lui avait écrit une lettre.

Et si seulement Claudia avait approuvé son projet d'écrire à Theodore pour décliner à la fois son invitation et son offre de lui envoyer la lettre de son père.

*Pourquoi* est-ce qu'elle ne voulait pas lire cette lettre ? La question la réveilla de nouveau alors qu'elle commençait à s'assoupir.

Voulait-t-elle tourner le dos à son père comme il l'avait fait avec elle ? Était-ce une façon de se venger du chagrin qu'il lui avait infligé ? Voulait-elle le blesser bien qu'il ne soit plus en état de souffrir ?

*Papa,* pensa-t-elle en enfouissant le visage dans l'oreiller.

Cela faisait des années qu'elle n'avait pas pensé à lui sous ce nom.

Et, finalement, juste avant qu'elle ne s'endorme, elle se rendit compte qu'en vérité elle n'avait pas le choix. Se faire envoyer la lettre ici comblerait peut-être un vide, bien qu'elle en doutât. Mais il y avait d'autres choses à savoir, des endroits à revoir, des gens à qui parler.

Elle devait y retourner.

Elle devait tout voir, tout entendre, tout lire.

Peut-être y parviendrait-elle sans avoir à poser les yeux sur le vicomte Whitleaf. Après tout, elle ne l'avait vu qu'une seule fois lorsqu'ils étaient enfants.

Et si, par pur hasard, elle le revoyait, eh bien, alors…

Une chose à la fois.

Pour ce soir, admettre qu'elle allait retourner là-bas était suffisant.

Suffisant pour l'emplir de terreur.

Néanmoins, sa décision prise, elle s'endormit.

# 21

Susanna arriva à Fincham Manor en fin d'après-midi trois jours avant Noël. Elle avait quitté Bath de bonne heure le lendemain du spectacle et de toutes les autres festivités qui accompagnaient la fin du trimestre. Aussi était-elle fatiguée avant de partir et épuisée en arrivant.

Le fait qu'elle redoutait ce séjour n'aidait en rien, évidemment.

Qu'éprouverait-elle en rentrant dans cette maison ? s'était-elle demandé cent fois durant le trajet. Quand elle l'avait quittée, onze ans plus tôt, son père venait de se tuer et elle avait entendu lady Markham parler d'elle comme d'un fardeau.

Bien que tout lui parût étrangement familier, c'était comme si elle avait connu cette maison dans une autre vie. Elle ne ressentit aucun lien émotionnel.

Cette fois, bien sûr, elle avait une chambre dans la partie principale de la demeure et non la jolie petite mansarde à côté de celle de son père. Elle était une invitée.

Edith et M. Morley étaient déjà arrivés, et d'autres personnes étaient attendues. Toute la famille l'accueillit chaleureusement – Theodore alla jusqu'à lui étreindre la main en lui assurant qu'elle était devenue une beauté. Lui-même était devenu un bel homme solidement bâti, au visage ouvert et à la crinière noire visiblement rebelle. Enfant, elle l'avait adoré, se rappelait-elle, et la sympathie la poussa de nouveau vers lui.

— Vous avez sûrement envie de vous rafraîchir un peu avant le dîner, Susanna, dit-il. Puis-je toujours vous appeler Susanna ?

— Seulement si vous me permettez de vous appeler Theodore.

Il acquiesça en riant.

Le souper achevé, Susanna, qui prenait une tasse de thé au salon avec lady Markham et Edith pendant que les messieurs buvaient leur porto dans la salle à manger, eut du mal à garder les yeux ouverts.

— Susanna est très lasse, observa lady Markham lorsque son fils et son gendre les rejoignirent. Je pense que ce dont vous comptiez discuter ce soir devrait attendre demain, Theodore.

La lettre que son père lui avait écrite juste avant de mourir était dans cette maison. Elle avait fait le voyage pour la lire. Mais pas ce soir. Elle avait besoin d'être bien réveillée et forte.

— J'allais suggérer la même chose, avoua Theodore. Est-ce que cela vous convient, Susanna ? Aimeriez-vous vous retirer pour la nuit, à présent ?

— Oui, s'il vous plaît, répondit-elle en se levant. Merci, Theodore. Et merci de m'avoir invitée.

— Nous discuterons demain matin, dans ce cas. Nos autres invités sont attendus plus tard dans la journée.

Lady Markham accompagna Susanna jusqu'à sa chambre.

— Je suis heureuse que vous ayez pu venir, dit-elle. J'ai toujours trouvé que cette histoire ne s'était pas achevée comme elle l'aurait dû. Maintenant, nous allons peut-être réussir à y mettre un point final et rester amies lorsque vous aurez regagné Bath. Bonne nuit, Susanna. Dormez bien.

Ce que fit Susanna. Elle ne se rappela rien entre le moment où elle posa la tête sur l'oreiller et celui où elle fut réveillée par la servante qui allumait le feu dans la cheminée. Une tasse de chocolat chaud fumait sur sa table de chevet.

Quel luxe !

Mais lorsqu'elle s'habilla, peu après, ses dents claquaient non pas de froid mais d'appréhension à la pensée de ce que la matinée lui réservait.

Il lui fallut tout d'abord endurer le petit déjeuner, sourire, bavarder et assurer à Edith qu'elle désirait vivement monter embrasser Jamie.

— Plus tard, Edith, intervint Theodore en se levant après ce qui lui avait paru une éternité. Susanna et moi avons d'abord à faire. Je vais chercher votre lettre, Susanna, et vous pourrez la lire où vous voudrez, dans votre chambre ou dans le salon, qui est toujours désert à cette heure de la journée. Ou encore dans la bibliothèque, si vous préférez.

Et soudain, l'idée d'attendre qu'il revienne avec la lettre lui fut insupportable.

— Je vous accompagne, si vous le permettez.

— Certainement.

Elle lui emboîta le pas.

Lorsqu'elle le vit hésiter, la main sur la poignée de la porte, Susanna comprit que c'était là le cabinet de travail de son père. La pièce où il s'était suicidé.

— Je vais entrer la chercher, proposa-t-il en lui souriant affectueusement. Cela ne prendra qu'une minute.

— S'il vous plaît, fit Susanna en lui touchant le bras.

Il poussa un soupir et, ouvrant la porte, s'effaça pour la laisser entrer.

Elle reconnut la pièce avec émotion bien qu'elle n'y soit venue que rarement. Son père avait cependant l'habitude de laisser le battant entrouvert et elle s'était souvent tenue à l'extérieur, humant l'odeur de cuir et d'encre, et l'écoutant parler lorsqu'il y avait un visiteur. Il s'agissait souvent de Theodore. Ils discutaient de chevaux, de chasse ou de pêche, la voix du garçon claire et impatiente, et celle de son père grave et emplie d'indulgence. Plus d'une fois, elle avait eu envie de pousser la porte et de se joindre à eux. Son père ne l'aurait sûrement pas renvoyée. Il l'aurait peut-être même bien accueillie et laissée grimper sur ses genoux. Peut-être – et c'était là une pensée nouvelle – qu'il s'était senti aussi négligé par elle qu'elle par lui. Peut-être qu'il avait pensé qu'étant une fille, elle préférait passer ses journées avec Edith.

Debout devant la table de travail, elle laissa ses doigts courir sur le sous-main en cuir, puis se tourna vers Theodore en esquissant un sourire.

— C'est étrange de revisiter une partie de sa vie que l'on avait crue enfuie à jamais.

— Il fait froid ici, murmura-t-il après l'avoir contemplée en silence. Je vais récupérer la lettre et vous pourrez aller la lire dans une pièce plus chaude.

— Merci.

Il faisait froid, supposait-elle, parce qu'il n'y avait pas de feu dans la cheminée et que le vent secouait les carreaux de la fenêtre au-delà de laquelle on apercevait un ciel menaçant. Mais même sans sa robe en laine et le châle que Claudia lui avait offert pour Noël, elle n'en aurait pas souffert.

— Je voudrais la lire ici. Je vous en prie, Theodore.

C'était ici que cette lettre avait dû être écrite, sur ce bureau même. Juste avant de…

Théodore ne discuta pas. Il s'accroupit pour allumer le feu, puis alla ouvrir le coffre. Il en sortit une feuille de papier aux bords jaunis, pliée et cachetée.

— Je vais vous laisser un moment, et je reviendrai pour répondre aux questions que vous auriez éventuellement à me poser – si tant est que je puisse y répondre, car j'étais en pension à l'époque, et l'on ne m'a pas dit grand-chose. Toutefois, j'ai lu la lettre adressée à mon père, et j'ai discuté avec ma mère.

— Merci.

Au lieu d'une seule lettre, elle s'aperçut qu'il lui en tendait deux.

Elle s'en empara et ferma les yeux jusqu'à ce qu'elle entende la porte se refermer. Elle s'assit alors derrière le bureau et regarda les lettres.

La sienne était sur le dessus. Les mots *Mademoiselle Susanna Osbourne* étaient écrits de l'écriture ferme et élégante de son père. Sa main n'avait même pas tremblé, remarqua-t-elle en glissant le pouce sous le cachet pour le briser.

*Ma très chère Susanna,* lut-elle, *tu penseras que je t'ai abandonnée, que je ne t'ai pas aimée suffisamment pour vivre pour toi. Quand tu seras plus grande, peut-être comprendras-tu que c'est faux. Mon existence, si je devais continuer à vivre, changerait de façon drastique, et la tienne aussi par conséquent. Je pourrais peut-être affronter ce bouleversement si j'étais seul, comme j'en ai affronté un autre lorsque j'étais plus jeune. Qui sait ? Mais je ne peux te l'infliger. J'ai été accusé de deux crimes affreux, et si j'ai commis le premier, ce n'est pas le cas du second. Mais mon innocence dans le dernier ne pèse pas lourd. À la lumière du premier, on me croira coupable une nouvelle fois.*

*Ma réputation est ruinée, comme je le mérite peut-être. Ta mère en a déjà payé le prix ultime. Il est temps que je paie à mon tour. Et je le fais – ou c'est ce que je me dis pour tenter de donner à ma vie une touche de noblesse – afin que tu puisses vivre. Tu as de la famille, Susanna, de mon côté et de celui de ta mère. Et l'une ou l'autre sera heureuse de t'accueillir quand je ne serai plus là. Ils t'auraient volontiers élevée dès ta naissance, mais j'étais trop égoïste pour renoncer à toi. Tu étais tout ce qui me restait. J'ai laissé des instructions à sir Charles qui veillera à ce que vous soyez réunis. Ils seront bons pour toi – ce sont des gens bien. Ils t'aimeront. Tu auras une enfance heureuse et protégée, et un brillant avenir. Je te le promets même si la vie te paraît sinistre alors que tu lis ces lignes. Je vais prendre congé de toi, ma très chère enfant. Sois assuré que je t'aime et t'ai toujours aimée. Papa.*

Susanna frotta du pouce ce dernier mot. *Papa*. L'avait-elle vraiment appelé ainsi ? Mais bien sûr que oui. Elle n'était passée à *mon père* qu'après le drame.

*Je le fais afin que tu puisses vivre.*

Devait-elle porter aussi ce fardeau ?

*Je pourrais peut-être affronter ce bouleversement si j'étais seul.*

Il ne mentionnait nulle part la vicomtesse Whitleaf ni le fait qu'il avait préféré la mort à la vie sans la femme aimée. Mais un père avouerait-il une telle chose à sa fille de douze ans ?

Il avait *bel et bien* aimé la vicomtesse. Elle les avait vus ensemble peu avant qu'il se tue. Elle se cachait derrière une haie près de la route qui menait au village, et s'apprêtait à se relever, car il était devenu évident qu'incapable de la trouver, Edith s'était lassée de jouer et était rentrée à la maison. Mais voilà qu'était apparu son père, marchant à la hauteur du cheval de lady Whitleaf. Tous deux s'étaient arrêtés à quelques mètres de Susanna qui n'avait pas osé sortir de sa cachette.

— Vous pensez que je m'en soucie ? avait jeté lady Whitleaf avec un mouvement de la tête qui avait fait tressauter la plume qui ornait son chapeau. Je me moque complètement de vous, comme je l'ai toujours fait.

Sa beauté altière avait frappé Susanna.

— Je suis désolé, avait dit son père en prenant la main de la vicomtesse pour la porter à ses lèvres. Je suis sincèrement désolé.

— Vous regretterez d'avoir visé si haut, avait-elle rétorqué en lui arrachant sa main. Et de m'avoir molestée.

— *Molestée ?* avait-il répété en reculant d'un pas. Je suis désolé que vous voyiez les choses ainsi.

— Eh bien, c'est le cas.

Elle l'avait regardé comme s'il n'était qu'un ver de terre se tortillant à ses pieds.

— Imaginer que j'aurais daigné remarquer un simple secrétaire, quelle audace ! J'espère que votre cœur *est* brisé. Il mérite de l'être. J'espère que vous en mourrez.

Sur ce, elle avait enfoncé ses éperons dans les flancs de sa monture et s'était éloignée au petit galop.

Pétrifiée derrière sa haie, Susanna avait regardé son père se passer une main lasse sur le visage avant de reprendre la direction de la maison.

Revenant au présent, elle entendit le feu crépiter dans la cheminée et sentit sa chaleur.

Elle avait de la famille – ou en avait eu onze ans plus tôt, du côté de sa mère comme de son père. Ils l'auraient volontiers prise chez eux – mais sans son père. Qu'avait-il fait pour les offenser à ce point ?

*J'ai été accusé de deux crimes affreux, et si j'ai commis le premier...*

Sa mère en avait payé le prix ultime, et maintenant c'était son tour à lui.

Le prix de quoi ? Quel crime affreux devait être payé de la mort de deux personnes ?

Son père s'était suicidé pour son bien à elle. Sans elle, il aurait peut-être lutté. Il l'avait gardée avec lui alors qu'il aurait pu l'envoyer vivre dans sa famille ou dans celle de sa mère. Il avait été trop égoïste pour renoncer à elle.

Susanna posa le front sur la lettre.

Que de pensées et d'émotions contradictoires !

Mais seule une pensée se détachait avec clarté :

... *ma très chère enfant.*

Theodore allait revenir, se rappela-t-elle soudain en se redressant. La lettre de son père avait soulevé autant de questions qu'elle avait fourni de réponses. Peut-être existait-il d'autres réponses...

Elle tendit la main vers la deuxième lettre dont le cachet était déjà brisé. Est-ce que l'un des obstacles à son mariage avec Peter allait disparaître – bien qu'il y en ait un millier d'autres ?

Son regard passa rapidement sur le préambule et se porta directement sur le corps du texte, écrit d'une main qui n'avait pas plus tremblé que pour sa propre lettre.

*Vous m'avez écouté avec bonté l'autre jour quand, devançant la vicomtesse Whitleaf, je vous ai confié mes sordides secrets. Je n'ai jamais respecté les amateurs de chantage ni ceux qui acceptaient d'être leur victime. Vous avez même eu l'amabilité de refuser ma démission – du moins en attendant de voir ce que la dame allait raconter et quel scandale en résulterait.*

*Depuis, cependant, la situation a empiré. Sachant désormais que mon passé vous était connu, et que ses menaces de tout vous révéler devenaient sans objet, elle veut à présent répandre une histoire selon laquelle je l'aurais molestée, et même violée. Ce serait un mensonge stupide s'il n'y avait deux faits susceptibles de le rendre crédible. L'un vient de ce que cet épisode de ma jeunesse qu'elle souhaitait vous révéler est vrai, et qu'elle n'hésitera pas à le raconter partout. L'autre vient du ragot auquel cette dame et moi avons donné naissance l'année dernière à Londres – car, c'est vrai, pendant un temps lady Whitleaf et moi avons été amants. Mon erreur – l'une des innombrables que j'ai commises dans ma vie – a été de vouloir rompre au lieu d'attendre qu'elle se lasse et décide elle-même de mettre fin à cette liaison.*

*Cela me bouleverse de faire courir à votre famille le risque d'un tel scandale. Vous ne pourrez continuer à me défendre. Je suis perdu de réputation et peut-être même devrais-je faire face à des poursuites judiciaires. Je ne vois d'autre issue que ce qui sera fait lorsque vous lirez cette lettre. Ma mort fera peut-être taire cette dame et empêchera tout scandale autre que celui lié à mon suicide.*

*Mais je ne peux pas attendre d'avoir quitté Fincham. Il y a Susanna, voyez-vous. Elle est ce que j'ai de plus précieux au monde. Lady Markham et Mlle Edith ont toujours été extrêmement gentilles avec elle, ce dont je ne les remercierai jamais assez. Faites encore une chose pour elle, je vous en prie. Envoyez-la chez mon père avec le mot ci-joint. C'est un homme bon et honorable. Il lui offrira la sécurité d'un foyer et la tendresse d'une famille.*

*Je vous remercie, sir Charles, de m'avoir accordé le privilège de vous servir…*

Susanna reposa la lettre sans lire la dernière ligne.

Elle avait donc eu raison, mais pas de la façon qu'elle croyait. Lady Whitleaf l'avait effectivement poussé au suicide. La bribe de conversation qu'elle avait surprise avait une signification différente de ce qu'elle avait imaginé, mais l'issue avait été la même.

Sauf qu'il n'était pas mort parce qu'il aimait la vicomtesse, mais parce qu'il l'aimait, elle, sa fille.

*Elle est ce que j'ai de plus précieux au monde.*

*… ma très chère enfant.*

Un petit coup à la porte la fit sursauter, et Theodore entra. Il l'avait laissée seule une bonne heure, découvrit-elle en consultant l'horloge sur la cheminée.

— Je vous ai apporté une tasse de thé, annonça-t-il en la posant sur le bureau avant de tisonner le feu.

— Théodore, qu'avait fait mon père de si terrible autrefois ?

Il se redressa et la regarda.

— Êtes-vous sûre…

— Oui.

Elle agrippa les pans de son châle qu'elle resserra sur ses épaules, bien que la petite pièce ne soit plus froide.

— J'ai besoin de savoir, insista-t-elle.

— Voici ce que j'ai appris : votre mère a d'abord été l'épouse du frère aîné de votre père, qui s'en est épris. Amour qui devint vite réciproque. L'aîné a demandé des comptes au cadet, une querelle a éclaté entre les deux frères qui se sont battus, et l'aîné est mort. L'affaire a été présentée comme un accident tragique – ce qu'elle était réellement –, mais votre père a été banni de sa famille. Votre mère l'a suivi, et ils se sont mariés. Épouser la veuve de son frère n'est pas expressément interdit, mais cela fait sourciller. D'autant plus que le mariage a eu lieu un mois environ après la mort du premier époux. Les deux familles les ont reniés.

Les poings serrés, les yeux rivés sur les phalanges blanchies, Susanna écoutait avec ahurissement l'histoire de ses parents.

— Un an après, votre mère est morte, continua Theodore. Mon père l'a connue. Il a dit à ma mère qu'ils étaient très épris l'un de l'autre, Susanna. Et que vous ressemblez à votre mère.

Sa mère était morte en lui donnant la vie. Elle avait tout risqué, le scandale et l'ostracisme, pour mourir en couches.

Et son père s'était suicidé douze ans plus tard, rattrapé par son passé qu'une femme malveillante menaçait de révéler pour le détruire. Susanna ne pouvait qu'imaginer le poids des remords qu'il avait dû supporter alors même qu'il se montrait courtois et affectueux.

Elle ressemblait à sa mère.

— Mon père est allé trouver lady Whitleaf après les funérailles, reprit Theodore. Elle a nié avoir eu l'intention de commettre l'infamie que redoutait votre père. Mais il s'était montré présomptueux et familier avec elle, a-t-elle affirmé, au point qu'elle avait bien failli venir se plaindre de lui à mon père – voilà tout. L'affaire s'est arrêtée là, mais, depuis, mes parents et elle sont en froid, car ils ont toujours cru à la version d'Osbourne.

Susanna avait à présent déployé les mains sur le bureau et les examinait avec attention.

— La troisième lettre a été envoyée à votre grand-père paternel, reprit Theodore, Lui aussi vous a recherchée activement, mais vous étiez perdue sans laisser de trace, jusqu'à ce que Whitleaf vous retrouve cet été.

— Je n'étais pas perdue, rectifia-t-elle après avoir bu une gorgée de thé chaud qui lui fit du bien. Et il ne m'a pas retrouvée.

— Façon de parler, fit-il en souriant. Puis-je vous ramener auprès de ma mère et d'Edith dans le petit salon, à présent ?

— Oui, dit-elle avec un soupir. Theodore, je ferais peut-être mieux de rentrer à Bath demain afin que vous passiez un Noël tranquille en famille sans vous sentir obligés de me divertir.

— Cela briserait le cœur d'Edith et blesserait ma mère. Et moi non plus, je ne serais pas content. D'autres invités arrivent tout à l'heure, rappelez-vous.

— Raison de plus pour que je parte.

— Pas du tout.

Debout devant la cheminée, il se balançait d'avant en arrière sur ses pieds.

— J'attends le colonel et Mme Osbourne, ainsi que le révérend Clapton, du Gloucestershire – vos deux grands-pères et votre grand-mère paternelle.

Susanna le fixa sans mot dire.

— C'est ma mère qui en a eu l'idée dès que vous avez accepté notre invitation. Je leur ai écrit aussitôt, et ils n'ont pas hésité. Ils veulent vous connaître.

Elle avala laborieusement sa salive.

— Mes grands-parents ? souffla-t-elle, les mains moites.

— Seigneur ! s'exclama-t-il. J'ignore si j'ai agi comme il le fallait, Susanna. Mais je sais que mon père aurait fait tout ce qui était en son pouvoir pour vous, et ma mère vous a toujours aimée comme si vous étiez sa fille. J'ai pensé que je devais approcher le plus possible de ce que votre père avait demandé au mien – à la différence près que je vous amène vos grands-parents au lieu de vous envoyer chez eux.

Elle n'était pas seule au monde. Elle avait trois grands-parents, et peut-être des oncles et des cousins. Elle l'avait lu dans les lettres de son père, mais ce fait ne s'était pas encore inscrit dans son cerveau.

Elle avait des grands-parents, et ils venaient ici, à Fincham Manor.

Aujourd'hui.

Susanna se leva brusquement.

— Il faut que je sorte.

— Dehors ? fit Theodore dont les sourcils épais se rejoignirent au-dessus de l'arête du nez.

— Oui, dehors.

— Qu'entendez-vous par là ? Vous ne voulez pas rentrer à Bath ? Vous n'allez pas vous enfuir de nouveau ?

Qu'entendait-elle par là ? Elle le savait à peine. Elle suffoquait. Son cerveau était sur le point d'exploser, lui semblait-il.

Elle inspira à fond, relâcha lentement son souffle.

— J'ai juste besoin de faire un tour, Theodore. De prendre un peu l'air. Cela vous ennuie ? Vous trouvez cela très grossier ? Rassurez-vous, je n'ai pas l'intention de m'enfuir.

— Je vais vous accompagner, proposa-t-il, l'air soucieux. Ou peut-être ma mère, ou Edith…

— Non, je préfère être seule. J'ai besoin de réfléchir, d'y voir un peu plus clair.

— Ah… Dans ce cas, prenez tout le temps qu'il vous faudra, Susanna. Et revenez ensuite vous réchauffer et savourer Noël avec nous. Nous ferons tout notre possible pour vous le rendre agréable.

— Je vous remercie.

Elle monta en hâte dans sa chambre et, soulagée de n'avoir rencontré personne, enfila son manteau, ses gants et son chapeau, et mit ses bottines fourrées. Si seulement elle pouvait sortir sans être vue…

Elle n'eut pas cette chance.

Theodore était dans le vestibule, discutant avec un visiteur. Peut-être l'un des invités attendus, supposa Susanna. Avant de se rendre compte que le visiteur en question était un jeune homme, et que ce jeune homme était lord Whitleaf.

Il leva les yeux à cet instant et leurs regards se heurtèrent.

Elle en reçut un coup au cœur et faillit dévaler les dernières marches pour se ruer dans ses bras.

— Mademoiselle Osbourne, dit-il.

— Lord Whitleaf.

Tout en s'obligeant à descendre lentement, elle se demanda s'il était au courant qu'elle était à Fincham Manor.

— Susanna sort se promener, expliqua Theodore. J'ai proposé de l'accompagner, mais elle a besoin d'être seule. Elle vient de lire la lettre que son père lui a écrite avant de mourir. Allez-y, Susanna, je vous en prie. Je vais emmener Whitleaf auprès de ma mère, il a une invitation à transmettre.

— Plus tard, Theo, si cela ne vous ennuie pas, dit le vicomte dont les yeux étaient restés soudés à ceux de Susanna. Je vais ressortir avec Mlle Osbourne… si elle accepte ma compagnie.

Le souvenir de ce que la vicomtesse avait fait à son père traversa l'esprit de Susanna. Mais Peter n'était pas sa mère, se rappela-t-elle. Et soudain, la pensée d'être seule, de le laisser derrière elle lui parut insupportable.

— Merci, fit-elle avant de sortir sans un regard en arrière.

# 22

— On pourrait dire sans exagérer que la maison est remplie jusqu'aux poutres et que les coutures menacent de craquer, avait fait remarquer Peter, la veille au soir, à Bertie Lamb, son beau-frère préféré, le mari d'Amy.

La foule se composait essentiellement de parents, et de parents de parents – et bien sûr des Flynn-Posy qui n'étaient apparentés à personne, mais avaient visiblement l'espoir de remédier à cette situation dans un avenir proche. Arabella Flynn-Posy était une jeune fille de dix-sept ans aux cheveux et aux yeux noirs, vraiment jolie en dépit d'une bouche qui avait tendance à devenir boudeuse à la moindre provocation. La mère de Peter l'adorait, et la mère de la jeune fille l'adorait, lui. Un imbécile qui n'aurait eu qu'un petit pois en guise de cerveau aurait vu clair dans leurs intentions au premier regard.

— Mais votre mère est aux anges, avait dit Bertie. Et vos sœurs aussi. Et j'aime quand il y a du monde, je l'avoue. Quant au bal, c'est une rudement bonne idée ; cela va égayer cette fin d'année pour tout le voisinage.

Sur ce sujet, sa mère n'était pas aux anges, Peter le savait. Mais il avait subitement décidé d'inviter tous leurs voisins à un grand bal de Noël sans consulter quiconque en dehors de la gouvernante, du majordome et de la cuisinière, personnages que les préparatifs concernaient au premier chef, et qui étaient, *eux*, aux anges à la perspective d'être les acteurs d'un *bal* à Sidley.

Sa mère avait été la dernière à être au courant.

Enfin, non, pas tout à fait la dernière.

Car lorsqu'il lui en avait parlé, il n'était pas encore allé à Fincham Manor. Ce serait vraiment navrant si les Markham ne pouvaient, ou ne voulaient pas venir au bal, car, il l'admettait en son for intérieur, tout avait été organisé pour eux. Enfin, pas pour *eux* précisément.

Le bal était pour Susanna.

L'amour mettait du temps à mourir, avait-il découvert durant les semaines qui venaient de s'écouler. Il ne s'estompait même pas. Son seul espoir, avait-il tenté de se dire en apprenant qu'elle venait à Fincham, était de rester au loin en priant le ciel que le hasard ne les mette pas en présence.

Alors qu'avait-il fait pour mettre en application cette décision très raisonnable ? Il s'était lancé dans l'organisation d'un bal à Sidley. Après quoi, il était allé à Fincham délivrer ses invitations – en personne, bien sûr, car il savait qu'elle devait être déjà là.

Et voilà qu'il ressortait dans le froid plus vite encore qu'il ne s'était rué dans la maison, après avoir parlé de l'invitation à Theo, mais sans l'avoir remise à lady Markham et à Edith, ainsi que la politesse l'exigeait. Mais la politesse pouvait attendre. Et se réchauffer les mains, les pieds et le reste de sa personne aussi.

Susanna avait besoin de lui – c'était du moins ce qu'il se disait.

Elle avait changé pendant ces quelques semaines. Ses traits semblaient tirés et son teint plus pâle. Et ses yeux avaient l'air plus sombres, par contraste. Et il eut l'impression que ces changements allaient au-delà de ce que les chocs émotionnels de la matinée avaient pu causer.

Il la rattrapa sur la terrasse et la prit fermement par le bras. Elle regardait autour d'elle comme si elle ne savait quelle direction prendre.

— Allons aux écuries, dit-il. Avec un peu de chance, mon cabriolet ne sera pas encore dételé. Laissez-moi vous emmener faire un tour.

— Oui, fit-elle sans le regarder. Oh, oui, s'il vous plaît.

Ce n'était pas tout à fait ainsi qu'il avait imaginé la matinée, songea-t-il tandis qu'ils pénétraient dans la cour pavée où, effectivement, ses chevaux étaient toujours attelés.

Il aida Susanna à monter sur le siège, puis se hissa à côté d'elle. Et tandis qu'il faisait claquer les rênes, le souvenir de leur précédente promenade en cabriolet lui revint à l'esprit. Il lui glissa un coup d'œil, mais elle regardait droit devant elle.

Dès qu'ils furent sur la route, il accéléra l'allure. Il avait l'impression très nette que Susanna avait besoin de s'éloigner de Fincham, ne fût-ce qu'un moment.

Elle leva les yeux vers lui, les joues déjà rosies par le froid, et, de façon tout à fait inattendue, éclata de rire.

Il poussa davantage ses chevaux.

— Volontaire pour un aller-retour jusqu'à Brighton ? s'enquit-il.

Cette fois-ci, lorsqu'elle rit, il y avait une lueur téméraire dans son regard, et il soutint l'allure en se concentrant sur la conduite. Sans battre de record, c'était la première fois qu'il roulait à cette vitesse avec une dame à ses côtés.

— Oh, Peter, c'est merveilleux !

Il savait que son enthousiasme frôlait l'hystérie. Mais il n'y avait rien qu'il puisse faire pour elle, sauf ceci : être avec elle, lui donner l'illusion d'une évasion, si brève soit-elle.

Il finit par ralentir. Ils avaient le vent dans le dos, mais même ainsi, c'était une froide journée d'hiver, et dans un véhicule découvert, la vitesse augmentait la sensation de froid. En outre, ces routes de campagne n'étaient pas à proprement parler destinées à des conduites désinvoltes.

— Racontez-moi votre spectacle de Noël, dit-il.

— Oh, tout s'est bien passé ! C'est toujours le cas, bien sûr, mais chaque année nous craignons le pire. Il n'y a pas eu de désastre, et seulement quelques crises mineures, mais qui sont passées inaperçues du public. De toute façon, le public de ce genre d'événements n'est pas critique. Ce sont des parents et des amis de parents, décidés à tout trouver mieux que parfait. Il y a eu beaucoup de monde – j'étais ravie pour les enfants !

Elle entreprit de lui décrire la pièce qu'elle avait montée, les chœurs, les danses, le tableau de la nativité que Mlle Thompson avait organisé au dernier moment, et la distribution des prix de fin de trimestre présentée par Mlle Martin.

— Mlle Thompson a donc rejoint l'équipe ?

— Elle n'a jamais quitté Bath. Je crois qu'elle est contente et nous aussi, nous sommes contentes de l'avoir avec nous – surtout Claudia. Elles doivent être à peu près du même âge et sont déjà très proches.

Elle tourna la tête vers lui.

— Et vous, vous êtes donc rentré à Sidley ?

— Oui. Vous me l'avez demandé, si vous vous en souvenez, et je vous ai obéi. Je suis venu directement de Bath et je n'ai plus bougé.

Elle le contempla en silence tandis qu'il fixait la route.

— Je me suis même querellé avec mon régisseur, ajouta-t-il.

— Ô mon Dieu…

— Ce n'était pas vraiment une querelle, reprit-il. J'ai émis une suggestion et il l'a rejetée avant même que j'aie terminé de m'expliquer – très gentiment, avec beaucoup de tact, comme si j'étais un garçon de neuf ans un peu demeuré. Je l'ai regardé dans les yeux et je lui ai dit que je n'aimais pas qu'on m'interrompe. J'ai cru que sa mâchoire allait se décrocher et s'écraser sur le sol. Après cela, il m'a écouté avec attention, il a fait une petite suggestion, qui était très raisonnable, et nous sommes parvenus à un accord. C'est peut-être un effet de mon imagination, mais il me semble que, depuis, il me regarde avec quelque chose qui ressemble à du respect.

— Oh, Peter ! s'écria-t-elle en riant. Bravo ! J'aurais aimé être là quand vous lui avez dit que vous n'aimiez pas être interrompu.

— S'il avait été un tant soit peu observateur, il aurait remarqué que mes genoux s'entrechoquaient.

Elle pouffa de rire de nouveau.

— Où allons-nous ? demanda-t-elle soudain.

Il avait cru mener les chevaux sans but précis sur les petites routes qui entouraient Fincham, mais il se rendit compte, tout à coup, qu'il se dirigeait très précisément vers Sidley Park, mais pas la grande maison.

— Je ne pense pas que vous soyez prête à retourner immédiatement à Fincham, n'est-ce pas ?

— Non.

— Mais vous avez besoin de vous abriter du froid. Je vous emmène dans le manoir de la douairière, à Sidley. Bien que personne ne l'habite, on continue à l'entretenir. Nous allumerons un feu dans le salon et vous pourrez me parler de votre lettre – ou ne pas en parler, comme vous le désirez. Vous pourrez rester là aussi longtemps que vous en éprouverez le besoin… Seule ou en ma compagnie.

— C'est très gentil de votre part.

Il n'y eut plus de bavardage ni de rire. L'objectif était atteint : Susanna avait recouvré son calme.

Le reste du trajet s'effectua en silence. Dès le portail franchi, Peter bifurqua dans une petite allée qui s'enfonçait entre les arbres.

Arrivés au manoir, il aida Susanna à descendre de voiture, détela les chevaux qu'il emmena à l'écurie, puis tous deux pénétrèrent dans la maison.

— C'est charmant, commenta-t-elle.

— J'ai toujours adoré cet endroit, avoua-t-il en lui prenant le coude.

Ils entrèrent dans le salon, qui faisait aussi office de bibliothèque à en juger par les rangées de livres qui couraient sur les murs. Les fauteuils ainsi que le sofa étaient recouverts de cuir usé, et s'ils n'étaient pas élégants au sens strict du terme, ils semblaient merveilleusement confortables.

Sans prendre la peine d'enlever son manteau, Peter s'accroupit devant la cheminée pour allumer le feu déjà préparé.

— Venez vous réchauffer, suggéra-t-il.

Elle s'exécuta.

— J'aime cette pièce, déclara-t-elle comme ils se tenaient côte à côte, les mains tendues vers les flammes. Elle est douillette. Je pourrais être heureuse ici.

— Vraiment ?

Il la regarda, et son cœur s'emballa. Il était sûr qu'elle avait rougi quand bien même ses joues étaient déjà colorées par le froid.

Se détournant, elle ôta son chapeau et déboutonna son manteau qu'elle garda sur les épaules, puis s'assit dans l'un des deux fauteuils disposés devant la cheminée. De son côté, Peter se débarrassa de son propre manteau et prit place dans l'autre siège.

Ce n'était pas du tout convenable, songea-t-il tout à coup. Mais au diable les convenances !

— Je suis content que vous ayez décidé de lire la lettre de votre père. Et je suis content que vous l'ayez fait à Fincham. Cela a-t-il été très pénible ?

Les yeux baissés, elle porta les doigts à ses tempes et y dessina des cercles.

— Je ne m'étais pas rendu compte à quel point une écriture pouvait être... vivante. C'était son écriture, et elle m'était aussi familière que son visage. C'est comme si je le surprenais quelques minutes avant sa mort.

Il garda le silence.

— Il m'aimait, souffla-t-elle en relevant la tête.

— Bien sûr qu'il vous aimait.

— Il pensait que sa mort serait préférable pour *moi*. Il devait affronter la disgrâce et peut-être pire, et c'est pour *mon* bien qu'il a choisi de mourir. Peut-on imaginer quelque chose de plus absurde ?

Il vit les larmes perler au bord de ses cils ; elle battit des paupières pour les chasser.

— Comment sa mort pouvait-elle me profiter ?

Elle inspira à fond, attendit une fraction de seconde avant de reprendre :

— Il avait pris des dispositions à mon endroit et m'a assuré que je serais heureuse.

— Des dispositions ?

— Oh, Peter, ils arrivent à Fincham aujourd'hui. Mes deux grands-pères et ma grand-mère maternelle. Ils ont fait tout le voyage depuis le Gloucestershire ! Mais ce sont des *étrangers*. Qu'est-ce que je dois faire ?

Il pensa à la petite fille de douze ans errant dans Londres, allant demander un emploi dans une agence de placement, puis à la même se retrouvant à l'école à Bath en tant que pupille, seule au monde. Comme sa vie aurait été différente si elle avait attendu quelques jours !

Il ne l'aurait pas rencontrée – sauf lors de cette unique occasion dont il se souvenait à peine, lorsqu'ils étaient enfants.

— À votre place, je ne ferais rien. Rencontrez-les et laissez les relations se développer naturellement. Ce sont vos parents par le sang.

— J'ai si peur, murmura-t-elle. C'est ridicule, non ?

— Dites-vous qu'ils sont probablement aussi terrifiés que vous.

— Je n'avais pas pensé à cela. Vous le croyez vraiment ?

— S'ils se sont lancés dans un aussi long voyage en plein hiver juste pour vous rencontrer, je dirais que c'est indubitablement le cas.

— Oh, fit-elle en fermant les yeux.

La laissant se reposer, il tisonna le feu. Une averse d'étincelles jaillit.

— Ils l'ont banni, reprit-elle sans ouvrir les yeux. Il était tombé amoureux de la femme de son frère aîné, et l'a tué par accident dans une bagarre. Ma mère l'a suivi et ils se sont mariés. Je pense qu'ils ont vécu un grand amour quoique très douloureux. Entaché de remords. Ont-ils seulement connu un moment de bonheur ? Je me le demande.

Probablement pas. Le William Osbourne dont il se souvenait n'était pas une brute insensible.

— Il a écrit que ma mère en a payé le prix ultime en mourant après m'avoir mise au monde, et que c'était à présent son tour.

— Mais pourquoi à ce moment-là ? s'étonna-t-il. Pourquoi a-t-il attendu douze ans ?

Il crut qu'elle ne lui répondrait pas, et n'avait pas l'intention d'insister. C'était l'histoire de Susanna, pas la sienne. Il n'avait pas le droit d'exiger de la connaître.

— Son secret avait été découvert, répondit-elle au bout d'une minute. Il l'a confié à sir Charles, car quelqu'un menaçait de tout révéler sur son compte. Et puis el… enfin, cette *personne* a décidé de ruiner quand même sa réputation en racontant sur lui des mensonges qui, à la lumière de son passé, auraient été pris pour des vérités.

Cela ressemblait, songea Peter, à ce que pouvait faire une femme – une femme dédaignée. Et Susanna avait failli dire *elle* avant d'utiliser le terme plus neutre de *personne*. Pauvre Osbourne. Il avait sans doute cherché à combler sa solitude dans les bras d'une femme, et cela lui avait coûté la vie.

« Il devait affronter la disgrâce, et peut-être pire », avait-elle dit. Pire que la disgrâce ?

Était-ce d'un *viol* qu'on menaçait de l'accuser ?

— Mes grands-parents paternels ont perdu leurs deux fils à douze ans d'écart, et les autres une fille. Et cela dans des circonstances particulièrement douloureuses.

— Et ensuite, ils vous ont perdue lorsque vous avez disparu.

— Theodore m'a appris qu'ils m'avaient recherchée.

Elle se cacha le visage entre les mains.

Il comprit au bout d'un instant qu'elle ne pleurait pas, mais luttait pour retenir ses larmes. Il se leva et, sans vraiment réfléchir, la souleva dans ses bras, laissant son manteau sur son siège, puis s'assit dans le sofa, la jeune femme sur les genoux. La tête au creux de son épaule, elle s'abandonna enfin aux larmes.

Il la maintint contre lui et la laissa pleurer tout son soûl. Quand elle se fut calmée, il lui offrit un mouchoir. Elle s'essuya les yeux et les joues, et se moucha.

— Je suis désolée, souffla-t-elle en calant de nouveau la tête sur l'épaule de Peter. Vous saviez que j'étais à Fincham ?

— Oui. Pourquoi croyez-vous que je suis venu ce matin ?

— Theodore parlait d'une invitation pour sa mère.

— Une invitation pour vous tous, mais surtout pour vous, Susanna. Il y aura un bal à Sidley le soir de Noël. La maison est pleine d'invités, et j'ai convié tous nos voisins. Ce sera la première grande fête que j'organise à Sidley. Vous devez venir.

— Oh, non, Peter ! protesta-t-elle en se redressant. Je ne peux vraiment pas.

— Mais si ! C'est pour *vous* que je l'ai organisé. Je pensais que vous seriez fier de moi. C'est un tout petit dragon que j'ai pourfendu, je sais, mais c'est le premier que j'affronte. C'était mon idée, et je me suis chargé de tout. Ne refusez pas de venir. Je vous en prie.

Il n'y assisterait pas non plus si elle ne venait pas – ce qui créerait une situation plutôt grotesque.

— En tant qu'hôte, je vais devoir danser toute la soirée. Et si vous n'êtes pas là, je devrai valser avec quelqu'un d'autre.

— Oh, Peter, murmura-t-elle en posant la main sur la joue du jeune homme.

— Dites-moi que vous ne voulez pas que je danse avec une autre que vous.

— Peter…

— Dites-le, je vous en prie.

Elle baissa la tête et ferma les yeux.

— Je ne *supporte* pas l'idée que vous dansiez avec une autre que moi, fit-elle à mi-voix.

— Susanna…

Elle rouvrit les yeux, plonge son regard dans le sien.

— Je ne peux vraiment pas le supporter, répéta-t-elle, mais il ne fut pas certain qu'elle parlait encore de la valse.

Plaquant la main sur sa nuque, il l'attira à lui jusqu'à ce qu'elle noue les bras autour de son cou, et il l'embrassa.

Et il sut à cet instant que l'amour ne mourrait jamais, qu'il ne s'estomperait pas non plus. Le jour viendrait peut-être où il rencontrerait et épouserait quelqu'un d'autre. Mais il y aurait toujours au fond de son cœur une place inaliénable pour son premier véritable amour. Pour Susanna.

Mais il n'allait pas penser avec résignation à cette autre personne et à la vie raisonnablement heureuse qu'il pourrait mener. Il n'allait pas renoncer à ce qu'il désirait vraiment sans se battre. Il n'avait peut-être pas été un chevalier durant ses vingt-six années d'existence, il n'avait peut-être pas eu pour habitude de rechercher les dragons pour les pourfendre – en réalité, il les avait fuis cinq ans plus tôt. Mais il en trouverait un et le combattrait jusqu'à la mort si Susanna en était le prix.

Ou peut-être même si elle ne l'était pas.

— Laissez-moi vous emmener à l'étage, s'entendit-il dire. Il n'y a pas de feu, mais les couvertures sont épaisses. Laissez-moi vous faire l'amour.

Il avait l'impression de se trouver en équilibre à l'extrémité d'une planche, tel un prisonnier impuissant sur un bateau pirate. Jamais il ne s'était senti aussi vulnérable. Si elle refusait, tous ses rêves voleraient en éclats. Car il ne lui demandait pas seulement de coucher avec lui. Il demandait son amour. Il lui offrait le sien.

Il lui offrait tout ce qu'il possédait, tout ce qu'il était.

Le savait-elle ? Le comprenait-elle ?
Il la regarda avaler sa salive.
— Oui, répondit-elle.

# 23

Elle aurait dû dire non, bien sûr. Cette fois-ci, elle savait exactement ce qu'elle avait accepté – le chagrin à venir, les conséquences possibles. Et elle savait aussi qu'après, à un moment donné avant qu'elle regagne Bath, il lui proposerait de nouveau le mariage – et qu'elle refuserait. Elle savait même qu'il éprouvait pour elle plus que de l'amitié. Elle savait que son refus le blesserait.

Mais peu lui importait.

Parfois, il fallait saisir l'amour au vol, quelle que soit sa forme, quelle que soit la façon dont il se présentait. Et parfois, l'amour devait être donné de la même manière. Après une matinée de détresse émotionnelle, elle voulait, plus que tout au monde, donner de l'amour, le répandre sans réserve ni crainte.

— Oui, répéta-t-elle en se levant.

Il disposa un pare-feu devant la cheminée et prit la main de Susanna. Une fois dans le vestibule, ils gravirent le grand escalier sans mot dire. Arrivés à l'étage, il la mena dans une chambre, visiblement la suite des maîtres, dont le lit était fait.

Se tournant face à elle, il lui prit les mains, les posa contre son torse.

— Susanna, êtes-vous sûre ?

Elle l'était. Jamais de sa vie elle n'avait été aussi sûre de quelque chose. Elle voulait donner, et elle voulait recevoir, car elle avait compris que les deux étaient aussi nécessaires l'un que l'autre à l'amour. Elle l'aimait et lui donnerait son corps. Elle accueillerait le sien en échange.

— Je le suis. Faites l'amour avec moi, Peter.

— *Avec* vous, murmura-t-il avant d'effleurer ses lèvres des siennes. Oui, cela me plaît.

Elle se laissa déshabiller, d'abord sa robe, puis ses bas, et enfin ses sous-vêtements. À sa grande stupéfaction, elle n'éprouva pas l'embarras redouté. Mais comment aurait-elle été gênée alors que Peter la contemplait avec vénération, que ses mains la dénudaient avec respect ? Le contraste entre l'air frais de la pièce et les mains chaudes qui l'effleuraient était indéniablement troublant. Sa peau se hérissa, en partie à cause du froid, en partie à cause de l'excitation.

Peter l'embrassa de nouveau, plus profondément cette fois, tandis que ses mains glissaient de sa taille à ses fesses, s'y déployaient pour la plaquer contre lui – un corps nu contre un corps entièrement vêtu.

Le désir envahit brutalement Susanna.

— Tu es si belle, murmura-t-il contre ses lèvres. Tellement belle…

Elle tâtonna un certain temps avant de comprendre comment dénouer sa cravate. Elle repoussa sa veste de ses épaules et le long des bras, jusqu'à ce qu'elle tombe sur le sol. Elle déboutonna son gilet et l'envoya rejoindre l'habit. Elle tira sur la chemise pour la dégager de la culotte, et il leva les bras pour qu'elle la fasse passer par-dessus sa tête.

Alors qu'il la contemplait, les yeux plissés, elle posa les paumes sur sa poitrine, les fit courir jusqu'à ses épaules, puis descendre jusqu'à la ceinture de la culotte. Il n'était ni trop carré ni trop musclé – il était mince et splendide. Mais son torse, ses épaules et ses bras étaient fermes. Elle posa ses lèvres sur sa poitrine.

Il émanait de lui une merveilleuse chaleur et une odeur enivrante.

Elle sentit palpiter le désir dans son ventre, ses seins durcir et les pointes s'ériger. Un frisson la secoua.

Il rit doucement tout en l'embrassant sur le sommet du crâne.

— Je vais me charger du reste. D'ailleurs, tu vas mourir de froid.

Il rabattit le drap et les couvertures, et la regarda s'allonger, parcourant son corps du regard.

Ah, comment pourrait-elle se sentir embarrassée sous un regard si brûlant ? Pourtant, elle avait été bel et bien embarrassée pour lui ôter sa culotte. Quelle sotte ! Elle lui sourit, et il la recouvrit jusqu'au menton. Puis, tranquillement, sans se détourner, il acheva de se déshabiller. Il la regarda le regarder, et se rendre compte qu'il était prêt pour elle.

— Il fait chaud là-dessous ? demanda-t-il.

— Bientôt.

— Oui, très bientôt, acquiesça-t-il comme il se glissait près d'elle.

Elle se demanda soudain comment ce serait d'être sa femme, de partager le même lit toutes les nuits, de partager leurs corps fréquemment, de… Ah, à quoi bon penser à cela ? Aujourd'hui lui appartenait.

Il se hissa sur le coude et baissa les yeux sur elle, le visage à quelques centimètres du sien.

— J'aimerais être un Hercule d'endurance et nous maintenir dans les affres du désir pendant toute une heure. Mais je doute d'y arriver. Cela t'ennuie ?

— Non, fit-elle. Je veux te sentir en moi.

Sa propre hardiesse la fit rougir.

Et en même temps ce fut un choc – un choc merveilleux – lorsqu'il se roula adroitement sur elle, glissa les mains sous elle tandis qu'il lui écartait les jambes des siennes, et s'introduisait en elle d'une poussée ferme et fluide à la fois. Fluide, comprit-elle, parce qu'elle aussi était prête pour lui.

Elle inspira à fond, relâcha lentement son souffle tout en pliant les genoux afin de se cambrer et de lui offrir un accès plus profond. Oh, oui, elle était prête, mais que cela ne s'achève pas trop vite! pria-t-elle en silence.

Elle crispa ses muscles intimes autour de lui et en éprouva une sensation délicieuse. Il était long et dur.

Libérant ses mains, il se hissa à demi sur les bras et la regarda.

— Il n'y a aucun endroit au monde où je préférerais être, murmura-t-il avant de l'embrasser. Aimons-nous.

Et c'est ce qu'ils firent. Il se retira, revint, se retira, revint, et ainsi de suite sur le rythme lent et résolu de l'amour. Et, cette fois, sachant qu'elle aussi pouvait agir et pas seulement subir, elle entra dans la danse, s'offrit à ses assauts, ondula en rythme, resserra l'étreinte de ses muscles.

Cela dura un long et merveilleux moment tandis que leurs souffles se faisaient laborieux et que leurs corps se couvraient de sueur. Il devait être possible de s'évanouir de plaisir, songea Susanna jusqu'à ce que le plaisir commence à céder la place à quelque chose d'autre. Une sorte d'agacement sournois, puis une exigence à la limite de la douleur tandis qu'elle se déployait en elle, de son ventre à ses seins, lui nouait la gorge, se nichait dans son crâne.

Et puis ce *fut* douloureux – une étrange, insupportable douleur qui ne faisait pourtant pas vraiment souffrir...

Mais elle était à court de mots.

Elle s'entendit gémir.

Le rythme changea. Il s'accéléra et s'approfondit, et les mains de Peter se glissèrent de nouveau sous elle, la maintenant solidement, ne lui laissant aucune échappatoire. Elle se figea soudain, le corps arqué, les muscles tendus.

Et quelque chose s'épanouit au fond de son corps telle une rose aux multiples pétales, la prenant par surprise.

Elle en frémit de la tête aux pieds tout en sombrant dans la béatitude du désir sexuel assouvi. Non qu'elle utilisât de tels mots dans sa tête. Elle ne savait même pas qu'une chose pareille existait.

Lui aussi avait cessé de bouger, se rendit-elle compte. Mais il était toujours solidement fiché en elle, et son corps était toujours tendu. Sans doute s'était-il immobilisé pour la laisser savourer son propre plaisir.

Elle se sentait faible, mais d'une fatigue glorieuse, ce qui ne l'empêcha pas de refermer les bras autour de Peter, d'emmêler ses jambes aux siennes et de tourner la tête pour lui embrasser la joue.

Il prit son plaisir avec fougue, et Susanna découvrit que la satiété n'empêchait pas d'éprouver encore du plaisir. Le sentant s'abandonner en elle, elle posa la main sur sa nuque humide de sueur.

— Susanna, lui murmura-t-il à l'oreille.

— Peter.

Ils s'endormirent, toujours unis.

Lorsqu'il se réveilla, Peter s'aperçut qu'il avait basculé à côté de Susanna. Elle était blottie dans ses bras, la tête entre son cou et son épaule, et dormait encore.

C'était une pensée qui l'avait réveillé – un souvenir en réalité.

Theo et lui, enfants, se trouvaient dans le bureau de William Osbourne qui leur donnait une leçon d'écriture. Puis sa mère faisait irruption sans frapper, et, visiblement surprise de voir son fils là, lui reprochait de ne pas être dans la chambre de Theo, où il était censé se trouver.

Il avait supposé à l'époque qu'elle le cherchait.

Maintenant, pour quelque étrange raison, il se disait que si tel avait été le cas, elle aurait dû avoir l'air soulagée de le trouver enfin, ou irritée d'avoir perdu du temps à le chercher. Pas *surprise*. Et pourquoi n'avait-elle pas frappé ? C'était certes le bureau d'un simple secrétaire, mais celui-ci n'en était pas moins un gentleman. Et son bureau se trouvait dans une maison qui n'était pas la sienne.

Et pourquoi diable se tracassait-il maintenant pour des questions aussi futiles ? Pourquoi un souvenir aussi insignifiant lui avait-il traversé l'esprit ? Juste parce que les malheurs de la famille Osbourne venaient d'être évoqués ?

Il bâilla, enfouit le nez dans les cheveux de Susanna, l'embrassa sur la tête… et s'écarta dans un sursaut.

Bonté divine !

Ce ne pouvait être sa mère…

C'était impossible !

Grands dieux, Osbourne, bien que gentleman, n'était que le secrétaire de Markham, et Dieu sait que sa mère était imbue de son rang. Jamais elle n'aurait…

Si, elle aurait pu.

Osbourne était un très bel homme. Non que Peter y ait prêté attention lorsqu'il était enfant, mais maintenant qu'il se le remémorait, il devait admettre que cet homme avait reçu plus que sa part côté physique.

Sa mère avait dû se sentir seule – il *savait* qu'elle souffrait de la solitude. Elle le lui avait dit plus tard – six ans plus tard. Il y avait cinq ans.

Osbourne aussi était seul.

Bien sûr, ce qui avait pu se produire entre eux était peut-être dû à une initiative d'Osbourne. Sa mère avait pu ne pas l'encourager. Les accusations qui avaient poussé le père de Susanna au suicide étaient peut-être exactes.

Mais sa mère avait fait irruption dans ce bureau sans que personne l'y force. À présent il semblait même à Peter qu'elle arborait une expression ardente avant que celle de la surprise ne la remplace, bien qu'il n'ait aucun moyen de vérifier cette impression.

Juste ciel, quel embrouillamini !

Il espérait que son imagination était en train de lui jouer un mauvais tour.

Mais ce n'était pas en imagination qu'il avait vu sa mère avec Grantham, le père de Bertha, peu avant le mariage. Il était entré dans son boudoir après avoir frappé brièvement à la porte, pour faire quelque chose dont il ne se souvenait plus, et... Eh bien, ils étaient là, tous les deux, si pressés de s'étreindre qu'ils n'avaient pas pris le temps de pousser le verrou.

Le sang se mit à lui battre aux tempes. Et si cela n'avait pas été un incident isolé dans la vie de sa mère, comme elle le lui avait juré ?

Et si c'était sa mère qui avait poussé Osbourne au suicide ?

En ce moment même, il tenait la fille d'Osbourne dans ses bras. Il venait de lui faire l'amour. Il était résolu à l'épouser si elle voulait bien de lui.

Elle était réveillée. Elle avait incliné la tête en arrière et le regardait, les paupières lourdes, les joues encore un peu enfiévrées.

Mon Dieu, qu'il l'aimait ! Cette constatation le bouleversa.

Était-il possible qu'elle ait su dès le début le rôle qu'avait joué sa mère dans la mort de son père ? Était-ce pour cette raison qu'elle n'avait pas eu l'air enchantée de faire sa connaissance cet été ?

Juste ciel, bien sûr que c'était pour cette raison !

Et que lui avait-il dit – quels avaient été les tout premiers mots qu'il lui avait adressés ?

*Mademoiselle Osbourne, votre présence embellit et réchauffe cette journée déjà splendide.*

Il s'entendait presque prononcer ces fadaises.

Quel fieffé imbécile !

Au même moment, elle avait reconnu son nom et eu un mouvement de recul.

— Mmm, fit-elle avant de lui embrasser le menton, puis la bouche lorsqu'il pencha la tête.

Pourtant, elle ne s'écartait pas de lui en ce moment même. Au contraire. Ses suppositions étaient peut-être complètement erronées.

— Mmm, à toi aussi, dit-il en frottant son nez contre le sien.

— Est-ce qu'on ne devrait pas retourner à Fincham ? Cela doit faire une éternité que nous sommes partis.

Il avait eu l'intention de renouveler sa demande en mariage juste après avoir fait l'amour. Il l'avait décidé alors qu'ils étaient encore au rez-de-chaussée et qu'elle venait tout juste de dire « oui ». Il allait l'aimer follement et ensuite, avant qu'elle ait repris ses esprits, il lui glisserait la question à l'oreille. Et il profiterait du bal de Noël pour annoncer leurs fiançailles.

Mais elle ne l'épouserait jamais si son hypothèse était juste, si sa mère avait bel et bien poussé Osbourne au désespoir et au suicide.

Sans parler de la réaction de sa propre mère s'il lui présentait la fille de William Osbourne comme sa future épouse.

Car en son for intérieur, et bien qu'il s'exhortât à ne pas le croire, il pensait que ses suppositions étaient justes.

— Ils savent que tu es avec moi, dit-il. Ils savent probablement aussi que nous avons pris le cabriolet. Ils supposeront que je t'ai emmenée à Sidley.

— Pourquoi donc est-ce que je m'imagine si souvent en train de fuir, de m'échapper ? demanda-t-elle en se lovant contre lui. Je me suis enfuie jadis et il semble que j'ai eu tort. Sauf que cette fuite m'a amenée à Bath, où j'ai été et je suis très heureuse. Pourquoi est-ce que je veux fuir le bonheur ?

— Parce que ce n'est pas tout ce que tu voulais, tout ce dont tu avais besoin, tout ce dont tu rêvais ? suggéra-t-il. Je m'enfuirais jusqu'au bout du monde avec toi si je pensais que cela nous permettrait d'atteindre cet état mythique du bonheur parfait. Je parlais sérieusement cet été, Susanna, lorsque je te proposais de partir ensemble au pays de Galles. Vraiment. Mais je ne te demanderai plus de faire une chose pareille.

— Oh, fit-elle doucement.

— Parce qu'il n'existe pas de bonheur parfait après lequel courir. Nous devons *travailler* pour être heureux. Je l'ai compris. Et, désormais, je vais m'y employer. Ne me demande pas ce que je vais faire ni comment je vais le faire ; je l'ignore. Mais je vais tuer un dragon ou deux, et je vais *m'aimer*, moi. Alors, peut-être que j'aurai plus à offrir au monde – et à toi – que de la simple galanterie.

Les yeux de Susanna s'emplirent de larmes alors même qu'elle souriait.

— Je ne regrette pas de m'être enfuie autrefois. J'aime ce qu'est devenue ma vie. Et si je ne m'étais pas enfuie, je ne t'aurais pas rencontré une seconde fois, sur cette petite route de campagne, n'est-ce pas ? Mais je ne m'enfuirai plus. Je vais rentrer à Fincham et faire la connaissance de mes grands-parents, épreuve redoutable. Et après Noël, je rentrerai à Bath et je continuerai à m'efforcer d'être la meilleure institutrice possible.

— Alors, tu ne regrettes pas que nous nous soyons rencontrés de nouveau cet été ?

— Non.

— Moi non plus.

— Mais je dois retourner à Fincham... Tout à l'heure.

Se soulevant sur le coude, elle se pencha pour déposer une pluie de baisers sur le visage de Peter, avant de s'emparer de sa bouche. Puis, plaquant la main sur sa poitrine, elle le força à basculer sur le dos.

Par Dieu, elle allait lui faire l'amour !

Lorsqu'ils étaient entrés dans la chambre, il était tellement consumé de désir – et elle aussi, lui semblait-il – qu'il s'était rué sur le plat principal. Elle, apparemment, était plus disciplinée.

Et, ô surprise, elle se montrait aussi experte qu'une courtisane... enfin, peut-être pas. Peut-être était-ce seulement parce qu'il était déjà prêt à réagir à ses caresses. En tout cas, elle avait surmonté la pudeur qui l'avait empêchée, un peu plus tôt, d'achever de le déshabiller. Ses mains parcouraient son corps, caressant, effleurant, s'arrêtant, titillant, et sa bouche, sa langue et ses dents les suivaient de près.

Il resta un moment immobile, les mains à plat sur le matelas, savourant la perfection de ses caresses, s'émerveillant de sa hardiesse, de sa connaissance instinctive de ce qu'il fallait faire pour éveiller son désir sans l'amener trop vite au paroxysme. Mais lorsqu'elle aspira l'un de ses tétons, le mordilla légèrement, le frôla de la langue, il plongea les doigts dans ses boucles auburn, et rit doucement.

— Pitié, femme, chuchota-t-il.

Elle releva la tête et lui sourit, les yeux emplis de désir.

— Mais je ne souhaite pas avoir pitié, riposta-t-elle d'une voix de gorge avant de l'embrasser à pleine bouche.

Cela commençait à ressembler à de la torture.

Et puis elle grimpa à califourchon sur lui, les mains posées de part et d'autre de sa tête, les bras tendus.

Il promena les mains le long de son dos, les ouvrit en éventail sur ses fesses rondes. Elle avait de jolis seins, pas trop généreux, juste ce qu'il fallait. Il sentit les pointes durcies lui caresser le torse tandis qu'elle reprenait sa bouche tout en se frottant doucement le ventre contre son érection.

La torture allait croissant, mais c'était *elle* qui lui faisait l'amour – il irait à son rythme.

— Sorcière, murmura-t-il.

Elle se redressa, se souleva légèrement et, s'emparant de son sexe, le guida lentement en elle.

Elle était chaude et humide, et l'aspirait férocement.

Il la prit aux hanches et s'efforça de reprendre son souffle. La torture se révélait exquise. Il ne la gâcherait pas par trop de précipitation.

— Je sais que je me répète, mais il n'y a aucun endroit au monde où je préférerais être.

Prenant appui de part et d'autre de Peter, elle commença à se mouvoir sur lui, coulissant de haut en bas encore et encore, les yeux fermés.

Grands dieux, elle le chevauchait, eut-il le temps de se dire avant que la sensation ne l'engloutisse. Il la laissa faire un moment, inondé de plaisir et de désir, puis, lui empoignant plus fermement les hanches, il ondula au même rythme qu'elle, jusqu'à la cassure. La jouissance les emporta dans une même vague.

C'était au-delà de l'extraordinaire.

Au-delà de la volupté.

Et ce n'était pas une histoire de sexe, pensa-t-il comme elle se laissait aller sur lui. Pas *seulement* une histoire de sexe, se répéta-t-il en tirant le drap sur eux.

C'était une histoire d'amour.

Jamais sexualité et amour ne lui avaient paru aussi inextricablement liés.

Il la tint contre lui quelques minutes, sans dormir, sachant qu'elle ne dormait pas non plus, sachant qu'elle se disait qu'ils étaient arrivés à la fin de leur histoire.

Non, ce n'était pas la fin. Si un régiment entier de dragons armés jusqu'aux crocs de feu, de soufre et d'autres armes mortelles surgissait devant lui, il leur ferait face à mains nues.

Ce n'était *pas la fin*.

« C'est la fin », se disait Susanna, l'épaule pressée contre celle de Peter, tandis que le cabriolet roulait vers Fincham Manor. Oh, elle le reverrait sûrement ! Il était même probable qu'elle se rendrait au bal de Sidley bien qu'elle préférât ne pas y penser maintenant.

Mais c'était vraiment le dernier jour d'une affaire de cœur qui ne pouvait avoir d'avenir.

C'était aussi le début de quelque chose d'autre. Elle se demanda si ses grands-parents étaient déjà arrivés.

Ses *grands-parents*.

Après avoir cru pendant onze ans qu'elle était seule au monde, elle allait rencontrer trois personnes qui lui étaient liées par le sang.

Mais c'étaient des étrangers.

L'aimeraient-ils seulement ?

Lui tiendraient-ils grief d'être le fruit d'un mariage qui n'aurait pas dû être ?

Eh bien, ils venaient ici, non ?

Allait-elle les aimer, *elle* ?

Comment allait-elle les saluer ?

— Il semblerait que les visiteurs soient arrivés, annonça Peter.

Une grosse et vieille berline était arrêtée devant les écuries. Le cœur de Susanna sombra.

— Peur ? demanda-t-il en la regardant.

— Très.

Elle resserra les pans de son manteau.

— Étrange comme la vie peut cheminer paisiblement pendant des années, et puis soudain, sans raison apparente, se trouve être la proie de bouleversements successifs, fit-il remarquer. Cela nous est arrivé à tous les deux, quoique de façons différentes. Mais cela a commencé pour l'un comme pour l'autre par une banale rencontre au croisement de deux petites routes de campagne, un après-midi d'été. Un événement parfaitement anodin. Et regarde ce qui s'est ensuivi ! Et te voilà face à une épreuve qui n'a rien à voir avec moi. Puis-je entrer avec toi ?

— Oui, je t'en prie.

Il immobilisa le cabriolet devant la maison et sauta à terre pour l'aider à descendre.

Elle aurait peut-être dû dire non, songea-t-elle en entrant. Ses grands-parents risquaient de reconnaître le nom de *Whitleaf,* comme elle cet été. Mais il était trop tard à présent. Du reste, lui dire au revoir et monter seule au salon était au-dessus de ses forces.

Les visiteurs étaient là et l'attendaient, lui fit savoir le majordome en la débarrassant de son manteau et de son chapeau. Elle fit bouffer ses cheveux, lissa sa robe, et le suivit.

Elle ne prit pas le bras de Peter de crainte de s'y cramponner. C'était une épreuve qu'elle devait affronter seule, même si elle lui était reconnaissante de son soutien moral.

Lady Markham, Edith, M. Morley, Theodore, tous étaient là, découvrit Susanna en pénétrant dans le salon. De même que trois inconnus qui se levèrent à son entrée. Theodore vint à sa rencontre.

— Susanna, dit-il en lui pressant brièvement la main, venez que je vous présente au colonel et à Mme Osbourne, et au révérend Clapton, vos grands-parents.

La dame était d'une minceur extrême, avec des cheveux blancs élégamment coiffés, et un visage aux traits réguliers et souriants. Le colonel était un homme de haute taille, solidement bâti, qui se tenait très droit. Le crâne chauve et la moustache épaisse, il était fort distingué et évoquait une version plus âgée du père de Susanna. Plus petit et plus mince, le révérend avait de beaux cheveux gris et des lunettes ; il s'appuyait sur une canne.

« Mes *grands-parents* », se dit Susanna fugitivement.

Elle fit une révérence.

Et subitement, la dame se précipita vers elle, les mains tendues.

— Susanna ! Oh, ma chérie, je vous aurais reconnue n'importe où. Vous ressemblez tellement à votre mère, même si vous avez sûrement aussi quelque chose de mon fils. Oh, mon enfant chérie ! Je *savais* que vous n'étiez pas morte. Toutes ces années, je l'ai dit, et maintenant je découvre que j'avais raison.

Son menton trembla et ses yeux s'emplirent de larmes.

— Je vous en prie, ne pleurez pas, madame, dit Susanna d'une voix chevrotante. Je vous en prie.

— Grand-mère, rectifia la dame. Appelez-moi grand-mère.

— Grand-mère, souffla Susanna.

Sur quoi, aucune ne put retenir ses larmes – et elles se retrouvèrent dans les bras l'une de l'autre, Susanna et cette étrangère qui n'était pas du tout une étrangère puisque c'était la mère de papa.

Peter se racla la gorge, sans que ce fût pour attirer l'attention. Le révérend Clapton, qui avait pris appui des deux mains sur sa canne, l'imita. Lady Markham et Edith souriaient de bonheur. M. Morley avait la tête d'un homme en pleine extase. Theodore rayonnait.

— Seigneur ! grommela le colonel en tirant un mouchoir de sa poche.

Il se moucha si bruyamment qu'il aurait réveillé un mort.

# 24

— Voilà qui est très agréable, Peter, commenta sa mère en s'asseyant dans le fauteuil confortable qu'il lui avait tiré devant la cheminée. Juste nous deux, pour bavarder tranquillement. Cela n'arrive pas assez souvent.

Il prit place en face d'elle. Il avait attendu que tout le monde se soit retiré pour la nuit, à l'exception de quelques jeunes gens qui s'attardaient dans la salle de musique, pour lui demander de le rejoindre dans la bibliothèque.

— Vous avez assez chaud, maman ?

— Mais oui ! Mon chéri, c'était très méchant de ta part de quitter la maison ce matin pour délivrer une invitation et de ne rentrer qu'en fin d'après-midi. Cela dit, tu t'es montré très attentif avec Mlle Flynn-Posy ce soir. C'est une charmante jeune fille, non ?

— Charmante, acquiesça-t-il. Et elle fera sans aucun doute une merveilleuse épouse. Mais ce ne sera pas la mienne.

Sa mère parut étonnée qu'il fasse une déclaration aussi catégorique. Puis elle sourit et se renversa contre le coussin de son fauteuil.

— Tu pourrais bien changer d'avis dans les jours à venir, assura-t-elle.

— Je ne changerai pas d'avis. J'ai déjà choisi la femme que je souhaite épouser.

Une lueur d'intérêt s'alluma dans le regard de sa mère.

— Peter ?

Pressant les mains sur son sein, elle se redressa.

— Mais je ne suis pas sûr qu'elle veuille de moi, reprit-il.

— Oh, mais bien sûr qu'elle voudra de toi, quelle que soit cette jeune fille ! s'écria-t-elle. Tu sais que tu es le plus beau parti de…

Il leva la main.

— Maman, c'est Susanna Osbourne.

— Qui ? souffla-t-elle en retombant contre le coussin, une expression soudain figée sur les traits.

— La fille de William Osbourne. Je l'aime, et j'ai l'intention de l'épouser si elle veut bien de moi. Je l'ai rencontrée cet été – elle séjournait chez la comtesse d'Edgecombe, tout près de Hareford House. Je l'ai revue à Bath lorsque j'y suis allé avec Lauren et Kit pour la réception de mariage des Butler. Et j'ai passé la journée avec elle aujourd'hui. Elle est à Fincham Manor pour Noël. Ses grands-parents sont venus du Gloucestershire pour faire sa connaissance. Je les ai tous invités au bal.

Sa mère s'humecta furtivement les lèvres, et ses mains se crispèrent sur les accoudoirs du fauteuil.

— J'imagine qu'elle t'a mis le grappin dessus, dit-elle. Si elle t'a fait croire qu'elle ne voudrait pas de toi, c'est par ruse, crois-moi. Tu ne peux pas sérieusement…

— Après avoir entendu mon nom, cet été, elle a commencé par me fuir, coupa-t-il.

Les lèvres de sa mère remuèrent, mais il n'en sortit aucun son.

— Maman, commença-t-il en rassemblant tout son courage, quel genre de relation avez-vous eu avec M. Osbourne ?

— Quel genre de… ?

Elle s'interrompit une fraction de seconde.

— Quelle impertinence, Peter ! Je suis ta mère, j'aimerais que tu t'en souviennes, même si tu es un adulte à présent.

— Vous étiez amants.

— Comment oses-tu ! s'écria-t-elle, les yeux écarquillés.

— Tout comme Grantham et vous l'avez été. Vous m'aviez dit alors que c'était l'unique fois où c'était arrivé et que la cause en était la solitude dont vous souffriez. Mais c'était faux, cela durait depuis longtemps, et lorsque je vous ai surpris, c'était ici, dans *ma* maison, sous le même toit que Bertha et sa mère qui étaient mes invitées.

— Peter, souffla-t-elle, le visage livide.

Elle avait admis cette unique faute parce qu'elle n'avait pas le choix. Il savait par d'autres personnes que les choses étaient un peu différentes, mais elle était tellement effondrée, et lui dans un tel désarroi, qu'il ne lui avait pas révélé ce dont il avait eu vent. Bon sang, c'était sa *mère* !

— Lady Grantham était probablement au courant, poursuivit-il, mais son éducation lui a appris à fermer les yeux. Dieu seul sait quelle souffrance et quelle humiliation elle a endurées en silence ! Bertha le savait certainement aussi bien avant que j'aie la sottise de lui en parler. Mais elle suivait l'exemple de sa mère et avait accepté les infidélités de son père.

Pire encore, elle l'avait regardé sans comprendre et lui avait demandé si tous les hommes n'étaient pas comme son père. Lorsqu'il lui avait assuré que *lui* ne l'était pas, qu'il lui serait fidèle jusqu'à la mort, elle avait eu un mouvement de recul et lui avait répliqué qu'il n'était qu'un enfant – bien qu'il fût son aîné de deux ans. Elle n'avait pas l'intention, lui avait-elle signalé, de rester liée à lui pour la vie après qu'elle aurait fait son devoir en lui donnant un fils ou deux. Il n'était sûrement pas assez naïf pour lui demander plus.

— Et mes oncles étaient au courant. Ils ont seulement regretté que vous n'ayez pas verrouillé la porte.

Ces mêmes personnes, qui l'avaient éduqué et protégé de tout, lui avaient dit en des termes on ne peut plus clairs qu'il était temps qu'il accepte certaines réalités de la vie. Il n'était qu'un enfant naïf, avaient-ils déclaré – utilisant les mêmes mots que Bertha –, et le mieux était qu'il garde secret ce qu'il avait vu et se tienne prêt à annoncer ses fiançailles le lendemain, comme prévu. Bref, avaient-ils conclu, il était temps qu'il se comporte en adulte.

Au lieu de quoi, il avait convoqué tous les invités dans le salon et leur avait annoncé qu'il n'y aurait pas de fiançailles et qu'il les priait de quitter Sidley avant le lendemain midi. Il avait signifié à ses oncles qu'ils étaient délivrés de toute obligation envers lui puisqu'il était désormais un adulte et qu'il n'avait plus besoin de leur tutorat ni de leurs conseils.

Il avait laissé sa mère à ses larmes – et à Sidley –, et était parti le lendemain même du départ de ses invités.

Il ne l'avait pas excusée. Il n'avait même pas cru son mensonge – il avait admis que sa liaison avec Grantham durait depuis longtemps. Mais il avait cru qu'elle l'aimait. À présent, il en doutait. Grantham était un *homme marié* – et tous les deux s'apprêtaient à unir leurs enfants respectifs.

Cramponnée aux accoudoirs de son fauteuil, elle le fixait d'un regard indigné.

— Mais ce n'est pas de Grantham que je voulais parler, reprit-il. C'est de M. Osbourne. Vous avez eu une liaison avec lui, n'est-ce pas ? Mais il a voulu y mettre fin. Vous avait-il parlé de son passé avant cela ? Ou bien vous l'avez découvert par vous-même ? Quelle que soit la façon dont vous l'avez appris, vous avez menacé M. Osbourne de tout raconter à sir Charles.

Il n'avait aucune preuve de ce qu'il avançait, songea-t-il soudain. Ce serait terrible s'il se trompait et l'accusait à tort. Et en même temps, il rêvait d'avoir la preuve qu'il se trompait.

— Peter, commença-t-elle, si c'est *là* ce que cette femme t'a raconté, je ferai tout ce qui est en mon pouvoir pour te libérer de ses griffes. Tu as toujours été...

— Susanna ne m'a rien dit de tel. Elle a évoqué le contenu de la lettre que son père lui avait écrite et de celle qu'il avait laissée pour sir Charles, mais sans nommer le maître chanteur.

— William lui a écrit une lettre ? s'écria sa mère.

Il la regarda sombrement.

— Juste avant de se tuer. Il voyait le suicide comme la seule protection qu'il puisse offrir à sa fille. S'il avait vécu, elle aurait eu à subir les conséquences auxquelles un homme accusé de viol doit faire face.

Elle frémit.

— Comment peux-tu utiliser un tel mot devant ta mère ? s'écria-t-elle.

Une seconde s'écoula, puis elle se laissa aller dans son fauteuil, l'air soudain plus fragile et plus âgé.

— Je disais seulement qu'il m'avait harcelée et molestée, pas que... Et c'était vrai. Je l'ai dit à sir Charles après la mort de William. Jamais je n'aurais... Peter, tu dois me croire.

Il sentit ses épaules se voûter. Il avait espéré, en dépit de tout, qu'il se trompait, que le maître chanteur était quelqu'un d'autre. Un autre fait lui était revenu à l'esprit tandis qu'il rentrait de Fincham : la froideur qui avait subitement frappé les relations entre sa mère et les Markham coïncidait avec la mort d'Osbourne.

— Je ne savais pas qu'il se suiciderait, murmura-t-elle. Comment l'aurais-je su ? Comment a-t-il pu me punir ainsi ?

— Mais vous l'auriez dépouillé de sa réputation, de sa position, de sa liberté. Quelles qu'aient été ses fautes passées, il les avait expiées. Il avait un *enfant* à charge.

— Je me suis abaissée à son niveau ! s'écria-t-elle d'une voix haletante. Et puis un jour que j'étais allée à Londres parce que *lui* s'y trouvait, il m'a fait savoir qu'il n'était pas content. Ensuite, il s'est mis à m'éviter, jusqu'au jour où il m'a annoncé que tout était fini entre nous. Quelle présomption, Peter ! Et quelle humiliation ! Il faut que tu comprennes. J'ai aimé ton papa, mais sans lui ma vie était très vide. La solitude, tu ne sais pas ce que c'est.

C'était là l'explication qu'elle lui avait fournie cinq ans plus tôt.

— Vous l'avez poussé à la mort, dit-il posément malgré la nausée qui lui soulevait l'estomac.

— L'idiot ! Il aurait dû savoir que j'étais juste en colère contre lui, que je n'aurais jamais vraiment ruiné sa réputation.

— Et pourtant, contra-t-il, impitoyable, lorsqu'il a eu confessé son passé à sir Charles, vous avez brandi d'autres menaces.

— Je n'aurais pas...

— Vraiment ? À l'évidence, il vous en croyait capable. Il a misé sa vie dessus.

Elle se couvrit le visage des mains, et il la regarda fixement, horrifié de ce qu'il avait appris, de ce qu'il avait deviné, de ce qu'elle venait de confirmer. Et d'apprendre qu'à deux reprises, elle avait été prête à détruire l'existence d'autrui juste pour satisfaire ses propres appétits.

Penser à sa mère de cette façon lui était odieux.

Était-ce là l'un des dragons qu'il devait combattre ? Si c'était le cas, le prix était vraiment élevé. Rien ne serait plus jamais pareil. Mais pareil à quoi ? Il avait caché beaucoup de choses sous le tapis cinq ans auparavant. Il ne le ferait plus.

— Tu n'imagines pas combien j'ai souffert, Peter, reprit-elle, en larmes à présent – comme la fois précédente, se rappela-t-il. S'il voulait se venger, il a gagné. Crois-tu que je ne me suis pas senti l'âme d'une meurtrière toutes ces années ? Mais c'est injuste ! Je ne lui voulais aucun mal. Je l'aimais bien. Je sais qu'il est difficile de voir sa propre mère comme une femme. Mais je *suis* une femme, et je me sentais seule. Nous étions veufs tous les deux. Il avait aimé sa femme comme j'ai aimé ton père. Pendant un temps nous avons été presque heureux. Et nous ne faisions de mal à personne.

Il avait presque pitié d'elle. Elle avait fait quelque chose de monstrueux, mais ce n'était pas un monstre. Et le pire était qu'elle ne pouvait pas réparer sa faute – Osbourne était mort. Aurait-elle réellement porté de fausses accusations contre lui s'il avait vécu ? Il n'y avait aucun moyen de le savoir, et il ne *voulait* pas le savoir. Mais elle avait quand même causé un mal irréparable.

Il fut tenté de la prendre dans ses bras, de la réconforter, de la rassurer, et de l'envoyer au lit. Mais c'était ce qu'il avait fait, après Grantham. Si elle avait besoin de pardon, c'était du sien, à elle. Pas de celui de son fils.

En outre, il avait une dernière chose à dire, et mieux valait en finir ce soir, en espérant que, le lendemain, ils pourraient reprendre la vie commune sans trop de heurts.

Elle le devança.

— Peter, tu ne peux pas épouser sa fille. Ce serait une situation impossible, horrible.

Il relâcha lentement son souffle.

— Et pourtant il aurait été parfaitement correct que j'épouse Bertha ?

Elle ne répondit pas.

Avec la partie raisonnable de son cerveau, il était cependant d'accord avec elle. Le passé serait toujours entre Susanna et lui. Il serait plus judicieux de la laisser regagner Bath après Noël, d'aller lui-même à Londres afin de profiter de la Saison pour se trouver une épouse. Chacun finirait forcément par oublier l'autre, et lorsque des souvenirs leur traverseraient l'esprit, ils se féliciteraient d'avoir obéi au bon sens en refusant de parier sur le bonheur.

Mais il avait renoncé au simple bon sens lorsqu'il avait laissé Bath derrière lui quelques semaines auparavant. Il cherchait le bonheur, et si le bonheur se révélait inaccessible, au moins le respect de soi. Il n'éviterait plus les recoins sombres de sa vie.

Il était fort possible, et même probable, que Susanna ne veuille pas de lui, mais il ne la perdrait pas par sa faute, parce qu'il serait passé devant ses dragons sur la pointe des pieds. Une fois qu'elle serait partie, il lui faudrait vivre avec lui-même. Et il était déterminé à aimer la personne qu'il était.

Non qu'il s'aimât particulièrement en cet instant.

— La seule question qui demeure au sujet de Mlle Osbourne est de savoir si *elle* voudra bien m'épouser en dépit des circonstances. Elle a déjà refusé mon offre une fois.

Sa mère le regarda avec un curieux mélange d'indignation et d'espoir.

— Maman, reprit-il après avoir inspiré à fond, je veux que Sidley devienne *ma* maison.

— Mais elle à toi, Peter. Si tu n'y passes pas plus de temps, c'est ta faute. Combien de fois ne t'ai-je supplié de venir…

— C'est parce qu'elle a toujours été davantage votre demeure que la mienne.

— Sidley t'appartient depuis la mort de ton père. Je me suis contenté de l'entretenir, de l'embellir, de la rendre accueillante pour toi, riposta-t-elle. Récemment, j'ai entrepris de revoir la décoration, toujours pour toi.

— Mais je n'ai jamais été consulté sur quoi que ce soit.

— Parce que tu n'es jamais là.

Ce qui était vrai. Elle avait marqué un point.

— J'aurais dû prendre en charge la maison et le domaine lorsque j'ai atteint ma majorité. Je ne l'ai pas fait pour des raisons que nous n'avons pas besoin de ressasser. J'ai mes propres idées sur la façon de gérer une propriété, et je suis maintenant prêt à les appliquer. Je veux établir des relations d'amitié avec mes voisins. Je veux les inviter régulièrement. Je veux qu'ils se sentent les bienvenus chez moi. Je veux *vivre* ici la plupart du temps.

— Peter ! s'écria-t-elle, de nouveau elle-même. C'est merveilleux ! Je vais…

— Je la veux pour *moi*, maman, coupa-t-il, et pour ma femme et mes enfants si je me marie.

Elle eut un sourire hésitant.

— Peut-être aimeriez-vous revoir la décoration et l'ameublement dans le manoir de la douairière et vous y installer quand il sera prêt, suggéra-t-il.

— Le manoir de la douairière ? répéta-t-elle d'un ton indigné.

— Je l'ai toujours adoré. Vous pourriez sûrement vous en satisfaire.

— C'est là qu'habitaient les *précepteurs* et les *gouvernantes* ! lui rappela-t-elle.

— Dans ce cas, nous vous chercherons une maison à Londres. Vous y verrez beaucoup de monde, vous serez invitée constamment, vous irez au théâtre ou au concert, et vous pourrez courir les boutiques. Et vous serez toujours la bienvenue ici.

Elle se renversa contre son dossier et le regarda en haussant imperceptiblement le menton.

— J'ai toujours vécu ici afin de garder la maison pour toi, commença-t-elle. Tu es mon unique fils. À la mort de ton père, j'ai assumé toutes les responsabilités, et n'ai jamais failli depuis. J'ai donné ma vie pour toi.

— Et je vous en serai éternellement reconnaissant. J'ai eu une enfance merveilleusement protégée. Je n'ai jamais douté d'être aimé. Et je suis content de ne pas m'être marié trop jeune. J'ai eu la possibilité de profiter de mes premières années d'adulte et de découvrir qui je suis et ce que j'attends de la vie, tout en sachant que vous seriez toujours là pour moi. Mais maintenant que je sais ce que je veux, je peux vous libérer afin que vous meniez votre vie comme bon vous semble. Je sais que vous avez été bien seule ici.

Ce n'était pas entièrement la vérité, certes, mais tout n'était pas faux. Et, en dépit de tout, il l'aimerait toujours et lui serait toujours reconnaissant d'avoir choyé.

— Je pense que j'aimerai*s* vivre à Londres, déclara-t-elle.

Peut-être ne disait-elle pas, elle non plus, toute la vérité. Mais il était convaincu qu'elle serait heureuse à Londres. Et il préférait la savoir à Londres que près de lui, dans le manoir de la douairière.

— Nous nous en occuperons après Noël, dit-il. Mais je vous ai fait veiller très tard, maman. Vous devez aller vous reposer. Nous aurons beaucoup à faire demain.

Elle acquiesça, mais elle ne se leva pas immédiatement.

— Peter, je ne pourrais jamais aimer un homme autant que j'ai aimé ton père. William Osbourne, George Grantham ne signifiaient rien pour moi, même si j'ai éprouvé une certaine affection pour eux. À aucun moment, je n'ai eu l'intention de faire du mal à qui que ce soit.

— Je sais.

Il ne savait rien de tel, hélas, mais il était las de déverser des récriminations sur la tête de sa mère. Il se leva et lui tendit la main. Lorsqu'elle fut debout devant lui, petite, fragile, toujours jolie, il l'embrassa sur le front, puis sur la joue.

— Bonne nuit, maman.

— Bonne nuit, Peter.

Elle quitta la pièce sans ajouter un mot, le dos droit, le pas léger et assuré.

Il jeta un regard sur la carafe de cognac et repoussa l'idée de se verser un verre. S'il commençait à boire maintenant, il ne s'arrêterait pas avant d'être complètement soûl.

La veille de Noël, Susanna pensa à plusieurs reprises à Claudia, Eleanor, Lila et les élèves qui étaient demeurées à l'école. Elles étaient là-bas, et elle ici. C'était incroyable. Tout ce qui lui arrivait était incroyable.

C'était comme si elle avait pénétré dans quelque rêve étrange.

Sa vie avait été si routinière, si prévisible, si *terne*, jusqu'à la fin de l'été dernier. Pourtant, il y avait un certain contentement, et même du bonheur, dans cette routine.

La journée de la veille semblait irréelle. S'était-elle réellement rendue au manoir de la douairière, à Sidley Park, avec le vicomte Whitleaf ? Avait-elle réellement fait l'amour avec lui ? Deux fois ? La seconde à son initiative ?

Et aujourd'hui, ces étrangers avec qui elle passait presque tout son temps étaient-ils vraiment en train de devenir des parents, et même des parents aimés ? Était-il possible de sentir un lien familial avec des gens dont on ignorait l'existence la veille encore ?

Mais son grand-père Osbourne lui faisait tellement penser à l'homme que son père serait devenu s'il avait vécu jusqu'au même âge, qu'elle aurait eu du mal à ne pas le fixer continûment si elle n'avait retrouvé les yeux de son père chez sa grand-mère, laquelle insistait pour lui tenir en permanence la main et la tapoter en la contemplant avec émerveillement. Son grand-père Clapton avait les mêmes yeux qu'elle, sauf que l'âge les avait rendus plus gris que verts, et, en regardant ses cheveux gris, elle pouvait imaginer qu'ils avaient été auburn autrefois. Il avait une façon de hocher la tête en souriant tranquillement tout en écoutant les autres converser qui la touchait profondément.

Grand-père et grand-mère Osbourne n'avaient plus d'enfants vivants, et elle était leur unique descendante. Ils avaient été privés de sa présence, mais c'étaient eux qui avaient renié son père, se rappela-t-elle. Non qu'elle veuille les juger. Il s'était immiscé dans le mariage de son frère et avait causé sa mort. Elle aurait aimé connaître les détails de cette bagarre. La mort avait-elle été entièrement accidentelle ? Est-ce que le frère de son père était tombé et s'était cogné la tête sur une pierre, par exemple ? Elle l'espérait, mais ne poserait pas la question.

Son grand-père Clapton avait trois filles et huit petits-enfants en plus de Susanna. Ses tantes et ses cousins, avait-il précisé. L'aînée était mariée à son successeur dans la paroisse du village – et *leur* fils était pasteur dans une église toute proche.

Elle avait des tantes, et des oncles, et des cousins.

— Comme ma vie aurait été différente si je ne m'étais pas enfuie de Fincham, soupira-t-elle.

— Et les nôtres aussi, ma chérie, renchérit sa grand-mère.

— Mais si tu pouvais revenir en arrière, est-ce que tu agirais différemment ? s'enquit grand-père Clapton. Vois-tu, je crois que nos vies se déroulent selon des voies parfaites mais mystérieuses que seul Notre Seigneur comprend.

— C'est là une chose que vous pouvez dire, Ambrose, s'écria grand-père Osbourne d'un ton irrité. Je n'ai, pour ma part, pas vu beaucoup de perfection dans les vies des membres de ma famille, uniquement un mystère sans fin. Et si le Tout-Puissant est responsable, j'aurai deux mots à lui dire au jour du Jugement dernier.

— Je ne sais pas si j'agirais différemment, intervint Susanna, consciente que ses deux grands-pères n'avaient pas toujours les mêmes opinions. Je regrette de ne pas vous avoir connus tous plus tôt, et je pense avec horreur aux deux semaines où je me suis retrouvée seule à Londres. Mais ensuite, j'ai passé six années heureuse comme élève à l'école de Mlle Martin, et j'ai aimé y enseigner ces cinq dernières années. Je suis fière de ce que j'ai fait de ma vie.

— Enseigner, c'est très bien pour une dame qui n'a pas de famille, ou dont la famille n'a que de petits moyens, commenta le colonel. Je ne suis pas extrêmement fortuné, Susanna, mais je ne suis pas pauvre non plus, et tu es tout ce que nous avons. Il est temps que tu viennes vivre chez nous, et que nous te trouvions un bon mari pour veiller sur toi quand nous ne serons plus de ce monde.

Susanna sentit les doigts déformés par l'arthrose de sa grand-mère lui caresser le dos de la main.

— Je pense, Clarence, que Susanna l'a peut-être déjà trouvé, observa-t-elle. Le vicomte Whitleaf est un jeune homme charmant et fort bien de sa personne, et j'ai eu l'impression hier qu'il faisait grand cas de notre petite-fille. Il nous a invités au bal qu'il donne demain soir mais j'ai l'impression qu'il a envie de danser avec Susanna plus qu'avec quiconque.

— Plus qu'avec moi en tout cas, Sadie, riposta grand-père Osbourne dans un grand éclat de rire. Mais un *vicomte*... C'est viser haut, même si ce n'est pas trop haut. Nous descendons d'une lignée parfaitement respectable, et Ambrose aussi.

— Et vous étiez *colonel*, lui rappela son épouse.

— Hmm, grommela le vieil homme. Il va falloir que je demande à ce jeune homme quelles sont ses intentions.

Susanna plaqua les mains sur ses joues.

— Oh, grand-père, je vous en prie, ne lui dites rien!

Elle rougissait, elle le sentait. Et elle riait aussi. Son grand-père la connaissait depuis moins de vingt-quatre heures et déjà il essayait de jouer au *pater familias*.

Cela faisait-il vraiment moins de vingt-quatre heures? Elle les aimait déjà, tous les trois. C'était absurde!

Et merveilleux au-delà des mots!

Mais elle venait juste de se rendre compte d'une chose. Le nom de Peter ne les ayant pas fait réagir, ils ignoraient sûrement le rôle qu'avait joué la vicomtesse Whitleaf dans la mort de son père.

Lady Markham, Theodore, Edith et M. Morley eurent la délicatesse de rester en retrait la plupart du temps, mais ils prirent tous leurs repas ensemble, et après le déjeuner, Susanna et sa grand-mère cédèrent à l'invitation d'Edith et montèrent à la nursery voir Jamie, dont c'était apparemment le moment de la journée où il était le plus éveillé et le plus gai.

— Et, bien sûr, expliqua l'heureuse maman, je veux que vous le voyiez sous son meilleur jour.

Elles restèrent là à bavarder pendant plus d'une heure après avoir admiré le bébé, se l'être passé de bras en bras et lui avoir extorqué des sourires.

C'est durant cette heure-là, découvrit Susanna peu après, que le vicomte Whitleaf était passé en compagnie de deux de ses beaux-frères et du jeune M. Flynn-Posy.

Elle découvrit aussi que, durant cette visite, ses deux grands-pères étaient allés dans la bibliothèque en compagnie du vicomte pendant que les autres demeuraient au salon. Aucun d'eux ne voulut donner plus d'information quant à la personne qui avait pris l'initiative de cette conversation en privé ni sur le sujet qui en avait fait l'objet. Et Susanna n'interrogea pas ses grands-parents de peur qu'ils ne croient qu'elle s'intéressait à lui.

Le temps qu'elle redescende de la nursery, les jeunes gens étaient repartis.

Elle verrait Peter au bal, se dit-elle, le cœur oscillant entre l'envol et la chute.

Et, surtout, pas question de se mettre à imaginer que l'impossible pouvait se révéler possible !

C'était Peter qui avait demandé à parler en privé aux grands-pères de Susanna. S'il avait été déçu d'apprendre que celle-ci était montée à la nursery, son plan en avait été facilité. Il lui avait suffi de demander à Theo s'il pouvait utiliser la bibliothèque quelques minutes pour échanger un mot avec le colonel Osbourne et le révérend Clapton, et Theo avait accepté – avec un sourire en coin.

Peter était entré dans le vif du sujet après les quelques échanges courtois habituels. Ou, pour être plus exact, c'était le colonel qui, fronçant les sourcils avec férocité et se raclant bruyamment la gorge, l'y avait poussé.

— J'ai appris, Whitleaf, que vous avez emmené ma petite-fille en *cabriolet* hier après-midi, sans même un valet pour vous accompagner.

Peter eut l'impression qu'on avait pressé le canon de fusil contre sa colonne vertébrale.

L'autre gentleman le regardait avec sympathie – avec peut-être un poil d'acier derrière son regard doux.

— En effet, admit-il.

À quoi bon mentir et prétendre avoir eu six valets aux yeux de lynx accrochés à l'arrière du véhicule pour les chaperonner.

— J'espère, messieurs, profiter du bal pour prier votre petite-fille de me faire l'honneur de m'accorder sa main. Mais, auparavant, j'aimerais avoir votre bénédiction.

L'idée que c'était une démarche impérative lui était venue pendant la nuit. Moins honorablement, il s'était dit qu'elle regarderait peut-être plus favorablement sa demande s'il avait leur bénédiction.

La troisième chose qui lui avait traversé la tête, bien sûr, était que le nom de *Whitleaf* ne leur était peut-être pas inconnu, et qu'en allant les voir, il risquait de réduire ses espoirs à néant.

Du fond de son fauteuil près du feu, le révérend Clapton lui adressa un sourire rayonnant.

Debout près du bureau, le colonel Osbourne le fusilla du regard.

— Pourquoi ? aboya-t-il. Pourquoi souhaitez-vous épouser notre petite-fille ?

— J'ai conçu une profonde affection pour elle, monsieur.

— Alors même qu'elle n'était qu'une jeune fille inconnue et sans dot quand vous l'avez rencontrée? insista le colonel, et Peter eut un élan de pitié pour tous les soldats qui avaient servi sous cet homme.

— Oui, monsieur.

— Alors vous êtes un imbécile, Whitleaf, décréta le vieil homme.

Peter haussa les sourcils.

— Si aimer Mlle Osbourne pour elle-même fait de moi un imbécile, monsieur, je plaide coupable.

— Ce qui, vous devez l'avouer, Clarence, est une excellente réponse, intervint le révérend d'une voix douce. Je serais enclin à accorder ma bénédiction sans autre condition.

— Hmm, fit le colonel, et Peter s'aperçut soudain que le vieil homme s'amusait énormément. Eh bien, ce n'est pas une pauvre fille sans dot, Whitleaf. C'est une héritière. Qu'avez-vous à dire à cela?

— Que c'est très bien pour Mlle Osbourne, monsieur, mais que cela n'a aucun effet sur mes sentiments.

— Et qu'avez-vous à lui offrir, jeune homme, à part votre affection, ce qui, à ma connaissance, ne suffit pas pour vivre? s'enquit le colonel.

Et Peter comprit qu'ils étaient entrés dans la phase des négociations matrimoniales. Sa requête avait été accueillie favorablement, en déduisit-il.

Il avait donc obtenu l'approbation des deux vieux messieurs.

Ce qui, il le savait, était la partie la plus facile.

# 25

Personne ne se souvenait de quand datait la dernière grande réception donnée à Sidley. Des jours durant, les voisins avaient discuté du bal qui allait avoir lieu le jour de Noël. Cela ressemblait à un cadeau du jeune vicomte pour fêter son retour au pays.

Il avait toujours été admiré et aimé de loin. On disait qu'il était plus chaleureux, plus humain, que la vicomtesse, sa mère. Et maintenant tous en étaient convaincus. Il avait remis les invitations en personne et avait prié tout le monde de venir se joindre à sa famille et à ses amis – comme si c'étaient *eux* qui lui feraient une faveur en venant.

Personne n'aurait manqué le bal, pour aucune raison. L'attente du moment auquel ils pourraient décemment partir pour Sidley éclipsait tout le reste, de l'office du matin à la dinde du déjeuner.

Il en allait à peu près de même à Sidley, bien qu'un goûter ait été organisé pour les enfants, sous la direction du vicomte et en présence des parents, tandis que les autres adultes se reposaient dans leurs chambres en prévision des réjouissances à venir.

La maison avait été généreusement décorée de houx, de guirlandes, de clochettes et d'une bûche de Noël dans le salon. Il y avait aussi la grosse boule de gui sous laquelle la tradition autorisait les baisers. Délicatement tressée de rubans par les sœurs de Peter, elle était suspendue au centre du plafond et son apparition la veille au soir avait suscité moult gloussements.

Longtemps après que les dindes et le plum-pudding eurent disparu de la table de la salle à manger, la maison continuait à embaumer les odeurs de Noël. Celle des petits pâtés farcis de viande hachée l'emportait sur les autres, mais il y avait aussi l'arôme de la bière épicée dont on remplirait le grand saladier du buffet dès que le bal commencerait.

Peter s'amusait beaucoup bien qu'il n'ait jamais eu tant à faire. Il aimait sincèrement ses sœurs et leurs maris, et ses nièces et ses neveux, et il trouvait les autres invités de bonne compagnie. Il se réjouissait particulièrement de l'idylle qui semblait naître entre l'un des jeunes beaux-frères de Barbara et Mlle Flynn-Posy. Que la mère de la jeune fille se réjouisse autant que lui, il en était moins sûr, mais ce n'était pas son problème.

Sa propre mère faisait bonne figure. Elle ne montrait aucune trace du choc subi lors de la scène de l'avant-veille. Elle parlait à tout le monde du bal avec un enthousiasme qui laissait à penser qu'elle l'avait approuvé depuis le début. Elle avait même expliqué qu'elle envisageait de s'installer à Londres avant la Saison de printemps.

Peter prit plaisir à cette journée, mais c'était le soir qu'il attendait avec un mélange d'impatience et d'anxiété.

L'impatience venait du fait que cette réception marquait son avènement. Ce soir, il serait enfin le maître de Sidley Park, offrant divertissement et bonne chère à ses invités comme il comptait le faire sa vie durant – et quelle que soit l'issue de son autre projet pour la soirée. C'était l'incertitude quant à l'issue de ce dernier qui suscitait son anxiété, bien sûr. Il n'était pas du tout certain que Susanna veuille bien de lui, même si ses trois grands-parents et lui la suppliaient à genoux.

Susanna avait une tendance parfois agaçante à penser par elle-même et à prendre ses décisions sans en référer à personne.

Non qu'il l'eût préférée différente, bien sûr.

Mais son assurance toute neuve, et sa détermination à mener sa vie à sa guise et à assumer les devoirs et les responsabilités de sa position ne dépendraient pas de la réponse de Susanna. Si tel était le cas, elles ne vaudraient pas grand-chose.

Il devait la remercier. S'il ne l'avait pas rencontrée, il aurait continué à dériver mollement. Mais il ne dépendait pas d'elle – de même qu'elle ne dépendait pas de lui. C'était une pensée revigorante, mais qui n'atténuait en rien son anxiété grandissante tandis qu'il se changeait pour le bal.

Le fait qu'il était titré et fortuné ne signifiait rien pour elle – pensée qui obligeait à la modestie. S'il devait la gagner, ce serait par lui-même – et pour la première fois depuis cinq ans, il sentit qu'il avait quelque chose à offrir. Mais le nom de *Whitleaf* allait avec, et là était, il le savait, la pierre d'achoppement.

— Cela ira, dit-il à son valet, qui s'affairait sur un quatrième nœud de cravate après avoir défait les trois précédents qu'il avait jugés indignes de son talent.

Son valet – encore un autre qui ne tenait compte que de ses propres opinions ! – inclina la tête de côté et considéra son œuvre d'un œil critique.

— Oui, monsieur, celui-ci ira, admit-il. Il ne manque plus que l'épingle en diamant… juste… *là*. La perfection, monsieur.

Bien qu'il fût encore trop tôt, Peter descendit inspecter la salle de bal à laquelle les décorations et l'odeur de feuillage donnaient un air de fête. Les chandelles du lustre et des appliques murales étaient allumées. De grands feux pétillaient dans les cheminées aux deux extrémités. Ils ne parvenaient pas à réchauffer la vaste pièce haute de plafond, mais ils en chassaient le froid piquant de l'hiver. Et lorsqu'elle serait pleine de monde et que les invités exécuteraient quelques-unes des danses énergiques du pays, personne ne se plaindrait du froid.

L'orchestre était arrivé. Leurs instruments les attendaient sur la petite estrade dressée dans un coin. Sans doute étaient-ils en train de festoyer au sous-sol.

Quelques serviteurs s'affairaient autour du buffet dans la pièce voisine. Peter alla bavarder avec eux. Son seul véritable souci au sujet de ce bal avait surgi lorsqu'il s'était rendu compte que le travail supplémentaire serait un fardeau pour les domestiques et nécessiterait d'en engager d'autres pour l'occasion. Mais il avait découvert que la perspective de servir lors d'un grand bal à Sidley les excitait tous – avant même de savoir que leurs gages seraient doublés ce jour-là et le lendemain. À quoi s'ajouteraient des étrennes plus généreuses que d'ordinaire.

Entendant que d'autres personnes – des parents et des invités à demeure – étaient descendues, Peter regagna la grande salle. Bientôt, les premiers des invités de l'extérieur arriveraient. Il les accueillerait à l'entrée de la salle de bal, aux côtés de sa mère, de Barbara et de Clarence.

C'était la première fois qu'il se tenait du côté de celui qui accueille, réalisa-t-il un quart d'heure plus tard en serrant la main de M. Mummert et en s'inclinant devant Mme et Mlle Mummert qu'il remercia d'être venus. C'était la première fois qu'il était l'hôte d'un tel événement, mais ce ne serait pas la dernière, sacrebleu !

Le groupe venant de Fincham arriva parmi les derniers. Lady Markham s'avança au bras de Theo, et Peter les accueillit avec chaleur. Sa mère et lady Markham, remarqua-t-il, se saluèrent poliment. Edith et Morley suivaient, puis le colonel et Mme Osbourne. Susanna arriva la dernière, au bras de son grand-père maternel.

Le cœur de Peter battit si fort dans sa poitrine qu'il crut l'entendre.

Elle portait la robe verte qu'il lui avait déjà vue lors du bal de village et du concert à l'abbaye de Bath. Ses cheveux étaient coiffés en boucles souples, et retenus par une petite tiare ornée de perles assortie à son collier. Ne lui ayant jamais vu ces bijoux, il supposa qu'il s'agissait du cadeau de Noël de l'un de ses grands-pères. Le joli éventail ivoire qu'elle avait à la main lui avait sans doute été offert par l'autre.

Les joues empourprées, elle baissait les yeux et ne souriait pas. Elle aurait préféré être n'importe où ailleurs, devina Peter. Peut-être ne lui pardonnerait-elle jamais de lui avoir imposé ce bal. Peut-être s'en souviendrait-elle comme de la pire soirée de sa vie.

— Je suis heureux de vous revoir, dit-il en saluant le révérend Clapton, qui lui répondit par un sourire chaleureux. Et vous aussi, mademoiselle Osbourne.

Elle leva brièvement les yeux.

— Merci, monsieur.

Personne ne les suivait. Il en profita.

— Me ferez-vous l'honneur de m'accorder la deuxième danse ? Et la première valse ?

La dernière aussi, espérait-il.

Le sourire du grand-père se fit encore plus rayonnant.

Elle n'hésita qu'une fraction de seconde.

— Avec plaisir.

Il ne lui avait pas demandé la danse d'ouverture de peur de l'embarrasser devant tout le monde. Il ouvrirait le bal avec Barbara.

Le révérend Clapton s'inclinait devant sa mère et échangeait quelques politesses tout en lui souriant. Peter était plus que jamais convaincu que le nom de *Whitleaf* ne lui disait rien – aux Osbourne non plus.

Mais en faisant sa révérence, Susanna garda les yeux baissés, et il sentit sa mère se crisper.

— Mademoiselle Osbourne, quelle joie que vous séjourniez à Fincham précisément en ce moment. Je vous souhaite de passer une bonne soirée.

— Merci, madame, dit Susanna sans la regarder.

L'instant avait dû être atroce pour l'une comme pour l'autre, songea Peter. Était-il complètement fou de croire qu'il pourrait épouser Susanna et connaître avec elle un bonheur parfait ? Mais non, il avait déjà décidé qu'il ne croyait pas au bonheur sans nuages. Et il avait aussi déjà décidé qu'il se battrait pour être heureux, avec ou sans nuages.

Le moment périlleux était passé, et les deux dames étaient toujours dans la salle de bal, et elles souriaient.

— Peter, fit Barbara en nouant son bras au sien, il est sûrement temps de danser. Je n'ai aucune envie de repousser cet instant puisque je dois ouvrir le bal avec mon superbe frère. Toutes les autres femmes vont m'envier.

Il éclata de rire et l'entraîna au milieu de la salle. Soudain, il se sentit le cœur léger et rempli d'espoir. C'était Noël, après tout, le moment de l'année où tous les espoirs étaient permis, où l'amour était fêté.

— Je suis stupéfaite de voir Susanna Osbourne ici, reprit Barbara. Tu te souviens d'elle ? Son père était le secrétaire de sir Charles ; le pauvre homme s'est donné la mort. On nous déconseillait de la fréquenter parce que son père était plus ou moins un serviteur, alors qu'Edith jouait tout le temps avec elle. Pourtant, j'ai toujours eu l'impression qu'il y avait une espèce d'amitié entre maman et M. Osbourne.

— Je ne l'ai rencontrée qu'une fois lorsque j'étais enfant, dit Peter. Mais je l'ai revue cet été lorsque j'étais chez John Raycroft, et cet automne, à la réception de mariage à Bath où je suis allé avec Lauren et Kit.

— Ah bon ? fit Barbara, l'air intriguée.

Elle jeta un coup d'œil à Susanna, que Theo menait au milieu de la salle, avant de regarder son frère plus attentivement.

— Oh, *vraiment* ! s'écria-t-elle.

Susanna songeait avec étonnement que jusqu'à la fin du mois d'août, elle n'avait assisté à aucun bal, de campagne comme de ville, et voilà qu'elle en était à son troisième. Et, comble du comble, elle avait valsé dans cet endroit prestigieux qu'était l'*Upper Assembly Rooms* de Bath !

Et ce soir, elle avait sa grand-mère comme chaperon, un grand-père pour sourire gentiment à chacun de ses éventuels cavaliers et un autre pour les examiner d'un air soupçonneux.

Bien que beaucoup d'invités appartiennent visiblement à la haute société et l'auraient intimidée quelques mois plus tôt, tous semblaient décidés à s'amuser. Et les autres étaient des gens très simples qui lui rappelaient les voisins de Francesca qu'elle avait tant appréciés.

La salle de bal était vraiment spectaculaire. Il était étonnant qu'elle ait vécu pendant douze ans si près de Sidley sans avoir jamais vu la maison.

Elle s'amuserait beaucoup, pensa-t-elle, comme le très jeune et très fougueux M. Flynn-Posy la ramenait auprès de sa grand-mère, si seulement...

Ah, sa vie avait été gâchée par trop de *si seulement* depuis l'été.

Elle les oublierait ce soir, et se contenterait de s'amuser. Elle avait déjà dansé quatre séries de danses – dont une d'énergiques danses de la région avec Peter. La prochaine devait être une valse.

Elle n'y penserait pas comme à sa dernière valse.

— Tu danses si joliment, Susanna, dit sa grand-mère en lui prenant la main pour la faire asseoir à côté d'elle. Et tu es si jolie. Dieu, que je suis fière de toi, et heureuse d'avoir vécu assez longtemps pour voir ce jour.

Et soudain Peter fut de nouveau devant elle, s'inclinant, souriant, faisant du charme à sa grand-mère, avant de se tourner enfin vers *elle* et de lui tendre la main.

— Cette valse est pour moi, il me semble, mademoiselle Osbourne.

Et, une fois de plus, ils valsèrent. Sauf que cette fois-ci, elle eut beau lui sourire, humer son eau de toilette et se griser de chacun de leurs pas, elle ne se perdit pas dans la danse. Cette fois-ci, elle demeura consciente de ce qui l'entourait, la maison, la famille et les voisins de Peter. De sa propre famille, aussi, et elle faillit pleurer tant c'était nouveau pour elle. De ses amis – et les Markham et les Morley *étaient* ses amis et l'avaient toujours été. Elle ignorait ce que lady Markham avait voulu dire lorsqu'elle avait surpris cette conversation à l'extérieur de la nursery, et elle ne le lui avait pas demandé, mais elle savait à présent qu'elle se serait occupée d'elle, même si se retrouver avec une orpheline et ne savoir à qui la confier était en effet un fardeau.

Et elle était aussi consciente de Noël, cette fête de l'amour, de la famille, de la paix et de la générosité.

C'était tout simplement magique.

— Un sou pour tes pensées, fit Peter tandis qu'ils virevoltaient.

Il lui avait déjà dit cela cet été, se souvint-elle, après leur promenade à la cascade, alors qu'elle se sentait mélancolique.

— Vous êtes vraiment ici chez vous, observa-t-elle. Je suis contente de vous avoir vu ici, dans votre maison, au milieu de votre famille et de vos amis. Je pense que votre rêve est à portée de main.

Il sourit tout en la faisant de nouveau tourbillonner… et ils se retrouvèrent de l'autre côté des portes ouvertes de la salle de bal. La prenant par la main, il l'entraîna en direction du vestibule, sauf qu'ils n'allèrent pas jusque-là, mais s'arrêtèrent devant une porte. Il l'ouvrit, fit entrer Susanna et referma derrière eux.

C'était une bibliothèque, une belle pièce qu'éclairaient un feu de bois et un chandelier posé sur la cheminée.

— Peter ? La valse ? Mes grands-parents…

— … savent que je t'amène ici. Du moins, tes grands-pères le savent, et je suppose que ta grand-mère aussi. Elle m'a souri très chaleureusement à son arrivée.

Lâcha la main de Susanna, il alla tisonner le feu.

Elle s'approcha de la cheminée et se percha au bord d'un fauteuil.

Ses grands-parents *savaient* ?

Mais ils ne savaient *pas*…

Il se redressa, mais demeura debout devant le feu, le dos tourné. Elle attendit qu'il prenne la parole.

— Ma mère a poussé ton père à la mort, lâcha-t-il.

Ainsi donc, il était au courant ? Mais sûrement pas deux jours plus tôt.

— Il s'est *suicidé*, lui rappela-t-elle. Il aurait pu faire un choix différent.

— Depuis, elle vit avec ses remords, reprit-il, ce qui ne l'excuse en rien, bien sûr. C'est ma mère, et je l'aime, Susanna. Je l'ai toujours aimée, et je l'aimerai toujours. L'amour, je l'ai découvert, ne juge pas. Il *est*, c'est tout.

— Mes parents ont fait des choses terribles, murmura-t-elle. Entre autres, ils ont brisé le cœur de mes grands-parents. Ils ont causé la mort de mon oncle. Mais je les ai toujours aimés bien que je n'aie pas connu ma mère.

— Ce que je veux dire, Susanna, c'est que je ne la renierai pas, fit-il, tête baissée, la main sur le manteau de la cheminée. Je lui rendrai régulièrement visite et elle sera toujours la bienvenue ici, même si d'ici peu ce ne sera plus sa maison. Nous allons lui en trouver une autre à Londres. Si je devais choisir entre elle et toi, je ne le ferais pas. Je refuserais. On ne peut choisir entre l'amour et l'amour. Pour choisir, il faut juger.

— Peter, tu n'as pas à choisir. Je vais retourner à l'école dans quelques jours. Mes grands-parents voulaient que j'aille vivre avec eux, mais j'ai refusé. Je serai heureuse d'aller passer des vacances dans le Gloucestershire, mais je ne vivrai pas avec eux. Ni avec toi.

La tête de Peter plongea un peu plus et le silence s'étira entre eux tandis que la musique provenant de la salle de bal leur parvenait. Puis il se redressa et lui fit face.

— Dis-moi que tu ne m'aimes pas.

Elle secoua lentement la tête.

— *Dis-le-moi.*

— L'amour n'a rien à voir.

— Permets-moi de ne pas être d'accord. L'amour a tout à voir. Dis-moi que tu ne m'aimes pas et je te ramène à la salle de bal, et, cette soirée achevée, nous ne nous reverrons pas. Dis-le, Susanna. Mais dis-moi la vérité.

Elle ne lui avait jamais vu un air si grave. Ses traits étaient tirés et son teint pâle, et le regard qu'il posait sur elle d'une intensité incroyable.

— Peter, commença-t-elle en scrutant ses mains, ce serait honteux, sordide même, alors que ta mère et mon père…

— … ont été amants, acheva-t-il à sa place. Était-ce sordide à Barclay Court ? Et au manoir de la douairière il y a deux jours, était-ce honteux ? Il s'est passé des choses laides qui pourraient rendre tout lien entre nous quelque peu répugnant, c'est vrai. Mais nous ne pouvons pas modifier le passé. Il est comme il est. Sommes-nous prêts à renoncer au présent et au futur à cause de ce passé ? La vie n'est pas parfaite, Susanna. Nous devons nous en satisfaire telle qu'elle est. Et ce ne serait pas possible sans amour. Je sais que c'est un cliché de dire que l'amour rend toute chose possible, mais je crois que c'est vrai. Ce n'est pas une baguette magique qu'on peut agiter au-dessus de la vie pour la rendre douce, belle et sans souci, mais il peut donner la force de combattre l'adversité et de gagner.

Elle le regarda dans les yeux.

— Et l'amour est une chose que nous possédons en abondance, ajouta-t-il. Dis-moi que je me trompe.

Elle garda le silence.

— Non pas l'amour sentimental et romantique, reprit-il, même si celui-ci est aussi présent. Tu as l'amour courageux, Susanna, celui qui sacrifierait son propre bonheur pour celui d'autrui, et poursuivrait sa vie sans nourrir de rancœur. Il se trouve que j'en ai appris beaucoup sur l'amour dernièrement. J'aime ma famille, et ma maison. Et je t'aime.

— Peter, souffla-t-elle puis, incapable d'en dire plus, elle se contenta de secouer la tête.

— Vas-tu détruire notre amour, juste parce que j'ai un titre et de la fortune, et que tu es institutrice – bien que tu sois aussi une héritière, m'a-t-on signalé hier. Et juste parce que je suis *Whitleaf* ? Juste parce que j'honorerai toujours ma mère ? Juste parce que ton père et elle ont jadis cherché à combler leur solitude ensemble ?

Elle ferma les yeux.

— Ou bien vas-tu m'épouser ? poursuivit-il. Vas-tu rendre très heureuses trois personnes âgées en me permettant de faire une annonce ce soir ?

— Oh, Peter ! s'exclama-t-elle. Quel chantage honteux !

— N'est-ce pas ? admit-il avec un petit sourire confus. Mais vas-tu le faire ? Les rendre heureuses, je veux dire ?

Elle avait méprisé toutes ces jeunes filles dans le Somerset que chacun de ses sourires faisait fondre, jusqu'à ce qu'elle comprenne que c'était à son authentique affabilité qu'elles réagissaient. Mais quand même…

Était-elle en train de devenir comme elles ?

— Qu'en dit ta mère ? demanda-t-elle. Lui en as-tu parlé ?

— Oui. Elle s'est montrée possessive, un peu dominatrice et même égoïste vis-à-vis de moi ma vie durant, mais je n'ai jamais douté de son amour sincère pour ses enfants. Elle aimera ma femme plutôt que de me perdre. Je ne peux pas te promettre des relations aisées avec elle, mais je crois pouvoir t'assurer que ce ne sera pas impossible – sauf si ça l'est pour toi.

Elle le regardait fixement. Était-ce réellement possible, après tout ? Ou était-elle en train d'écouter avec son cœur plutôt qu'avec la partie sensée de son cerveau ?

Était-ce avec le cœur que l'on *devait* écouter ?

C'est alors qu'il la priva de toute possibilité d'écouter avec autre chose que son cœur. S'approchant d'elle, il prit sa main gantée dans la sienne et posa un genou à terre.

— Encore un horrible cliché, dit-il avec un petit sourire narquois qui s'effaça presque immédiatement. Susanna, veux-tu m'épouser, je t'en prie, je t'en prie ? Si tu ne peux pas dire en toute sincérité que tu ne m'aimes pas, me diras-tu à la place que tu m'épouseras ?

Et l'unique protestation qui lui vint à l'esprit fut une parfaite absurdité.

— Peter, dit-elle en s'inclinant sur lui, je suis institutrice. J'ai des obligations envers mes élèves et Claudia Martin. Je ne peux pas m'en aller au beau milieu de l'année scolaire.

— Quand s'achève-t-elle ?

— En juillet.

— Alors, nous nous marierons en août, le mois où nous nous sommes rencontrés. Ce dragon-là, tu vois, ne méritait pas son nom. Un simple ver de terre. Autre chose ?

— Oh, souffla-t-elle, impuissante, il doit y en avoir des *douzaines*.

— Alors tu as intérêt à le nommer rapidement ou il sera trop tard. Je vais t'embrasser passionnément avant de te porter en triomphe dans la salle de bal et profiter du souper pour annoncer nos fiançailles. C'est exactement le tempo que j'avais prévu.

— Vous êtes très sûr de vous, lord Whitleaf.

— Non, répliqua-t-il. Le ciel me vienne en aide, je ne le suis pas, Susanna. Abrège mon supplice. Dis-moi que tu m'aimes – ou que tu ne m'aimes pas. Dis-moi que tu m'épouseras – ou pas. Je t'en prie, mon amour. Je ne suis *pas du tout* sûr de moi.

Elle supposa que la douzaine de raisons de dire lui reviendrait bien avant que la nuit s'achève. Elle supposa aussi qu'elle les réduirait à néant l'une après l'autre au souvenir de Peter tel qu'il était en ce moment : anxieux, le regard plein d'incertitude et d'amour, un genou à terre. Et au souvenir de ce qu'*elle* éprouvait au même instant : un amour éperdu qui la submergeait.

Dégageant sa main, elle prit le visage de Peter en coupe et se pencha pour l'embrasser doucement sur les lèvres.

— Je t'aime, articula-t-elle posément. Et je t'épouserai.

— Je *savais* que j'aurais dû faire ça dans le salon. Il y a la boule de Noël sous laquelle on doit s'embrasser. Mais je pense que je devrais me débrouiller à peu près correctement sans elle.

Et soudain, il fut debout, et le baiser dont il la gratifia prouva qu'il ne s'était pas trompé.

Et, chose étrange, pensa Susanna – quand elle fut capable de penser – ce ne fut pas du tout un baiser lascif qu'ils échangèrent, mais un baiser plein de joie, d'espoir, de promesses, d'amour.

Non, cette douzaine de raisons n'avaient pas une chance de se faire entendre.

— Mon amour, dit-il contre ses lèvres. Mon *amour*.

— Peter...

Et ils s'embrassèrent de nouveau. Puis il s'empara de sa main, la posa très cérémonieusement sur son bras, et ramena Susanna dans la salle de bal.

La musique avait cessé, et la salle était vide. Un brouhaha joyeux leur parvenait de la pièce voisine.

Tout le monde en était déjà au souper.

Ses fiançailles allaient être annoncées, songea Susanna. Ses fiançailles !

# 26

Le mariage de Mlle Susanna Osbourne et du vicomte Whitleaf eut lieu dans l'église du village d'Alvesley Park, dans le Wiltshire, par une parfaite journée d'août.

Alvesley avait été choisi parmi plusieurs endroits possibles, pour un certain nombre de raisons. Les grands-parents de Susanna auraient aimé organiser l'événement dans le Gloucestershire, mais ils avaient admis que ni leur maison ni l'auberge du village ne pouvaient accueillir tous les invités distingués qui étaient attendus, et que, même si elles avaient été assez vastes, les salles situées au-dessus de l'auberge auraient fourni un pauvre décor pour une telle réception.

Sidley avait été sérieusement envisagé, mais comment les collègues de Susanna auraient-elles pu entreprendre un tel voyage alors qu'elles avaient des pensionnaires à demeure ? Et le vicomte n'avait pas voulu entendre parler d'un mariage où les amies de Susanna n'auraient pas été présentes.

Pendant un temps, seul Bath apparut comme une option possible – parfaitement acceptable pour l'un et l'autre des futurs époux – jusqu'à ce que Lauren, la vicomtesse Ravensberg, et la duchesse de Bewcastle décident de se charger de l'organisation du mariage. Bien qu'en réalité ce fut Eleanor Thompson qui fut à l'origine de cette initiative lorsque, dans sa lettre hebdomadaire à sa sœur, elle évoqua le problème que posaient les pupilles et fit quelques allusions aux innombrables chambres inoccupées de Lindsey Hall.

Personne ne sut – et personne ne s'en enquit – comment la duchesse s'y prit pour persuader le très hautain duc de Bewcastle d'héberger douze fillettes pendant une semaine pour le mariage de leur institutrice, mais elle y parvint, et Sa Grâce fut surpris à lui sourire durant la cérémonie du mariage, une manifestation publique d'affection exceptionnelle de sa part.

Ce fut donc à Alvesley que les invités accoururent de toute l'Angleterre, d'Écosse où s'était installée la sœur du vicomte, et du pays de Galles où vivaient M. et Mme Sydnam Butler et leurs deux enfants, David et une petite fille de quatre mois. La vicomtesse Whitleaf arriva de Londres où elle avait passé une saison mondaine particulièrement satisfaisante puisqu'elle avait suscité les attentions admiratives de deux veufs distingués. Les sœurs du vicomte et leurs familles étaient présentes, bien sûr, de même que quelques-uns de ses amis, en particulier Theo Markham, et John Raycroft et sa jeune épouse.

Outre les grands-parents de Susanna, deux de ses tantes et leurs maris, dont elle avait fait connaissance à Pâques, étaient venus. Et ses amies les plus proches étaient là – Claudia Martin, Anne Butler, et la comtesse d'Edgecombe et son mari qui revenaient tout juste d'une tournée de concerts. Il y avait aussi Eleanor Thompson, Lila Walton, et Cecile Pierre qui enseignait le français et la musique, et même M. Huckerby. Et, bien entendu, les douze pupilles, pétrifiées d'admiration et de respect si bien qu'il ne fut guère nécessaire de les surveiller. Agnes Ryde elle-même ne broncha même pas.

Ce fut un mariage splendide qui justifiait l'attente, estimèrent les mariés après coup. Mais que l'attente avait été longue et ennuyeuse !

Entre Noël et le mois d'août, le vicomte était venu trois fois à Bath. Deux fois, il était resté une semaine. La troisième fois, dix jours. Mais il avait trouvé ces séjours plus frustrants que les longues séparations, car Susanna refusait catégoriquement de négliger aucun de ses devoirs – ou l'aurait refusé s'il le lui avait demandé. Il en était venu à comprendre qu'enseigner était plus un mode de vie qu'un travail. Il n'y avait quasiment pas de temps libre, pas même pour un fiancé qui se morfondait.

Hormis les frustrations de l'attente, ces quelques mois avaient été heureux pour Peter, dont la plupart des rêves étaient devenus réalité, mais ne se concrétiseraient totalement que lorsqu'il aurait sa femme à ses côtés. Une fois qu'elle serait là, il doutait d'avoir envie de mettre un pied hors de Sidley et de ses environs.

Susanna avait des regrets concernant la vie à laquelle le mariage l'obligeait à renoncer. L'école avait été son foyer, son havre lorsqu'elle était enfant. C'était là que son cœur gravement meurtri avait cicatrisé. Puis l'école avait été sa maison et son lieu de travail durant les premières années de sa vie d'adulte. Elle aimait enseigner, elle aimait ses élèves, elle aimait ses collègues, surtout Claudia qui avait été pour elle à la fois une sœur, une mère et une amie.

Lorsqu'elles se mariaient, toutes les femmes laissaient derrière elles leur maison et leur famille, se raisonnait-elle. Et dans son cas, pensait-elle avec une conviction grandissante, elle gagnait au change. Elle n'aurait jamais été vraiment heureuse sans mari, sans enfants et sans maison bien à elle. Et elle aimait Peter beaucoup plus profondément qu'elle n'avait imaginé pouvoir aimer un homme. Peut-être était-ce parce que, en plus de l'amour, elle éprouvait de l'amitié et de l'admiration pour lui.

Elle avait découvert qu'il n'y avait pas d'école à côté de Sidley. C'était une lacune qu'elle avait l'intention de combler, et même si Peter s'était contenté de rire quand elle le lui avait fait remarquer, il y avait de l'amour et de l'admiration dans ses yeux.

Elle avait redouté la fin de l'année scolaire et, à chaque événement, avait songé non sans tristesse que c'était le *dernier* pour elle. En même temps, ce trimestre lui avait paru interminable.

Elle allait *se marier* en août.

Elle allait épouser *Peter*.

Elle allait vivre avec lui jusqu'à la fin de ses jours.

Et août arriva, comme il le faisait inéluctablement chaque année.

Et avec lui vint le jour du mariage, une journée ensoleillée au ciel limpide.

Peter était assis devant l'autel, John Raycroft à côté de lui, et, bien que sentant les bancs se remplir derrière lui, il ne tourna pas la tête.

Du reste, tourner la tête lui serait sans doute impossible tant son valet avait mis d'énergie à nouer sa cravate avant de reculer et d'admirer l'allure de son maître, les yeux pleins de larmes devant la perfection de son œuvre.

Il n'aurait pas dû arriver si tôt, se dit-il comme son estomac commençait à bouillonner tel un chaudron posé sur un brasier.

Et si elle ne venait pas ?

Et si une voix s'élevait lorsque le pasteur demanderait si quelqu'un avait connaissance d'un obstacle au mariage ?

Et si sa langue faisait des nœuds ?

Et s'il laissait tomber l'alliance ?

*Et si Raycroft l'avait oubliée ?*

— Vous avez la bague ? chuchota-t-il du coin de la bouche.

— Oui, chuchota en retour Raycroft avec un sourire narquois – bien qu'il ait été dans le même état deux mois plus tôt, alors que Peter était *son* garçon d'honneur. Comme il y a cinq minutes lorsque vous m'avez posé la même question.

Et si elle disait *non* au lieu de *oui* ? Ou n'était-ce pas plutôt *oui, je le veux,* ou bien… Juste ciel, quels étaient les mots exacts ? Il ne s'en souvenait pas. Il devait écouter *attentivemen*t ce que dirait le pasteur.

Et si…

Ô Seigneur !

Et soudain, il y eut un crescendo très net dans les chuchotis, et il devina que Susanna devait arriver au bras du colonel Osbourne. Puis il en fut sûr en voyant le révérend Clapton, qui officiait avec le pasteur de la paroisse, regarder le fond de l'église avec une expression de fierté et de bonheur.

L'orgue résonna dans la nef. Peter se leva et se retourna d'un bloc.

*La voici.*

La petite phrase prenait enfin tout son sens.

De sa robe en satin à sa coiffe ornée de dentelle qui retombait en voile devant le visage, elle était toute d'ivoire vêtue. Elle semblait gracile, presque fragile à côté de son imposant grand-père au port militaire. Elle était aussi incroyablement jolie. Et aucune coiffe ni aucun voile ne pouvait obscurcir le roux doré de ses boucles soyeuses.

Tandis qu'elle approchait, il vit enfin son visage et ses yeux. Ils étaient rivés sur lui, emplis d'un mélange d'anxiété et d'émerveillement, et aussi… Oh, oui, d'amour.

Ah, Susanna!

Même à présent, il avait peine à croire qu'ils avaient réussi à surmonter tous les obstacles qui les séparaient.

Sans doute la regardait-il avec le même air mi-hagard, mi-ébloui. Et soudain il fut rassuré. Personne n'allait annoncer un empêchement à leur union, et personne n'allait laisser tomber la bague, que Raycroft avait bien sur lui. Sa langue ne ferait pas de nœuds, et elle dirait *oui* ou *je le veux*, peu importait.

*Tout était bien.*

Il sourit à Susanna et sentit une telle onde de bonheur le submerger qu'il en chancela presque.

Il sourit, et soudain le soleil brilla aussi intensément à l'intérieur de l'église qu'à l'extérieur.

Mais il ressemblait tellement à l'inconnu qui l'avait éblouie et terrifiée sur la route de Barclay Court un an plus tôt qu'elle s'émerveilla qu'il ait pu devenir sa vie même en si peu de temps. Et cette fois-ci, peu importait qu'il soit le vicomte *Whitleaf*. Ce n'était qu'un nom, un titre, qu'elle allait porter aussi d'ici quelques minutes.

Il était élégamment vêtu de noir, de crème et de blanc.

À coup sûr, il n'existait pas plus bel homme au monde.

Sa terreur inexplicable disparut.

Tôt ce matin, elle avait pleuré dans les bras de sa grand-mère sans pouvoir expliquer pourquoi, pas même à elle-même. Sa grand-mère avait dit que c'était parce qu'elle était amoureuse, que si elle se mariait pour n'importe quelle autre raison, elle serait d'un calme olympien. Elle s'était mouchée et avait ri.

Mais la terreur était demeurée, et il avait été très difficile de garder les yeux secs lorsque Anne et Francesca étaient venues l'embrasser dans sa chambre, et carrément impossible lorsque Claudia était entrée à son tour et l'avait étreinte une longue minute avant de la relâcher.

— Susanna, j'ai trouvé difficile de laisser partir Anne et Francesca, avait-elle dit. C'étaient et ce sont de très chères amies. Mais vous êtes plus qu'une amie. Vous êtes la petite fille effarée et malheureuse, qui est arrivée un soir chez moi et que j'ai aimée au premier regard, bien avant que votre véritable nature se révèle. Je ne vous laisserais pas partir pour un homme qui ne vous mériterait pas ou pour quelqu'un que vous n'aimeriez pas de tout votre cœur. Quoique j'ignore ce que je ferais pour vous retenir.

Elle avait ri et s'était écartée en s'essuyant les yeux.

— Ah, comment ai-je pu ne pas remarquer que vous étiez toutes les trois de jolies jeunes femmes ? Si tel avait été le cas, je ne serais pas devenue votre amie, pour rien au monde. J'aurais gardé mes distances.

Elle avait ri de nouveau et regardé avec tendresse chacune de ses anciennes institutrices l'une après l'autre.

Et voilà qu'il avait suffi à Peter de sourire pour que sa terreur se volatilise. Pourquoi devrait-elle avoir peur ? C'était le jour de son mariage, et il la regardait avec amour.

— Très chers frères, commença le pasteur.

L'attente avait été longue, mais le mariage se déroula à toute allure, sans anicroche, dans une succession étourdissante de moments de bonheur. Peter dit ce qu'il avait à dire, elle fit de même, la bague en or fut glissée à son doigt, l'orgue retentit, puis le pasteur… non, grand-père Clapton les déclara mari et femme, et les emmena à la sacristie pour signer sur le registre. Peter souleva ensuite son voile et – très scandaleusement – l'embrassa sur les lèvres. Sous les regards du pasteur, de M. Raycroft et de ses deux grands-pères.

À la sortie de la sacristie, l'orgue les accueillit avec une marche euphorique qui les accompagna tandis qu'ils remontaient la nef centrale, entre les bancs remplis de parents et d'amis. Susanna eut l'impression qu'elle n'avait jamais autant souri de sa vie – un sourire fut adressé en particulier aux élèves assises sur deux rangs, toutes endimanchées et remarquablement bien élevées.

Elle avait été l'une d'elles, jadis.

Une calèche gaiement décorée les attendait devant le parvis. Une foule de villageois s'étaient rassemblés pour assister au spectacle. L'assistance se déversa derrière eux, et ce fut un tourbillon d'embrassades, de poignées de main, de sourires. Ils furent aussi aspergés de pétales de roses, surtout par les élèves de Susanna.

Riant de bonheur, Peter et elle montèrent dans la calèche. Quelqu'un referma la portière et donna au cocher l'ordre de les conduire à Alvesley pour la réception.

Susanna s'était assise dans un coin, Peter dans l'autre et, les mains jointes sur la banquette entre eux, ils saluaient la foule qui bordait la route.

Et, enfin, à part le cocher au dos rigide, il n'y eut plus personne.

Susanna regarda Peter. Il lui sourit.

— Viens ici, murmura-t-il.

— Pourquoi ? s'enquit-elle en souriant.

— Parce que je l'ai dit, et que tu es ma femme.

Ses yeux pétillaient.

— Vraiment ? fit-elle sans bouger.

Il soupira bruyamment et se rapprocha d'elle.

— Fini mon rêve d'une épouse docile et d'un bonheur parfait, dit-il en l'enlaçant pour l'attirer contre lui. Je suppose que tu vas m'obliger à combattre des dragons jusqu'à la fin de ma vie.

— Tous les jours, assura-t-elle.

Leurs regards se soudèrent.

— Puis-je vous embrasser, à présent, lady Whitleaf ?

— Je pensais que vous n'alliez jamais me le demander, lord Whitleaf.

Mais son rire fut interrompu comme la bouche de Peter recouvrait la sienne.

Et la joie devint encore plus… joyeuse.

Comment l'absolu pouvait-il être amélioré ?

Repoussant l'étude de cette question à un autre jour, Susanna répondit au baiser de son mari avec ardeur.

Au loin, les cloches de l'église carillonnaient à tout-va.

9185

*Composition*
CHESTEROC LTD

*Achevé d'imprimer en Italie*
*par* GRAFICA VENETA
*le3 janvier 2021*

1er dépôt légal dans la collection : février 2010
EAN 9782290257395
OTP L21EPSN002365N001

ÉDITIONS J'AI LU
87, quai Panhard-et-Levassor, 75013 Paris
*Diffusion France et étranger : Flammarion*